# La pierre perdue de Mongolie

DANS LA COLLECTION ADRÉNALINE:

*La pierre perdue de Mongolie*
Chantal D'Avignon

*Les marionnettistes,* tome 1, *Bois de justice*
*Les marionnettistes,* tome 2, *Le syndrome de Richelieu*
*Les marionnettistes,* tome 3, *Table rase*
*Retraites à Bedford*
Jean Louis Fleury

*Le parasite*
Georges Lafontaine

*Bête noire*
Gilles Royal

CHANTAL D'AVIGNON

# La pierre perdue de Mongolie

roman

Guy Saint-Jean
ÉDITEUR

**Catalogage avant publication de Bibliothèque et Archives nationales du Québec et Bibliothèque et Archives Canada**

D'Avignon, Chantal
La pierre perdue de Mongolie
(Adrénaline)
ISBN 978-2-89455-584-2
I. Titre. II. Collection: Adrénaline (Guy Saint-Jean éditeur).
PS8607.A952P53 2012 C843'.6 C2012-940421-7
PS9607.A952P53 2012

Nous reconnaissons l'aide financière du gouvernement du Canada par l'entremise du Fonds du livre du Canada (FLC) ainsi que celle de la SODEC pour nos activités d'édition. Nous remercions le Conseil des Arts du Canada de l'aide accordée à notre programme de publication.

Patrimoine canadien Canadian Heritage Canadä Conseil des Arts du Canada Canada Council for the Arts SODEC Québec

Gouvernement du Québec — Programme de crédit d'impôt pour l'édition de livres — Gestion SODEC



Conception graphique: Christiane Séguin
Révision: Sophie Ginoux

Dépôt légal — Bibliothèque et Archives nationales du Québec, Bibliothèque et Archives Canada, 2012

ISBN: 978-2-89455-584-2
ISBN ePub: 978-2-89455-585-9
ISBN PDF: 978-2-89455-586-6

**Distribution et diffusion**
Amérique: Prologue
Belgique: La Caravelle S.A.
Suisse: Transat S.A.



**Guy Saint-Jean Éditeur inc.** 3440, boul. Industriel, Laval (Québec) Canada. H7L 4R9.
450 663-1777 • Courriel: info@saint-jeanediteur.com • Web: www.saint-jeanediteur.com

Imprimé et relié au Canada

ASSOCIATION NATIONALE DES ÉDITEURS DE LIVRES

Je dédie ce premier livre à ma petite grand-sœur.
Merci, Isabelle, pour tes encouragements,
ton engouement, ta patience et tes commentaires
de première lectrice. Tu es ma petite fée.

Je remercie ma mère, qui partagea avec moi sa passion des livres. Cette lectrice assidue ne s'imposait pas de limites. Elle ne faisait d'ailleurs aucune recommandation. Toutes les lectures étaient permises. Elle ne respectait pas de règles lorsqu'elle s'adonnait à son loisir de prédilection. J'ai tout naturellement suivi son exemple, car je pouvais commencer ma lecture et l'interrompre au moindre signe de désintérêt. Je sautais un ou plusieurs chapitres si certains passages m'indisposaient, et je reprenais là où l'action se corsait. J'allais même à la fin du livre si la curiosité me rongeait. Il n'y avait pas d'instructions établies, en dehors de l'intérêt de continuer à lire simplement pour le plaisir. Et c'est probablement cette façon de voir les choses qui m'incita à passer de la lecture à l'écriture.

Quand je m'ennuie de toi, maman, je mets la main sur mon cœur et j'écris...

## En plein cœur du désert

Frances Laguerre se laissait ballotter dans l'inconfort d'un véhicule à quatre roues motrices lancé sur les pistes accidentées du fameux désert de Gobi. Elle fixait sans le voir le paysage qui défilait sous ses yeux somnolents. Arrivée depuis deux jours à peine, elle ressentait encore les effets du décalage horaire.

En acceptant de commander cette expédition, elle savait qu'elle s'embarquait dans une aventure extrêmement exigeante physiquement. Elle y était préparée. Elle s'en était plutôt bien tirée, pour quelqu'un qui évoluait dans un milieu somme toute assez chauvin. Cette aventure lui permettrait enfin d'accéder à son rêve le plus cher : diriger sa propre mission archéologique.

Le soleil chauffait la carrosserie; pourtant, le mois d'avril n'était pas encore terminé. La clémence inhabituelle de la température à cette période de l'année avait permis à l'expédition de se mettre en branle un peu plus tôt que prévu. Les Mongols affirmaient que leurs étés étaient courts, alors autant en profiter ! Une seule chose préoccupait Frances : elle avait déjà chaud. Alors, comment allait-elle faire pour supporter la température lorsque celle-ci passerait au-dessus de la barre de 40 °C ?

Un nid-de-poule aussi gros qu'un cratère lunaire la tira brusquement de sa torpeur. Elle bâilla, puis regarda le majestueux paysage par la fenêtre ouverte. Elle aperçut 208quelques cavaliers qui s'affairaient autour d'un troupeau de moutons.

Quelque chose attira son attention. Elle se pencha vers le conducteur.

— Al, qu'est-ce que c'est ?

Son guide regarda dans la direction indiquée.

— C'est une *gher*, répondit-il comme si cela expliquait tout.

Elle finit par déduire, au va-et-vient des membres de cette petite communauté, qu'il s'agissait de leur demeure. De forme circulaire, la tente avait une dimension imposante.

Frances comprit qu'Al avait besoin de toute sa concentration pour conduire sur la route accidentée. Même s'il avait l'atout d'être à la fois un excellent conducteur et un mécanicien, il ne pouvait se permettre le moindre incident, lequel pourrait s'avérer fatal à des kilomètres de la prochaine station-service.

Quand elle avait rencontré Altangerel Kitai, elle s'était sentie tout de suite à l'aise avec lui, et ce sentiment avait été renforcé par les débuts prometteurs de leur relation professionnelle. C'était quelqu'un de franc, direct, qui allait droit au but. Il lui avait été recommandé par l'université d'Oulan-Bator comme quelqu'un de très fiable, d'habitué au désert. Il avait soixante-quatre ans et possédait un sourire éclatant qui illuminait une curieuse physionomie. De petits yeux bridés perdus au milieu d'un visage cuivré massif, le tout couronné d'épais cheveux blancs, composaient l'essentiel de ses caractéristiques. Enfin, Al était polyglotte; en plus de sa langue natale, le kalmouk, il parlait le mongol, le chinois, le russe, le français et l'anglais. Puisque Frances était elle-même trilingue — elle parlait le français, l'anglais et l'espagnol —, ils avaient d'un commun accord opté pour le français lorsqu'ils étaient seuls et pour l'anglais quand ils s'adressaient à toute l'équipe. Elle s'était longuement entretenue avec lui pour étudier la topographie des lieux où ils auraient à travailler. L'équipe était formée de huit spécialistes, répartis dans quatre voitures tout-terrain parfaitement équipées pour des fouilles archéologiques. Lui-même géologue de formation, Al s'était aussi occupé d'engager la main-d'œuvre locale pour les futurs travaux d'excavation. Sa persévérance en la matière avait porté ses fruits, puisqu'aux endroits choisis sur ses conseils, les paléontologues avaient déjà fait des découvertes fructueuses.

— Dans combien de temps arriverons-nous à Dalan Dzadagad ? lui demanda Frances au bout d'un moment.

— Une heure. Fatiguée ?

— Ça va aller.

— Dormez un peu, lui conseilla-t-il gentiment.

— Je ne suis pas certaine de pouvoir y arriver, répondit-elle.

— Mauvais chemin ! murmura-t-il en hochant la tête.

Frances jeta un coup d'œil à la chaussée accidentée.

— Si vous trouvez cette route dangereuse, qu'est-ce que ce sera lorsque nous arriverons dans le désert ?

— Les conditions seront meilleures dans le désert, assura-t-il.

Al s'était pris d'amitié pour cette étrangère durant les six mois nécessaires à l'organisation d'une expédition de ce genre. Il avait appris à la connaître lors de leurs nombreux appels téléphoniques. Il trouvait qu'elle avait une ouverture d'esprit rare pour une Occidentale.

Maintenant qu'il en avait l'occasion, Al lança en douce de petits coups d'œil à sa précieuse passagère. Elle avait fière allure avec son petit front bombé et son menton volontaire. Il pouvait lire sur ses traits l'instinct du faucon et la détermination du loup. Elle le dépassait d'une bonne tête; il faut dire qu'il mesurait seulement un mètre cinquante-sept. Elle avait de longs cheveux noirs qui n'avaient rien à envier aux femmes de son peuple. Le plus remarquable attrait de cette femme était ses beaux grands yeux bleus, qui se démarquaient en raison de l'insoutenable intensité de son regard. Dans l'ensemble, elle était assez jolie, quoiqu'un peu trop maigre selon lui. C'était peut-être la raison pour laquelle elle était toujours célibataire à trente-sept ans. « S'il s'agissait de ma fille, je lui dirais de se remplumer », se dit-il. Mais cela ne le regardait pas, après tout. Après avoir évité de justesse un autre nid-de-poule, il reporta toute son attention sur la route.

En fin d'après-midi, ils arrivèrent en ville. Frances s'étira en descendant de la voiture. Tous les membres de l'équipe se dégourdissaient les jambes. Al s'entretenait avec Damba Yumgiyn, employé de l'Académie des sciences d'Oulan-Bator. Petit homme ambitieux, trapu et au regard sournois, il allait enregistrer tous les faits et gestes des chercheurs, des divers sites explorés aux découvertes éventuelles qu'ils feraient.

Frances se dirigea naturellement vers Jean-Christophe Bellier, son collègue français qui travaillait avec elle depuis des années. Il cachait une extraordinaire intelligence derrière une apparence anodine. Elle aimait son intégrité, sa loyauté et surtout la façon qu'il avait de reconnaître ses limites lorsqu'elles étaient atteintes. Toujours le nez dans des bouquins, il aurait pu acquérir une renommée internationale dans le monde de l'anthropologie historique, mais sa timidité maladive faisait avorter toute possibilité d'avancement.

En la voyant venir vers lui, il lui sourit gentiment.

— Comment ça va, J-C ?

— Je suis vanné.

— Moi aussi. As-tu fait connaissance avec ton compagnon de voyage ?

— Il n'est pas très bavard, le gars, mais quand je lui tire les vers du nez, il dit des choses intéressantes.

Jean-Christophe lui expliqua que Luvsan Bogdo, son homologue local, lui avait expliqué en route que l'état mongol avait en sa possession beaucoup de fossiles de dinosaures, dont certains issus du mononykus, que l'on considérait comme l'ancêtre des oiseaux. Mais ce qui intéressait davantage Jean-Christophe concernait tous les artefacts datant de la Préhistoire, surtout les bifaces.

— Intéressant, en effet, fit remarquer Frances. Tu auras le temps de voir ces objets de près à notre retour en ville. En attendant, peux-tu donner rendez-vous aux autres dans deux heures ?

Il lui fit signe qu'il s'en occupait, tandis que la responsable s'engouffrait dans l'hôtel en compagnie d'Al.

Une heure plus tard, Frances se retrouvait sous la douche, savourant pleinement ce moment de répit. Après s'être bien séchée, elle s'étendit sur le lit et fixa le ventilateur au plafond. Elle pouvait enfin détendre son corps fourbu; il lui restait une heure avant la réunion. Son regard se perdit dans le mouvement continu des palmes noires au-dessus de sa tête. De vieux souvenirs refirent alors surface...

À l'époque, rien n'aurait pu prédire son intérêt scientifique pour les grandes découvertes historiques. À dix-sept ans, on sait rarement ce que l'on veut faire dans la vie. Aux yeux de Frances, la seule chose qui avait de l'importance à cette époque, c'était le cinéma. C'était une cinéphile assidue. Vingt ans plus tard, elle prenait encore énormément de plaisir à voir un film, même si l'occasion d'aller au cinéma ne se présentait pas aussi souvent qu'elle l'aurait voulu. Tout pouvait l'émouvoir, que ce soit le scénario, la réalisation ou l'interprétation. C'était d'ailleurs grâce à cette passion qu'elle avait choisi sa vocation.

Elle venait durant cette période de voir *Les aventuriers de l'arche perdue*, le premier d'une série de films produits par Steven Spielberg. Des recherches l'avaient informée par la suite que le réalisateur s'était inspiré des ouvrages de Roy Chapman Andrews, un employé de musée surtout connu comme un aventurier hors pair qui organisait, dans les années 1920, des expéditions scientifiques dans le désert de Gobi. Armé jusqu'aux dents pour se défendre contre les attaques surprises des bandits mongols, coiffé d'un chapeau de feutre à large bord pour se protéger des brûlures du soleil, chaussé de bottes de cuir pour contrer d'éventuelles morsures de reptiles, Andrews avait espéré trouver des restes du passage de l'homme préhistorique. Il avait chamboulé le monde paléontologique et ornithologique en découvrant des œufs de dinosaures fossilisés. Ainsi était née l'idée que les oiseaux étaient peut-être les descendants directs des dinosaures. Depuis ce temps, les archéologues considéraient la Mongolie comme un lieu de prédilection pour leurs recherches.

L'imagination de Frances s'était enflammée en découvrant que derrière le personnage fictif d'Indiana Jones, se trouvait le reflet honnête d'un archéologue qui avait bel et bien existé. Elle avait compris pour la première fois de sa vie que la fiction pouvait rejoindre la réalité. De là était né son goût pour l'aventure, la recherche et la découverte; un goût qui avait décidé de son avenir.

Au cours des années d'études qui avaient suivi, Frances s'imaginait déjà réussir là où Andrews avait failli: elle trouverait des fossiles humains. Après l'obtention de son doctorat en paléontologie, ses travaux de recherche avaient vite attiré l'attention. Grâce à sa détermination, elle avait été nommée collaboratrice en chef du conservateur du Muséum national d'histoire naturelle de Paris où, au sein d'une équipe de scientifiques de renommée internationale, elle avait travaillé durant plusieurs mois pour réaliser une grande exposition: *Les mystères de l'Homme*. Elle songeait souvent à l'extraordinaire évolution de ce dernier, depuis l'Homo habilis, dont l'organisation sociale était tout juste émergente, jusqu'à l'Homo sapiens, inventeur de l'écriture. Elle avait toujours été intriguée par celui qui se trouvait entre les deux : l'Homo erectus. Sa posture et sa démarche étaient déjà celles de l'homme moderne. C'était à cette époque que l'homme avait connu une rapide évolution, tant par la maîtrise du feu, que la taille de la pierre, le développement d'un langage et la création de coutumes.

Le cœur de Frances s'emballait à la pensée de tout ce qui restait encore à découvrir. Malgré la théorie de l'évolution de Darwin, qui vantait le principe de mutation par sélection naturelle, Frances continuait de penser que cette évolution progressive n'expliquait pas tous les stades de l'évolution. Il y avait des trous dans la lignée des hominidés. Ce fait incontestable plaçait les scientifiques dans une situation délicate. Des études et des recherches avaient été entreprises, mais elles s'étaient avérées, pour la plupart, hasardeuses et fort onéreuses. De plus, l'opinion publique s'intéressait davantage aux maux de l'existence qu'à son passé. Tout le monde attendait encore le remède miracle au cancer et au sida. Alors, ce n'était certainement pas la question des origines de l'homme, remontant à plus d'un million d'années, qui ferait le poids face à la recherche médicale !

Mais tout allait changer, maintenant. Depuis l'annonce de la grande nouvelle, le monde entier était bouleversé. Même si elle s'en doutait depuis un certain temps, le choc avait néanmoins pris Frances de court : on venait de découvrir en Asie centrale, plus précisément en Chine, mais très près de la frontière mongolienne, des ossements datant de six millions d'années. Cette trouvaille contredisait l'hypothèse scientifique voulant que les origines de l'homme se situent en Afrique. Cela avait eu l'effet d'une bombe dans le milieu de l'archéologie préhistorique, déliant automatiquement les bourses.

Frances venait de mettre un point final à la grande exposition lorsqu'on avait fait appel à son expertise à propos d'une imminente expédition scientifique en Asie. Une mission avait été mise sur pied par le ministère des Affaires étrangères de France. Sous le patronage de l'UNESCO, l'expédition s'insérait dans un grand projet international impliquant la France, l'UNESCO et l'Académie des sciences de Mongolie.

Au fil des mois, Frances avait si brillamment contribué à l'organisation du projet que l'on avait naturellement pensé à elle pour diriger les opérations sur le terrain. Depuis le temps qu'elle en rêvait, elle n'avait évidemment pas laissé passer une chance pareille.

Revenant brusquement à la réalité, Frances regarda sa montre et se releva pour se préparer rapidement.

Toute l'équipe se retrouva au salon-bar réservé aux clients. Comme c'était la saison morte, ils étaient les seuls occupants des lieux. Voyant que tout le monde était arrivé, Frances prit la parole :

— Demain matin, nous nous lèverons à l'aube et partirons le plus tôt possible. Le campement devrait être prêt pour nous recevoir. Est-ce que ce sera le cas, Al ?

— Aucune inquiétude à avoir de ce côté. Le personnel nous attend déjà sur place, j'en ai eu la confirmation.

Après avoir sorti sa carte topographique de son cartable, Frances l'étala sur une table basse. Tout le monde s'approcha pour mieux voir.

— Al, pourriez-vous nous expliquer l'itinéraire, s'il vous plaît ?

— Le tracé en rouge représente notre trajet jusqu'à notre premier point de chute ici. De la capitale Oulan-Bator, nous avons donc pris la route en direction sud, pour arriver aujourd'hui à Dalan Dzadagad. Et de là, nous emprunterons cette piste naturelle dans le désert, vers l'est, pour arriver au campement situé à mi-chemin entre ici et Dzamïn Üüd. J'ai repéré deux autres endroits, si les fouilles s'avèrent infructueuses.

— Nous nous sommes servis des images satellites pour mieux déterminer les endroits propices à des trouvailles intéressantes, renchérit Jim Quaid, un archéologue américain qui avait joint l'équipe en raison de sa grande expérience sur le terrain.

— Êtes-vous certains de ces endroits ? demanda Damba. Parce que la marge d'erreur ne peut pas être trop grande, avec des coûts aussi élevés.

— Je sais que la pression pour obtenir des résultats est énorme, intervint Frances. Par contre, il y a un commencement à tout.

Nous verrons en temps et lieu si nous ne réussissons pas.

— « L'homme de qualité reste calme et serein », dit doucement Luvsan.

Damba lui lança un regard perçant, mais s'abstint de répliquer. Frances connaissait cette citation de Confucius, qui défendait l'idée que les misères de la vie sont des occasions pour l'homme d'apprendre. Il était étonnant, tout de même, que son enseignement soit demeuré aussi présent dans l'esprit du peuple asiatique après tout ce temps !

— D'autres questions ? intervint Frances.

— Je compte sur vous, chers Messieurs, pour me protéger des scorpions, serpents et tarentules qui foisonnent dans le désert, plaisanta Julie Leblanc, une Belge employée au Service régional de l'Archéologie de la région Midi-Pyrénées, à Toulouse. Elle était spécialisée dans l'étude de l'arbre généalogique des hominoïdes, ainsi que dans la lignée humaine.

Dotée d'un physique avantageux malgré sa petite taille, Julie ne laissait pas ces messieurs indifférents. Ils réagissaient tous, bien que de manière différente. L'atmosphère dans la pièce se détendit automatiquement, pour faire place au simple plaisir de converser en profitant de ces derniers instants d'oisiveté.

* * *

Cette nuit-là, Frances avait fait un drôle de rêve. Elle se trouvait au bord d'une piscine et s'apprêtait à y plonger tête baissée. Or, ses pieds n'avaient pas encore bougé, qu'elle aurait déjà voulu faire marche arrière ! Trop tard. Elle se concentrait donc sur la meilleure position à adopter, prête à subir l'impact de l'eau. Elle retenait déjà son souffle, quand elle s'apercevait soudain que la piscine avait disparu ! Un immense trou noir entouré d'une bande de nuages blancs avait ensuite remplacé cette vision.

C'est à ce moment précis qu'elle s'était réveillée en sursautant violemment. Que voulait dire ce rêve ? Elle avait ressenti de l'incertitude, de la détermination et de la peur, mais aussi le courage d'y faire face. Et par-dessus tout, il y avait un autre sentiment, indéfinissable celui-là, qui l'habitait.

Après ce réveil brutal, Frances eut de la difficulté à se rendormir et n'y parvint qu'à l'aurore. Décidément, le repos tardait à venir depuis que ses pieds avaient foulé le sol de cette terre ancestrale.

Au petit matin, le départ se fit sans anicroche. L'équipe était pressée d'arriver. Tout le monde avait hâte de commencer les fouilles.

À l'aube, il faisait froid, mais Frances avait prévu des vêtements appropriés pour toutes les variations de température dans le désert. Au fur et à mesure que le soleil réchaufferait l'atmosphère, elle devrait enlever des couches vestimentaires, pour ensuite les remettre au crépuscule.

Frances n'avait jamais vu de ciel aussi bleu. Ses yeux étaient éblouis par la réflexion du soleil levant sur la chaussée dorée. Elle s'était munie de lunettes fumées, car le sable pouvait être aussi aveuglant que l'eau ou la neige. Le vent charriait des boules de branchages épineux et les faisait rouler sur le sol. Un tel endroit lui rappelait combien la nature était indomptable. Étrangement, Frances se sentait toutefois comme acceptée dans ce pays aux contrastes étonnants.

Elle attira l'attention d'Al en pointant l'horizon:

— Je ne vois pas de dunes.

— Je les contourne, justement.

— Pourquoi?

— Parce qu'on roule mieux ainsi. Vous verrez, nous n'aurons pas le choix d'en traverser quelques-unes. Il faut une certaine expérience pour conduire sans s'enliser dans le sable... Avez-vous bien dormi?

— Pas vraiment..., répliqua-t-elle évasivement.

Al lui lança un regard intrigué. Frances essaya de chasser de son esprit ce qui l'avait réveillée la nuit précédente. Mue par une impulsion aussi soudaine qu'étrange, elle raconta son rêve à son coéquipier. Mais lorsqu'elle vit un sourire se dessiner sur les lèvres d'Al, elle se mit à regretter sa confidence.

— Laissez tomber, c'est sans importance, ajouta-t-elle précipitamment.

— Les rêves sont importants. C'est une mine d'informations pour ceux qui désirent apprendre sur eux-mêmes.

Frances fixa Al silencieusement.

— Je pense que vous en savez plus que vous ne le dites, poursuivit-il mystérieusement.

— Pouvez-vous préciser le fond de votre pensée ? demanda-t-elle d'une voix posée.

— Même si votre corps ne s'est pas débarrassé de toute la fatigue accumulée, votre esprit veille afin d'être prêt à toute éventualité.

— Vous pensez que ce rêve a une relation directe avec cette expédition ? insista Frances.

— Je pense que le trou noir représente l'inconnu, mais cela ne vous a pas empêchée de plonger vers votre destin. Malgré vos hésitations, vous savez garder votre concentration pour agir efficacement.

— Je reste songeuse en pensant aux nuages qui ceinturaient le trou noir, ajouta timidement Frances.

Elle était surprise du tour que prenait la conversation. Habituellement, elle ne discutait avec personne de choses aussi intimes.

— Ces nuages blancs sont de bon augure, répondit malicieusement Al. Il la regarda brièvement dans les yeux avant de reporter son attention sur la route.

Frances pressentit qu'il n'en dirait pas davantage, mais elle voulait en savoir plus sur son compagnon. Elle demanda avec curiosité :

— Je peux vous poser une question personnelle ?

— Allez-y !

— Avez-vous des enfants ?

— J'ai vécu trente-six ans avec ma femme, qui m'a donné quatre vigoureux garçons, des hommes maintenant. Je vis seul depuis sa mort, survenue il y a trois ans.

— Je suis désolée, murmura-t-elle.

— Ne le soyez pas, je vais la revoir dans ma prochaine vie, lui assura sereinement Al.

Le silence était revenu. Al repensa à la forte impression qu'il avait ressentie en rencontrant Frances pour la première fois. Il l'avait tout de suite prise sous son aile, sa fibre paternelle ayant vu en elle la fille qu'il n'avait jamais eue. En fait, tout arrivait à point nommé. Cette expédition comblait un vide qu'il ressentait dans sa vie bien solitaire. De nature conciliante, il aimait bien se rappeler le dicton de Confucius : « La joie est en tout, il faut savoir l'extraire ».

Sous le regard bienveillant de son compagnon, Frances parla bientôt de ses origines. Elle était née en Espagne. Son père, un architecte français venu directement de Paris pour travailler à la restauration de bâtiments prestigieux, avait fait la rencontre de sa mère, une Espagnole qui lui servait d'interprète durant son séjour. Il l'avait épousée quelques mois plus tard. L'enfance de Frances avait ensuite été ponctuée par les déplacements professionnels de son père à travers l'Europe. Depuis, elle avait toujours eu envie de voyager.

— Mon père est une personne introvertie, tandis que ma mère exprime toujours haut et fort ce qu'elle pense, ajouta-t-elle avec un sourire indulgent. Malgré leurs différences, ils s'entendent à merveille.

— D'après ce que vous me dites, ils ont l'air d'être heureux.

— C'est effectivement le cas, ils ne pourraient pas se passer l'un de l'autre.

— Des âmes sœurs, sûrement !

— Je ne pourrais pas vous le dire. Pardonnez ma franchise, mais je n'adhère pas vraiment à ce genre d'idées. Je ne crois pas aux couples parfaits dans ce bas monde, dit-elle, un peu embarrassée.

— Même si nos opinions sont différentes, elles s'équivalent. J'ajouterais qu'un couple d'âmes sœurs est tout, sauf un couple parfait. Une âme sœur est un complément de notre personnalité.

— Vu sous cet angle, je dirais qu'effectivement, mes parents se complètent très bien, acquiesça Frances.

Le point de ralliement de l'équipe était bien situé. Les tentes se dressaient au milieu d'une plaine entourée de gros rochers qui les protégeraient du vent. À deux ou trois kilomètres vers l'est, on pouvait voir quelques dunes de sable qui miroitaient devant le magnifique coucher de soleil. Plus au nord, on remarquait une montagne assez imposante. Partout ailleurs, on ne voyait qu'une steppe aride et sablonneuse. Frances admirait les reflets de couleur que le soleil déplaçait dans son sillage. Une seule note discordante troublait ce tableau parfait : les cris désagréables des chameaux installés à l'écart du campement.

— Lorsqu'ils auront le ventre plein, nous ne les entendrons plus, affirma Al.

— Vous me rassurez, s'esclaffa-t-elle.

— Nous ne pourrions pas nous passer d'eux.

— Vous avez l'air de bien connaître ces bêtes.

— Elles peuvent s'abstenir de boire pendant des jours et transporter de lourdes charges sur une très longue distance sans montrer de signes de fatigue, dit-il en riant.

— Je vais m'habituer à elles, promit-elle. Qu'est-ce que vous pensez de l'emplacement du campement ?

— Si une tempête de sable se lève, nous allons y goûter, admit-il volontiers.

— Dans ce cas, ne devrions-nous pas nous déplacer ?

— Non, car nous n'avons pas d'autres choix possibles à proximité des fouilles. Et même si nous sommes près des dunes, cet écran naturel de rochers qui nous entoure devrait nous protéger.

Frances le remercia et se dirigea vers la plus grande tente. Ce serait leur lieu de rencontre pour travailler, manger et discuter. Frances aperçut Jean-Christophe un livre à la main.

Il leva la tête du bouquin et l'interpella :

— Cet endroit me paraît idéal pour qu'une communauté y vive. Luvsan m'a renseigné au sujet des divers lieux qu'ils ont déjà explorés. Leurs fouilles archéologiques dans la région ont été faites beaucoup plus au nord. Je considère cet endroit-ci assez stratégique, car il n'y a pas trop de sable, et ce n'est pas très loin non plus du point de ravitaillement en eau. Je pense que nous devrions faire un petit tour du côté de cette montagne, lança-t-il en pointant sa main dans cette direction.

— Al devrait commencer les prélèvements demain, dit-elle au bout d'un moment.

— Tant mieux ! J'ai hâte d'avoir ses commentaires, dit-il en replongeant le nez dans son livre.

Elle sourit, satisfaite de l'enthousiasme de son équipe. Après quelques indications générales à propos des commodités du camp, tous les chercheurs se séparèrent et s'installèrent tranquillement sous la tente qui leur avait été assignée.

Frances s'assit sur un des deux lits de camp qui se trouvaient dans la sienne pour respirer un peu. Histoire de faire connaissance avec ce qui allait devenir son refuge au cours des prochains mois, elle regarda longuement autour d'elle, profitant de ce court laps de temps avant l'arrivée de Julie. Elle se mit à rêvasser.

La première image qui lui traversa l'esprit fut celle de l'acteur américain Vince Rafter, qui avait accompli une performance renversante dans le dernier film qu'elle s'était permis d'aller voir avant son départ pour la Mongolie. Ce n'était pas la première fois qu'elle s'emballait pour une interprétation cinématographique. Le cinéma avait toujours eu le don de l'émouvoir. Et Frances se sentait habitée par l'ambiance d'un film qui avait su éveiller en elle des émotions inusitées. À ceci près que cette fois-ci, l'impression qu'elle avait ressentie était plus forte que jamais.

Au cours des années, des visages connus avaient défilé sur le grand écran, retenant plus ou moins son attention au gré de ses intérêts. C'était différent avec Vince Rafter. Il avait une filmographie intéressante. Elle avait honte de se l'avouer, mais elle suivait sa carrière de près. Elle était aussi enjouée qu'une adolescente dans ce domaine de sa vie. Sur ses lèvres se dessina un sourire gêné. Elle devait reconnaître en toute honnêteté que l'acteur avait le physique de l'emploi, mais aussi qu'il représentait le modèle masculin correspondant à ses désirs les plus intimes. Sa grandeur représentait un atout majeur. Il avait aussi un teint basané naturel très attirant. Mais la clé de son charme était incontestablement ses yeux d'un bleu azur, qui devenaient futés à l'occasion. Sans compter sa bouche volontaire, qui jouait de ses mimiques éloquentes, mais qui savait s'attendrir aux moments les plus inattendus. Le seul hic au tableau, c'était qu'il avait trois ans de moins qu'elle...

Absorbée dans ses pensées, elle sursauta lorsque Julie ouvrit la porte de la tente.

— Ça m'a l'air bien, cet endroit, commenta joyeusement la visiteuse.

— Nous avons tout ce qu'il faut, je crois.

— Nous pourrons même faire la fête, ajouta Julie en souriant de plus belle.

— Si vous arrivez à bien gérer votre emploi du temps, pourquoi pas ? fit Frances en lui faisant un clin d'œil.

— Bien, je vois que vous avez le sens de l'humour. Nous n'avons pas vraiment eu le temps de bien faire connaissance, même si vous savez tout de mon parcours professionnel. Comme nous allons vivre un peu plus à l'étroit, il faudra s'y faire rapidement, n'est-ce pas ? dit Julie en s'approchant main tendue.

— Vous avez parfaitement raison, assura Frances en lui serrant gentiment la main.

— Je parle trop et je suis un peu bordélique. Alors, n'hésitez pas à me le faire remarquer si je me laisse aller, cela ne m'offusquera pas. Ah, oui ! Nous devrions peut-être commencer par nous tutoyer, histoire d'être plus à l'aise, qu'en pensez-vous ? proposa Julie.

Julie admirait le parfait contrôle que Frances affichait en toutes circonstances. Elle appréciait son sens de l'organisation, chose qu'elle ne possédait absolument pas. Derrière le masque d'autorité de la responsable, on sentait aussi l'intelligence. Les gens l'écoutaient parce qu'elle savait ce qu'elle faisait. Plus encore, les gens la respectaient parce qu'elle prenait la pleine responsabilité de ses actions. Elle n'était pas du genre à accaparer tout le mérite du succès de ses entreprises, elle s'arrangeait au contraire toujours pour faire valoir les membres de l'équipe qui contribuaient au projet. « Un peu trop guindée, mais personne n'est parfait », se dit la jeune femme.

— C'est une bonne idée, Julie, répondit Frances.

L'archéologue sentait qu'elles allaient bien s'entendre, toutes les deux. Elle enviait la facilité avec laquelle Julie nouait des contacts simples et chaleureux. Sa fougue et sa jeunesse devaient y être pour quelque chose. La jeune femme allait bientôt franchir le cap de la trentaine. Elle avait un sens de la répartie qui mettait ses interlocuteurs à l'aise. Elle n'avait jamais à se sortir de circonstances embarrassantes, car elle savait mieux que quiconque comment renverser la situation à son avantage grâce à son humour franc. Derrière son joli minois, son caractère vif la poussait toujours à avancer, sans que cela ne semble lui demander d'efforts particuliers.

— Il y a quelqu'un là-dedans ?

Frances reconnut l'Américain à l'accent de sa voix.

— Nous sommes là toutes les deux, répondit Julie. Vous avez déjà fini de vous installer ?

— Oui, nous faisons le tour du propriétaire, expliqua Jim à travers la toile de tente.

— Nous ne voulons surtout pas vous déranger, ajouta une seconde voix, appartenant cette fois-ci à James Davis, le paléontologue anglais.

Frances leur répondit sans remonter la fermeture éclair de la tente :

— Cela ne sera pas bien long, nous vous retrouverons pour le dîner sous la grande tente.

Julie lui renvoya un regard malicieux, mais s'abstint de commenter.

— À plus tard ! répondirent en chœur les deux chercheurs.

Frances venait de leur faire gentiment comprendre qu'ils ne devraient dorénavant pas leur rendre visite à l'improviste.

## Mystérieuse grotte

L'après-midi était largement entamé quand Al s'accorda un petit moment de répit. Il sortit sa gourde pour se désaltérer, tout en marchant jusqu'au bord de l'excavation que les travailleurs mongols avaient creusée. De cet endroit, il avait une bonne vue sur le site archéologique. La coupe stratigraphique avait trois mètres de hauteur. Il regarda distraitement les ouvriers qui suaient à force de piocher dans le sol. Il apercevait Jim et Julie qui, truelles à la main, examinaient attentivement un coin de sol délimité. Un peu plus loin, James mesurait un lopin de terre à l'aide d'un théodolite, afin de comparer les angles obtenus avec les relevés.

La vie au campement s'organisait bien. Chacun apportait sa juste contribution pour assurer l'efficacité des recherches sur le terrain. Tout le monde était conscient de l'importance de maintenir une bonne entente au sein de l'équipe. Le désert n'avait pas son pareil pour isoler les gens du reste du monde. En règle générale, la recherche archéologique impliquait inévitablement de longues périodes de fouilles infructueuses. Chaque membre de la mission devait donc puiser en lui-même la force d'affronter la monotonie et la déception qui minaient sa confiance. Al avait remarqué que personne ne réagissait de la même manière dans cette situation si particulière. Cela faisait déjà un mois qu'ils étaient arrivés. Or, en dehors de prélèvements de sols intéressants qui indiquaient une prédisposition à un contenu fossilifère, rien n'avait été découvert jusqu'à présent. Pourtant, ils n'avaient rien négligé. Al s'était entendu avec Jim pour commencer les fouilles à mi-chemin entre le camp et les dunes. D'ici quelques jours, si les résultats s'avéraient toujours aussi décevants, ils devraient convenir d'un autre endroit où les poursuivre.

Son regard se porta sur la montagne au loin. Al ne comprenait pas l'empressement de Jean-Christophe et de Frances d'aller y faire un tour. Ils devaient y être en ce moment.

Ses pensées furent brusquement interrompues par le bruit d'un moteur. C'était surprenant, car on réservait l'essence à des tâches urgentes. Or, le ravitaillement en ville n'était prévu que dans un mois. Arrivant du camp, Luvsan le héla à travers la vitre baissée du véhicule tout-terrain :

— Je viens de recevoir les prévisions météorologiques par radio. Nous devons nous attendre au pire.

— Quand ?

— Bientôt, répondit Luvsan d'une voix qui trahissait l'urgence de la situation. Il ne faut courir aucun risque.

— Avez-vous rejoint Frances et J-C par radio pour les avertir de la situation ? demanda Al, inquiet.

— J'ai essayé plusieurs fois sans résultat.

— Occupez-vous du campement, je récupérerai le matériel sur place, dit-il en se dirigeant vers son équipe.

Luvsan acquiesça et partit sur-le-champ.

— On arrête tout, car une tempête de sable se prépare ! lança Al à la ronde.

La tension devint palpable, le ton des conversations haussa légèrement, mais personne ne perdit son sang-froid. Certains travailleurs venaient déjà de quitter les lieux à dos de chameaux, tandis que les autres, suivant les consignes d'Al, partaient au pas de course dans la même direction. Le matériel fut rapidement rassemblé et chargé à bord d'un véhicule, qui partit immédiatement, laissant derrière le reste du groupe qui allait rentrer à pied au campement.

Sur le chemin du retour, Al se fit du mauvais sang pour Frances et Jean-Christophe. Il espérait avoir le temps de les rejoindre avant qu'il ne soit trop tard.

* * *

Un peu plus tôt, Frances évaluait la hauteur du pic rocheux pendant que Jean-Christophe était parti chercher la paire de lunettes d'approche dans leur véhicule. Ils avaient fait le tour de la montagne avant de convenir que sa face nord était la plus intéressante. En fait, c'était Frances qui avait choisi de s'arrêter ici; elle aimait les reliefs de cette paroi rocheuse, particulièrement à cet endroit. Jean-Christophe n'avait pas protesté, trop content de laisser ses livres pour dégourdir son corps ankylosé par tant d'inactivité.

— Je les ai!

— Merci, J-C! lui dit Frances en commençant à scruter la paroi à l'aide de ses longues-vues.

— Si tu vois des cavités sombres, il pourrait s'agir de grottes naturelles. Et comme celles-ci sont des abris idéaux pour vivre, si la chance nous sourit, sait-on ce que nous pourrions y trouver?

— Tu penses à quelque chose de précis?

— Non, mais un homme a bien le droit d'espérer. Et puis, tout est possible. Les autres équipes n'ont effectué des fouilles que sur une infime partie du territoire couvert par le désert.

Frances observa attentivement la montagne, lorsqu'une étrange sensation l'envahit. Plusieurs années durant, elle se demanderait pourquoi l'impression de « déjà vu » avait cette fois-ci laissé une empreinte indélébile dans son subconscient. Une empreinte qui allait influer sur le cours de sa vie!

Tout d'abord, un étrange malaise l'envahit. En regardant à travers les longues-vues, Frances fut d'abord surprise de ressentir un léger bourdonnement dans ses oreilles. Le regard voilé, elle se fit attentive aux signes qui suivent normalement ce déclencheur. Elle se dédoubla comme si elle participait à cette scène en même temps qu'elle l'observait. Pendant ces quelques secondes cruciales, Frances sut qu'elle dirait et ferait exactement ce qu'il fallait au moment propice. De toute manière, même si elle l'avait voulu, elle n'aurait pas pu changer l'ordre des choses déjà écrites. Cet inexorable instant se vivait hors du temps. Comme une actrice jouant une scène bien précise, Frances dirigea sa lunette vers la droite en remontant vers le haut. Et avant même d'avoir vu quoi que ce soit, elle s'écria presque malgré elle:

— J'ai trouvé!

— Quoi?

— Une grotte, répondit-elle, alors que l'objectif de la lunette s'arrêtait pile à la hauteur désirée.

Comme une automate, Frances passa les lunettes d'approche à Jean-Christophe. Sur les indications de sa collègue, il aperçut à son tour un relief sur la paroi rocheuse.

— On ne voit pas clairement, mais effectivement, cela pourrait être ce que nous cherchons. Qu'est-ce que tu as ? demanda Jean-Christophe, inquiet.

— Rien, pourquoi ?

— Tu fais une drôle de tête.

— As-tu le goût d'y jeter un petit coup d'œil ou non ? le coupa-t-elle en haussant les épaules, l'œil rivé sur sa montre.

Elle releva la tête pour s'enquérir de sa réponse. Mais Jean-Christophe n'était plus devant elle, il se dirigeait déjà vers la voiture pour y prendre l'équipement d'escalade. Ils avaient déjà pratiqué ce sport ensemble. Leur amitié remontait à l'université, au cours de laquelle ils avaient partagé les mêmes bancs dans les amphithéâtres. Ensuite, ils avaient eu la chance de travailler conjointement sur quelques projets. Ils étaient progressivement devenus de très bons amis.

— On fait comme d'habitude ? demanda-t-il, les harnais et les cordes en main.

— Passe devant, confirma Frances.

Ils convinrent du meilleur endroit pour commencer l'escalade. Ils étaient tous deux contents de renouer avec ce sport si exigeant. L'ascension dura deux heures dans un silence presque total. Rien d'autre n'existait hormis la montagne, le souffle, l'endurance et la concentration. Subitement, un bruit terrible les déconcentra dangereusement. Jean-Christophe, qui se trouvait à ce moment-là dans une position précaire, perdit l'équilibre.

— Assure, Frances ! cria-t-il en dégringolant le long de la paroi.

Frances se prépara au pire en solidifiant sa prise. Jean-Christophe réussit cependant à s'agripper à une anfractuosité, ce qui freina sa chute.

— Ça va ? demanda stoïquement Frances.

— Si on peut dire, répondit-il, le souffle court.

Jean-Christophe s'assura d'avoir une meilleure prise avant de se risquer à regarder Frances.

— Qu'est-ce que c'était ? demanda-t-il.

— Je ne sais pas.

Ils regardèrent autour d'eux et constatèrent une détérioration des conditions climatiques. Trop absorbés par leur ascension, ils n'avaient rien remarqué.

— As-tu la radio ? s'écria Frances.

— Non !

Qu'ils avaient été bêtes ! Ils étaient si pressés de satisfaire leur curiosité qu'ils avaient négligé l'essentiel : la radio qui les reliait au reste de l'équipe. Frances s'en voulait terriblement, car cette négligence pourrait être lourde de conséquences. Ils n'avaient pas une minute à perdre. Ils devaient essayer d'atteindre la grotte pour se mettre à l'abri de ce qui semblait s'annoncer comme une tempête de sable. Le vent se levait graduellement. Elle se retourna, le temps de voir une gigantesque vague jaune déferler rapidement vers eux.

— Pressons-nous ! cria-t-elle.

Tandis que le ciel s'obscurcissait à vue d'œil, le sifflement du vent s'amplifia de façon considérable. Leur ascension ralentissait au fur et à mesure que le vent prenait de la force. Quand Jean-Christophe arriva enfin sur ce qui semblait être une brèche naturelle dans la paroi, la tempête était sur eux. Remontant son foulard par-dessus son nez, il commença à hisser Frances jusqu'à lui. S'aidant d'une main et essayant de couvrir son visage de l'autre, celle-ci respirait à grand-peine. Lorsqu'elle fut arrivée à la même hauteur que Jean-Christophe, il l'encercla d'un bras et chercha à tâtons un abri. Ils ne voyaient plus rien. Dès qu'ils trouvèrent une cavité, ils s'engouffrèrent précipitamment à l'intérieur. À l'abri du danger, ils s'effondrèrent d'épuisement, cherchant à reprendre leur souffle.

Frances se releva la première. Cherchant Jean-Christophe des yeux, elle s'aperçut qu'il dormait. Elle ne le réveilla pas pour qu'il puisse récupérer ses forces. Elle se sentit aussi envahie par un profond sentiment de reconnaissance. Elle savait qu'elle pourrait toujours compter sur lui. Jetant un coup d'œil vers l'entrée, elle constata que la tempête n'avait fait qu'empirer. Inquiète, elle pensait aux dangers auxquels les autres faisaient face et à sa propre situation précaire. Jean-Christophe et elle étaient à l'abri, mais coincés sans vivres ni moyens de communication.

Elle n'y pouvait rien pour l'instant. Elle soupira donc profondément et reporta son regard sur ce qui l'entourait. Le souffle lui manqua cependant lorsqu'elle découvrit le tableau qui s'offrait à elle. Les murs étaient couverts d'un cortège d'animaux ! Elle pouvait facilement identifier certains dessins aux familles des bovidés. Elle s'approcha doucement du mur pour s'assurer qu'elle ne rêvait pas.

Non, tout cela était bien réel. La surprise passée, l'exaltation s'empara soudain de la chercheuse. Frances recula lentement pour admirer le point de vue d'ensemble.

— J-C, regarde !

— Hein ? Qu'est-ce qu'il y a ? dit-il en se redressant vivement sur son séant.

— Regarde...

Bouche bée, il venait d'apercevoir l'inconcevable. Après avoir gardé le silence pendant quelques secondes, il murmura :

— Nous avons réussi... nous avons enfin trouvé quelque chose. Je savais que nous pouvions y arriver... C'est toi qui l'as trouvé, dit-il en se tournant vers sa collègue.

— Nous l'avons trouvé tous les deux, rétorqua-t-elle.

— Non, c'est toi qui as décidé que nous allions nous arrêter ici même. Ensuite, cela t'a pris deux minutes pour trouver l'entrée de la grotte avec les jumelles. Tu as une intuition incroyable, tu le sais ? ajouta-t-il, impressionné.

Frances haussa les épaules, indifférente. Elle préférait reporter son attention sur la grotte. Elle sortit sa lampe de poche et dirigea le faisceau tout autour d'eux. La grotte semblait profonde.

À son tour, Jean-Christophe empoigna sa torche électrique pour éclairer un dessin qu'il voulait examiner de plus près.

— Cela ressemble beaucoup à des bêtes à cornes. Si je me fie à mon expérience, ces dessins sont vieux d'au moins cent mille ans.

Ils commencèrent lentement à se déplacer, en éclairant systématiquement tous les murs.

— Regarde par ici, dit Jean-Christophe en attirant l'attention de Frances. Les formes et les grandeurs sont différentes. Je me demande ce que cela représente... Ne trouves-tu pas que cela ressemble à des animaux préhistoriques ?

— Ne va pas trop vite, rétorqua-t-elle en poussant son collègue du coude. Il nous faudra les résultats des analyses et des tableaux comparatifs avant de conclure à quelque chose d'aussi inespéré.

— Tu as raison, dit-il en riant. Mais c'est tout de même fantastique.

Ils marchèrent lentement et se retrouvèrent bientôt à un embranchement de deux couloirs naturels.

— Prenons chacun un côté, suggéra Frances.

— Est-il prudent de se séparer ?

— Je pense qu'il n'y a aucun danger. Si tu veux, convenons d'une limite de temps.

— D'accord. Nous nous rejoindrons ici dans trente minutes.

— Parfait !

Frances avançait avec précaution, car le sol était inégal. L'obscurité était si dense que la lampe suffisait à peine à éclairer son chemin. De curieux bruits résonnaient dans la grotte. Il faut dire que la montagne se faisait drôlement malmener en ce moment. Mais l'archéologue n'y accordait pas trop d'attention, car son esprit était occupé par le nombre croissant des dessins sur la paroi rocheuse. On aurait dit qu'ils étaient plus raffinés et explicites que les précédents.

Frances sentit soudain un changement dans l'atmosphère. Cela lui donna un peu la chair de poule, mais la curiosité était plus forte que tout. Le tunnel se rétrécissait au fur et à mesure qu'elle avançait, pour finalement déboucher dans un vaste espace clos. Curieusement, cela lui fit penser à une chambre mortuaire. Tous les murs de la pièce étaient peints. Elle fut particulièrement attirée par l'un des dessins. Elle voyait difficilement ce qu'il représentait, mais cela ressemblait à un gros animal. Ses yeux s'agrandirent lorsqu'elle comprit ce qui se trouvait juste devant la bête : un homme armé d'une lance. Ce qui était encore plus incroyable, c'était la dimension des deux protagonistes. L'homme était minuscule comparé à l'animal. C'était donc bel et bien une scène de chasse préhistorique qu'elle avait sous les yeux!

Frances s'empressa de chercher d'autres indices pour confirmer cette information, qui commençait à se frayer un chemin dans son esprit. Outre les scènes de chasse, il y avait sur les murs plusieurs dessins d'animaux de différentes tailles, ainsi que des groupes d'oiseaux aux ailes déployées. Allant de surprise en surprise, la chercheuse vit un dessin qui la renversa: la représentation d'un petit groupe d'hommes. Plus précisément, il y avait un être humain debout avec dans les bras ce qui semblait être un bébé, et tout contre lui se tenait debout un enfant qui lui arrivait à la taille. Quelqu'un était accroupi, les mains occupées à faire quelque chose. Puis, un peu à l'écart, un autre individu plus grand avait une lance à la main. Frances avait sous les yeux un surprenant dessin d'une famille préhistorique!

Elle était tellement absorbée par ce décor qu'elle se fit mal en butant contre une roche. En se penchant pour se frotter le pied, elle vit dans le sol un trou, que la roche devait initialement cacher. Puis, en dirigeant mieux le faisceau de sa lampe de poche, elle aperçut quelque chose à l'intérieur.

Elle retira alors délicatement du trou une tablette en pierre gravée de caractères chinois qu'elle déposa doucement à ses pieds. L'écriture était bien lisible, puisque les symboles avaient été peints en noir. L'usure du temps n'avait effacé qu'une infime partie du texte. L'esprit en ébullition, Frances se surprit à échafauder des plans de travail, afin de réaliser des fouilles plus approfondies dans cette pièce qui semblait déceler des trésors prometteurs. Elle avait déjà hâte de procéder à des analyses, voire, si cela était de l'ordre du possible, à la traduction de l'inscription.

Perdue dans ses pensées, elle reporta son attention au fond du trou et y trouva un autre objet étonnamment lourd, qu'elle prit soigneusement dans ses mains. Celui-ci ressemblait à un outil taillé dans la pierre selon la technique de débitage du Paléolithique, nommée technique Levallois. Frances pensa d'abord que l'objet pouvait être comparable aux outils déjà trouvés et datant d'une époque similaire. Toutefois, loin de ressembler aux bifaces qui servaient à couper ou à trancher, l'outil avait une terminaison à pointes triangulaires. Il n'y avait aucun doute, l'une des deux extrémités de l'instrument était le manche, car il avait été taillé de manière à épouser parfaitement la paume de la main.

Frances frissonna au contact très froid du minéral sur sa peau. Elle ne reconnaissait pas la texture de l'objet ni sa réaction. En effet, elle n'aurait su dire si c'était sa main qui réchauffait la pierre ou le contraire, mais manifestement, elle sentait sous ses doigts de la chaleur. Frances ne se rendit pas immédiatement compte de la sensation de picotement qui se propageait de sa main à son bras, trop fascinée par la découverte qu'elle venait de faire. Tout à coup, l'objet se mit à vibrer. Surprise, Frances laissa tomber sa lampe de poche, qui se brisa contre une roche. La chercheuse se figea lorsqu'elle fut plongée dans l'obscurité la plus profonde, rassurée cependant de sentir entre ses doigts le précieux objet qu'elle avait réussi à sauver du désastre. Avait-elle vraiment senti l'objet bouger dans sa main ? Malgré l'obscurité, elle poussa la curiosité jusqu'à rapprocher l'objet de son visage pour mieux l'apercevoir. Le mouvement ascendant eut le curieux effet de faire changer graduellement la couleur de l'objet, qui se mit à luire faiblement tout en se remettant à vibrer.

Frances sentit soudain une pression entre ses deux yeux. Son esprit s'engourdit, tandis que son corps prenait le contrôle. Tout se mit en place sans qu'elle comprît le rôle qu'elle devait jouer. Mécaniquement, Frances posa la pointe de la pierre, devenue mauve, à l'endroit précis où une pression s'exerçait sur son front.

Au point de contact des deux matières, une fine lumière blanchâtre commença à luire dans l'obscurité. Puis, ce fut au tour du corps de Frances, maintenant en transe, de diffuser un intense rayonnement qui illumina complètement la caverne. Un halo de couleur mauve épousait sa silhouette. Puis, le phénomène cessa brusquement.

Quand Frances reprit conscience, elle se sentit légèrement sonnée. L'air hagard, elle se demanda pourquoi elle était plongée dans une telle obscurité. Puis, la mémoire lui revint d'un coup. Elle serra la pierre maintenant froide dans sa main, qui ne l'avait jamais lâchée.

Ce fut à ce moment-là qu'elle entendit le faible écho de la voix de Jean-Christophe qui l'appelait. Elle s'empressa de lui répondre :

— Je suis ici !

— Frances ? dit-il avec un mélange égal d'exaspération et de soulagement.

— Par ici ! lui cria-t-elle.

Elle inspira et expira profondément afin de se calmer. Il fallait qu'elle recouvre ses esprits ! Voyant le faisceau lumineux de la lampe de Jean-Christophe approcher, elle glissa instinctivement l'objet en pierre dans la poche de sa veste. Elle n'aurait su dire pourquoi elle agissait ainsi, mais une chose était certaine, elle était incapable de réfléchir. Où était passé son esprit scientifique ? Pour la première fois de sa vie, elle ne se comprenait plus elle-même. Tous ses points de repère avaient disparu. Elle éprouvait une sorte de vide à l'intérieur d'elle-même.

## La Pierre angulaire

Les pieds dans le vide, Al se faisait hisser par quelques hommes à qui il avait attribué cette tâche, afin d'assurer le va-et-vient entre le campement au pied de la falaise et l'entrée de la grotte. Un simple système de poulies avait été installé pour faciliter l'accès à la grotte. Il jeta un distrait coup d'œil en bas, vers le regroupement des tentes. Finalement, la tempête de sable n'avait pas fait de dégâts majeurs, et tout le monde s'en était bien sorti. Il aurait pu en être autrement, puisque certaines tempêtes avaient déjà soufflé avec une telle force qu'elles pouvaient s'étendre sur tout le pays, parfois même jusqu'en Chine, en laissant dans leur sillage un grand nombre de morts, de blessés graves, de têtes de bétail disparues, ainsi que des dommages importants aux maisons. Rares étaient les occasions pour la nature de prendre sa revanche sur l'homme, qui savait si bien la détruire lorsque les conditions étaient plus clémentes. Al se comptait chanceux de s'en être sorti, de même que son équipe, à si bon compte, car la tempête n'avait duré que quelques heures au lieu de quelques jours, comme cela arrivait fréquemment dans cette région du monde. Ce n'était certainement pas la perte de petites tentes ou d'autres pièces d'équipement facilement remplaçables qui allait perturber la bonne marche de l'expédition.

Quel soulagement il avait ressenti, cinq jours plus tôt, quand Frances avait enfin donné de ses nouvelles ! Jean-Christophe avait été plus qu'avisé d'avoir emporté dans son sac à dos une quantité, bien que limitée, d'aliments déshydratés et suffisamment d'eau pour suffire aux deux chercheurs le temps que la tempête se calme. Un soulagement bientôt suivi de l'ahurissement le plus complet en entendant l'incroyable nouvelle que la chef d'expédition leur avait rapportée : la découverte extraordinaire d'une grotte aux murs couverts d'art pariétal, ainsi que d'un texte gravé que Luvsan croyait écrit par Confucius en personne. Évidemment, Damba avait pris soin de tout répertorier avant d'expédier le tout en laboratoire pour faire authentifier et dater le manuscrit. Al récita à voix basse les phrases écrites en chinois qu'il avait apprises par cœur.

*En des temps immémoriaux, la matrice de la Terre enfantait la matière primordiale à l'homme pour éveiller sa conscience à un niveau supérieur, afin qu'il puisse vivre en harmonie avec les lois cosmiques universelles. Aussi longtemps que la terre produisit cette ressource naturelle, l'homme s'en servit dans ses rites, inconscient de l'énorme évolution qu'il subissait grâce à elle. Dès que ses entrailles s'équilibrèrent, la Terre cessa de nourrir l'homme, qui se retrouva finalement seul face à son destin.*

*La prudence sera de mise pour le junzi qui trouvera la Pierre angulaire, dernier vestige d'un grandiose passé, car le monde devra être éveillé, organisé et guidé avant d'être initié. Prenez garde au pouvoir et à la convoitise qui corrompent l'essence primaire. L'homme commet trop souvent l'erreur de préférer son esprit à son cœur.*

*Le messager ne doit pas parler pour parler, car il est le message.*

*Tseu*

C'était bel et bien signé Tseu. Or, ne retrouvait-on pas ce nom dans la signature de K'ong Fou-Tseu, romanisé par les Jésuites en « Confucius » ? Une chose était certaine, on reconnaissait bien l'enseignement de Maître K'ong dans le proverbe du messager. Ne serait-ce que par la mention des lois cosmiques, des rites, ou l'utilisation du mot *junzi*, on avait assez d'éléments pour espérer avoir affaire à un document authentique. Cependant, quelle était cette matière enfantée par la terre ? S'il s'agissait des matières produites par les explosions volcaniques, que venait faire l'évolution de l'homme dans cette histoire ? Et la Pierre angulaire, qu'est-ce que c'était, au juste ?

Arrivé en haut, Al s'arrêta au bord de la falaise pour réfléchir un moment. Quelque chose clochait dans l'attitude de Frances.

Contrairement aux autres, y compris lui-même, qui étaient tous subjugués par la grotte comme s'ils étaient devant la caverne d'Ali Baba, elle semblait insensible, voire même indifférente à toute l'agitation qui accompagnait normalement un événement de cette envergure. Elle n'avait d'intérêt que pour le texte gravé. Il avait eu de longues conversations avec Luvsan et elle à propos des passages qui laissaient présager que cet objet appartenait au Maître K'ong lui-même. Si tel était le cas, il s'agirait d'une découverte fabuleuse, même si le mystère demeurait entier quant à la signification de ce qui avait été écrit. La chercheuse était intarissable sur le sujet.

Quelque chose d'autre le tracassait. Depuis quelques jours, il avait constaté que Frances avait souvent mal à la tête. Cela semblait l'affecter. Ce matin-là, elle s'était encore retirée pour se reposer. Son état de santé inquiétait un peu le géologue. Au prochain ravitaillement, Al se promit d'insister pour qu'elle l'accompagne en ville si ces symptômes venaient à persister. D'ici là, il aurait l'œil sur elle. Soulagé d'avoir pris cette décision, Al rejoignit le reste de l'équipe.

* * *

Seule dans sa tente, Frances feuilletait les livres sur Confucius prêtés par Al et Luvsan. Elle relisait inlassablement ses notes, cherchant un détail qu'elle aurait pu oublier. Tout ce qu'on lui avait traduit lui confirmait que l'enseignement du maître reposait sur des expériences personnelles. Il ne prêchait rien qu'il n'ait d'abord mis en pratique. Son inspiration provenait-elle de l'objet que Frances avait trouvé ? Cet objet était-il ce que Confucius nommait « la Pierre angulaire » ? Frances en était convaincue. Une partie du message était claire : l'auteur jugeait que le monde, à une époque troublée par les guerres, n'était pas prêt à faire bon usage de la Pierre. Par contre, la chercheuse ne comprenait pas ce qu'il voulait dire par « être initié ». Elle savait que la Pierre angulaire avait agi mystérieusement sur elle et, de surcroît, elle ne se sentait pas tout à fait dans son état normal depuis le jour où elle l'avait trouvée. Elle sentait confusément qu'une chose importante lui était arrivée. Mais quoi ?

Frances ouvrit sa malle en aluminium. Elle déplaça sa trousse de catalogage, ses fiches et ses étiquettes de musée. Entre sa trousse de conservation et ses carnets de notes, elle trouva un petit coffret métallique, qu'elle prit délicatement entre ses mains. Puis, elle se rassit sur son lit. Elle hésita un bref instant, puis elle se décida à ouvrir le coffret pour contempler ce qui la préoccupait tant. Elle fixa le mystérieux objet sans oser le toucher. Elle n'en avait parlé à personne. D'ailleurs, la prudence était de mise, du moins si elle se fiait au message adressé au détenteur de la Pierre angulaire. Tout le monde connaissait le philosophe Confucius, mais personne ne connaissait l'existence d'une source d'énergie provenant d'une pierre qui aurait été à l'origine de l'évolution de l'homme.

En entendant du bruit, elle rabattit prestement le drap de son lit sur le coffret, pour ensuite déplacer ses livres dans un désordre calculé. Elle entendit la voix de Damba.

— Madame Laguerre, êtes-vous là ?

— Oui ! répondit-elle en allant remonter la fermeture éclair de la tente.

Damba attendait sous un soleil de plomb. Comme elle ne pouvait pas laisser la toile ouverte sans courir le risque de faire entrer quelques petites bêtes indésirables, elle n'avait d'autre choix que celui d'inviter Damba à l'intérieur. Aussitôt entré, celui-ci balaya du regard l'ensemble de la pièce avant de reporter son attention sur Frances.

— J'ai entendu dire que vous souffriez de maux de tête. Allez-vous mieux ?

— Beaucoup mieux ! répondit-elle poliment. Et vous, comment allez-vous ?

— Bien, bien ! Je me suis permis de vous déranger, car je viens de recevoir des nouvelles importantes du laboratoire. Je leur avais demandé de me contacter par radio dès qu'ils auraient leurs premiers résultats.

— Et ?

— C'est un grand jour pour la Mongolie, Madame Laguerre. Ils confirment que le texte gravé date d'environ cinq cents ans avant Jésus-Christ. Bien sûr, ils feront d'autres analyses pour le certifier, mais la calligraphie de la signature ressemble de façon évidente à celle du Maître.

— Vous parlez de Confucius ?

— Oui, oui, de Maître K'ong Feu-Tseu ! Tout concorde, et le document gravé date de l'époque de la vie du Maître.

— Parfait ! Je communiquerai la nouvelle aux autres... à moins que vous ne l'ayez déjà fait ?

— Je m'en suis abstenu. J'ai jugé que vous deviez être mise au courant la première, répondit-il en affichant un sourire factice.

Comme Damba restait silencieux, Frances le congédia poliment en prétextant que le travail l'attendait.

— Bien sûr, bien sûr !, s'empressa-t-il de dire. J'aimerais seulement vous demander... Croyez-vous que nous ferons d'autres découvertes aussi intéressantes ? Par exemple... avons-nous des chances de trouver la Pierre angulaire mentionnée dans le texte du Maître ?

— Je ne peux vous répondre pour le moment, mais c'est la raison pour laquelle nous continuons les fouilles dans la grotte. Ne trouvez-vous pas que c'est la meilleure marche à suivre ?

— Oui, oui, je crois que les événements nous poussent à espérer davantage, lança-t-il finalement avant de partir.

Frances expira de soulagement lorsqu'elle se retrouva seule. Elle observa son lit pour s'assurer que Damba n'avait rien pu voir d'anormal. Cet homme la rendait nerveuse. Elle devait rester vigilante en sa présence, car elle sentait qu'il pouvait lui être nuisible. Il était hypocrite, mais intelligent; une dangereuse combinaison ! La nature soupçonneuse de cet homme l'avait ainsi mené, de déduction en déduction, non seulement à croire fermement en l'existence de la Pierre angulaire, mais aussi à s'étonner qu'on ne l'ait pas trouvée aussi facilement que le texte gravé !

Pourquoi en avait-elle la certitude ? Elle se savait douée pour analyser les sentiments d'autrui, mais jamais avec autant de précision qu'à présent. Avant, elle devinait ces choses-là sans être absolument certaine de la véracité de ses impressions. À présent, c'était différent. Elle ne se trompait pas sur Damba, elle percevait toute la complexité du personnage. Pire encore, elle voyait même tous les efforts qu'il faisait pour cacher son esprit tordu.

« Mais que m'arrive-t-il ? », se demanda-t-elle encore une fois en posant sa main sur son front douloureux. D'une part, elle avait tous ses sens en état d'alerte, et d'autre part, elle était tiraillée par l'incohérence de ses pensées et incapable d'y mettre de l'ordre. Par exemple, alors que son instinct lui dictait de garder le silence à propos de la Pierre angulaire, son esprit se rebellait farouchement contre cette attitude antiscientifique et peu pragmatique. Toutefois, plus elle résistait pour reprendre le contrôle, plus les maux de tête la faisaient souffrir.

Elle ferma les yeux pour s'exhorter au calme. Elle respira à fond. Cela lui fut bénéfique, puisque les maux de tête cessèrent après un certain temps. Elle se força à mettre de l'ordre dans ses affaires, et remit la Pierre angulaire dans la malle avant de sortir de la tente.

Arrivée à la rampe d'accès, Frances s'enfonça précipitamment à l'intérieur de la grotte. Elle rencontra d'abord Jean-Christophe et Luvsan, qui travaillaient à répertorier tous les dessins de la grotte. Elle leur annonça les résultats du laboratoire. Julie, qui prenait des photos un peu plus loin, s'approcha rapidement en entendant les réactions bruyantes de ses collègues.

— Où est Al ? demanda Frances au bout de quelques instants.

— Il est allé rejoindre Jim et James dans la chambre mortuaire, répondit Jean-Christophe, nommant ainsi la partie de la grotte où Frances avait trouvé le texte gravé. Ils sont sur une piste. Frances, te rends-tu compte de l'incroyable nouvelle que tu nous annonces là ? enchaîna-t-il en serrant spontanément les mains de son amie.

Il avait l'air tellement content que Frances se laissa faire en souriant. Ils avaient tant rêvé, tous les deux, de faire des découvertes captivantes. C'était l'aboutissement ultime de tout chercheur en quête de vérité.

— Tout ça grâce à toi, s'écria joyeusement Jean-Christophe en prenant Frances par les épaules.

— Ne charrie pas !

Impulsivement, il la serra dans ses bras.

— Le plus important, c'est d'obtenir de bons résultats, comme tu le dis si bien. Or, là, on a vraiment quelque chose de très gros, n'est-ce pas ?

Réalisant qu'ils n'étaient pas seuls, Jean-Christophe lâcha soudainement Frances en rougissant, le regard fuyant, très embêté de s'être laissé aller. Toujours aussi réservé, Luvsan fit comme si de rien n'était, mais lança tout de même un regard sympathique à son confrère. Ce fut à ce moment-là que Frances sentit un changement dans l'atmosphère. Elle tourna la tête vers Julie, qui semblait surprise. Celle-ci examinait d'un air déconcerté Jean-Christophe, qui venait de lui faire voir, pour la première fois depuis le début du voyage, une facette intéressante de sa personnalité. Lorsqu'il était confiant, on voyait effectivement s'opérer un changement radical chez lui. Julie était intriguée par cette spontanéité et cette jovialité qu'elle ne soupçonnait pas jusqu'alors.

Luvsan rompit le silence et demanda à Julie si elle avait photographié un dessin qu'il avait remarqué un peu plus loin. Jean-Christophe releva subrepticement la tête dès que ses deux collègues s'éloignèrent, afin de jeter un regard ardent vers cette charmante Julie qui occupait tant ses pensées depuis quelque temps. Il ne put s'empêcher de parcourir des yeux le dos de la jeune femme, pour s'arrêter sur la croupe féminine la plus bouleversante qu'il ait jamais vue. Sursautant imperceptiblement, il reporta soudain son attention sur Frances, afin de s'assurer qu'elle n'avait rien remarqué de son émoi. Il constata avec soulagement qu'elle l'avait déjà quitté.

« Bon, voilà que ça recommence ! » Frances voyait ce qui se cachait derrière chaque échange de regard silencieux. Elle percevait toute la gamme d'émotions que dégageaient inconsciemment ses compagnons. Elle s'affola quand elle réalisa que tout cela était loin d'être normal. Elle avait encore des élancements douloureux entre ses deux yeux.

À l'embranchement des tunnels de la grotte, elle s'arrêta pour se ressaisir. Son malaise cessa complètement. Elle commençait à comprendre que pour éviter les maux de tête, elle devait laisser ses impressions l'habiter sans leur résister… Elle était certaine d'avoir déjà entendu cela auparavant. Mais oui, Al lui avait dit la même chose lorsqu'il avait commenté son rêve. Qu'est-ce qu'il lui avait dit exactement, déjà ? « Laissez-vous emporter là où votre intuition vous mènera. » Voilà ce qu'il lui avait dit. Il savait donc des choses qu'elle ignorait. Un jour, elle lui parlerait, mais maintenant, c'était trop tôt. Trop de données demeuraient inconnues, elle devait se laisser un peu plus de temps avant d'agir.

Une activité fébrile régnait à l'emplacement des fouilles lorsque Frances y déboucha. Cette cavité était puissamment éclairée. Alors que Jim vérifiait, à l'aide de son niveau, l'horizontalité à trois pieds de profondeur d'un trou de deux mètres carrés, James mesurait les dimensions de la pièce. Al donnait des directives précises à ses hommes pour évacuer les extractions du sol. Chaque centimètre cube de roche serait examiné et analysé avant qu'on ne s'en débarrasse.

— Ah ! Vous voilà ! dit Al. Je veux vous montrer quelque chose.

Un pinceau de cinquante millimètres à la main, il se mit à quatre pattes et balaya délicatement un endroit bien précis du sol. Il se pencha un peu plus et gratta doucement un amas de grès rouge et friable au moyen de son couteau suisse. Il se releva alors et fit signe à Frances de venir constater par elle-même ce qui se trouvait là. Sans hésiter, elle se coucha par terre pour regarder de plus près. Elle voyait nettement un morceau irrégulier jaillir du sol.

— De quoi s'agit-il ? s'informa-t-elle en retenant son souffle.

— À votre avis ?

Frances releva la tête et croisa le regard satisfait d'Al.

— Je crois que cette montagne est un très vieux volcan éteint depuis longtemps, précisa Al. Si tel est le cas, les conditions seraient idéales pour la conservation de fossiles en tous genres.

Tout se précipitait. Les événements s'enchaînaient dans une succession si rapide qu'elle échappait à l'entendement. Il était maintenant trop tard pour se laisser surprendre. Toute cette histoire avait peut-être commencé de manière surprenante, mais elle semblait déboucher sur quelque chose de beaucoup plus important qu'une simple crise d'imagination délirante. Il n'y avait plus de raisons d'hésiter.

— Laissons tomber tout le reste. Branle-bas général, clama la responsable de mission, tout le monde doit travailler à identifier cette chose-là. Messieurs, je crois que nous brûlons. Moi aussi, j'ai de bonnes nouvelles : le laboratoire confirme que nous avons mis la main sur un authentique texte de Confucius !

* * *

Les semaines suivantes défilèrent à une vitesse folle. Les journées furent remplies d'une activité fébrile qui occupa tout l'effectif disponible. La nuit venue, toute l'équipe sombrait dans un sommeil profond, mais chaque matin s'accompagnait d'un regain d'énergie. Cette forme physique inhabituelle se maintiendrait tant et aussi longtemps que le mystère demeurerait. Les chercheurs finirent par dégager complètement le fossile étonnamment bien conservé dans le sol. Il avait bel et bien l'allure d'un hominidé. Fait rarissime : il ne manquait aucun élément à l'ensemble du squelette. Tout autour du fossile, les chercheurs découvrirent du matériel du plus haut intérêt, dont plusieurs bifaces et hachereaux. Comme le squelette était sur le dos, les mains repliées sur le ventre, on pouvait conclure sans l'ombre d'un doute qu'on se trouvait en présence d'une sépulture.

Damba s'était empressé de filmer les étapes cruciales de la fouille, surtout parce qu'il voulait surveiller l'inventaire des découvertes; ce faisant, il avait fixé cet instant historique dans les annales. Cette découverte d'une importance capitale devait être transportée dans les plus brefs délais à l'Institut d'archéologie de l'Académie des sciences de Mongolie d'Oulan-Bator. Dès lors, une partie de l'équipe pourrait continuer à l'analyser dans un environnement plus adéquat, et ainsi fournir des réponses satisfaisantes aux inévitables questions que la divulgation d'une découverte aussi sensationnelle ne tarderait pas à susciter. Le plus important restait à faire, et tout le monde le savait. C'était la raison pour laquelle une réunion était prévue sous la grande tente d'ici la fin de l'après-midi.

Frances avait apporté un seau d'eau dans sa tente pour faire une petite toilette avant d'aller à la réunion. Elle voulait s'accorder un peu de solitude, un moment précieux dans un contexte de promiscuité parfois difficile à supporter. Elle voulait aussi réfléchir à tête reposée.

Ses maux de tête cédaient peu à peu leur place à l'étrange pression sur son front. Cela se produisait surtout les soirs où le sommeil tardait à venir. Dès que les premiers symptômes de relaxation se manifestaient, elle éprouvait une sensation comparable à celle d'un doigt appuyé contre son front. Chose plus étrange encore, elle voyait une forme circulaire se mouvoir étrangement derrière ses paupières fermées, à l'endroit précis où la pression se faisait sentir. Cette vision lui faisait penser aux points lumineux mobiles qui voilent les yeux après avoir regardé trop longtemps le soleil. Frances s'habituait tranquillement à cette sensation, qui la plongeait dans un état second pas tout à fait désagréable. Ce qui était cependant tout nouveau pour elle, c'était l'absence totale de pensées pendant la durée de ce phénomène. Pendant ces courts moments, plus rien n'avait d'importance, sinon cette forte pression sur son front. Elle qui d'ordinaire n'arrêtait jamais de réfléchir à tout ce qui la touchait de près ou de loin, elle ne se reconnaissait plus. Les sentiments qui l'habitaient, les événements de la journée, les expertises scientifiques, les aspirations ou les déceptions, les relations interpersonnelles, les rêves, enfin tout ce qui la préoccupait normalement passait dorénavant au second plan. Son cerveau fonctionnait au ralenti, comme s'il cédait de la place à... à quoi? À rien, justement, au vide complet, au néant! Un nouvel éclair de lucidité lui traversa l'esprit: avant même la Préhistoire, ne disait-on pas que l'homme venait du néant? Elle haussa les épaules et plongea ses mains dans le seau d'eau.

Une demi-heure plus tard, tout le monde se réunit sous la grande tente. On sentait de l'électricité dans l'air. Frances demanda à James d'amorcer la discussion.

— Je suis certain que c'est un très vieux fossile, datant d'au moins un million d'années. Il se peut que ce soit un Homo ergaster, un Homo erectus ou une forme apparentée, commença pompeusement James. Je ne pourrai pas en dire plus avant de l'avoir mieux examiné.

— Julie, as-tu eu assez de temps pour tirer certaines conclusions intéressantes? poursuivit Frances.

— Le front bombé, la bouche moins proéminente et les bras

courts sont des signes distinctifs d'une morphologie proche du Cro-Magnon. Moi aussi, j'estime que le fossile date de cinq cent mille à un million d'années, mais nous devrons attendre les analyses plus approfondies pour déterminer avec précision son âge.

— Pourrais-je rajouter quelque chose? intervint timidement Jean-Christophe.

— Vas-y! l'encouragea Frances.

— Les outils trouvés à côté du squelette datent, selon moi, de l'époque paléolithique, comme en témoigne la forme typique des pièces bifaciales. Donc, de pas plus de trois cent mille ans avant notre ère. Cette précision peut nous guider pour le situer dans le temps.

— Oui, mais que signifie la présence du texte gravé de maître K'ong en ce lieu? s'exclama inopinément Damba.

Après quelques minutes de silence, Luvsan proposa l'explication suivante:

— Maître K'ong avait probablement jugé que l'homme n'était pas assez *junzi* pour lui faire part de la connaissance qu'il a enterrée dans la grotte.

— *Junzi*? Qu'est-ce que ça veut dire? demanda James, agacé.

— C'est le modèle d'homme que propose Maître K'ong. Un homme de qualité qui tend graduellement vers l'excellence sans s'inquiéter du poids des événements qui l'affectent, et qui se réalise dans les épreuves qui ne manqueront pas de l'assaillir, répondit impassiblement Luvsan.

— Allons bon! fit James en haussant les sourcils.

Faisant fi de cette intervention, Damba insista:

— Si je comprends bien, le Maître aurait délibérément caché l'existence d'une telle grotte parce qu'il y aurait trouvé un vieil instrument composé d'une matière aux vertus ésotériques?

Pour rien au monde, Frances n'aurait voulu interrompre la discussion, trop intéressée par la tournure qu'elle prenait.

— Instrument qu'il nomme la Pierre angulaire. C'est effectivement une explication qu'on pourrait envisager, répondit Luvsan, qui ne semblait pas vouloir s'étendre davantage sur le sujet.

— Tout au long de l'histoire, il y a eu des écrits annonciateurs de merveilles. Nous espérons tous les découvrir un jour. C'est la raison de notre présence ici, commenta Jim.

Voyant que le moment était venu d'intervenir, Frances s'adressa à toute l'équipe :

— Justement, cela m'amène au dernier point de l'ordre du jour. Nous devons repartir pour Oulan-Bator dans deux jours, avec le fossile et les outils préhistoriques. Dans un premier temps, je propose à Jim, Damba et Luvsan de rester pour continuer le travail, qui est loin d'être terminé ici. Al, J-C, Julie, James et moi irons travailler en ville, dans un laboratoire parfaitement équipé pour approfondir nos analyses. Est-ce que cela vous va ?

Damba acquiesça, car il était grisé à l'idée de trouver l'objet de sa convoitise.

— Moi, ça me va ! répondit Jim.

— Je pourrai continuer de répertorier les dessins pendant un certain temps, mais aurai-je la possibilité d'étudier plus amplement les spécimens ? s'enquit Luvsan.

— Bien sûr ! Vous pourriez vous entendre avec J-C, dit Frances. De toute façon, nous serons en contact et assurerons une rotation de nos effectifs pour répondre aux besoins les plus urgents. S'il le faut, nous élargirons notre équipe sur le terrain avec des volontaires qui ne manqueront pas d'arriver après la confirmation de la nouvelle. Y a-t-il des questions ?

Les chercheurs discutèrent un moment sur place, car le repas allait bientôt être servi. Al s'approcha de Frances.

— Alors, je vous ramène en ville ?

— Oui, j'ai besoin de vous pour diriger ce retour. Je pense que vous avez d'autres échantillons à étudier, vous aurez donc l'occasion de mieux le faire sur place. Je vais aussi avoir besoin de vous pour communiquer avec la délégation mongole. Une foule de travaux logistiques m'attend, ajouta-t-elle en se massant le front.

— Avez-vous encore des maux de tête ? s'empressa-t-il de demander.

— Non, je pense que la fatigue accumulée et la succession d'événements ont eu raison de moi. Mais ça va mieux, maintenant. Dites-moi donc ce que vous pensez des propos tenus par vos compagnons, fit Frances en regardant distraitement le groupe de chercheurs.

— La Pierre angulaire échauffe les esprits. Ce n'est pas bon.

Frances releva brusquement la tête vers lui.

— Vous me surprenez!

— Confucius nous met en garde... Enfin, si je me fie au texte, et en supposant que tout ceci soit vrai, je n'aimerais pas que la Pierre angulaire tombe entre n'importe quelles mains. Vous voyez ce que je veux dire? insinua Al en tournant la tête dans la direction de Damba.

— Je vois. Il y a toutefois quelque chose que je ne comprends pas. De quel genre d'initiation est-il question?

— Le Maître reste intentionnellement vague à ce sujet. Il laisse le soin à l'homme de qualité de le découvrir par lui-même.

— Vous ne trouvez pas que c'est un énorme pari, d'imaginer que c'est forcément un homme de qualité qui trouvera la Pierre angulaire?

— Oui, et c'est la raison pour laquelle je préférerais que nous ne la trouvions pas, répondit Al en se grattant la tête. D'ailleurs, selon l'enseignement du Maître, il est inutile de se poser de telles questions, car la réponse ne dépend pas de nous.

— Dans ce cas, de qui ou de quoi dépend-elle?

— Du destin, des forces incontrôlables qui régentent tout l'univers.

Tout cela commençait à dépasser Frances. Elle en connaissait trop peu pour se prononcer sur le sujet. Elle savait également qu'un scientifique s'aventurant dans le domaine spirituel ne pouvait conserver son objectivité. Malgré cela, elle se trouvait dans un tel état qu'elle n'était pas en mesure de respecter la rigueur scientifique. Comment allait-elle pouvoir faire la part des choses face au dilemme qui la torturait?

Apparemment, Confucius lui léguait un patrimoine ancestral en lui recommandant d'agir en personne responsable. Cet homme, passé maître dans l'art des réformes politiques et sociales, avait instauré une philosophie d'une sagesse infinie qui continuait d'être enseignée deux mille cinq cent cinquante ans plus tard. Pourtant, tout cet apprentissage se basait sur une croyance profondément spirituelle qui ne semblait pas pour autant ébranler son intégrité ! Désemparée, Frances ne se sentait pas la force d'affronter seule autant de concepts inconnus.

## Vince

Frances était seule dans l'ascenseur. Elle fixait sans le voir le cadran lumineux, préoccupée par la conférence prévue avec les journalistes. Elle avait les représentants mongols sur le dos. En fait, la délégation avait peur de ne pas pouvoir profiter des retombées économiques qui découleraient sans doute d'une telle nouvelle. Elle devait user de toute sa diplomatie pour leur faire comprendre qu'au contraire, le grand public connaîtrait enfin le rôle primordial de la Mongolie dans cette découverte scientifique. Mais ce qui la tracassait au plus haut point était d'un tout autre ordre: les bailleurs de fonds de l'expédition étaient pressés de faire de la publicité sur la mission et lui recommandaient une divulgation hâtive des résultats de ses recherches. Frances aurait pourtant préféré attendre encore quelques semaines, le temps de permettre aux analyses de confirmer certaines hypothèses.

Elle poussa un soupir d'impatience lorsque l'ascenseur s'arrêta momentanément. Elle évita délibérément de regarder l'homme qui entrait, et fit mine de consulter sa montre. Après quelques secondes d'un silence pesant, elle jeta discrètement un coup d'œil dans sa direction, mais s'empressa de détourner le regard quand elle s'aperçut qu'il l'observait. Pour se donner une contenance, elle reporta son attention sur le cadran de l'élévateur. Elle avait l'impression de manquer d'air. Même s'il se tenait contre le mur opposé, elle trouvait que cet homme était trop près d'elle. Allait-elle enfin arriver au rez-de-chaussée, oui ou non ? Sentant toujours le poids du regard de l'inconnu sur elle, Frances décida de lui rendre la pareille en le fixant fermement dans les yeux.

Et là, elle reçut le choc de sa vie. L'effet de surprise passé, elle riva son regard aux yeux insondables qui lui faisaient face sans se défiler. Frances s'était toujours imposé la règle de ne pas détourner le regard la première. Elle se força donc à maintenir le contact visuel avec l'inconnu malgré son embarras. Elle remarqua plusieurs dégradés de bleus autour de la pupille légèrement dilatée de celui-ci. Elle se détendit peu à peu, passant de l'inspection à la rêverie. Elle comprit pour la première fois le sens de l'expression « Se noyer dans le regard de l'autre ». Elle avait toujours pensé que c'était une phrase débilitante valable pour des romantiques qui n'avaient pas les pieds sur terre.

L'homme parut décontenancé à son tour, car il cilla plusieurs fois des yeux. Tout s'embrouilla à partir de cet instant. Qui fit les premiers pas ? Elle aurait alors pensé que c'était lui, mais sans pouvoir le certifier. Tout ce qu'elle savait, c'était qu'un instant plus tard, elle l'embrassait sans retenue. Il la tenait si serrée contre lui qu'elle respirait avec difficulté. L'ascenseur continuait à descendre sans donner l'impression qu'il allait arriver à destination. Le temps était suspendu. À bout de souffle, leurs bouches se séparèrent pour se reprendre de plus belle, attirées douloureusement l'une vers l'autre. Frances sentait la force, mais aussi la douceur de son partenaire, et s'y abandonna sans retenue. Perdant l'équilibre, il la plaqua vivement dans un coin de la cabine et s'appuya lourdement contre elle. Il prit le visage de Frances entre ses mains pour la regarder intensément. Dans un mouvement typiquement masculin, elle sentit les doigts de l'inconnu plonger dans ses cheveux, à la rencontre du chignon qu'il défit sans ménagement. Elle sentit le battement sourd de son propre cœur résonner à l'unisson avec celui de cet homme. Les vêtements formaient une barrière insupportable entre leurs deux corps. Il commença donc à relever l'ourlet de sa jupe. Le corps en effervescence, elle gémit d'impatience. Elle le voulait, maintenant !

Tout à coup, Julie apparut dans son champ de vision et la secoua doucement d'un air inquiet.

— Frances, réveille-toi !

La responsable s'assit si brusquement qu'elle faillit se cogner la tête contre celle de Julie.

— Quoi ?

— Excuse-moi de te tirer ainsi du sommeil. Tu étais tellement agitée que j'avais peur que tu te fasses mal en tombant de ton lit.

— Quelle heure est-il ? demanda Frances, qui essayait de mettre de l'ordre dans ses idées.

— Il n'est que vingt-deux heures. Je venais de m'endormir.

— Je suis désolée de t'avoir dérangée, ce n'est pourtant pas dans mes habitudes..., bredouilla Frances en retombant sur le matelas.

— Tu as de la chance. Personnellement, cela m'arrive constamment. Mes nuits sont peuplées d'un nombre incalculable de rêves. Et je t'assure que ce n'est pas de tout repos. J'aimerais bien revenir au temps des sommeils réparateurs de ma petite enfance. Normalement, tu ne m'aurais pas réveillée, mais quand tu as parlé...

— J'ai parlé en dormant ?

— Oui, mais tu n'as pas dit grand-chose. En fait, tu as prononcé le nom d'un mec à plusieurs reprises, répondit-elle.

— Ah oui ? demanda Frances, les joues en feu.

— Vince, je crois, lâcha-t-elle avant de se retourner sur le dos, laissant son amie se remettre de ses émotions.

« Ce gars-là avait l'air de lui faire tout un effet », pensa Julie en réprimant un sourire. Un corps délaissé trop longtemps au détriment d'activités cérébrales se débrouillait toujours pour faire savoir qu'il était constitué de chair et de sang au moment où la conscience n'avait plus son mot à dire. Elle en avait fait l'expérience plus d'une fois. Julie avait compris que c'était le prix à payer pour exercer ce métier qu'elle adorait. Malgré cela, la femme en elle continuait à regretter de ne pas connaître l'amour. Elle se mit à sourire inconsciemment, tandis que l'image fugace de Jean-Christophe lui apparaissait. Elle enviait les relations que Frances entretenait avec lui. Ce gars était vraiment spécial, car il présentait deux visages diamétralement opposés : l'introverti timide qui balbutiait, et l'extraverti chaleureux qui s'exprimait avec ardeur. Le sourire n'avait toujours pas quitté ses lèvres pendant qu'elle sombrait dans les bras de Morphée.

Quand Frances comprit que Julie s'était endormie, elle se détendit un peu. Elle avait déjà fait des rêves érotiques, mais aucun qui soit comparable à celui-ci. Les sensations qu'elle venait d'éprouver étaient plus fortes que tout ce qu'elle avait vécu sur le plan amoureux, que ce fût en rêve ou dans la réalité. Cela lui avait bel et bien semblé réel. Son cœur y avait cru, puisqu'elle éprouvait toutes les difficultés du monde à calmer la tempête émotionnelle qui l'agitait. Franchement, Vince Rafter et elle ! Quoi de plus banal que de fantasmer sur un acteur ! Bouleversée, elle gémit sourdement en se tournant du côté de la toile de tente, les mains serrées entre ses cuisses. Son corps aussi y avait cru, et il continuait de lui crier son désarroi. Dans l'état où elle se trouvait, elle n'avait toutefois pas remarqué que la pression au front qui la tenaillait jusque-là venait rapidement de baisser, puis de disparaître enfin en l'espace de quelques secondes.

* * *

De l'autre côté de l'océan Pacifique, à Los Angeles, Vince Rafter était assis sur son lit, baigné de sueur. Le souffle encore court, il sentait son cœur battre très vite. Il était tellement excité que cela lui faisait presque mal. Il regarda à côté de lui : une femme dormait profondément. Il lui caressa doucement les cuisses en remontant vers ses fesses, reprenant là où le rêve s'était arrêté, mais sans l'entrave des vêtements, cette fois-ci. Des images lui revenaient constamment en tête alors que sa compagne commençait à réagir sous ses caresses. Il était animé d'un tel désir que cela ne laissa pas la jeune femme indifférente. Il voulait la posséder. Il le devait, ne serait-ce que pour combler le plus rapidement possible le manque qu'il ressentait dans son corps.

Une demi-heure plus tard, rien ne troublait plus cette aube que Vince ne pourrait jamais oublier. Il s'assura que la femme s'était bien rendormie avant de s'habiller en silence. Il avait besoin d'être seul. C'était plus facile ainsi. Il n'y avait aucun trafic à cette heure matinale, aucune explication à donner. Au volant de sa voiture, il se sentit déjà beaucoup mieux. Comme les rues étaient pratiquement désertes, il conduisit vite. Il adorait la vitesse, et il en avait rudement besoin en ce moment. Son corps s'était peut-être apaisé, mais son esprit, lui, demeurait agité.

Quand il arriva chez lui, il alla directement dans la salle de bain. Sous le jet de la douche, un visage féminin racé envahit ses pensées. « Tout ça n'est qu'un foutu rêve ! », se raisonna-t-il. Lui qui ne rêvait jamais, comment pouvait-il se souvenir avec autant de précision d'une rencontre qui n'en était pas une ? Pourtant, tout était parfaitement clair dans sa tête : l'ascenseur, la présence de cette femme, les sensations affolantes qu'elle lui procurait, le goût de ses lèvres et même son odeur.

Il en avait certes connu, des femmes, dans sa vie, et de plus jolies que cette inconnue. Qu'avait-elle de plus que les autres ? Au fond de lui-même, il connaissait déjà une partie de la réponse : l'authenticité. Il était entouré de gens faux, des hommes et des femmes qui cultivaient une image tellement parfaite d'eux-mêmes qu'ils finissaient par y croire. Vince en avait assez de ces marionnettes qui laissaient les « qu'en-dira-t-on » tirer les ficelles. La femme de son rêve était loin de tout ça… était-ce vraiment lui qui débitait pareil cliché ? Un sourire désabusé sur les lèvres, il appuya son front contre la céramique de la cabine de douche en augmentant un peu plus le débit d'eau chaude. Mais pourquoi continuait-il de penser à elle comme si elle existait vraiment ?

Il essaya de trouver une réponse à cette énigme en se rappelant les détails de son rêve. Au premier abord, il l'avait regardée distraitement. Elle affichait un air impatient quand il était entré dans l'ascenseur. Elle avait des traits particuliers, il s'agissait probablement d'une Européenne. Elle essayait délibérément de l'ignorer, et cela l'avait intrigué. Et quand elle l'avait enfin regardé avec défiance, il était déjà sous le charme. Elle avait des yeux ensorcelants. Il avait vu défiler en l'espace de quelques secondes une foule d'expressions dans ces derniers : du défi, de la surprise, puis de la détermination et de la douceur. Il avait fini par être intimidé par tant d'attention.

Un déclic s'était produit sans qu'il comprît ce qui l'avait provoqué. Dans le temps de le dire, elle était dans ses bras en train de l'embrasser à pleine bouche. Quelle fougue elle y mettait ! Il ne s'en était pas encore remis. Ils n'arrivaient pas à étancher la soif qu'ils avaient l'un de l'autre. Il la sentait fragile, mais confiante. Il avait éprouvé un drôle de sentiment, oublié depuis longtemps : l'instinct de la protéger. Il avait même pris le temps de bien la regarder en défaisant son chignon. Une magnifique chevelure lustrée s'était libérée sur les épaules de l'inconnue. Il avait enfoui son visage dans cette cascade noire, humant une délicate odeur… de fleur. Il la désirait comme un fou. Il était déchaîné lorsqu'elle avait prononcé son prénom. Puis soudain, il avait entendu quelqu'un crier avant de se réveiller. Il s'agissait d'un mot de consonance latine. « France… non, pas France, mais plutôt Frances. »

Il était devenu complètement fou, ou quoi ? Fantasmer sur une femme, c'était normal, mais fantasmer sur une femme qui n'existait pas, c'était du délire. Cela avait eu l'air si réel qu'il s'était pris au jeu, voilà tout. Néanmoins, s'il ne se changeait pas les idées tout de suite, il allait de nouveau céder aux exigences de son corps, se dit-il en tournant cette fois le robinet d'eau froide.

Vince termina sa toilette rapidement, puis s'installa pour lire le script que son agent lui avait envoyé. S'il était incapable de dormir, aussi bien travailler. Dix ans plus tôt, il aurait rêvé d'avoir un rôle comme celui-ci. Aussi loin qu'il s'en souvienne, il avait toujours voulu être acteur. Pourtant, il était né dans un ranch, situé dans les Rocheuses canadiennes. Ses parents étaient des gens simples qui n'avaient jamais connu autre chose que les chevaux et les vastes espaces. Pour eux, il n'y avait pas de plus belle vie que la leur. Aujourd'hui, avec le recul, il pouvait en convenir, mais pendant son adolescence, il pensait tout autrement. Il faut dire qu'il avait souffert de solitude, lui qui était enfant unique. Ses parents avaient longtemps essayé d'en avoir d'autres, mais ils s'étaient finalement contentés de celui que la vie leur avait déjà donné. Vince avait donc vécu toute son enfance parmi des adultes, sans connaître les jeux qu'aurait pu apporter la compagnie d'autres enfants. Pour combler ce vide, il avait commencé à s'intéresser aux films de fin de soirée qui passaient à la télévision. Il assouvissait ainsi avec le cinéma son appétit insatiable de connaissance du genre humain. Puis, quand il avait été en âge de comprendre toute la finesse de jeu des acteurs, il avait peu à peu appris à transposer ses émotions dans d'autres contextes. Avant de s'endormir, il s'amusait à reprendre des scènes de film qu'il avait particulièrement aimées. Il avait même commencé à voir les faiblesses de certaines répliques, qu'il s'imaginait jouer d'une façon différente. Faire semblant était peu à peu devenu pour lui une seconde nature. Il avait donc très tôt dans la vie trouvé sa vocation.

Sans comprendre son choix, ses parents l'avaient pourtant respecté. Ils savaient que leur fils y attachait beaucoup d'importance. De toute manière, Vince était bel et bien un Rafter, et on n'arrêtait pas un Rafter lorsqu'il prenait une décision. Il employait toute sa force et sa détermination pour réussir, et ce, même dans l'adversité. D'ailleurs, plus l'épreuve s'avérait difficile, plus il redoublait d'efforts, gardant bien en vue les buts qu'il s'était fixés. Le sang indien qui coulait dans ses veines était peut-être à l'origine de ce trait de caractère. Par le passé, en effet, sa famille et les Pieds-Noirs, nomades bien pourvus en chevaux, avaient entremêlé leurs destins. Fort de sa décision, Vince avait donc quitté les avant-monts ondoyants des Rocheuses du sud-ouest de l'Alberta pour aller étudier à l'Académie des arts dramatiques de New York. Cela avait marqué le début d'une longue quête personnelle, qui allait aboutir à une certaine notoriété noblement acquise après des années de dur labeur. Vince avait relevé plusieurs défis en acceptant d'interpréter différents personnages jugés difficiles. Toutefois, se mettre dans la peau d'un autre lui procurait l'apaisement qu'il ne ressentait jamais autrement. Quand il puisait ainsi en lui, il ne pensait à rien d'autre.

Vince essaya de se remettre à la lecture du scénario, qui ne l'intéressait pas particulièrement. Il lisait distraitement l'histoire, pourtant écrite par un réalisateur qu'il appréciait. Il n'avait rien à dire sur la distribution, car il allait jouer avec d'excellents acteurs. Tout cela manquait seulement d'originalité. On avait déjà vu maintes fois ce genre d'aventure archéologique qui levait le voile sur certains mystères de l'Antiquité. Avec les dinosaures du *Parc Jurassique* et les histoires d'horreur égyptiennes comme *La momie*, on avait à peu près exploré toutes les avenues possibles. Vince se passa nerveusement la main dans les cheveux. Il avait besoin de vacances. Un petit tour du côté du ranch ne lui ferait pas de mal. Depuis combien de temps ne s'était-il pas arrêté de travailler?

Trois ans, minimum! Ça devait être pour cela qu'il se sentait cafardeux. Il dirait demain à son agent qu'il voulait un peu de temps avant de prendre une décision au sujet de ce projet. Il laissa sa lecture en plan pour essayer d'aller dormir un peu.

* * *

Vince était assis sur le balcon, en train d'admirer les reflets du soleil couchant sur les cimes enneigées des montagnes. Son père le rejoignit avec des bières bien fraîches. Ils avaient travaillé fort toute la journée pour remplacer des clôtures brisées. Les deux hommes ne voulurent pas briser le silence; ils étaient tout simplement contents d'être de nouveau réunis. Par la fenêtre ouverte, Vince entendit sa mère fredonner en cuisinant une de ses spécialités. Il pouvait enfin se permettre de décompresser. Il ne s'était pas aperçu de tout le stress qu'il avait accumulé depuis quelque temps. Cela lui avait fait un bien énorme de travailler physiquement à l'extérieur, au lieu d'être confiné dans le gymnase qu'il fréquentait régulièrement pour se maintenir en forme. Rien de mieux que les travaux de ferme pour suer un bon coup! Quelle ironie la vie lui renvoyait-elle au visage! Il se rendait compte qu'il avait besoin de se retrouver auprès des siens, à la maison, lui qui plus jeune était si pressé de s'en éloigner.

— Tu restes avec nous encore combien de temps? demanda son père.

— Je n'ai même pas eu le temps de me poser cette question, répondit Vince avant d'avaler une gorgée de bière.

— Ta mère est très contente de ta visite surprise, je crois qu'elle s'est beaucoup ennuyée de toi. Il faut dire, sans t'en faire le reproche, que cela faisait un sacré bon bout de temps que tu n'étais pas venu nous voir.

— Je sais, j'ai mené une vie de fou dernièrement. J'avais vraiment besoin de m'arrêter. J'aimerais rester une semaine ou deux, si cela ne vous dérange pas.

— Tu ne nous déranges jamais. Et cette maison est la tienne, d'accord?

— Moi aussi, je suis content d'être ici, répondit Vince en

contemplant les derniers rayons du soleil.

— Je vais chercher le vétérinaire. Je suis certain que c'est pour ce soir.

— D'accord! dit Vince avant de prendre une autre gorgée de bière.

Un mois venait de s'écouler sans que Vince s'en soit rendu compte. Le début de l'été s'accompagnait de multiples travaux manuels nécessaires à la bonne marche du ranch. Ici, le temps prenait une toute autre signification. Vince ne manquait pas de travail, loin de là, mais il prenait le temps de vivre au jour le jour. Les tâches qui n'avaient pas été faites dans la journée étaient tout simplement remises au lendemain. Aucune échéance à respecter, aucun budget à calculer, rien d'autre que le gros bon sens à considérer. Alors que dans son monde fou furieux habituel, tout se calculait à la seconde près. Le temps, c'était de l'argent! Donc, forcément, on manquait toujours de temps. D'un plateau de tournage à l'autre, un acteur n'avait d'autre choix que celui de prendre conscience des minutes, des heures, des jours, des mois, voire des années qui défilaient à première vue de manière inéluctable. À force de vouloir suivre la cadence, on se retrouvait pris dans l'engrenage d'une roue qui tournait trop vite.

Vince termina sa bière et alla surveiller une jument qui allait mettre bas. Il s'assit près d'elle sur la paille pour l'empêcher de se relever. Elle poussait un léger râle, mais ne s'agitait plus autant qu'avant son intervention. L'acteur était très loin de ce qui composait sa vie normalement, mais il songeait tout de même à son agent, qui lui avait téléphoné à maintes reprises au cours des derniers jours. Ce dernier le pressait d'accepter un rôle dans un film de grande envergure. Apparemment, un budget supplémentaire avait été débloqué parce que le thème de l'histoire était redevenu à la mode. Le réalisateur avait apporté des modifications majeures au script, et son agent s'était empressé de les lui faire parvenir.

Habituellement, ce n'était pas de bon augure lorsqu'un réalisateur retouchait ainsi le scénario; on craignait alors qu'il en ait de nouveau envie pendant le tournage. Vince ne s'était pourtant pas encore donné la peine de relire le scénario. Peut-être se sentait-il un peu désabusé, après toutes ces années de quête d'absolu passées dans un corps de métier bafoué par les producteurs de films.

Tout bien considéré, cet arrêt de travail lui faisait un bien fou. Il n'avait pas songé un seul instant au milieu cinématographique depuis qu'il était à la ferme. Il continuait de caresser le cou de l'animal, qui semblait s'apaiser tandis que son imagination débridée en profitait une nouvelle fois pour faire des siennes. Vince ne comprenait vraiment pas pourquoi il gardait en tête le souvenir d'un rêve qui n'aurait pas dû être aussi précis. Il avait espéré que celui-ci s'effacerait avec le temps, mais cela n'avait pas été le cas. Au contraire, l'acteur se souvenait de tous les détails, jusqu'au grain de beauté qu'il avait remarqué juste en haut de la tempe gauche de l'inconnue, caché derrière ses longs cheveux. Cette petite taille, ces grands yeux intimidants, ce nez droit et cette bouche charnue qu'il n'avait jamais vue sourire le hantaient.

Il ramena son attention sur la jument, qui recommençait à bouger en hennissant lamentablement.

— Tout doux… doux ma belle, dit-il calmement en flattant son chanfrein.

— Nous voilà ! annonça son père, qui arrivait en compagnie du vétérinaire.

— Ils vont bien prendre soin de toi, murmura Vince à l'oreille du cheval, avant de se relever.

Il faisait nuit quand Vince quitta la grange. Il leva la tête vers le ciel criblé d'étoiles. La nature affichait une fois de plus un de ses multiples visages. Une toile de grand maître impossible à reproduire. L'acteur se sentit si seul devant tant de grandeur qu'il pressa le pas vers la maison.

Il alla directement se chercher une bière dans le frigo. Sa mère préparait la table, tout en regardant un reportage sur des découvertes scientifiques.

— Est-ce qu'elle l'a eu ? demanda-t-elle d'un air impatient.

— Non, pas encore ! répondit-il en regardant distraitement la télévision.

— Elle m'inquiète beaucoup, cette jument. Elle est beaucoup trop jeune pour pouliner.

— Ne t'en fais pas, dit Vince en enlaçant sa mère. Elle fera cela comme une grande.

— Oh toi, tu es un grand optimiste, fit-elle remarquer avec un sourire attendri, tout en lui tapant affectueusement dans le dos. N'empêche que nous aurions dû être plus prudents avec l'étalon; on s'attirait des troubles en le laissant sortir.

— Qu'est-ce qu'on mange, ce soir ? demanda Vince en s'approchant du four.

— Un rôti de bœuf avec des pommes de terre...

Vince entendit à peine la réponse de sa mère, les yeux tout à coup rivés vers l'écran de télévision. Il était alors question de la fabuleuse découverte, dans le désert de Gobi, d'un squelette d'homme préhistorique vieux d'un million et demi d'années.

— Monte le son, dit sa mère, en voyant qu'il s'intéressait au documentaire.

— Si cela ne te dérange pas..., répondit distraitement Vince en montant le volume de la télévision.

« ... trouvé par une équipe d'experts scientifiques, qui travaillent justement sur les lieux pour effectuer des fouilles archéologiques, dont voici quelques images tournées par des membres de l'expédition », disait le commentateur.

Plusieurs scènes prises à différentes étapes de la fouille défilèrent à l'écran. Estomaqué, Vince se figea lorsqu'il vit le visage d'un des membres de l'équipe d'archéologues. Une femme qui se tenait au bord d'un trou regardait d'un air sérieux un homme qui s'affairait à dépoussiérer de vieux ossements. Cette scène ne dura que quelques secondes, puis une autre suivit, montrant l'entrée de la grotte au flanc d'une montagne aride. Ensuite, la voix du commentateur revint pour citer un extrait de presse. Vince concentra toute son attention sur l'écran, à l'affût du moindre indice qui lui confirmerait qu'il n'avait pas eu une hallucination. Son cœur ne fit qu'un bond lorsque la caméra fit un gros plan sur un visage qu'il reconnut immédiatement. Il écouta ce que cette femme disait aux journalistes. Il la dévorait des yeux, n'en revenant tout simplement pas. Bien qu'un peu plus hâlée que dans son souvenir, c'était bel et bien elle. Elle restait stoïque et répondait calmement aux questions, en ignorant délibérément certaines interruptions impolies. À ce moment-là, son nom apparut au bas de l'écran: «Docteur Frances Laguerre, chef de l'expédition en Mongolie, conservatrice du Muséum d'histoire naturelle de Paris».

Le commentateur passa à un autre sujet, mais Vince continua de fixer la télévision durant quelques minutes.

— Le reportage sur la découverte scientifique t'a captivé, mon garçon! lui lança sa mère, surprise.

— Hum?

— Je ne savais pas que l'archéologie t'intéressait à ce point.

— Si cela ne te fait rien, maman, je vais aller prendre une douche avant le souper, dit-il en sortant de la cuisine, sans attendre de réponse.

Plus tard, dans l'obscurité de sa chambre, il chercha à comprendre l'inexplicable. Cette femme existait réellement! Comment une personne qu'il n'avait jamais vue de sa vie se retrouvait-elle dans ses rêves? Ce qui était plus incroyable encore, c'était qu'elle s'appelait Frances. N'était-ce pas le nom qu'il avait justement entendu avant son réveil brutal? Toutes ces coïncidences n'en finissaient pas de le confondre. Il était tiraillé entre la satisfaction de savoir que cette femme n'était pas un produit de son imagination, et l'agacement causé par son incapacité à expliquer de façon rationnelle ce qu'il avait vécu.

À une certaine époque, il aurait cru en une force supérieure, probablement en raison de toutes les légendes indiennes que lui avait racontées son père. L'imagination fertile de son enfance avait effectivement été nourrie par les coutumes amérindiennes, qui parlaient d'hommes vivant en harmonie avec la nature, de guerriers courageux affrontant l'ennemi envahisseur, ou de sages ayant des visions prophétiques à travers les entités animales. Mais toutes ces années passées dans l'industrie du spectacle l'avaient ramené à des préoccupations plus terre-à-terre, comme l'ascension professionnelle, le gain en capital et la consommation à tout prix.

Un détail lui revint subitement: cette femme était responsable d'une mission d'exploration archéologique. Or, le scénario qu'il avait reçu ne parlait-il pas justement du même sujet ? Vince chercha frénétiquement le script que son agent lui avait envoyé. Il le feuilleta rapidement et prit une décision avant même d'avoir pris connaissance de tout le document : il allait accepter le rôle. Mais auparavant, il irait en repérage du côté de la Mongolie, histoire de voir comment travaillaient les archéologues sur le terrain…

# À la croisée des chemins

Frances lisait son article scientifique récemment publié dans une revue spécialisée. Elle y avait longuement décrit les travaux effectués sur le terrain, tout en restant prudente quant aux diverses hypothèses avancées. Elle ne voulait pas se prononcer tant que les travaux de laboratoire ne seraient pas concluants. Elle croyait s'en être bien tirée, même si elle n'aimait pas spécialement être sous les feux de la rampe. Sous la loupe des journalistes, les nouvelles n'avaient souvent plus rien à voir avec la réalité, le sensationnalisme compromettait la crédibilité des informations. Frances trouvait qu'il y avait eu un peu trop de publicité autour de l'événement, et elle craignait que cela n'éveille une curiosité malsaine.

Elle referma sèchement le dossier de presse. Elle devait se mettre à la rédaction du rapport hebdomadaire, qui compilait toutes les nouvelles données recueillies. Elle se concentra pour expédier cette tâche au plus vite, car d'autres plus urgentes encore l'attendaient. En dehors du bruit presque imperceptible du crayon sur le papier, rien ne venait perturber le silence qui régnait dans le petit bureau qu'on lui avait prêté à l'Institut des sciences naturelles d'Oulan-Bator. Frances s'arrêta d'écrire, le temps d'étendre le bras vers le téléphone silencieux. Une seconde plus tard, une sonnerie stridente résonna dans la pièce exiguë.

— Oui, Al ? dit Frances en décrochant l'appareil, le nez encore dans ses papiers.

— Euh… comment avez-vous su que c'était moi ? demanda-t-il, surpris.

— Je ne sais pas. C'est probablement parce que j'avais hâte d'avoir de vos nouvelles concernant les réactions de la délégation.

— Ah bon ! Ils sont satisfaits de la revue de presse. Rassurés, aussi, puisque vous avez souligné l'importance de la Mongolie dans cette affaire.

— Vous avez fait du bon travail, Al, et je vous remercie pour l'aide précieuse que vous m'apportez.

— Ce n'est rien, voyons !

— Si vous le voulez bien, je souhaiterais vous montrer quelque chose. Pourriez-vous passer au labo ?

— Dans une heure ? suggéra Al. J'aimerais terminer auparavant le rapport hebdomadaire qu'attend le comité scientifique.

— Ça me convient. À tantôt, acquiesça-t-elle avant de raccrocher.

Frances se dit qu'elle devrait faire un peu plus attention. Les gens autour d'elle, surtout ceux qui la connaissaient bien, commençaient en effet à la trouver bizarre. Même elle ne savait plus comment faire la part des choses entre la perception claire et distincte de la réalité, et les sensations invisibles aux sens qu'elle ressentait. La Pierre angulaire était responsable de ce qui lui arrivait. Frances avait longtemps nié ce fait, mais cela ne faisait plus aucun doute dans son esprit. Finalement, la vérité lui était apparue d'une clarté absolue. Par définition, la Pierre angulaire était en soi la base fondamentale sur laquelle reposait toute chose. Mais Confucius nommait l'objet qu'elle avait trouvé « Pierre angulaire » parce qu'il jugeait que celui-ci pouvait être l'élément déclencheur de l'évolution de l'homme. La philosophie était la quête de la vérité; le plus grand philosophe de tous les temps avait eu cette révélation grâce à la Pierre angulaire. Confucius avait voulu transformer le monde par l'enseignement, tout en transmettant sagement son savoir. Il n'avait eu de cesse de développer l'intérêt de sa communauté pour la connaissance. Pour ce faire, il avait dû se garder du danger que pouvait représenter la Pierre pour des individus éventuellement avides de pouvoir. Frances avait suivi son exemple, en commençant par mettre l'objet à l'abri des yeux indiscrets. Elle le gardait sous clé dans son coffre personnel, dans sa chambre d'hôtel. Avant de prendre une quelconque décision le concernant, elle devait savoir où cela la mènerait. Elle poussa un long soupir avant de se remettre au travail.

Une heure plus tard, Frances était en compagnie d'Al. Il lui montrait des clichés de la paroi rocheuse de la montagne.

— Vous voyez les plis synclinaux ici, et les plis anticlinaux là ? demanda-t-il en montrant du doigt les photos.

— Des ondulations de ce genre dénotent la présence de calcaire jurassique, non ?

— C'est une vieille montagne… d'au moins cent trente-cinq millions d'années, estima-il.

Frances regarda à travers la lunette du microscope, en ajustant un peu la résolution de l'image.

— Ce que vous voyez indique la présence indubitable de roches volcaniques. Cela expliquerait pourquoi on a trouvé le fossile dans un si bon état de conservation.

— Avez-vous informé l'équipe de vos déductions ? s'informa Frances.

— Non. J'ai été trop occupé avec la délégation. Et justement, je voulais vous parler de quelque chose…

— Je vous écoute.

— Nos responsables des relations publiques m'ont fait part d'une requête, dit Al, un peu embarrassé.

— De quoi s'agit-il ?

— Une proposition leur a été faite par un cinéaste réputé.

— Pardon ?

— Le réalisateur travaille à un scénario dont l'histoire se déroule dans le milieu de l'archéologie. Une grande maison de production américaine lui fournit un très gros budget pour son prochain film.

— En quoi cela nous concerne-t-il ? demanda Frances, prise d'un mauvais pressentiment.

— Si le film se réalise, la Mongolie en retirerait de la publicité, qui promouvrait judicieusement le tourisme ici. Le gouvernement pense toujours aux retombées économiques.

— Qu'est-ce que cet homme veut, à la fin ? demanda-t-elle impatiemment.

— La délégation demande humblement votre coopération si le projet va de l'avant, ajouta Al d'une voix conciliante. Le cinéaste veut envoyer une équipe de repérage, afin de trouver les meilleurs endroits possibles pour filmer quelques scènes. Votre expérience...

Un léger bourdonnement résonna dans les oreilles de Frances. Elle sentit un frisson parcourir ses bras et remonter jusqu'à la base de sa nuque, ainsi qu'une pression sur son front.

— ... Deux personnes voudraient vous rencontrer pour avoir votre avis d'experte sur le sujet. Ça va, Frances? demanda Al, soudain inquiet.

— Oui, oui... Qui désire me rencontrer?

— Un chef décorateur responsable des repérages, qui voudrait une visite guidée de notre site archéologique.

— Si c'est tout ce qu'il demande, on peut arranger ça, dit-elle prudemment, sentant toujours ses sens en alerte.

— Ce n'est pas tout...

Les battements du cœur de Frances s'accélérèrent. Elle sentait toujours la pression au milieu de son front.

— Un acteur veut vous rencontrer pour connaître notre métier.

— Qui? murmura Frances.

— Il s'appelle Vince Rafter.

Étourdie, elle s'assit pour faire bonne contenance, le temps d'accuser le choc.

— Vous êtes sûre que ça va, Frances?

Elle lui fit signe que oui.

— Voulez-vous boire un peu d'eau? s'empressa de demander Al.

— Ce ne serait pas de refus, répondit Frances, cherchant désespérément une excuse pour se retrouver seule.

— Vous devriez voir un docteur.

— Non, ce n'était rien, seulement une légère indisposition.

— Est-ce que cela vous arrive souvent?

— Rarement... Tout bien réfléchi, donnez-moi donc les coordonnées de votre médecin, cela ne ferait peut-être pas de mal d'aller le consulter, enchaîna Frances pour réconforter Al, en espérant secrètement qu'ainsi, il cesserait de chercher la cause embarrassante de son malaise.

— Bonne idée! J'ai ses coordonnées à mon bureau. Je reviens tout de suite.

Enfin seule, Frances se remit sur ses pieds et se dirigea vers le lavabo. Elle aspergea son visage d'eau froide. Elle réfléchissait à toute vitesse.

Quelle coïncidence incroyable ! Vince Rafter voulait la rencontrer, elle ! En fait, il occupait en permanence son esprit depuis l'indécent rêve de l'ascenseur. Elle avait beau se dire que tout cela ne signifiait rien, elle n'arrivait toujours pas à le chasser de sa tête. Dieu merci, elle n'avait plus rêvé de lui par la suite ! Sa décision était prise : il était hors de question de rencontrer cet homme.

— Voilà sa carte ! dit Al en rentrant dans la pièce.

— Merci ! répondit-elle. Al, j'aimerais beaucoup aider la délégation dans cette affaire, mais je serai incapable de trouver du temps pour quelque chose qui ne soit pas d'ordre scientifique. De plus, je ne crois pas que le comité administratif verrait d'un bon œil mon implication dans des activités n'ayant aucun rapport avec le projet.

— C'est exactement ce que je leur ai répondu.

— Pourquoi insistent-ils, alors ?

— Après que la délégation ait fait part au cinéaste de cette réticence bien légitime de votre part, elle a eu la surprise de recevoir l'autorisation écrite du comité scientifique.

— Comment est-ce possible ?

— Le monsieur est déterminé et a de la suite dans les idées, rétorqua Al en sortant un papier de sa poche.

Frances lut rapidement le contenu de la lettre, avant de la replier distraitement. Elle était officieusement autorisée à rencontrer ces gens aux moments qu'elle jugerait appropriés, sans bien sûr nuire au bon déroulement des opérations en cours.

— J'ai quelques coups de fil à passer, on s'en reparlera un peu plus tard, finit-elle par dire avant de laisser Al.

Elle passa quelques heures au téléphone à demander des explications au responsable du comité scientifique. Elle avait cependant beau lui dire que son horaire était déjà chargé, que ses recherches étaient beaucoup plus importantes que le cinéma, rien ne semblait l'ébranler. Elle pouvait en effet imposer son propre calendrier, puisqu'elle disposait d'un mois pour répartir un nombre limité de rencontres avec deux personnes seulement. Ce n'était pas trop demander, jugeait le responsable. Il restait plutôt vague quant au nombre exact de rencontres qu'elle devrait accorder, puisque cela dépendrait des besoins de chacun. Calmement, elle lui expliqua que ses propres besoins étaient d'un tout autre ordre, et qu'elle ne voyait pas la nécessité d'accorder du temps à ces futilités. Il proposa alors de repousser les délais pour le projet de recherche, s'il le fallait.

De guerre lasse, Frances raccrocha en disant qu'elle ferait de son mieux. La mauvaise humeur l'avait gagnée lorsqu'elle avait compris que l'aide financière que ce responsable avait obtenue lui permettait de faire pression sur elle. Elle n'avait même pas besoin de son nouveau flair pour comprendre que seuls des enjeux monétaires pouvaient faire repousser si allégrement des délais.

Très bien ! Cet acteur voulait comprendre le métier ? Alors, il allait être servi ! Elle allait s'arranger pour lui faire parvenir toute les informations dont il aurait besoin sans avoir à intervenir personnellement.

Les jours suivants, Frances prépara son équipe à l'arrivée prochaine d'invités qui sortaient de l'ordinaire. Ils n'auraient qu'à répondre brièvement aux questions tout en continuant à travailler. D'ailleurs, c'était le résultat recherché. Quoi de plus explicite qu'un décor naturel, n'est-ce pas ? Le moment venu, Al irait faire un petit tour du côté du camp, comme ça tout le monde serait content. Dès que la date d'arrivée des invités fut confirmée, l'archéologue planifia un emploi du temps très serré pour le mois à venir.

* * *

Vince visitait les laboratoires de l'Institut d'archéologie de l'Académie des sciences en compagnie d'Al. Il était en Mongolie depuis une semaine et n'avait toujours pas rencontré Frances Laguerre. Depuis son arrivée, on lui avait présenté un géologue mongol au nom difficile à retenir, Altangerel Kitai, qu'on pouvait communément appeler Al. Un courant de sympathie s'était établi entre eux malgré une certaine distance respectueuse du géologue. Al avait, qui plus était, réponse à tout, aussi quel prétexte Vince aurait-il pu invoquer pour demander à faire la connaissance de Frances ? Il avait donc décidé d'être patient, de jouer le jeu et de rester à l'affût de la moindre excuse valable. Mais l'archéologue semblait toujours extrêmement occupée. Quand elle n'était pas en réunion, elle était dans son bureau en train de régler des affaires urgentes, ou encore dans un autre bâtiment ou dans un autre laboratoire, comme c'était le cas aujourd'hui. Ce matin, ironie du sort oblige, elle avait personnellement rencontré Bob Williams, le chef décorateur, le jour même où Vince réglait par conférence téléphonique les dernières modalités de son contrat avec son agent et le réalisateur.

Il avait durement négocié ce laps de temps qu'il s'accordait pour cerner cette femme. Il avait clairement fait comprendre à Scott Lange, le réalisateur, qu'il accepterait le rôle seulement s'il pouvait rencontrer la scientifique chargée de l'expédition archéologique. De son côté, Scott savait que Vince Rafter avait le potentiel de devenir une grande vedette, même si son parcours atypique n'avait pas encore séduit le monde entier. Néanmoins, il ne voyait personne d'autre que cet acteur pour incarner le personnage principal de son film, aussi avait-il trouvé sa demande justifiée et promis de procéder aux arrangements nécessaires.

Mais voilà, Vince aurait juré que Frances cherchait à l'éviter. Chaque fois qu'il était sur le point de faire sa rencontre, un imprévu de dernière minute l'en empêchait. Tout ce qu'il savait d'elle se limitait à ce que Bob avait raconté durant le déjeuner. Elle avait poliment répondu à ses questions, ni plus ni moins. Bob l'avait décrite comme une personne réservée, peu avenante, mais très professionnelle. Somme toute satisfait des informations reçues, Bob n'en revenait pas d'avoir tout ce beau monde sous la main pour répondre aux questions qui se bousculaient dans sa tête. Toutefois, comme les préoccupations de Vince étaient à cent lieues du film, il avait laissé Bob monologuer tandis qu'il démêlait ses sombres pensées.

« Ça suffit », se dit-il pour se motiver. Il n'était venu que pour la voir et n'allait pas renoncer si facilement. Jusque-là, il s'était plié à tout ce beau programme sans rechigner, mais maintenant, il allait y mettre son grain de sel. Ses ancêtres autochtones ne disaient-ils pas: « Si la montagne ne vient pas à nous, nous irons à elle » ? C'était exactement ce qu'il comptait faire.

Al venait de les faire rentrer, Bob et lui, dans un grand laboratoire bien éclairé. Vince écoutait ses explications d'une oreille distraite.

— Voici le spécimen que nous avons trouvé dans la grotte Laguerre, située dans le sud-est du désert de Gobi, dit Al en désignant une table pleine de morceaux d'os autour de laquelle travaillaient trois personnes.

— Vous avez bien dit la grotte Laguerre ? Vous lui avez donné le nom de madame Frances Laguerre ? demanda Vince, soudainement intéressé.

— Il est d'usage de donner à un site archéologique le nom de celui qui le trouve.

— Dans quelles circonstances a-t-elle trouvé cette grotte ?

— Je n'y étais pas, répondit évasivement Al. Venez, je vais vous présenter à mes collègues.

— Elle ne vous a pas raconté comment elle s'y est prise pour trouver la grotte ? insista Vince.

— Enfin oui... un peu. Monsieur Jean-Christophe Bellier était avec elle. Mais il dit qu'il n'y est pour rien dans la localisation de la grotte. Il a donc rejeté catégoriquement la proposition de madame Laguerre de la nommer Bellier.

— Quels étaient ses arguments pour baptiser la grotte du nom de son collègue ?

— Madame Laguerre affirmait que monsieur Bellier y avait mis les pieds le premier, avoua Al avec un sourire gêné. N'allez pas répéter ça aux journalistes.

— Bien sûr, vous pouvez compter sur notre discrétion, dit Vince en regardant Bob, qui acquiesça à son tour.

Vince prit alors Al à l'écart. Il le regarda sérieusement dans les yeux, avant de lui dire à voix basse:

— Voyez-vous pourquoi je dois rencontrer madame Laguerre ? Je préférerais entendre de vive voix ses impressions, plutôt que de me contenter de ouï-dire. J'ai beaucoup de questions de ce genre à lui poser. Le but de ma visite ici, c'est de mesurer tout l'impact psychologique que provoque chez un chercheur la découverte de vestiges du passé. Je sais que ce n'est pas donné à tout le monde, de comprendre le travail d'acteur, mais si je dois interpréter un archéologue, je dois avant tout saisir l'intime conviction qui l'anime, sinon je jouerai faux. Me comprenez-vous ?

Al regarda pensivement l'homme en face de lui.

— Je comprends, Monsieur Rafter. Maintenant, permettez-moi de vous présenter mes collègues : voici le paléontologue monsieur James Davis, la conservatrice madame Julie Leblanc et l'anthropologue monsieur Jean-Christophe Bellier. Madame et messieurs, voici messieurs Vince Rafter et Bob Williams.

Vince et Bob serrèrent les mains tendues. Tout de suite, Bob commença à poser des questions techniques, auxquelles le paléontologue répondit avec un soupçon de zèle. Les deux hommes s'éloignèrent du groupe.

— Je viens d'apprendre que vous étiez avec madame Laguerre lors de la découverte de la grotte ? demanda Vince en s'approchant de Jean-Christophe.

— Oui... en effet.

— Comment cela s'est-il passé ?

— Nous avions fait tout le tour de la montagne, et Frances avait décidé de s'arrêter du côté nord. En regardant à travers les longues-vues, elle l'a vue. C'est aussi simple que ça.

— Il devait s'agir d'une petite montagne, alors.

— Détrompez-vous, nous avons mis plus de deux heures pour escalader la paroi jusqu'à l'entrée de la grotte.

— L'entrée de la grotte était-elle visible à l'œil nu, du pied de la montagne ?

— Non ! Même avec les lunettes d'approche, on ne pouvait la voir clairement, répondit Jean-Christophe, qui commençait à être agacé par toutes ces questions.

— L'instinct d'une femme ne trompe pas, intervint Julie.

Julie observait l'acteur depuis qu'il était entré dans la pièce. Elle était enchantée de cette visite. Ce n'était pas tous les jours qu'on pouvait rencontrer un acteur de cinéma ! Elle n'avait vu qu'un film avec lui, et elle trouvait qu'il était plus beau en personne que sur grand écran.

— Que faites-vous de l'instinct de l'homme ? rétorqua Vince avec un sourire en coin.

— Il est tout aussi puissant, mais il ne s'attarde pas aux détails qui peuvent faire la différence, répondit judicieusement Julie en lui rendant son sourire.

Jean-Christophe se retira discrètement en faisant mine de se plonger dans un bouquin. Depuis son retour du camp, il avait eu le pur bonheur de travailler avec Julie. Mais sa maladresse avait tout gâché, car il ne savait ni comment ni de quoi lui parler. Comble de la gaucherie, il avait même refusé d'aller boire un verre avec elle, prétextant un rendez-vous à la bibliothèque municipale. Or, ce n'était pas un homme comme Vince Rafter qui laisserait passer une telle chance. Quittant son livre des yeux, il lorgna de leur côté. Julie semblait très à l'aise en présence de l'acteur. Jean-Christophe savait qu'il n'était pas de taille à rivaliser avec qui que ce soit. La compétition était donc plus qu'inégale face à un adversaire de cette trempe. Dépité, il se remit au boulot.

— Je vous laisse entre de bonnes mains, maintenant. Mais si vous avez d'autres questions, vous savez où me joindre, Monsieur Rafter, dit Al avant de se retirer.

La tête penchée, Al hâtait le pas dans les couloirs de l'Institut. Il n'aimait pas la situation délicate dans laquelle il se trouvait. Il savait que Frances ne se soumettait pas à ce qui avait été convenu. Elle qui d'ordinaire avait une ouverture d'esprit exceptionnelle, elle demeurait intraitable et refusait obstinément de voir Vince. Al se dirigea vers le laboratoire de l'aile ouest. Frances était en train d'y examiner attentivement l'outillage lithique qui avait été déterré près du squelette.

— Al, justement, je pensais à vous, dit-elle en tournant un outil entre ses doigts. À quoi cela sert-il ?

— C'est un biface de galet aménagé. Il sert à découper. Frances, il faut que je vous parle.

— Je vous écoute, dit-elle en se relevant.

— Il n'est pas dupe, Frances.

Interdite, Frances prit le temps de réfléchir avant de répondre.

— Nous lui avons fourni tout ce qu'il avait besoin de savoir sur nos activités. Que veut-il de plus ?

— Il tient absolument à vous rencontrer.

— Vous en savez autant que moi, alors je ne comprends pas ce que je pourrais lui apprendre de plus, fit remarquer Frances.

— Il veut du concret. Il est très intelligent, Frances, et il sait ce qu'il veut.

— Je ne le peux pas... murmura-t-elle, découragée.

Al posa sa main sur l'épaule de Frances. Il ne savait pas pourquoi elle s'obstinait ainsi. Cela représentait un défi de taille, d'arriver à cerner les raisons pour lesquelles chaque âme humaine se livrait des combats intérieurs.

— Il ne s'en ira pas tant qu'il ne vous aura pas parlé, dit-il doucement.

— Bon, je verrai ce que je peux faire... Al ?

— Oui ?

— Je tiens à vous dire toute la gratitude que j'ai pour vous.

Joignant le geste à la parole, Frances se mit sur la pointe des pieds pour déposer un léger baiser sur la joue d'Al, avant de partir précipitamment de la pièce.

* * *

Frances prit un bon bain chaud pour tenter de se relaxer. Ne tenant plus en place, elle avait quitté tôt l'Institut pour retrouver la quiétude de sa chambre d'hôtel. Elle avait même pris soin d'éteindre son téléphone cellulaire pour ne pas être dérangée. La tension qui l'habitait retomba peu à peu. Elle sentit son corps s'alourdir dans l'eau, enfin délivré du stress qui contractait impitoyablement ses pauvres muscles. Elle s'immergea complètement, laissant seulement son visage à l'air libre. De cette manière, elle entendait la résonance réconfortante du battement régulier de son cœur. Elle soupira d'aise, enfin délivrée du flot incohérent de ses pensées.

Frances sentit soudain venir la pression sur son front. Elle garda résolument les yeux fermés, attentive aux moindres détails. Elle crut voir des ombres bouger derrière ses paupières closes.

Lorsqu'elle entrouvrit les yeux, elle s'aperçut qu'elle avait le regard voilé. Frances cligna des yeux. Sa vue s'ajusta, pour ensuite se brouiller. Elle avait l'impression de loucher. Alors, ses paupières se refermèrent automatiquement pour éviter ce désagrément. Étrangement, son immobilité absolue conférait à l'ensemble de sa personne un calme tout à fait bénéfique. Quelques secondes passèrent, puis des minutes. Une goutte d'eau tomba du robinet et troubla l'état de grâce dans lequel elle se trouvait. Elle constata alors que le point de pression sur son front avait disparu.

Frances se redressa si brusquement dans son bain qu'elle fit gicler de l'eau par terre. Elle avait pris une décision. Elle venait de réaliser qu'elle n'avait fait que repousser l'échéance. Il était plus que temps de corriger la situation, qui devenait complètement ridicule. Après tout, mieux valait confronter ses démons intérieurs en les regardant en face. Demain, elle prendrait rendez-vous avec ce monsieur Rafter. Rejetant toute pensée qui aurait pu la faire changer d'idée, elle termina prestement ses ablutions.

La tête dans la penderie, elle se demandait quoi mettre lorsque le téléphone sonna. Les directives avaient pourtant été très claires : on ne devait lui communiquer que les appels de Jean-Christophe, de Julie ou d'Al. Tout autre message devait automatiquement être écrit et déposé dans son casier, à la réception. À cette heure-là, c'était sûrement Julie qui essayait de la joindre.

— Allo ?

— Salut ! répondit Julie, comme prévu. On va prendre un verre avant le dîner ? J'ai envie de sortir.

— Je ne sais pas trop… Je ne suis pas en grande forme, aujourd'hui.

— Allez, cela te ferait du bien de sortir une fois de temps en temps, insista Julie.

— Mm…

— Qu'est-ce que tu dirais si on commençait par prendre un verre au bar de ton hôtel ? dit Julie. Ensuite, on conviendra ensemble du restaurant.

— Tu as peut-être raison, cela me changera les idées, se décida Frances en repoussant un à un les cintres de sa garde-robe. Tu as une suggestion de tenue vestimentaire à me faire ? Je n'arrive pas à me décider.

— Avec le choix de fringues que tu as, je ne comprends pas ton hésitation... mets donc ta robe rouge sans manches avec tes délicates sandales noires, tu es superbe là-dedans.

— C'est trop chic, voyons ! s'exclama Frances.

— Écoute, c'est parfait pour prendre un verre, rétorqua malicieusement Julie. De toute façon, quand la porteras-tu si ce n'est dans une telle occasion ? Bon, je dois aller me faire une beauté moi aussi. Je vais d'ailleurs me dépêcher, car tu as pris une petite avance sur moi. Alors, on se voit dans une heure ?

— D'accord, je t'attendrai.

Regardant la robe rouge que Julie lui avait suggérée, Frances fit la moue. Elle l'avait mise une fois lors de la soirée organisée pour fêter leur découverte. Ce n'était pas la tenue idéale pour rester discrète, d'autant plus que son visage méditerranéen typique la distinguait déjà dans cette foule d'Orientaux. Elle suspendit la robe pour aller se sécher les cheveux.

Lorsqu'elle sortit enfin de sa chambre, elle était en retard de cinq minutes. Elle bondit dans le couloir et arriva juste à temps pour prendre l'ascenseur que d'autres clients avaient déjà appelé. Elle entra la dernière dans la cabine bondée, tout en surveillant où elle mettait les pieds. Elle attendait impatiemment d'arriver en bas, mais l'ascenseur prenait un malin plaisir à s'arrêter à tous les étages. Elle manquait de chance, car de toute évidence, à voir le nombre de personnes qui portaient des badges autour du cou, une conférence de fin d'après-midi était prévue dans l'hôtel. Frances fixait nerveusement sa montre, anxieuse d'arriver au rez-de-chaussée.

Elle sentit soudain un regard insistant sur sa nuque, le type même de regard direct propre aux Occidentaux. Les Mongols ne s'en privaient pas, au contraire, mais ils le faisaient plus discrètement. Ils jetaient un coup d'œil à l'objet de leur convoitise en faisant mine de balayer le paysage derrière celui-ci, penchant la tête en signe de salut si la personne s'en rendait compte. Cette manière élégante de regarder permettait à Frances d'ignorer innocemment l'intérêt qu'on lui portait. Les Occidentaux, par contre, ne laissaient planer aucune équivoque, si bien que la personne observée n'avait d'autre choix que celui de soutenir ou de fuir le regard insistant de son vis-à-vis.

Au premier étage, l'ascenseur ouvrit ses portes sur un petit groupe d'hommes qui discutaient. Voyant qu'elle bloquait le passage, Frances sortit de la cabine pour les laisser sortir. Dans la cohue, elle tenta vainement de réintégrer l'ascenseur, dont les portes se refermaient déjà. À l'intérieur de l'habitacle, une main bloqua alors le mécanisme automatique pour faire réactiver l'ouverture des portes. Soulagée, elle se dépêcha d'entrer. Elle releva la tête pour remercier la personne qui lui était venue en aide, mais les mots ne franchirent jamais ses lèvres.

En face d'elle se trouvait Vince Rafter ! Il la regardait d'un air sérieux, immobile, presque aux aguets. Inconsciemment, elle parcourut son visage du regard. Il avait un teint basané qui semblait naturel. Habitué au grand air, il dégageait le bien-être. Sa chevelure, qui à première vue lui avait semblé sombre, se teintait maintenant de reflets dorés. Tous les traits de son visage correspondaient exactement au souvenir qu'elle gardait de lui depuis l'épisode du rêve.

Trop absorbée, Frances n'entendait pas le brouhaha qu'avaient causé les portes restées ouvertes de l'ascenseur. Tel un papillon attiré par la lumière, elle était subjuguée par les yeux bleus de Vince.

Elle sursauta au son strident émis par l'ascenseur toujours ouvert. Cela créa la diversion nécessaire à Frances pour rompre le charme et lui permettre de tourner le dos à l'acteur. Son esprit ne put s'empêcher de faire le rapprochement entre cette rencontre fortuite et son rêve, et elle se sentit rougir comme une écolière. Dès que l'ascenseur arriva au rez-de-chaussée, elle s'esquiva sans émettre le moindre son.

# La confrontation

Frances s'enferma dans les toilettes pour dames. Étant la seule occupante des lieux, elle marcha de long en large devant les lavabos, en proie à une immense nervosité. Elle espérait que Vince Rafter n'avait pas remarqué qu'elle l'avait littéralement dévisagé. Elle était la première à avoir ça en horreur ! Il n'avait cependant pas cillé des yeux, probablement habitué à ce genre de marques d'attention. En même temps, elle ne pouvait s'empêcher de se dire qu'il l'avait examinée d'une drôle de manière. L'étrange similitude entre le rêve et la réalité semait un trouble singulier dans son esprit.

« Quelle sotte je suis ! », se dit-elle en fermant les yeux. Il l'avait juste probablement reconnue pour l'avoir déjà vue dans des reportages télévisés.

La porte de la salle de bain s'ouvrit, poussant Frances à se laver les mains pour se donner une contenance. Elle fit mine de scruter son visage dans le miroir, puis, en constatant son retard, elle se pressa d'aller rejoindre Julie. Elle lui raconterait qu'elle avait dû répondre à un dernier appel professionnel, elle n'était plus à un mensonge près.

À l'entrée du salon, elle trouva Julie assise à une petite table en retrait, mais celle-ci n'était pas seule. Très à l'aise, la jeune chercheuse conversait avec un homme qui restait debout. Or, même de dos, elle reconnut très bien l'interlocuteur de Julie. Prise au dépourvu, elle voulut s'esquiver en douceur, mais Julie devait guetter son arrivée, car elle lui fit signe de les rejoindre. Elle hésita quelques secondes avant de se décider.

« Que ce soit aujourd'hui ou demain, cela n'y changera rien », se sermonna-t-elle en se dirigeant vers sa collaboratrice.

— Salut, Frances. Devine qui j'ai croisé par hasard. Monsieur

Vince Rafter! J'ai eu le plaisir de le rencontrer cet après-midi. Figure-toi qu'il loge ici, lui aussi. Tu ne m'avais pas dit que vous étiez au même hôtel, dit gaiement Julie, en regardant tour à tour Frances et Vince.

Impassible, Frances tendit la main en disant:

— Enchantée de faire enfin votre connaissance.

Demeuré immobile depuis son arrivée, Vince se pencha, tout en lui serrant la main.

— Tout le plaisir est pour moi.

— Vous m'excuserez, j'espère, de tous ces contretemps qui m'ont empêchée de vous rencontrer plus tôt. Pour compenser mon absence, je m'étais assurée que vous ayez toutes les informations pertinentes concernant nos rôles au sein de la mission archéologique.

— Al s'est montré efficace en tous points, rétorqua-t-il d'un air placide.

— On peut lui faire confiance. Grâce à sa grande expérience sur le terrain, il est l'homme de la situation, croyez-moi.

— Je n'en doute pas une seconde, sauf qu'il n'a pas la prétention de toujours répondre à la place des autres.

— C'est la première fois que vous vous rencontrez? s'étonna Julie.

Un lourd silence suivit ces paroles. Vince s'abstint de répondre. Il observait Frances. Jusqu'à présent, il lui avait parlé en taisant tacitement leur précédente rencontre dans l'ascenseur, et Frances lui en savait gré. Elle regarda Julie avant de dire:

— J'ai malencontreusement eu beaucoup de travail cette semaine, mais je peux heureusement remédier à la situation en vous fixant un rendez-vous dès demain. Est-ce que cela vous convient? demanda Frances en se tournant vers Vince.

— Parfaitement.

— Après avoir consulté mon agenda, je vous contacterai demain à la première heure, convint-elle avec un petit sourire professionnel.

Après avoir hoché la tête, Vince salua brièvement les deux femmes en disant:

— Maintenant, pardonnez-moi, Mesdames, mais je dois vous quitter. Passez une excellente soirée.

— Vous ne voulez pas prendre un verre avec nous ? lança Julie.

Frances retint son souffle.

— Je ne peux malheureusement pas accepter, car je dois passer un dernier coup de fil.

— Vous êtes libre pour dîner, alors ? insista innocemment Julie.

« Merde ! », tempêta intérieurement Frances.

— Je devais dîner avec Bob, ce soir, répondit-il en jetant un coup d'œil vers Frances, qui évitait délibérément de le regarder.

— Nous pourrions dîner tous ensemble et, de cette manière, faire plus ample connaissance. N'est-ce pas, Frances ? demanda Julie.

— Si ces messieurs avaient pris d'autres dispositions, je ne voudrais surtout pas...

— Je suis certain que Bob serait ravi de vous accompagner, coupa Vince avec un étrange petit sourire. Tout ce que j'ai besoin de savoir, c'est le nom du restaurant.

Dès son arrivée dans cette ville, Julie avait su dénicher les meilleurs endroits pour manger et se divertir. Elle fit part de sa suggestion, qui fut acceptée sur-le-champ. Tête penchée, Frances ruminait son mécontentement. C'était vraiment une sale journée. On aurait dit qu'elle se battait contre des moulins à vent. Et soudain, en voyant le caractère grotesque de la situation, elle fut prise d'un fou rire incontrôlable.

— Quoi ? demanda Julie en riant à son tour.

— Non, rien, dit de manière hachée Frances, les épaules frémissantes.

— Allez ! Dis-moi pourquoi tu ris, insista Julie.

— Toute la semaine, je l'ai évité soigneusement. En fait, j'ai tout fait pour ne pas avoir à le rencontrer. Comme il continuait à insister, j'avais finalement pris la décision de le contacter. Et qui est-ce que je vois en grande conversation avec toi ? Tu ne trouves pas ça curieux ? dit Frances en essayant de réprimer son hilarité nerveuse.

— Éviter un homme pareil, c'est tout simplement impossible ! s'écria Julie.

Elles se regardèrent silencieusement avant d'éclater de rire sans retenue. Elles éprouvèrent toute la difficulté du monde à garder leur sérieux devant le serveur. Ce ne fut qu'à l'arrivée de leurs boissons qu'elles réussirent à se calmer.

— En tout cas, tu lui es tombée dans l'œil, ajouta Julie en sirotant son verre de vin blanc.

— Sottises ! dit Frances, les sourcils arqués d'incrédulité.

— J'ai bien vu le regard admirateur qu'il posait sur toi. Il faut dire que ta robe rouge te va à ravir. Finalement, tu t'es décidée à suivre mon conseil ?

— Oui, mais je le regrette. Je suis beaucoup trop habillée pour l'occasion.

— Pas du tout ! Quoi de plus approprié qu'une belle robe aux yeux d'un homme ?

— Voyons, ce n'est qu'une relation d'affaires !

— Et alors, les hommes d'affaires peuvent avoir une vie sociale. Qu'est-ce qui t'en empêche ? demanda judicieusement Julie. Et puis, dis-moi, pourquoi l'as-tu fui toute la semaine ?

— Premièrement, parce que je n'avais vraiment pas le temps. Et deuxièmement, parce que je n'aime pas qu'on me force la main, répondit Frances en plongeant le nez dans son verre.

— Moi, je ne dirais pas non à un homme de ce genre-là, soupira rêveusement Julie.

— Il t'intéresse ?

— Pas toi ? Il représente l'homme idéal dont toute femme rêve un jour ou l'autre : un mètre quatre-vingt-cinq, un charme fou, un corps robuste et, par-dessus tout, du talent à revendre…

Julie fit une pause, l'esprit soudainement ailleurs.

— D'un autre côté, je me dis que c'est trop beau pour être vrai. Tu ne trouves pas ?

— Tu as sans doute raison, approuva Frances.

— En fait, je n'ai pas besoin d'un Monsieur univers. Tout ce que je veux, c'est un homme sur qui je pourrais compter. J'aimerais pouvoir lui dire tout ce qui me passe par la tête, sans masque, sans pirouette humoristique. J'aimerais être simplement sa nana, continua Julie en regardant Frances d'un air sérieux que celle-ci ne lui avait jamais vu.

— Nous sommes peut-être trop compliquées pour eux, murmura Frances après une pause.

— Tu penses qu'ils ne sont pas aussi compliqués que nous ? s'exclama Julie, en retrouvant vite son sens de l'humour. Il y a des fois où je n'y comprends plus rien. Tiens ! L'autre jour, j'ai invité Jean-Christophe. Oui, oui, notre Jean-Christophe ! Je lui ai proposé d'aller prendre un verre. Tu sais ce qu'il m'a répondu ?

— Qu'il avait un truc important à lire ?

— Exactement ! Il t'a déjà dit la même chose ?

— Non. Mais comme je le connais bien, c'est sa réponse préférée pour se sortir d'embarras... Entendons-nous, quand je parle d'embarras, je parle de sa timidité et non de son manque d'intérêt, ce qui fait toute la différence.

* * *

Le restaurant se situait tout près de la vaste place Sükhbaatar, en plein cœur du centre-ville d'Oulan-Bator. Le décor était typique. Les tables lourdement ouvragées étaient laquées de rouge. Des dorures savantes ajoutaient un air antique au décor. Les chaises, tout aussi impressionnantes, étaient dotées de coussins brodés d'or très confortables. Partout dans la salle, il y avait des colonnes sculptées de dessins orientaux aux multiples couleurs. Les murs arboraient des motifs linéaires qui rappelaient ceux des paravents chinois. Une lourde draperie bleue couvrait le mur du fond, devant lequel des musiciens jouaient de la musique folklorique sur des instruments traditionnels. Tout le personnel était habillé de tuniques multicolores, soulignées par un large ruban qui servait de ceinture. Les femmes plus âgées portaient un petit fichu sur les cheveux, et les hommes portaient un pantalon sous leur tunique. Malgré ce fabuleux décor, le menu offrait un choix assez limité : des variations du même plat de viande et pommes de terre, arrosés de l'incontournable vodka locale. Tout le monde dans ce restaurant ne parlait que le mongol. Désireuse de comprendre la commande, la serveuse invita chaleureusement Julie à mimer ce qu'elle voulait. Celle-ci ne se fit pas prier pour faire une démonstration euphorique du langage gestuel. À force de gestes éloquents, les membres du petit groupe s'entendirent tous pour commander la même chose.

— On m'a dit que le décor de ce restaurant essayait de reproduire, à plus grande échelle, l'intérieur d'une tente des anciens nomades mongols, dit Julie.

— C'est incroyablement luxueux, pour une tente, vous ne trouvez pas ? commenta Bob, curieux.

— Pas du tout. J-C m'a dit que les nobles Mongols, surtout les membres de la famille de Gengis Khan, voyageaient à travers le pays dans des campements sophistiqués, décorés du butin qu'ils avaient obtenu lors de leurs conquêtes.

— C'étaient des barbares sanguinaires, je crois, non ? ajouta Bob.

— Tout le contraire. C'étaient des hommes d'honneur très disciplinés. Au lieu de tout piller et tuer sur leur passage, ils laissaient aux perdants la vie sauve s'ils se ralliaient à l'empire.

La serveuse revint avec la boisson locale.

— Voici la vodka ! Que tu la commandes ou non, elle fait toujours partie du menu, claironna Julie.

— Pas pour moi, merci, dit Frances qui avait à peine desserré les lèvres depuis le début de la soirée.

— Impossible ! Pour eux, il est inconcevable de ne pas boire de vodka, précisa Julie.

La serveuse commença à gesticuler en parlant dans sa langue. Elle montra du doigt la vodka, puis fit un signe en envoyant sa main par-dessus son épaule. Comme ses clients semblaient incrédules, elle versa une petite quantité de vodka dans un verre. Elle y trempa le bout des doigts, qu'elle secoua à gauche et à droite de ses épaules, en encourageant de la tête les convives à en faire autant.

— Ah, j'y suis ! J-C m'a parlé de cette coutume. On doit jeter quelques gouttes de vodka par-dessus nos épaules pour remercier la Terre-mère de ses offrandes, expliqua Julie en s'exécutant.

Frances et les deux hommes s'empressèrent maladroitement de l'imiter, sous le regard bienveillant de la serveuse, qui se retira.

— Ce J-C a l'air d'en connaître beaucoup. Qui est-ce ? demanda Bob.

— C'est l'anthropologue historique que vous avez rencontré cet après-midi, répondit Julie.

— Ah oui ! Monsieur Jean-Christophe Bellier, je crois. C'est très intéressant. Avez-vous d'autres anecdotes de ce genre à me raconter ? demanda Bob, en se penchant vers Julie.

Une conversation animée s'engagea entre eux. Frances et Vince demeurèrent silencieux. Les doigts crispés sur son verre de vodka, Frances cherchait désespérément un sujet de conversation. Elle trouvait que l'acteur ne faisait pas beaucoup d'efforts pour briser la glace. Elle s'attendait à tout, sauf à cela. Après lui avoir pratiquement forcé la main pour qu'elle soit ici avec lui, voilà qu'il demeurait muet. Cela commençait à devenir embarrassant.

Pendant encore quelques secondes, elle regarda distraitement les musiciens jouer de leurs singuliers instruments. Puis, elle se décida :

— Une curieuse musique, ne trouvez-vous pas ?

Vince regarda un instant les musiciens, puis répondit avec un petit sourire :

— Disons que ce n'est pas le genre de musique que j'ai l'habitude d'écouter.

— Quel genre de musique écoutez-vous ?

— D'où je viens, on écoute du country toute la journée. Alors, forcément, j'ai gardé un penchant naturel pour ce genre de musique.

— Vous aimez le country ? s'exclama-t-elle bêtement.

— Entre autres. Et vous, quel genre de musique aimez-vous ?

— Oh, je n'ai pas de préférence particulière. Je peux écouter du classique, du jazz ou des chansonniers populaires, en fonction du moment, dit-elle brièvement. Vous venez de l'Ouest américain, c'est ça ? J'ai entendu dire qu'il y avait là-bas des paysages grandioses.

— En fait, je suis né dans un ranch aux pieds des Rocheuses du sud de l'Alberta.

— Vous êtes canadien ? s'étonna Frances.

— Oui ! Les frontières nord-américaines ont tendance à s'effacer dans cette immense chaîne de montagnes qui traverse les deux pays... Je me posais justement une question du même ordre vous concernant. Frances est un prénom français, c'est bien ça ?

— En fait, le prénom français s'écrit et se dit sans le « s ».

Vince prit une gorgée de vodka en la regardant attentivement.

— Mon père est français et ma mère est espagnole, poursuivit-elle, se croyant obligée de le spécifier.

Vince hocha la tête en signe de compréhension. Impulsivement, Frances lui demanda :

— Je trouve étonnant que vous m'ayez posé cette question-là, car je me demandais justement si Vince Rafter était votre vrai nom.

— Oui, c'est le vrai. Je ne comprends pas pourquoi la plupart des acteurs ont besoin de changer d'identité.

— Pour marquer le début de leur métier, j'imagine, répondit pensivement Frances.

— Vous le croyez ?

— Ce n'est qu'une opinion. Loin de moi la prétention de comprendre mieux que vous ce qui motive les décisions d'un acteur.

— Je suis intéressé de savoir ce que vous en pensez. Avec le métier que vous faites, vous ne devez pas avoir beaucoup de temps pour des loisirs. Je suppose que vous n'allez pas souvent au cinéma, je me trompe ?

— Je fréquente les salles de cinéma comme tout le monde.

— Que pensez-vous du septième art ? demanda Vince, une lueur d'ironie dans les yeux.

— Je m'intéresse davantage au cinéma d'auteur.

— Vous n'aimez pas les films américains, n'est-ce pas ?

— Je ne dirais pas ça. Ce sont plutôt les films à gros budget qui m'attirent de moins en moins, admit-elle.

— Vous avez raison. L'industrie du cinéma considère les films comme des produits de consommation, commenta-t-il sur un ton désabusé.

— Dans ce cas-là, dites-moi pourquoi les gens continuent d'aller au cinéma ? demanda-t-elle.

— Connaissez-vous beaucoup de personnes qui ne seraient pas tentées d'ouvrir un cadeau bien enveloppé même si son contenu est vide ? Le cinéma d'aujourd'hui ne mérite plus d'être considéré comme un art.

— Je ne suis pas d'accord, protesta-t-elle en trempant les lèvres dans son verre de vodka.

— Ah bon ?

— L'art est un moyen d'exprimer une émotion. Peu importe la façon utilisée pour ce faire — si l'artiste parvient à saisir l'émotion à travers une sculpture, par exemple —, le résultat sera le même. Le spectateur qui ressentira la pureté du sentiment empreint dans l'œuvre s'amourachera de l'artiste en même temps que de celle-ci.

Un court silence suivit cette remarque, puis Vince ne put s'empêcher de commenter :

— La beauté d'une d'œuvre fera toujours vibrer le public, parce que le public reconnaît le don que possède l'artiste. Je pense à des artistes exceptionnellement doués comme Michel-Ange, entre autres.

— À mon avis, cela n'a rien à voir avec la beauté. Même si Michel-Ange se proclamait lui-même sculpteur, il pouvait créer les mêmes effets avec de la peinture. C'était tout simplement parce qu'il savait exprimer dans l'art ce qu'il ressentait.

— Oui, mais vous comparez ce type d'art avec le cinéma. Pourquoi ?

— Un bon film fera vibrer le spectateur de la même manière que n'importe quel autre moyen d'expression artistique. Un film pourra être classé chef-d'œuvre lorsque tous les éléments qui le composent tendront vers la vérité.

— Le cinéma est un marché d'illusions. Je vous garantis qu'il n'y a rien de vrai là-dedans.

— Si vous le dites. Vous êtes mieux placé que moi pour le savoir, admit Frances en laissant tomber le sujet, qui semblait devenir délicat.

D'un geste impatient, Vince avala plusieurs gorgées d'alcool avant de continuer :

— Vous m'intriguez, vous savez ? J'ai rarement l'occasion de discuter de ces choses-là. Les gens du milieu s'occupent de leur carrière comme d'un placement bancaire. Les médias entretiennent la notoriété au lieu de parler du métier. Le public reste inaccessible, probablement à cause du contrôle de l'information par les médias. Je m'excuse si j'ai pu vous paraître brusque, mais cela m'intéresse vraiment d'avoir votre opinion. J'ai souvent pensé que les gens aimaient vivre par procuration, à l'abri des blessures dont la vie ne nous épargne pas. Or, il n'y a rien de plus réconfortant pour le spectateur que de vivre des choix sans danger, sans la perspective d'avoir à en assumer la responsabilité.

— C'est parce que, voyez-vous, la société ne permet plus l'expression des sentiments. Dans le milieu du travail, les affaires sont les affaires. La rectitude du comportement est exigée dans les relations interpersonnelles. Toute émotion trop forte est perçue comme une faiblesse de caractère. C'est là que nous mènent ces nouvelles théories qui prônent le *self control*, et qu'on va même jusqu'à appeler de l'intelligence émotionnelle. Comme si l'être humain devait bannir l'expression de ses sentiments, alors que c'est précisément cela qui le différencie des autres espèces vivantes.

Frances fit une pause pour réfléchir. Vince la regardait, fasciné par ce qu'elle disait. Perdue dans ses réflexions, Frances appuya ses coudes sur la table avant de poursuivre :

— Alors, pas étonnant que le cinéma soit si populaire. Il est devenu l'exutoire par excellence. J'ai lu quelque part que nous ne vivions pas la vie, mais la parlions. Les politiciens parlent de politique, les financiers parlent d'argent, les journalistes parlent des faits divers, le gouvernement parle de promesses électorales, et les gens parlent de leurs problèmes. Tous ces mots se bousculent, pour finir dans l'incompréhension et l'inaction généralisées. La mondialisation de l'information a donné à l'homme le moyen le plus sûr de cacher ses intentions les plus secrètes. Dans une tout autre ligne de pensée, le cinéma nous incite au contraire à passer à l'action. Qu'on pleure ou qu'on rie, qu'on aime ou qu'on haïsse, un tel mode d'expression exerce beaucoup d'attrait sur l'homme moyen, qui va chercher dans le cinéma son quota d'émotions refoulées.

Frances s'interrompit pour reprendre son souffle. Dans le feu de la discussion, elle avait presque oublié à qui elle s'adressait. Trouvant le sujet intéressant, elle s'était laissé emporter sans aucune retenue. Elle baissa la tête. Un frisson la parcourut en regardant les mains de Vince.

— Si on allait danser ? demanda Julie à la ronde.

Frances se cala sur sa chaise.

— C'est une bonne idée ! répondit Bob.

— Je connais un endroit sympa où règne un mélange culturel tout à fait dépaysant, proposa Julie en regardant Frances.

— Je suis partant, dit Bob, enthousiasmé.

Vince resta silencieux.

— Vous nous excuserez un instant, Messieurs ? dit Frances en se levant. Tu m'accompagnes, Julie ?

Julie suivit docilement Frances vers les toilettes des dames.

— Julie, je ne pense pas que j'irai danser ce soir. Je suis fatiguée.

— Ne sois pas ringarde, tu ne peux pas nous laisser tomber ainsi ! insista Julie en se mettant du rouge à lèvres.

— Tu aurais dû me consulter avant de lancer une telle invitation. Tu me places dans une situation délicate, lui reprocha Frances, légèrement tendue.

— C'est toi-même qui nous as demandé de coopérer avec nos invités. C'est normal, qu'on fasse connaissance en dehors du travail, cela ne fait qu'aider l'échange, non ?

Frances ne sut que répondre. Julie reprit :

— Écoute, je m'excuse si je t'ai mise dans une situation embarrassante, même si je ne comprends pas en quoi elle pourrait l'être. L'idée m'a semblé bonne lorsque je vous ai vus ensemble, Vince et toi. Vous sembliez tellement plongés dans votre conversation que je me suis dit que vous pourriez la poursuivre en étirant la soirée, expliqua Julie en délaissant le miroir. Si tu ne veux pas y aller, pas de problème, mais qu'est-ce qu'on va leur dire pour ne pas passer pour des lâcheuses ?

— D'accord, je viens ! Mais je t'avertis, je ne resterai pas longtemps, grinça Frances.

— Tu es un ange. La prochaine fois, je m'assurerai que tu sois partante avant de proposer quoi que ce soit, dit Julie en s'admirant une dernière fois dans la glace.

Lorsque le taxi arriva, Frances s'installa à l'avant. Par la fenêtre baissée, elle regarda défiler les monuments imposants du centre-ville. Avec son opéra, son théâtre national, sa bourse des valeurs et sa maison de la culture, Oulan-Bator ressemblait à n'importe quelle grande ville de sa connaissance.

— Si on ne voyait pas des piétons vêtus du costume national, on se croirait en Russie, fit remarquer Vince en lisant presque dans ses pensées.

— Soixante-dix années de domination russe laissent des traces, répondit tranquillement Frances.

— Si vous voulez un vrai aperçu du peuple mongol, allez visiter les steppes. Vous y verrez les nomades, déclara Julie.

— Je pensais qu'ils ne l'étaient plus, aujourd'hui, commenta Bob.

— Les politiciens essaient de les sédentariser, mais ils résistent, car aussi loin que remontent leurs souvenirs, ils se sont toujours déplacés pour fournir de l'eau et de bons pâturages à leur bétail, rétorqua Julie.

Pendant que Julie et Bob continuaient à discuter des us et coutumes du pays, Vince jeta un coup d'œil vers Frances, qui regardait droit devant elle. Il l'avait vue sourire deux fois ce soir. Or, aussi furtif fût-il, ce sourire ne manquait pas d'éclat. Il était complètement décontenancé par les multiples facettes de sa personnalité. Lorsqu'il l'avait vue dans l'ascenseur, il l'avait fixée, croyant rêver, puisqu'une heure plus tôt, pendant qu'il travaillait à relire le script, il s'était interrompu au beau milieu d'une page, incapable de poursuivre tant le visage de la chercheuse l'obsédait. Il avait donc eu un choc lorsqu'il l'avait vue apparaître en chair et en os devant lui.

La réalité s'était peut-être jouée de la fiction. Ou alors, la providence lui avait donné rendez-vous. Il n'avait que faire des explications logiques, tout ce qui lui importait était l'instant présent. Elle lui avait semblé dans l'ascenseur aussi pressée que dans son souvenir, impatiente d'arriver à son rendez-vous. Quelle avait été sa déception lorsqu'il l'avait vue sortir de l'ascenseur avec le groupe d'hommes d'affaires! L'idée de la suivre lui avait même traversé l'esprit. Heureusement qu'il n'en avait rien fait, car elle n'avait en réalité que cédé poliment le passage.

Et que dire de ce même regard intense! Un regard impudique qui semblait vouloir sonder son âme. Il avait guetté l'ultime instant où tout basculerait. Il avait cru le moment arrivé lorsqu'elle avait posé les yeux sur sa bouche. Puis, sans qu'il ait compris ce qui arrivait, elle était partie.

Il croyait l'avoir perdue quand il l'avait à nouveau rencontrée au bar. Mais alors là, quel glaçon! S'il ne l'avait pas vue auparavant dans l'ascenseur, il n'aurait pas ressenti la moindre attirance pour elle. Elle ne voulait absolument pas de sa compagnie pour dîner, mais on ne le congédiait pas aussi facilement. Agacé par son mutisme, il avait attendu imperturbablement qu'elle veuille bien lui adresser la parole. D'abord banale, la discussion s'était rapidement corsée d'une façon surprenante. Même s'il ne doutait pas de son intelligence, il avait été étonné, voire ébranlé par son éloquence.

Il était indéniable que le courant passait entre eux. Alors, pourquoi s'évertuait-elle à maintenir artificiellement cette distance? Il aurait juré qu'elle avait fait exprès de s'asseoir le plus loin possible de lui. Malgré cela, il la trouvait très attirante dans sa robe rouge, qui soulignait à merveille ses courbes sensuelles. Comme Frances gardait la tête obstinément tournée vers la fenêtre, Vince se risqua à regarder ses jambes, qu'il entrevoyait légèrement.

Ils arrivèrent à la discothèque assez tôt. Il y avait peu de gens à l'intérieur, mais on sentait déjà une ambiance agréable. Cet endroit semblait être un lieu propice aux rencontres interculturelles. Plus la soirée avançait, plus l'endroit se remplissait d'un heureux mélange de touristes étrangers et de Mongols. Plusieurs groupes discutaient en prenant un verre, tout en regardant les danseurs, qui portaient des masques aux mimiques expressives.

— Cette danse me fait penser au film *Le roi et moi*, qui raconte la vie du roi de Siam, dit Bob.

— Cela s'appelle la danse Tsam. C'est une danse religieuse, expliqua Julie. La soirée débute toujours par du folklore local, afin de nous rappeler leurs origines. Ensuite, il y aura un complet basculement vers la culture occidentale. Les touristes adorent ça, deux types de distraction au cours d'une seule soirée. Vous allez voir !

Plus tard, effectivement, les danseurs cédèrent leur place au *disc-jockey*. Frances regardait Julie danser avec Vince sur la piste de danse déjà pleine à craquer. En moins de temps qu'il n'en faut pour le dire, Bob avait déniché des jeunes Mongols qui parlaient anglais. Ils discutaient de leurs pays respectifs. Frances s'éloigna d'eux, afin de ne pas prendre part à la discussion.

Adoptant une attitude réservée, elle buvait tranquillement en se tenant à l'écart de la foule grouillante qui voulait faire la fête. Cette soirée était une vraie torture. Elle trouvait très difficile la promiscuité de Vince. Pourtant, il n'avait fait aucun geste déplacé. En fait, il agissait en parfait homme du monde. Mais elle se sentait vulnérable en sa présence, un sentiment complètement nouveau pour elle. Elle avait certes eu peu d'hommes dans sa vie, mais jamais elle n'avait autant perdu le contrôle de la situation.

Du bout des doigts, Frances massa distraitement sa tempe douloureuse. Les yeux fermés, elle appuya machinalement son front contre le verre qu'elle tenait à la main. Quand elle sentit la tension diminuer, elle ouvrit les yeux.

Vince était à quelques pas d'elle.

— Vous venez danser ?

Cherchant Julie du regard, elle la vit au milieu des personnes qui entouraient Bob. Si Frances voulait partir tôt, elle devait au moins aller faire un petit tour sur la piste de danse, et ainsi éviter des remarques désobligeantes. Elle acquiesça donc et se dirigea lentement vers la piste.

Frances ne se souvenait plus de la dernière fois qu'elle avait dansé. Elle commença à se mouvoir doucement, en laissant la musique l'imprégner. Vince dansait à côté d'elle, mais elle concentra toute son attention sur ses propres mouvements de pieds. Son corps trouva enfin le bon rythme pour suivre la musique. En exécutant plusieurs petits pas de danse, elle retrouva la souplesse nécessaire pour se mouvoir aisément. Mais alors qu'elle commençait enfin à se réchauffer, la musique endiablée céda brusquement la place à une plus douce.

Ravis, les couples envahirent rapidement la piste de danse. Frances regarda Vince. Il lui fit un petit signe de la main, l'invitant à imiter les autres. Paniquée, elle chercha en vain une excuse. En faisant un signe de tête un peu raide, elle accepta l'invitation. Il l'enlaça prudemment, faisant glisser leurs pas doucement sur le sol. Elle respira un peu mieux quand elle constata qu'il la tenait à une bonne distance, mais elle restait très consciente de la chaleur que dégageait la main de l'acteur dans son dos. L'autre main, quant à elle, tenait fermement la sienne. Il était vraiment très grand. La tête de Frances arrivait à peine au creux de son épaule.

Elle se détendit légèrement, car il la dirigeait habilement sans le moindre effort. Leurs corps dansaient harmonieusement sans jamais se nuire, dans un synchronisme qui semblait inné. Quand elle crut sentir le souffle de Vince sur son visage, une chaleur irradia ses membres alanguis, éveillant en elle un trouble indicible. La poigne de sa main, rigide au début, s'était graduellement attendrie pour exercer de fines pressions qui ressemblaient à des caresses. Frances se raidit imperceptiblement, ne sachant quelle attitude adopter. À la fin du morceau, elle se dégagea froidement en disant :

— La journée a été longue, et je suis fatiguée. Si vous voulez bien m'excuser, je dois rentrer.

Elle retrouva Julie pour lui signaler qu'elle partait, et quitta les lieux sans autre forme de politesse.

## Naadam

Frances consultait son agenda lorsqu'Al frappa à la porte de son bureau.

— Bonjour, Frances !

— Bonjour, Al. Comment vas-tu ?

— Bien ! Luvsan m'a téléphoné, il veut effectuer une rotation dans l'équipe.

— En as-tu parlé avec J-C ?

— Oui, il est prêt à retourner sur le terrain. Julie veut l'accompagner.

— Et Damba, compte-t-il rester au camp ?

— Oh que oui !

— Tant mieux, car il ne restera que lui là-bas pour servir d'interprète... Al ? J'ai rencontré par hasard Vince Rafter hier, et je lui ai promis de fixer un rendez-vous avec lui. Je n'ai pas une semaine trop chargée, alors aussi bien en profiter pour remplir mes obligations auprès de lui. Dès la semaine prochaine, nous réviserons donc notre plan d'action en fonction du budget disponible. Y a-t-il quelques urgences auxquelles je n'ai pas pensé ?

— Non ! J'ai presque terminé mes analyses au labo. En dehors de quelques réunions de temps en temps avec la délégation, j'aurai moi aussi du temps libre cette semaine... Alors, j'aimerais assister au festival du Naadam, qui débute demain. Ma famille participera aux joutes sportives, et je voudrais les encourager.

— Quels sports pratiqueront-ils ? demanda Frances, intriguée.

— Les trois sports du programme, c'est-à-dire la course de chevaux, la lutte et le tir à l'arc. Le festival commence demain avec la course de chevaux.

— Demain ? répéta-t-elle en réfléchissant.

— Oui, et le plus jeune fils de mon cadet y est inscrit.

— Alors, allez-y !

— Merci, dit-il en se dirigeant vers l'entrée de la pièce.

— Al..., je me demandais justement si je ne pourrais pas vous accompagner à la fête.

— Vous voulez venir avec moi ? s'étonna-t-il en s'arrêtant dans l'embrasure de la porte.

— Oui... si cela ne vous dérange pas. Mais si vous voulez passer des moments tranquilles avec votre famille, je comprendrais..., ajouta-t-elle.

— Cela me ferait plaisir, au contraire, coupa Al avec empressement.

Il était surpris de sa proposition, mais tout à fait ravi d'avoir de la compagnie.

— Vous saviez que Vince Rafter était né dans une ferme d'élevage de chevaux ? dit-elle, mine de rien.

— Non !

— Je me suis dit qu'il pourrait être intéressé par ce spectacle. Je pourrais l'inviter à venir assister à la course de chevaux, suggéra-t-elle.

— Bonne idée ! s'exclama-t-il avec un sourire entendu, avant de la quitter.

Frances prit aussitôt le combiné téléphonique et composa le numéro de Vince Rafter.

— Allô ! répondit une voix qu'elle reconnut immédiatement.

— Pourrais-je parler à monsieur Rafter, s'il vous plaît ? demanda-t-elle pourtant.

— C'est lui-même, répond-il sur un ton légèrement ironique.

— Frances Laguerre à l'appareil. Tel que convenu, je vous appelle pour vous fixer un rendez-vous, enchaîna-t-elle sans se laisser démonter. Demain, est-ce que cela vous conviendrait ?

— Ça m'ira. À quelle heure dois-je vous rencontrer ?

— À huit heures trente, dans le hall d'entrée de l'hôtel.

— Ici même ? dit-il, surpris.

— Oui ! Les questions que vous désirez me poser exigent-elles des références spécifiques ?

— Pas du tout.

— Dans ce cas, peu importe l'endroit où nous nous rencontrerons. J'avais pensé joindre l'utile à l'agréable en vous invitant au festival du Naadam, dit-elle en attendant une réaction qui ne vint pas. Cela débute avec des courses de chevaux.

— Très bien ! Alors à demain, huit heures trente, répéta-t-il avant de raccrocher.

Frances ne savait pas quoi penser de cette courte conversation. Avait-il deviné ce que cachait l'invitation ? Quoi de plus impersonnel, en effet, qu'une entrevue perturbée par le sport et au beau milieu d'une foule en délire ! En cas de nécessité, si les questions de l'acteur devenaient trop gênantes, elle pourrait aussi compter sur Al pour faire diversion.

Elle se demandait si son départ précipité ne l'avait pas froissé. Ce qui lui avait paru évident à la discothèque ne l'était plus autant au lever du jour. Peut-être avait-elle imaginé son imperceptible rapprochement lors de la danse ? Ce qui était certain, c'était qu'elle allait éviter qu'une telle situation se reproduise. Dorénavant, elle n'entretiendrait aucun quiproquo.

* * *

Sous le ciel d'un bleu immaculé, il régnait un joyeux désordre. Partout, des groupes de gens excités entouraient les chevaux et les jeunes cavaliers. Chacun voulait donner un dernier conseil avant la course, ce qui donnait l'impression que tout le monde parlait en même temps.

— Quel âge a votre petit-fils ? demanda Vince.

— Yumja a quatre ans, répondit Al en regardant fièrement le jeune garçon.

— Les autres cavaliers ne sont guère plus vieux.

— Ils ont presque tous le même âge. Les compétitions, échelonnées tout au long de la journée, seront divisées par groupes d'âge allant de quatre à sept ans.

— Quelle distance parcourent-ils lors de la course ?

— Ça varie de quinze à trente kilomètres, selon l'âge du cavalier. C'est la distance qui séparait nos anciennes stations postales.

Vince s'approcha doucement du cheval en jetant un regard

interrogatif à l'enfant. Le cavalier, qui gardait orgueilleusement son sérieux, fit un petit signe de la tête autorisant l'acteur à poursuivre son chemin. Déjà de petite taille, le cheval prenait l'allure d'un poney près de la stature imposante de Vince. Ce dernier passa d'abord sa main sous les naseaux frémissants du cheval, avant de lui flatter la mâchoire. Frances remarqua que ses gestes étaient empreints d'une grande douceur. D'ailleurs, le cheval avait l'air d'apprécier ces marques d'affection.

— Le cheval a bonne mine, constata Al d'un air satisfait.

— Il est petit, commenta Frances.

— Au contraire, celui-ci est plus grand parce qu'il a évolué dans un environnement moins sévère, expliqua Al.

— Le cheval n'a pas plus de deux ans. N'est-il pas un peu trop jeune pour cette course ? demanda Vince.

— On voit que vous connaissez bien les chevaux. Pour la course, l'âge des montures va de pair avec celui des concurrents. Le cheval doit être aussi inexpérimenté que son cavalier.

— N'est-ce pas dangereux ? intervint Frances.

— Chez nous, les enfants apprennent à monter à cheval avant de savoir marcher. Il le faut, pour suivre le troupeau vers de meilleurs pâturages tout au long de l'année.

L'atmosphère changea brusquement. Peu à peu, les familles commencèrent à se retirer, ne laissant qu'un parent auprès de chaque cavalier. Al leur fit signe d'attendre un instant et s'approcha de son petit-fils, qui se pencha sur l'encolure de sa monture. Le Mongol parla au garçon en utilisant le dialecte kazakh, son regard rivé au sien, à quelques centimètres de son visage. Joignant le geste à la parole, il fixa quelque chose à son fouet. Puis, dans un dernier moment de recueillement, Al appuya son front contre celui de son petit-fils, en lui tenant fermement la nuque. Enfin, il se tourna vers le père du garçon et lui tapota affectueusement l'épaule avant de les laisser en tête à tête.

Guidés par Al, Frances et Vince s'immiscèrent dans la foule assemblée près de la ligne de départ. Al leur dénicha de bonnes places avec une excellente vue sur les cavaliers, qui commencèrent à prendre position. L'excitation était à son paroxysme. Les enfants, de même que les chevaux, semblaient impatients de concourir, mais pour l'instant, les aînés maintenaient l'ordre dans les rangs en tenant fermement la bride des chevaux. Frances vit arriver Yumja sur son cheval bai, dirigé par son père qui marchait à grands pas. L'enfant se tenait fièrement assis sur une selle de bois en forme de V, recouverte de velours rouge et piquée de lamelles d'argent ouvragées.

— Il amble ! dit Vince, surpris, en se penchant vers Al.

— C'est naturel chez lui, et c'est beaucoup plus doux à supporter pour de très jeunes enfants.

Intriguée, Frances se rapprocha pour mieux entendre les explications.

— « Amble » ? Excusez mon ignorance, mais qu'est-ce que ça signifie ? demanda-t-elle.

— Le cheval lève en même temps les deux pattes du même côté, que ce soit au trot ou au pas, répondit Vince.

— L'allure naturelle du cheval mongol est le trot. Comme son pas n'est pas trop étendu, il n'est pas plus rapide au petit galop qu'au trot, reprit Al.

— Alors, il ne doit pas être très rapide au grand galop non plus, n'est-ce pas ? s'informa Vince.

— C'est vrai, mais il est extrêmement résistant. À l'âge adulte, les chevaux mongols peuvent parcourir jusqu'à cent quatre-vingt-dix kilomètres par jour, ce qui a fait leur réputation légendaire à travers toute l'Asie centrale, dit Al, fier de vanter la race de chevaux de son pays.

— J'ai remarqué qu'ils ne sont pas ferrés, remarqua Vince. Pourquoi ?

— Ils ne le sont que sur de très longues distances.

— Dans ce cas, le parcours de la course ne doit pas être trop accidenté, non ?

— Ce sont les mêmes conditions que dans les steppes. Les sabots de nos chevaux sont très durs et résistants.

— Vos jeunes enfants savent déjà commander l'allongement de l'allure ou varier l'amplitude du pas de leur monture ? demanda Vince, impressionné.

— Non. Le cavalier ne décide que de la direction et de la vitesse, le cheval s'occupe du reste. Inutile d'intervenir à sa place, cela gênerait ses mouvements.

— Mais... vos chevaux ne sont donc pas entièrement domestiqués ! s'exclama Vince, maintenant incrédule.

— Ils resteront toujours à moitié sauvages. La nuit, nos chevaux retrouvent leur liberté pour se nourrir. Une fois bridés, ils redeviennent domestiques.

— Comment est-ce possible ? demanda Vince.

— Ce comportement est lié au caractère spécifique de la race et à notre technique particulière de débourrage.

Un premier signal sonore résonna dans l'air. Tous les aînés quittèrent leur protégé. Certains cavaliers nerveux tentèrent tant bien que mal de rester en place. Un silence étonnant alourdit l'atmosphère. Après quelques longues minutes, un deuxième signal sonore se fit entendre. Le dos bien droit, perché sur ses étriers, Yumja fut l'un des premiers à partir.

Par contre, plusieurs chevaux ne comprirent pas que la course venait de commencer, malgré les efforts redoublés des cavaliers pour leur indiquer la bonne direction. Un animal particulièrement énervé se dirigea vers les étrangers, complètement désorienté sous les mains novices de son cavalier. Vince sauta immédiatement par-dessus la clôture pour aider le jeune cavalier à orienter sa monture. Sous les cris encourageants de la foule, il fut imité par bien d'autres spectateurs pour ramener les confus dans la bonne voie.

— Excellent ! Yumja est parti en tête du groupe. Seul le cavalier de tête peut distinguer parfaitement le chemin à parcourir.

Voyant les yeux interrogateurs de Frances, Al enchaîna :

— Ceux qui suivent auront la vue obstruée par des nuages de poussière. Venez, nous allons nous installer plus confortablement pour les attendre.

Les femmes de la famille d'Al avaient étalé de grandes couvertures sur le sol. Des enfants couraient d'un groupe à l'autre, excités par les réjouissances. Trois grands parasols avaient été plantés pour fournir un peu d'ombre. Frances et Vince furent invités à prendre place sous l'un d'eux. Les gens discutaient allègrement en se passant des petits beignets. Devant l'insistance d'une dame, les deux étrangers acceptèrent un breuvage chaud.

— C'est du thé ! dit Al en avalant avidement le sien.

Frances but délicatement une gorgée de ce thé au lait, et fut surprise du goût salé qu'il laissa dans sa bouche. Après quelques gorgées, elle dut cependant convenir que le liquide chaud la désaltérait. Voyant que Vince ne semblait pas pressé de boire le sien, elle le questionna :

— Vous n'aimez pas le thé ?

— Je préfère le café.

Frances regarda l'horizon, éblouie par la luminosité du ciel. Heureusement qu'elle s'était équipée de bonnes lunettes fumées. Elle pensa à Jean-Christophe et à Julie, qui allaient bientôt partir pour le camp. Il leur faudrait subir une chaleur pire que celle qu'elle endurait en ce moment. Elle était curieuse de savoir la température qu'il faisait dans le désert.

— Comment avez-vous fait pour trouver la grotte ? demanda soudainement Vince.

— Pardon ?

— J'ai su que c'est vous qui aviez trouvé l'entrée de la grotte. J'aimerais savoir comment vous vous y êtes prise pour la trouver ?

— Ce n'est pas moi personnellement qui ai trouvé la grotte, c'est toute l'équipe qui a contribué à la trouver. Jim et Al avaient déterminé le périmètre de recherche. Arrivés sur place, nous creusions depuis plusieurs semaines sans succès lorsque Jean-Christophe a insisté pour aller inspecter les environs de la montagne située au nord de notre campement. Un jour, nous sommes allés y faire un petit tour, et voilà, nous avons trouvé la grotte.

— D'après ce qu'on m'a dit, cette montagne est assez imposante, n'est-ce pas ?

— Disons qu'elle a un relief non négligeable.

— L'entrée de la grotte était-elle visible à l'œil nu ?

— Non, mais nous étions équipés de longues-vues très efficaces.

— Cela vous a pris combien de jours pour trouver la grotte ?

Frances hésita quelques secondes.

— Un jour, avoua-t-elle.

Vince plissa légèrement les yeux.

— Qui de vous deux a trouvé l'emplacement de la grotte ?

— Cela n'a aucune importance. Le hasard joue un rôle majeur dans notre métier. Le chercheur ne cultive en lui que trois choses primordiales pour arriver à un résultat: la foi, la patience et l'intuition.

— Ne dit-on pas que la foi peut soulever des montagnes ? Dans votre cas, il faudrait plutôt dire que la montagne a soulevé le voile de son mystère.

Frances haussa les épaules. Il ne croyait pas si bien dire en parlant de mystère. Elle regarda dans la direction d'Al, quémandant silencieusement son aide, mais il mangeait et discutait avec ses fils.

— Dans votre enfance, avez-vous assisté à de telles courses ? l'interrogea-t-elle pour changer de sujet.

Vince marqua une courte pause avant de répondre:

— Oh, il y a bien eu quelques petites compétitions d'amateurs entre les fermes du voisinage, mais rien de comparable avec celle-ci. Dans l'Ouest, c'est surtout le rodéo qui est à l'honneur. Avez-vous déjà assisté à l'un d'eux ?

— Non.

— C'est quelque chose à voir, je vous le recommande.

— Vous alliez au rodéo en tant que spectateur ou participant ?

Vince baissa la tête en souriant.

— Autre pays, autres mœurs ! J'aurais bien aimé y participer, mais mon père me jugeait trop jeune et a freiné mes ardeurs. C'est donc en simple spectateur que j'ai assisté aux célèbres rodéos annuels de Calgary. Croyez-moi, j'ai rêvé plus d'une fois de ces combats sans merci entre le cheval et l'homme… Puis, les années ont filé, et je suis passé à autre chose.

— Vous semblez comprendre les chevaux.

Une lueur traversa le regard de l'acteur.

— Ce sont de belles bêtes, fragiles et puissantes à la fois. De prime abord, on pense qu'il sera impossible de les mâter, tellement elles semblent être éprises de leur liberté, puis le miracle se produit. Elles daignent se laisser apprivoiser après une lutte inégale entre deux volontés farouches, expliqua Vince sur un ton légèrement ambigu.

— Une lutte inégale ? répéta Frances, perplexe.

Vince allait dire quelque chose, puis il se ravisa. Après un court temps de réflexion, il continua sur un autre ton :

— Oui, même si le cheval est plus fort physiquement, il ne fait pas le poids face à la féroce détermination de l'homme. Le temps de comprendre ce qui lui arrive, le cheval aura déjà capitulé devant la force psychique dont seul l'homme se montre capable.

Il en parlait avec une telle aisance qu'on devinait que les chevaux n'avaient plus aucun secret pour lui.

— Ce que je n'arrive pas à comprendre, c'est ce qui vous a amené à choisir... Excusez-moi, je me montre indiscrète, se ravisa-t-elle.

— Qu'est-ce que vous alliez dire ?

— Je vous assure que c'est sans importance. Pensez-vous que nous allons attendre encore longtemps ? dit-elle en regardant au loin.

— Ne changez pas de sujet ! Finissez la phrase que vous aviez commencée, s'il vous plaît, insista Vince.

Sans détourner le regard du paysage, Frances poursuivit à contrecœur :

— Je trouve seulement étrange que vous ayez choisi le métier d'acteur, alors qu'il est évident que vous étiez dans votre élément au milieu des chevaux.

— Vous n'avez jamais eu dans votre vie deux passions qui vous tenaient à cœur en même temps ?

Elle ne répondit pas.

— Moi, si ! Les chevaux font partie intégrante de ma vie. Ils sont la raison de vivre de mes parents. Ils ont même été la monnaie d'échange de mes ancêtres. À l'inverse, le cinéma s'est taillé graduellement une place importante dans mes loisirs, comblant un autre genre de besoin. Le métier d'acteur a été mon premier choix personnel. J'ai mis toute mon énergie à percer dans ce milieu, sans jamais me décourager, et j'ai réussi à y faire ma place. Et maintenant que j'y suis...

Vince s'interrompit en arborant un sourire désabusé.

— Mais votre parcours cinématographique est étonnant, il y a de quoi être satisfait. Sans compter tout le talent que vous avez... laissa échapper Frances sans s'en rendre compte.

Vince redressa brusquement la tête.

— Vos choix de rôles ont été judicieux, on ne pourrait être plus éclairé que vous en la matière, poursuivit-elle. Il est évident que vous êtes fait pour ça... Tout ce que je voulais dire, c'était que j'étais seulement surprise de découvrir l'existence d'un autre domaine dans lequel vous excelliez autant qu'au cinéma.

— Vous avez vu mes films ? s'enquit-il, surpris.

Frances se mordit l'intérieur de la lèvre.

— Voyez-vous, j'aurais parié que non ! ajouta Vince en lui lançant un regard inquisiteur.

— Je voulais vous épargner la grotesque inconvenance d'une attitude qui aurait rendu nos échanges inégaux... Ce n'est pas équitable de faire la rencontre d'une personne qui a l'avantage de vous connaître, alors que vous ne savez strictement rien d'elle.

— En êtes-vous aussi sûre ? demanda-t-il, l'œil vif.

— Sûre de quoi ? dit-elle, interloquée.

— Que je ne vous connaissais pas avant de vous rencontrer ? répondit-il sur un ton soudain très intime.

Malgré la température extérieure, elle se sentit glacée d'effroi. Qu'est-ce qu'il sous-entendait par là ? L'Homo erectus ! Pourquoi n'y avait-elle pas pensé un peu plus tôt ? Vince l'avait, lui aussi, connue par l'intermédiaire des médias. Sur ce point, ils étaient égaux; sur le plan professionnel, du moins, puisque tous les deux jouissaient d'une certaine notoriété dans leurs milieux respectifs.

Créant une heureuse diversion, les hommes de la famille d'Al se mirent soudain debout pour observer la fin de la course. Vince en profita pour faire de même, ce qui dissipa l'embarras qui s'était installé entre Frances et lui.

L'archéologue respirait pour sa part beaucoup mieux. Elle sourit aux dames qui l'entouraient. On lui fit signe de se servir à manger. Sachant qu'elle offusquerait ses hôtes en déclinant leur offre, Frances prit un petit beignet en les remerciant gentiment.

L'une d'elles s'empressa, un large sourire aux lèvres, de lui reverser du thé. Plus détendue, la chercheuse se risqua à examiner Vince à la dérobée. Une casquette bleue le protégeait du soleil, mais il ne portait pas de lunettes fumées. Son chandail blanc rehaussait son bronzage naturel. Ses jeans usés lui donnaient une allure faussement négligée. Il ne semblait plus autant sur ses gardes qu'avant; cet air décontracté devait être son allure naturelle. Malgré le barrage linguistique, il partageait avec tous ses voisins quelque chose de précieux: la passion des chevaux. Du coup, il n'était plus tout à fait un étranger à leurs yeux, mais leur égal, c'est-à-dire un initié du sport équestre.

Al s'était probablement chargé de traduire aux hommes de la famille les propos de Vince, et l'attitude de ce dernier avait fait le reste. Frances avait senti poindre de l'intérêt derrière les regards furtifs que lançaient les fils d'Al à l'acteur. Fixant attentivement un point très précis au loin, Al s'approcha de Vince, suivi de près par les autres. Ils étaient tous liés par une même pensée: Yumja.

Était-ce ce laps de temps qui les séparait du dénouement de la course qui provoqua en Frances cette nouvelle prise de conscience ? Ce fut du moins ce moment que celle-ci choisit pour s'éveiller à une autre réalité. La pression sur le front de la chercheuse se fit à nouveau sentir, la plongeant instantanément dans un état second.

Attentive à tout ce qui l'entourait, Frances demeura immobile. Heureuse d'être à l'abri du parasol, elle se laissa gagner par une extraordinaire énergie qui aiguisa tous ses sens. Elle se mit à observer les dames assises près d'elle et ne détecta rien d'anormal. En dehors d'une certaine curiosité qu'elle suscitait chez elles, toutes étaient très heureuses d'être réunies en ce jour de fête. Frances balaya du regard les hommes du clan qui se tenaient debout. Ils étaient tous très tendus, car ils espéraient que l'enfant gagnerait la course. Elle arrêta son regard sur Al, le plus anxieux d'entre eux. Elle porta ensuite son attention sur Vince. Frances sentit plus qu'elle ne comprit une différence de sensations chez ce dernier. Elle se mit à passer en revue chaque homme présent. Mais elle revenait toujours à Vince, avec l'impression désagréable de ne pas pouvoir l'atteindre. Puis, la lumière se fit en elle; elle laissa échapper une petite exclamation involontaire.

Dans la promiscuité du groupe, elle percevait sans effort les états d'âme de tous ceux qui l'entouraient, sauf d'une personne: Vince Rafter. Elle ne disposait que de sa perspicacité naturelle pour essayer de le comprendre. Quand il était présent, elle se sentait redevenir celle qu'elle avait toujours été avant de découvrir la Pierre angulaire. Elle n'éprouvait aucune certitude en ce qui le concernait. « Pourquoi lui ? » Cette pensée fut instantanément chassée par la peur. Des cris retentirent autour d'elle.

Un nuage de poussière était maintenant visible au loin. Dans un seul mouvement, la foule s'ébranla dans un joyeux désordre. Al se retourna vers Frances, mais Vince fut plus rapide que lui et lui avait déjà tendu la main pour l'aider à se relever. En toute hâte, ils se pressèrent vers la ligne d'arrivée. À l'aide de ses jumelles, Al scrutait impatiemment l'horizon.

— Que voyez-vous, Al ?

Trop concentré sur la course, celui-ci ne répondit point. La foule devenait beaucoup plus bruyante à mesure que les cavaliers se rapprochaient. Le père de Yumja prit les jumelles des mains d'Al. Il se mit à parler à toute vitesse sans détacher son regard de la scène.

— Qu'est-ce qu'il dit ? demanda Vince.

— Son cheval est en tête…, commença Al.

— Yumja est tombé ! s'écria Frances en mettant sa main sur sa bouche.

Vince fronça les sourcils et Al lui jeta un regard surpris.

— Ce n'est pas la première fois que ce petit tombe de cheval, et croyez-moi, ce ne sera pas la dernière ! la rassura Al après un moment d'hésitation. Il se tourna vers son fils pour lui parler à voix basse.

— Vous êtes télépathe, ou quoi ? s'exclama Vince, étonné.

Le père de Yumja apostropha un grand garçon qui se tenait à côté de lui. Frances vit l'adolescent s'éloigner immédiatement en courant, puis enfourcher un cheval bridé, mais non scellé qu'il avait détaché en vitesse de la clôture. Au grand galop, ce dernier alla à la rencontre des arrivants, en prenant bien soin de ne pas leur barrer la route. Frances sentit la nervosité de la famille, mais ce n'était pas de l'anxiété. Ils avaient l'air d'avoir une confiance inébranlable en leur rejeton. Les concurrents se rapprochaient rapidement. On les apercevait maintenant à l'œil nu. Le cheval bai galopait à bride abattue en tête du peloton.

— Le cheval sait où il doit aller. Il a même de meilleures chances de remporter la course, car il est plus léger, expliqua Al.

— Il peut gagner la course même si son cavalier n'est plus sur son dos ? s'étonna Vince.

— C'est le cheval qui gagne, et non le cavalier. Il reçoit un entraînement spécial pour continuer la course même s'il a désarçonné son cavalier. Il sait quelle récompense l'attend.

— C'est-à-dire ? s'informa Vince.

— Privé d'eau depuis hier, il est actuellement assoiffé. De plus, nous savons reconnaître l'effort fourni, alors il aura droit à un bon mois de repos bien mérité…

Al s'interrompit en voyant une ambulance démarrer au poste d'observation des juges de la course.

Le cavalier qui suivait de près le cheval de Yumja redoubla d'efforts, afin de le rattraper. La foule salua ses prouesses en l'acclamant avec entrain. Retenant leur souffle, les membres de la famille d'Al craignirent qu'il n'y arrive, mais le cheval bai sentit le danger et augmenta sa vitesse pour être le premier à franchir la ligne d'arrivée, au grand soulagement de tous. Le père de Yumja sauta aussitôt de l'autre côté de la clôture pour récupérer la monture, qu'il amena directement à l'abreuvoir. Il en profita pour asperger d'eau le poitrail de l'animal, qui transpirait abondamment. Des officiels entourèrent le cheval gagnant, bientôt suivis par plusieurs curieux.

Al se dirigea vers la piste. Frances le rejoignit en espérant qu'il n'était rien arrivé de fâcheux à l'enfant. Il se tourna vers elle lorsqu'elle lui posa la main sur l'épaule, et crut bon de s'excuser :

— Avec l'âge, on devient plus soucieux… Je ne me suis jamais autant préoccupé de mes propres enfants. Je me contentais de fixer un talisman à l'anneau de leur fouet, et je n'y pensais plus.

— Vous croyez qu'il pourrait…

— Non, ne vous inquiétez pas, laissez les vieux comme moi se faire du souci, coupa-t-il en riant.

— Agile comme il est, le gamin s'en sortira indemne, intervint Vince d'une voix calme.

Ni Al ni Frances ne l'avaient entendu arriver.

— Vous avez raison. Malgré son jeune âge, il a une main sûre qui n'hésite jamais. De plus, il ne connaît pas la peur. S'il est tombé aujourd'hui, c'est parce qu'il a poussé un peu trop fort sa monture. L'expérience lui apprendra à ne faire qu'un avec le cheval. Ce jour-là, Yumja deviendra l'un de nos meilleurs cavaliers.

Un sifflement retentit, suivi d'un cri d'enfant qui leur fit lever la tête.

— Enfin ! dit Al, soulagé, avant de se précipiter à la rencontre de ses deux petits-fils.

Arrivant au trot sur le cheval, Yumja souriait de toutes ses dents en tenant son grand frère par la taille. Les hommes de la famille l'accueillirent en le soulevant à bout de bras sous les applaudissements de la foule. Frances et Vince suivirent la procession, qui se dirigea vers son cheval lourdement décoré. Lorsque Yumja fut hissé sur le dos de l'animal, tous les autres jeunes cavaliers se réunirent autour du vainqueur en chantant.

Frances vit alors le père de l'enfant s'approcher du cheval avec une bouteille à la main. Le cheval bai ne broncha pas lorsqu'il fut aspergé. Frances regarda Al d'un air interrogateur.

— C'est de l'*aïrak,* du lait de jument fermenté ! Cela devrait lui porter chance pour ses courses futures, expliqua-t-il en la tirant un peu à l'écart. Frances, comment avez-vous su pour Yumja ? Vous ne pouviez pas voir…

— J'ai deviné.

— Bien sûr ! Ma femme aussi avait de l'intuition pour ces choses-là, admit-il en hochant la tête.

Soulagé, il rejoignit les membres de sa famille d'un pas léger. Frances regarda tous ces visages qui exprimaient leur fierté et leur joie. Ils étaient heureux de garder leurs coutumes ancestrales au sein d'une nature indomptable. Ce peuple continuait de vivre en marge du reste du monde. Il était dépouillé de tous les artifices économiques de la société moderne. La nouvelle technologie ne semblait guère avoir de prise sur ce peuple épris de liberté.

Frances envia avec un pincement au cœur la simplicité de leur mode de vie. Exaltée, elle sentit le besoin de partager ses étranges impressions. Elle eut le réflexe de se tourner vers la gauche. En voyant Vince, aussi absorbé qu'elle par la scène des honneurs, elle se surprit à regretter de ne pas pouvoir percevoir ce qu'il éprouvait en ce moment.

## Homo erectus

Frances avait vu Vince plusieurs fois les jours suivants. Il semblait profiter sans arrière-pensée du répit offert par le festival, et reléguer au second plan le but premier de sa visite en Mongolie. Frances ne s'en plaignait pas. Au contraire, elle s'habituait peu à peu à sa présence. D'ailleurs, elle n'était pas la seule à faire plus ample connaissance avec lui, puisqu'elle l'avait vu avoir des rapports forts amicaux avec Al pendant toute la durée des joutes sportives.

Elle devait reconnaître que cette trêve avait été la bienvenue. Certes, la mission qu'elle avait contribué à mettre au point rapportait déjà des résultats positifs, mais cela n'allait pas sans une charge supplémentaire de responsabilités quelquefois difficiles à gérer. Ce fut donc avec une pointe de regret qu'elle se remit au travail pour organiser le changement d'équipe. Al avait trouvé un bon chauffeur pour effectuer l'aller-retour entre le camp de base et la ville. Le départ de Jean-Christophe et Julie était maintenant imminent.

Quand Frances entra dans la cafétéria, l'heure du déjeuner était largement dépassée. Elle vit pourtant Jean-Christophe attablé seul et mangeant sans grand entrain.

— Salut, J-C ! dit-elle.

Le visage du chercheur s'éclaira.

— Enfin de la compagnie ! Il n'y a rien de plus ennuyeux que de manger seul.

— Je me sers un petit quelque chose et je te rejoins, dit-elle en se dirigeant vers le comptoir.

Quelques instants plus tard, elle déposa son plateau en face de Jean-Christophe en demandant :

— Es-tu prêt à partir ?

— Presque, il me reste seulement quelques livres à empaqueter.

— À ton arrivée au camp, il faudrait que tu discutes avec Luvsan, afin de ne pas recommencer le travail déjà accompli, dit-elle entre deux bouchées du délicieux fromage blanc, le byaslag, que les Mongols affectionnaient particulièrement.

— Ne t'en fais pas pour ça, j'ai une série de questions à lui poser. Les bureaux parisiens m'ont fait parvenir de la documentation par Internet, mais ça me semble incomplet. J'ai eu beau chercher dans les livres, je n'ai pas trouvé toutes les réponses à mes questions. Et j'ai absolument besoin de Luvsan pour la traduction de plusieurs textes. Il y a certains éléments qui me troublent, répondit-il, la bouche pleine de pommes de terre.

— Qu'est-ce qui te tracasse ?

— Tu te souviens de ce que j'avais dit à propos des objets trouvés près du fossile ?

— Tu disais qu'à vue d'œil, ils dataient de la période paléolithique et que cela nous aiderait pour déterminer l'âge du fossile, si je me souviens bien.

— C'est ça. Mais une idée me trotte dans la tête depuis un bon bout de temps. Je pense que notre spécimen était un être beaucoup plus évolué que ses contemporains.

— Qu'est-ce qui te fait dire ça ? demanda Frances, très intéressée.

— On a trouvé dans le caveau des outils qui devaient lui appartenir. Ça ne te fait pas penser à quelque chose en particulier ?

— Le dernier grand voyage vers l'au-delà ?

— Oui ! Presque toutes les tombes découvertes en Asie Centrale et datant de la période s'étalant de l'âge du bronze jusqu'à l'âge du fer révélèrent qu'on enterrait les morts avec tous leurs biens pour faciliter leur passage vers la vie après la mort, tout comme dans l'Égypte ancienne. Cela correspond parfaitement aux croyances populaires asiatiques vieilles de plusieurs milliers d'années. Alors, pourquoi ne pas penser à un million d'années ? Sans avoir l'opulence de ses descendants, notre ami était bien muni pour en faire autant, tu ne trouves pas ?

— Mais on a déjà trouvé des objets autour de fossiles aussi vieux, non ?

— On a effectivement trouvé des objets usuels auprès de squelettes d'hommes préhistoriques conservés dans la position où la mort les avait fauchés, comme en pleine action de chasse, par exemple. Mais notre sujet ne laisse place à aucune équivoque. Il a été honoré par son clan en prévision de son repos éternel. Si ce que je pense est vrai, nous aurions donc affaire à une forme sociale plus sophistiquée. Les membres de cette communauté préhistorique se seraient posés les premières questions métaphysiques, puisqu'ils auraient créé des rites funéraires jusqu'alors inexistants.

— Ce que tu dis est extrêmement intéressant. En as-tu conscience ?

— Oh oui ! Disons que cela ne me ferait pas de mal d'en discuter plus amplement avec Luvsan, dont la spécialité est l'anthropologie physique. Il pourra mieux que moi vérifier les caractères morphologiques du squelette, et évaluer si oui ou non ce que je dis a du sens. As-tu reçu les derniers résultats de datation ?

— Pas encore.

Frances but son thé en pensant à la Pierre angulaire. Confucius avait-il trouvé cet objet de culte dans le caveau ? Elle frissonna en pensant que l'être décédé avait peut-être eu besoin de la Pierre angulaire au moment de sa mort.

— Frances, je suis sûr que nous sommes tombés sur quelque chose de très important. Il faudra cependant des années avant de comprendre réellement ce que nous avons trouvé, dit Jean-Christophe en posant sa main sur celle de Frances.

Elle lui sourit. Elle voyait combien il lui était reconnaissant d'avoir usé de ses relations pour qu'il fasse partie de l'expédition. Elle ne considérait toutefois pas cela comme une faveur, car personne n'était plus qualifié que son collègue dans son domaine. Elle savait aussi que Jean-Christophe l'admirait pour son flair, mais comment aurait-elle pu lui expliquer qu'il venait à l'instant même de faire lui aussi preuve d'un instinct infaillible ? Sa théorie était plausible. L'homme préhistorique aurait d'abord trouvé, puis utilisé la Pierre angulaire. Elle aurait stimulé le développement de ses facultés intellectuelles, jusqu'alors très limitées, provoquant du même coup un changement majeur dans son comportement social.

Plus elle y pensait, plus elle était convaincue que l'hominisation, la variabilité de l'espèce humaine et l'éveil de son organisation sociale étaient intimement liés au mystérieux minéral dont était composé l'objet.

Frances se garda bien de révéler à Jean-Christophe ce qui s'était passé dans la grotte le jour où ils l'avaient découverte. Entre le moment où elle avait trouvé la Pierre angulaire et le moment où elle l'avait cachée, quelque chose avait changé. Elle calculait le temps que cela avait dû lui prendre pour se rendre de l'embranchement jusqu'à la chambre mortuaire : sept minutes environ, et ce, en marchant lentement. En fouillant dans sa mémoire, elle évaluait à une dizaine de minutes tout au plus le temps qu'elle avait pris pour examiner les lieux avant d'avoir l'objet dans ses mains. La suite devenait subitement confuse. Elle se souvenait de la chaleur et de l'étrange sensation de sensibilité tactile. Elle avait eu un malaise. Ensuite, à travers la brume de son esprit, elle avait entendu Jean-Christophe crier son nom. Un délai de trente minutes fixé lorsqu'ils s'étaient séparés s'était écoulé. Par conséquent, si ses calculs étaient bons, elle se rendait compte qu'elle avait eu un trou de mémoire d'au moins dix minutes. Avait-elle perdu connaissance ? Non, car alors, elle se serait retrouvée étendue par terre. Or, elle se tenait debout, chancelante, certes, mais tout de même debout sur ses deux jambes.

Par précaution, elle n'avait plus jamais manipulé la Pierre angulaire sans l'aide d'une pièce de tissu. Et tant qu'elle sentirait planer un danger, Frances resterait muette à propos de l'expérience qu'elle avait vécue.

— Tu as raison, approuva-t-elle en recouvrant affectueusement la main de Jean-Christophe de son autre main.

— C'est ici que vous vous cachez ! s'exclama Julie à la porte de la cafétéria.

Le chercheur baissa les yeux en retirant vivement sa main. Il picora dans son assiette en faisant mine d'être très occupé.

— Je vous ai cherchés partout...

Julie se tut en voyant le mouvement brusque de Jean-Christophe. Elle fut légèrement décontenancée, mais se reprit rapidement et afficha un air faussement désinvolte. Le chercheur releva la tête, intrigué par le silence qui se prolongeait.

— Je me demandais si nous ne pourrions pas dîner ensemble ce soir. C'est officiel, le départ est prévu pour demain, reprit-elle.

— Bonne idée, répondit Frances.

— Je dois finir d'emballer..., commença J-C.

— Tu auras fini avant le dîner. Tu me disais justement que tu avais presque terminé, l'interrompit Frances avec un sourire encourageant.

— Euh... oui... presque fini..., balbutia-t-il.

— Je connais un bon petit resto pas très loin d'ici. Je m'occupe des réservations ! dit Julie en leur tournant le dos, la main dans les airs en signe d'au revoir.

Frances regarda Jean-Christophe.

— Quoi ? demanda-t-il.

— Rien !

— Tu ne vois pas la tête que tu fais. Qu'y a-t-il ? insista-t-il.

Frances sentait des sentiments contradictoires émaner de lui. Elle était exaspérée par tant de maladresse. Il était complètement aveugle à tous les efforts que faisait Julie pour attirer son attention. Elle allait finir par se décourager. Pire, elle penserait à tort qu'il ne s'intéressait pas à elle. Frances avait senti une petite pointe de jalousie vite réprimée lorsque Julie avait compris qu'ils se tenaient par la main.

— Tu le fais exprès, ou quoi ? soupira-t-elle.

— De quoi parles-tu ? dit-il, surpris.

— Écoute, J-C ! Si tu continues comme ça, Julie va penser que tu ne l'aimes pas.

— Mais non, voyons ! Qu'est-ce qui te fait dire ça ? protesta-t-il en rougissant.

— Laisse tomber, dit-elle en avalant une gorgée de thé.

— Tu ne vas pas commencer ça avec moi ! Garde tes silences respectueux pour les autres et dis-moi ce que tu entends par « si tu continues comme ça, Julie va penser que tu ne l'aimes pas » ?

— Mets-toi à sa place un instant. Comment te sentirais-tu si chaque fois que tu l'invites à sortir avec toi, elle inventait toutes sortes d'excuses pour décliner ton invitation ?

Mal à l'aise, il bougea sur son banc avant de répondre :

— Ce n'est pas du tout la même chose !

— Si ! C'est la même chose !

— Mais enfin, Frances ! Elle ne me demande pas de sortir avec elle, elle ne fait qu'entretenir de bonnes relations de travail, c'est tout ! Ce n'est pas moi en particulier qui l'intéresse, elle lance des invitations à la ronde. Que j'y aille ou non ne fait aucune différence, affirma-t-il en se grattant l'oreille avec embarras.

Frances goûta l'humour de la situation. N'avait-elle pas exposé à Julie le même genre d'arguments le soir de sa première rencontre avec Vince ? Les rôles étaient maintenant inversés, et c'était à son tour de jouer l'avocat du diable. Toutefois, la similitude des situations s'arrêtait là, car elle savait pertinemment que ses deux amis étaient loin d'être indifférents l'un à l'autre.

— Ce n'est pas ce qu'elle m'a dit, finit-elle par dire.

Jean-Christophe, qui venait de prendre une gorgée de jus, hoqueta en mettant sa main devant sa bouche.

— Elle t'a parlé de moi ? s'écria-t-il en s'essuyant le menton avec une serviette.

— Elle a mentionné que tu avais refusé d'aller prendre un verre avec elle, dit-elle prudemment.

Frances ne voulait surtout pas trahir la confiance de Julie, mais si elle ne faisait rien pour eux, ils seraient assez naïfs pour baisser les bras.

— Était-elle fâchée ?

— Désappointée serait plus juste.

Jean-Christophe regarda dans le vague. Puis son visage changea complètement d'expression.

— C'était avant.

— Avant quoi ?

— Avant la venue de Vince Rafter, grommela-t-il.

Frances poussa un soupir excédé. « Mon Dieu que les gens aiment se compliquer la vie ! », songea-t-elle.

— Libre à toi de penser ce que tu veux. Une chose est sûre, cependant. Tu n'auras jamais la chance de nouer une relation avec qui que ce soit si tu fuis avant même d'essayer, trancha-t-elle en se levant de table. À ce soir !

Elle rangea son plateau et sortit de la cafétéria, laissant son collègue sans voix.

* * *

Une semaine plus tard, Luvsan rentra du camp et se rendit directement au laboratoire pour voir le fossile. James Davis et son équipe d'experts continuaient d'étudier chaque morceau d'os, pour ensuite les numéroter minutieusement. Maintenant, ils entamaient la seconde étape du travail. De l'avis de Frances, c'était la phase la plus fascinante du processus scientifique. La reconstitution du fossile allait enfin permettre de voir l'allure générale du sujet. James prenait sa tâche très au sérieux; tantôt il épiait les moindres faits et gestes de ceux qui recollaient les os cassés, tantôt il supervisait ceux qui apposaient les cartilages synthétiques sur les articulations. Sa minutie légendaire servait parfaitement la mise en place de toutes les pièces disparates du puzzle grandeur nature qu'ils avaient entre les mains.

Frances avait essayé de discuter avec Luvsan, mais il préférait pour l'instant réserver son jugement. Il avait déjà contacté des spécialistes en génétique et en archéologie funéraire, afin de tenter d'établir des liens entre les découvertes qui venaient d'être faites et certains spécimens retrouvés auparavant dans une perspective culturelle. Ces analyses supplémentaires ralentissaient un peu le travail de reconstitution, mais ce n'était ni le temps ni le budget qui manquaient. Frances jugeait intéressant de faire appel à différentes disciplines pour établir une meilleure vue d'ensemble du fossile. Luvsan partageait donc son temps entre le laboratoire et la bibliothèque, où il restait pendant des heures. Il étudiait sans répit, amoncelant des références, prenant des notes. Il semblait tellement absorbé par sa tâche que la responsable décida de le laisser tranquille. Lorsqu'il serait prêt, il viendrait lui parler. Elle savait que tout ce qu'il lui dirait alors aurait d'abord été mûrement réfléchi et confirmé, preuves à l'appui.

Frances réfléchissait à cela dans le petit salon de son hôtel. Elle fut interrompue dans ses pensées par le serveur, qui lui versa une tasse de thé brûlant. Depuis le départ de Julie, elle avait pris l'habitude de boire cette délicieuse boisson chaude en sortant de l'Institut. Moins fréquenté que le bar, ce salon lui convenait très bien. Elle s'asseyait toujours dans le même fauteuil, près d'une porte vitrée qui s'ouvrait sur un petit jardin clos par une palissade en pierre. Au lieu de regagner immédiatement la solitude de sa chambre, elle profitait de la tranquillité de l'endroit pour lire la documentation accumulée tout au long de la journée. Or, en cette belle fin de journée, elle n'avait guère l'esprit à travailler. Elle préférait admirer le jardin baigné des couleurs chaudes du soleil couchant. Frances se laissa doucement imprégner par le calme réconfortant qui se dégageait des lieux. Ses yeux parcoururent les allées désertes. Une légère brume d'humidité flottait dans l'air, conférant à l'endroit un air mystérieux. Étaient-ce l'ambiance ou la beauté des lieux qui la rendaient si vulnérable ?

Lorsqu'elle s'ouvrait ainsi l'esprit, la nature lui faisait toujours cet effet. Cela provoquait invariablement une remise en question. Aucun doute ne l'épargnait. Qui était-elle ? Quel rôle devait-elle jouer dans la vie ? Où était sa place dans cet univers ordonné qui s'orchestrait merveilleusement bien sans l'ingérence de l'homme ? Quand elle était dans cet état d'esprit, toutes ses priorités s'estompaient pour faire place à une vérité qu'elle ressentait sans parvenir à l'exprimer. Malgré les apparences, il y avait un sens à ce qu'elle vivait, caché peut-être, mais tout de même là. Elle le sentit jusqu'au tréfonds de son cœur.

— Puis-je me joindre à vous ? fit soudain la voix grave qui l'avait fait vibrer si souvent.

— Euh… Si vous le désirez, dit-elle, décontenancée.

— Avez-vous eu des nouvelles de vos collègues ?

— Vous parlez de Julie et J-C ? Oui, ils aident Jim à terminer ses fouilles.

— Serait-ce de Jim Quaid dont vous parlez ?

— Vous le connaissez ? demanda-t-elle, étonnée.

— Pas personnellement, mais j'ai lu certains articles à propos de ses précédentes expéditions archéologiques.

— Ah ! J'oubliais que vous étudiez le métier pour votre prochain rôle.

Le serveur s'approcha, et Vince s'entretint avec lui. Cela permit à Frances de raffermir sa garde. En apprenant qu'ils logeaient au même hôtel, elle avait pensé qu'elle le verrait souvent. Or, elle n'avait pas croisé son chemin une seule fois jusqu'à maintenant. Pour dire vrai, elle s'était toujours arrangée pour bien planifier leurs rencontres, en prenant soin de ne jamais se retrouver seule en sa compagnie.

— Vous avez une belle vue d'ici, dit-il en jetant un coup d'œil curieux vers le jardin.

— J'aime bien cet endroit.

— Je sais.

Elle ne releva pas la remarque.

— C'est surprenant, qu'un si bel endroit reste désert au crépuscule, ajouta-t-il.

— C'est ce qui fait son charme.

Vince regarda baisser la lumière du soleil en se disant qu'elle avait raison. Il l'avait maintes fois entraperçue, assise là, le regard tourné vers le jardin. Elle était toujours perdue dans ses pensées, et il aurait donné cher pour en connaître ne serait-ce qu'une parcelle ! Aussi peu accessible que ce jardin semblait l'être, elle donnait l'impression d'être intouchable. Un léger sourire de dérision flotta un instant sur ses lèvres. Elle était aussi immatérielle qu'un mirage… ou qu'un rêve promettant monts et merveilles et auquel un réveil brutal aurait mis fin.

— Parlez-moi de votre métier, si vous le voulez bien, demanda-t-il poliment, sachant qu'elle était avare de paroles dès qu'il était question de sa propre personne.

— Que voulez-vous savoir ? dit-elle en poussant un soupir résigné.

« Tout ! », pensa-t-il en répondant sur un ton plus raisonnable :

— Ce qui vous a amenée à choisir cette profession, la raison pour laquelle vous vous intéressez aux vestiges du passé, ce qui vous motive dans vos recherches sur l'évolution de l'homme…

Frances lui raconta comment les origines de l'homme avaient éveillé son intérêt lors de ses études, mais ne s'attarda pas outre mesure sur les circonstances de son choix de carrière. Elle lui parla sommairement des recherches scientifiques qui avaient été décisives lors du choix de sa spécialité. Vince l'écoutait attentivement. Au début, ses explications étaient courtes et banales, car elle doutait que cela puisse l'intéresser. Lorsqu'il lui posa toutefois des questions qu'elle jugea pertinentes, elle devint plus éloquente. Elle lui raconta plusieurs anecdotes à propos de diverses expositions auxquelles elle avait collaboré, et lui expliqua le travail fastidieux que représentait la collection d'objets anciens disséminés dans les musées du monde entier.

— Je ne sais pas si vous réalisez l'ampleur du génie de l'homme. Il y a des millions d'années, ce n'était qu'un animal; puis, il a commencé, un jour, à tailler une pierre dans le but d'en faire un usage bien précis. L'outil venait d'être créé, s'exclama-t-elle les yeux brillants.

— Qu'est-ce qui l'a poussé à se différencier des animaux, selon vous ?

— L'imagination, je crois.

— Pourquoi pas l'intelligence ?

— Parce que l'intelligence n'est pas une faculté réservée à l'espèce humaine. Mais je peux vous dire que cette opinion ne fait pas l'unanimité, avoua-t-elle en souriant. Le règne animal et, dans une certaine mesure, le règne végétal agissent intelligemment dans leur milieu naturel. Pourquoi pensez-vous que l'étude de la faune est si prisée ? Les biologistes sont fascinés par l'infinie complexité du comportement animal. Ils pensent que ce sont les facultés physiologiques qui déclencheraient automatiquement chez l'animal le réflexe conditionnel approprié. Mais comme l'homme a toujours eu la fâcheuse habitude de tout ramener à son niveau, cette interprétation a bien des chances d'être erronée. Je ne suis donc pas d'accord pour dire que les animaux ne sont pas intelligents.

Vince hocha la tête; il trouvait convaincant l'argument de Frances. Elle défendait bien ses opinions, avec l'assurance tranquille de ceux qui n'ont pas peur de la controverse, mais qui ne veulent pas trop attirer l'attention. Il adorait discuter avec elle, car elle demeurait toujours fidèle à elle-même. Cela le changeait des faux-fuyants et des ruses auxquels il se heurtait constamment dans le monde du cinéma. Lorsque Frances parlait, elle assumait ses dires ouvertement. Sinon, elle se taisait ou changeait de sujet.

— Revenons donc à l'imagination! Qu'est-ce qui a un jour poussé l'homme à se laisser guider par son imagination pour créer sa toute première invention? demanda-t-il.

— C'est l'un des plus grands mystères de notre univers.

Frances hésita avant de continuer.

— Je suis ici pour essayer, je dis bien essayer d'en apprendre un peu plus à ce sujet.

— Mais vous n'avez pas seulement essayé! Il semble que vous ayez trouvé un filon intéressant, non?

— C'est vrai. Mais comme dirait J-C, nous en avons pour des années avant de comprendre et de bien interpréter toutes les données compilées ces derniers temps. Il faut du temps aux experts pour établir un portrait rigoureux de la réalité d'une période aussi reculée que celle de la Préhistoire.

— Je me suis laissé dire que les conditions de recherche étaient loin d'être idéales. Vous avez eu à faire face à de mauvaises conditions climatiques. De plus, votre site archéologique se situe à plusieurs mètres d'altitude.

— Tout cela fait partie du métier.

— N'empêche que pour une première expédition, vous avez vécu une expérience somme toute assez risquée, non?

Elle prit un air songeur avant de poursuivre.

— C'est vrai, reconnut-elle avec un regard mystérieux, mais c'est le prix à payer pour s'aventurer sur les traces de nos origines.

Elle cligna plusieurs fois des yeux avant de regarder sa montre.

— Il se fait tard, dit-elle. Elle prit son porte-documents avant de se lever en lui tendant une main. Vince se leva à son tour, afin de serrer cette dernière.

— Merci de votre patience, c'était très instructif.

— Ce fut un plaisir de discuter avec vous, Monsieur Rafter.

— Dans ce cas, m'accorderiez-vous une autre petite faveur qui me ferait extrêmement plaisir? demanda-t-il, la main de la chercheuse toujours dans la sienne.

— De quoi s'agit-il ?

— J'aimerais que nous nous appelions par nos prénoms. Cela fait longtemps qu'il n'y a plus de « monsieur » entre Al et moi.

Il la vit réfléchir le plus sérieusement du monde, comme si c'était une question de première importance.

— Monsieur Kitai est tellement habitué de se faire appeler par son diminutif que tout naturellement, il vous l'a proposé. Je ne crois cependant pas approprié d'en faire autant. Ne voyez pas ça comme un manque d'égards à votre endroit, au contraire. En tant que responsable, je dois respecter une étiquette uniforme avec l'ensemble de mon équipe. Excusez-moi, je dois y aller, maintenant, dit-elle en dégageant doucement sa main.

Vince se rassit et vida son verre d'un trait. Il n'y avait pas de doute, elle n'acceptait aucune familiarité entre eux. Au fil des jours, il l'avait beaucoup observée, guettant le moindre signe d'intérêt de sa part. Même si elle avait semblé prendre de l'agrément à certaines de leurs conversations, comme c'était justement le cas avant qu'il ne lui demande de laisser tomber le protocole, elle demeurait la plupart du temps assez distante et devenait carrément réticente chaque fois qu'il la touchait. À l'instant même, ne se dandinait-elle pas sur place pour qu'il lui lâche la main ?

Elle pouvait bien parler d'étiquette, il aurait fallu être aveugle pour ne pas voir l'attachement qu'elle avait pour Al. D'ailleurs, elle avait aussi l'air de s'entendre particulièrement bien avec ce Jean-Christophe. Une complicité de longue date semblait les unir. Agacé, Vince se passa nerveusement la main dans les cheveux.

Plus troublante encore était l'idée qui commençait à germer dans son esprit. Avait-il été victime de son imagination ? Se pouvait-il qu'il ait superposé son rêve et la réalité en confondant le visage de cette femme avec celui qu'il avait vu en songe ? Maintenant qu'il était en Mongolie, en train de travailler son rôle auprès dc la meilleure spécialiste de l'heure, il commençait à croire qu'il avait été très naïf. Qu'il y ait eu ou non une ressemblance entre la femme du rêve et celle qui venait de le quitter, cela n'avait plus aucune importance. Même si sa démarche initiale s'était peut-être basée sur un leurre, il devait reconnaître qu'il commençait à sérieusement s'intéresser au docteur Frances Laguerre. Il se leva brusquement pour quitter le salon, en faisant signe au serveur de mettre sa consommation sur sa note d'hôtel.

* * *

Des hommes et des femmes en blouse blanche firent irruption dans le laboratoire, interrompant le travail de ceux qui s'y trouvaient déjà. James releva la tête de son microscope en fronçant les sourcils. Il regarda sa montre, puis se souvint que Luvsan avait convoqué toute l'équipe pour une réunion d'information. Instinctivement, tout le monde s'agglutina autour de la grande table, sur laquelle reposait le squelette fossile. Maintenant que chaque os avait repris sa place, l'ensemble laissait deviner la probable charpente du corps. La pièce résonna bientôt du bruit des conversations. James commençait à s'impatienter lorsqu'il vit enfin Luvsan entrer en compagnie d'Al et de Frances.

— Bonjour, Messieurs, Dames ! Si vous le voulez bien, nous allons commencer tout de suite, lança Frances pour attirer l'attention de tout le monde.

Le silence se fit.

— Sans plus tarder, je cède la parole à monsieur Luvsan Bodgo.

Tous les regards se tournèrent vers lui. Chaque scientifique était maintenant attentif.

— Les analyses effectuées et l'étude des caractéristiques morphologiques ont révélé que nous avions affaire à un fossile âgé d'un virgule huit million d'années, commença Luvsan.

Sa phrase provoqua des murmures d'excitation, qui furent vite réprimés lorsque Luvsan continua ses explications en indiquant le crâne du squelette :

— Le volume cérébral de notre sujet est nettement supérieur à celui de l'Homo habilis, ce qui nous amène à penser qu'on aurait plutôt affaire à un Homo erectus.

— Je n'exclus pas l'idée d'un Homo ergaster, intervint James. Sa boîte crânienne est plus épaisse et sa calotte, plus allongée que celle de l'Homo erectus.

— Effectivement, mais son front n'est pas aussi fuyant, fit

remarquer Luvsan d'un air songeur, tout en suivant du doigt la courbe frontale.

— Vous remarquerez qu'il a des proéminences osseuses sous l'arcade sourcilière, typiques de l'espèce australopithèque, dit James, intrigué.

Luvsan hocha la tête et rétorqua :

— Les australopithèques sont beaucoup trop vieux pour être considérés ici, car ils sont apparus sur Terre il y a de trois à cinq millions d'années. Malgré certaines petites anomalies, notre fossile possède définitivement le profil dont le genre humain actuel semble dériver.

— Qu'entendez-vous par « dériver », Luvsan ? questionna Frances.

Il prit son temps avant de répondre, et personne n'aurait eu l'audace de couper son silence, de peur de perdre une seule de ses paroles.

— En fait, il n'a pas le profil phylogénétique d'une classe en particulier. J'entends par là qu'il ne correspond à aucune des classes déjà répertoriées selon l'ordre de leur apparition sur Terre, depuis l'Australopithecus jusqu'à l'Homo erectus. On pourrait donc admettre que l'Homo ergaster serait la classe précédant l'Homo erectus, sans parler de l'Homo habilis, qui serait la forme la plus rudimentaire de l'homme moderne.

Les propos de Luvsan surprirent James. En parlant ainsi, Luvsan relançait le débat au sujet des réserves qu'avaient émises certains scientifiques sur le bien-fondé de séparer les Homo ergaster et les Homo erectus des Homo sapiens proprement dits.

— Mais sans cette différenciation, nous ne pourrons jamais connaître nos vraies origines, s'exclama James, indigné.

— James, Luvsan ne conteste pas cette différenciation, il nous explique les liens de parenté de divers individus dans le processus évolutif de l'homme, s'interposa calmement Frances. En d'autres mots, Luvsan, vous dites que notre spécimen possède des traits anatomopathologiques de plusieurs types à la fois, c'est bien ça ?

— Oui ! Regardez cette dentition. Elle est semblable à celle des espèces primitives, mais sans la robustesse de la mandibule. Ensuite, voyez ce renforcement horizontal des os occipitaux, alors que l'arrière du crâne n'est pas plus arrondi que cela.

Luvsan se tut, laissant tous les chercheurs sur leur appétit. Il en avait trop dit pour ne pas provoquer chez eux la sensation d'être floués de l'élément essentiel à la bonne compréhension de leur découverte.

— Où voulez-vous en venir ? s'impatienta James.

Luvsan sourit sans daigner répondre à la question.

— Même si vous n'êtes pas certain de vos hypothèses, nous aimerions vraiment savoir ce que vous en pensez, insista gentiment Frances.

Luvsan regarda ouvertement Frances. Pour tous ceux qui étaient dans la pièce, son regard était indéchiffrable. Mais pas pour Frances. Elle le sentait hésiter. Il était déchiré entre, d'une part, sa réticence à discuter professionnellement d'opinions strictement personnelles et, d'autre part, son besoin de lui communiquer une information primordiale.

À l'issue de ce combat intérieur, il sembla prendre une décision :

— Dans le cadre de l'étude axée sur l'anthropologie culturelle que nous avons demandée, j'ai pris connaissance du mobilier funéraire découvert sur les lieux de la sépulture, en particulier des dessins rupestres qui couvrent tous les murs de la grotte. Or, je pense que nous avons découvert un être qui s'intéressait, pour la première fois dans l'histoire, à autre chose qu'à sa survie. Cet être faisait partie de ceux qui allaient conquérir le monde. Il se démarquait des générations précédentes par son éveil spirituel, comme en témoignent les égards accordés au mort. Un sentiment nouveau venait de prendre forme dans la conscience collective : la considération d'autrui.

Il fit une pause en examinant attentivement le squelette fossile.

— Il y a tout lieu de croire que nous avons devant nous l'élément indispensable à la résolution de notre problème. La science n'a jamais pu remonter à nos sources généalogiques, parce qu'un élément manquait dans la suite logique de notre évolution… Messieurs, Dames, conclut-il en relevant la tête pour jeter un regard pénétrant à Frances, j'ai l'intime conviction que nous avons sous les yeux le chaînon manquant.

Cette dernière remarque claqua comme un coup de fouet dans le silence. Tous les yeux se détournèrent de Luvsan pour converger vers la table, sur laquelle reposait peut-être l'incarnation du rêve de tout archéologue.

## Roches à souhait

Depuis les dernières révélations de Luvsan, Frances avait le cerveau en effervescence. Quels étaient les points en commun entre le chaînon manquant, la Pierre angulaire et Confucius ? Le volume cérébral de l'Homo erectus était nettement supérieur à celui de l'Homo habilis. Elle n'osait pas encore admettre l'hypothèse qu'une telle croissance ait peut-être été provoquée par la Pierre angulaire. Un plus gros cerveau signifiait davantage de facultés intellectuelles et pouvait provoquer une anomalie génétique qui donnait automatiquement plus de chances de survie. Une idée de départ qui aurait très bien pu être attribuée à Darwin, mais sans le concept de sélection naturelle !

Frances plongea tête première dans la documentation de toutes les missions archéologiques effectuées jusqu'alors en Mongolie. Elle y passa plusieurs heures. Elle ne voulait pas laisser passer le moindre indice qui pourrait avoir un lien quelconque avec la Pierre angulaire. Elle recherchait les descriptions d'objets préhistoriques qui avaient été taillés dans la pierre. Sur les listes se trouvaient, répertoriés, des outils courants tels que des bifaces, des hachereaux ou des grattoirs, mais aussi des pièces moins communes, de forme discoïdale, qui laissaient les scientifiques plutôt perplexes quant à leur utilité. Une missive adressée au directeur du département d'archéologie de l'Institut parlait d'un laboratoire anthropologique de campagne qui venait de déterrer un outil décrit comme un « couteau à pointes triangulaires ». Elle fouilla frénétiquement dans ses documents, à la recherche de détails supplémentaires. On ne mentionnait aucun détail. Elle reprit la lettre et vit qu'elle portait le cachet postal de la ville de Tsetserleg.

Frances sortit en trombe de son bureau. Elle trouva Al à la cafétéria. Il déjeunait en compagnie de Luvsan. Au lieu d'aller tout de suite vers eux, elle se commanda à manger, car elle venait de se découvrir une faim de loup. Le plateau entre les mains, elle se faufila entre les tables de la cafétéria bondée.

— Frances, assoyez-vous, l'invita Al en lui désignant une chaise libre.

— Merci ! dit-elle avant de commencer à manger avec appétit.

— Nous parlions des répercussions qu'une telle nouvelle pouvait provoquer dans le milieu...

— Ne vous emballez pas trop, Al, ce n'est qu'une hypothèse de plus à vérifier, fit calmement observer Luvsan.

— Oui, soyons prudents, car je ne veux pas encore officialiser la nouvelle orientation que prennent nos recherches, ajouta Frances. Tout cela restera entre nous tant que les tests nécessaires n'auront pas été effectués et que les résultats ne nous permettront pas de croire à cette hypothèse. Al, je compte sur vous pour modérer l'entrain général. Je ne veux surtout pas de publicité supplémentaire pour le moment, recommanda la responsable en regardant autour d'elle.

Étant donné le bruit des conversations alentour, personne ne pouvait vraiment les entendre.

— Que dois-je faire si la délégation m'interroge ?

— Vous leur direz que ce n'est qu'une rumeur non fondée, que cela arrive souvent dans le métier... Excusez-moi de changer ainsi de sujet, mais j'aimerais savoir une chose : avez-vous entendu parler des fouilles archéologiques effectuées près de la ville de Tsetserleg ?

— Le site dont vous parlez est localisé à Karakorum, répondit Luvsan.

— J'ai fait partie de la première expédition en 1996, renchérit Al.

— Qu'est-ce que vous savez sur ce site ? s'empressa de demander Frances.

— Initialement, il a été dirigé par une mission russo-mongole. J'ai effectué plusieurs coupes dans le roc pour eux. Ils voulaient étudier la superposition des différentes couches sédimentaires et évaluer leur âge relatif. Ensuite, c'est une petite mission française qui a pris le relais, je crois, expliqua Al.

— Qu'ont-ils trouvé ?

— Je ne sais pas. Voulez-vous que je me renseigne ? demanda Al.

— Oui, j'aimerais bien.

— Bon, dans ce cas, je vais y aller tout de suite. J'ai fini de manger, dit-il en saluant ses deux confrères.

Seule pour la première fois avec Luvsan, Frances se mit à l'observer en mangeant. La nature calme et réservée de ce dernier lui convenait très bien. Il était de très petite taille comme la plupart des Mongols. Son âge était difficile à évaluer, son visage ne portant pas les marques laissées habituellement par le vent et le soleil des steppes sur les gens du pays, mais il devait tout de même être assez mature. En fait, on voyait à peine quelques cheveux blancs strier sa chevelure noire de jais.

— Je tiens à vous remercier, Luvsan, pour ce que vous avez fait.

Il prit le temps d'avaler sa bouchée avant de répondre :

— Je n'ai rien fait qui mérite cet égard.

— Je sais que je vous ai un peu forcé la main...

— Pas du tout, coupa-t-il, un doux sourire flottant sur ses lèvres en guise d'excuse. Si je n'avais pas jugé cela opportun, je n'aurais rien dit.

— Opportun ?

— Vous savez parfaitement ce que je veux dire.

En fait, il ne sous-entendait rien de plus que ce qu'il avait dit ! Ses yeux étaient limpides de vérité. Son cœur battait calmement. Toute sa personne dégageait de la bienveillance. Là où d'autres auraient pu facilement voir de la condescendance, Frances voyait en cet homme de l'intelligence et de l'humilité.

— Vous m'attribuez un savoir que je ne me reconnais pas. Que pensez-vous de tout ça, de la mission, de notre découverte... de moi ? dit-elle en changeant brusquement de sujet.

— Notre mission est simple, la découverte est singulière et vous êtes une personne très complexe, répondit-il simplement.

Elle éclata de rire spontanément, ce qui lui arrivait rarement.

— Excusez-moi.

Il leva la main pour lui signifier qu'il comprenait. Puis, il lui fit cette curieuse remarque :

— Une part de vous cherche à comprendre, tandis qu'une autre se cache. Lorsque vous tendrez vers l'unité, votre esprit s'élargira. Alors, vous verrez ce que vous savez déjà.

En attendant, c'était lui qui avait l'air d'en savoir beaucoup plus qu'elle. Après tous ces mois passés dans ce pays, Frances était encore surprise par certaines tournures de phrases des Mongols. Luvsan était l'un de ceux dont les tirades semblaient receler quantités de mystères.

— Un célèbre proverbe de Maître K'ong dit: « Ne cherchez pas à connaître les réponses, cherchez à comprendre les questions ».

Frances tressaillit d'étonnement. Si elle-même ne faisait pas face à d'obscures forces dont elle ne soupçonnait même pas l'existence quelques semaines plus tôt, elle n'aurait jamais pu imaginer que Luvsan pût lire en elle. Suspicieuse, elle chercha son regard fuyant.

— J'avoue que je ne vous suis plus, là.

Il prit un morceau de viande, qu'il coinça habilement entre les extrémités de ses baguettes.

— Vous m'avez posé une question, alors je vous réponds ce que le Maître vous aurait probablement répondu: votre vie servira à plus d'une fin.

— Une foule de gens pourraient en dire autant, fit-elle remarquer.

— Il ne suffit pas de le dire. Une parole ne garantit pas à ces gens qu'ils auront plus qu'une raison d'être. En fait, rares sont les êtres humains éveillés comme vous l'êtes. C'est la qualité première d'un *junzi*, dit-il en portant l'aliment à sa bouche.

* * *

Al était au volant du véhicule tout-terrain. Un silence un peu tendu régnait depuis le départ d'Oulan-Bator. Il jeta un coup d'œil dans son rétroviseur, histoire de voir ce que faisaient ses passagers. Bob dormait la bouche grande ouverte, la tête contre l'accotoir.

« Au moins, il y en a un qui ne s'en fait pas trop », se dit-il en souriant. Un sourire qui s'effaça rapidement lorsque son regard dévia vers son voisin.

Vince regardait par la fenêtre, les sourcils légèrement froncés. Il avait l'air contrarié. Il aurait pourtant dû se réjouir d'avoir obtenu de Frances la permission de les accompagner à Karakorum. Elle n'avait pas l'habitude de changer aisément d'avis. Mais il fallait croire qu'elle avait rencontré plus têtu qu'elle!

Al jeta un coup d'œil à Frances, qui était assise à côté de lui. Le corps raide, elle gardait les yeux résolument fixés sur la route. Il se dégageait d'elle une telle froideur qu'aucun de ses compagnons n'aurait eu la hardiesse d'engager la moindre conversation.

Le Mongol conduisait prudemment et surveillait attentivement la route, lorsqu'il vit des banderoles flotter au vent. Dans l'espoir de relâcher la tension qui régnait depuis trop longtemps dans la voiture, il profita de l'occasion et lança:

— Regardez!

Frances tourna la tête dans la direction indiquée. Bob se réveilla en sursaut, de la bave sur le menton, en laissant échapper une exclamation de surprise.

— C'est un *ovoo*, et je dois m'y arrêter, dit Al.

— Ne vous y attardez pas trop, conseilla Frances en regardant sa montre.

Malgré les apparences, elle n'était pas mécontente de s'arrêter. Après quatre heures de route, elle avait grand besoin de se dégourdir les jambes. Elle entendit Bob demander à Vince ce qui se passait, et ce dernier marmonner sa réponse. Enchanté de cet arrêt, Bob se pencha en avant pour mieux voir.

Al s'engagea hors de la piste, pour se diriger vers l'amas de roches au centre duquel était planté un long bâton. Arrivé tout près de ce lieu, le Mongol gara la voiture et sortit, imité immédiatement par les passagers. Il se pencha pour ramasser un caillou de la taille d'une balle de tennis. En le tenant dans sa main, il fit le tour complet du tas de pierres avant de s'immobiliser. Les trois étrangers virent alors Al lever la tête vers le ciel en remuant silencieusement les lèvres. Après quelques minutes de recueillement, il déposa son caillou parmi les autres.

Lorsque le Mongol les eut rejoints, Bob ne put s'empêcher de lui demander des explications.

— Selon une vieille croyance, les cieux me seront favorables si j'exécute le petit rituel que vous m'avez vu faire à l'instant.

— Ah! Vous êtes superstitieux! Vous croyez vraiment que votre geste vous attirera la chance? dit Bob.

— Ça n'a rien de superficiel. J'aimerais mieux parler de prière exaucée que de chance, répondit Al.

— C'est très intéressant, murmura Bob en examinant les pièces de tissu attachées au poteau. Et ça, qu'est-ce que c'est?

— Des banderoles religieuses.

Ils les regardaient battre au vent tels des petits drapeaux fièrement dressés, lorsque le cri perçant d'un oiseau qui volait majestueusement au-dessus de leurs têtes retentit.

— Ça ressemble à un aigle, dit Bob en mettant sa main au-dessus de son arcade sourcilière pour mieux voir.

— Oui, ce coin de pays est le repaire des aigles, expliqua Al en regardant l'animal d'un air étrange.

— Quel vol spectaculaire! murmura Vince avec admiration.

L'aigle se rapprocha d'eux comme s'il voulait leur permettre de mieux l'observer.

— Il semble s'intéresser drôlement à nous, vous ne trouvez pas? jeta Bob d'un air hésitant, en reculant d'un pas vers la voiture.

— Ne vous inquiétez pas, il n'est pas là pour chasser, le rassura Al.

— C'est vrai, il n'est pas en position d'attaque, commenta Vince.

Frances quitta l'oiseau des yeux quelques secondes pour regarder Vince à la dérobée.

— Vous savez ce que raconte une de nos croyances populaires? Que l'être humain aurait la possibilité de se transformer en oiseau après sa mort, afin de s'envoler vers le ciel, rapporta Al.

— Celui-ci semble pourtant désirer rester sur terre, railla gentiment Bob, histoire de dissiper ses craintes.

Comme pour le contredire, le rapace lâcha un dernier cri avant de s'envoler à grands coups d'ailes vers l'horizon, disparaissant rapidement de leur champ de vision.

— J'ai faim, pas vous? dit Bob lorsqu'il fut remis de sa surprise. C'était un homme qui préférait avoir les deux pieds sur terre.

— Bonne idée, c'est le temps d'en profiter, acquiesça Frances.

Bob sur ses talons, elle se dirigea vers la voiture. Elle le laissa fouiller dans le sac de provisions, prit deux bouteilles d'eau et s'approcha d'Al pour lui en offrir une. Il but plusieurs gorgées avant de la remercier.

— Ça va ? murmura Frances.

— Très bien ! répondit-il un peu trop vite à son goût.

— Vous en êtes sûr ?

— Tout à fait !

— Je n'ai pas été de tout repos, dernièrement...

Al posa sa main sur l'épaule de Frances.

— Il n'y a aucun problème, Frances. Je suis toujours heureux de me retrouver sur la route. Et n'oubliez pas que j'ai l'âme d'un nomade.

— Bon, d'accord ! dit-elle, maintenant convaincue.

Il la vit sourire pour la première fois depuis leur départ. Enfin, la glace avait fondu.

— Pourquoi n'essayeriez-vous pas à votre tour ? suggéra Al. Il se pencha pour ramasser une roche, qu'il lui tendit. L'*ovoo* est ouvert aux passants de toutes origines.

— Oh, non merci, dit-elle poliment.

— Et pourquoi pas ? intervint Vince.

Frances se raidit aussitôt.

— L'*ovoo* a une double fonction, celle de permettre aux voyageurs d'apporter leur contribution, et celle d'indiquer la bonne direction. C'est très utile, sur les pistes qui traversent le Gobi, expliqua gentiment Al.

— Faites-le, ce serait amusant, insista Bob.

— Vous n'avez qu'à le faire, vous ! refusa-t-elle une seconde fois en espérant ne pas trop froisser Al.

Vince s'approcha d'eux et la regarda d'un air narquois.

— Vous permettez ? dit-il à l'attention d'Al, qui s'empressa de lui donner la roche.

En regardant ce caillou, Vince ajouta à l'adresse de Frances :

— Vous n'allez pas nous faire croire que vous n'avez jamais fait de vœux auparavant, quand même...

Tournant les talons, il marcha jusqu'à l'*ovoo*.

— Je n'ai rien dit de tel, tiqua-t-elle.

— Alors, où est le problème ? lâcha-t-il, tandis qu'il s'exécutait.

Après avoir fait le tour de l'*ovoo*, il s'immobilisa quelques secondes, puis déposa sa roche. Hésitant entre deux attitudes, à savoir défier Vince ou plaire à Al, Frances opta pour la seconde, ne voulant surtout pas passer pour une rabat-joie. Elle se pencha nerveusement pour ramasser la première pierre qui lui tomba sous la main. Une pensée lui traversa alors l'esprit lorsqu'elle eut le caillou en main. Il était étrange, tout de même, que ce pays accorde un pouvoir spirituel aux simples pierres éparses le long des chemins, alors qu'il abritait sans le savoir un autre type de pierre qui avait curieusement développé les facultés sensorielles de l'être humain. Se sentant observée, Frances fit le tour de l'*ovoo* sans regarder Vince. Mais avant de poser sa roche sur la pile, elle hésita longtemps.

— C'est à mon tour ! s'écria Bob avec entrain. Cette pierre fera-t-elle l'affaire, Al ?

Frances s'écarta du groupe, afin de retrouver un semblant de calme; elle avait les nerfs à fleurs de peau. En fait, elle ne décolérait pas depuis sa conversation avec Vince Rafter, celle au cours de laquelle il l'avait convaincue de le laisser l'accompagner à Karakorum. Il avait manœuvré de telle sorte qu'elle s'était vue forcée, bien malgré elle, de l'accepter comme compagnon de route, alors qu'elle aurait bien aimé faire cette petite excursion sans témoins gênants. Quelle mouche l'avait piqué, celui-là ? Il s'était montré insistant, arrogant et tout à fait convaincant auprès de ses collègues, qui à leur tour avaient fait pression sur elle. Pensait-il pouvoir tout acheter ? Il semblait avoir tout à coup perdu ses bonnes manières. Il était probablement habitué à se faire obéir au doigt et à l'œil. Mais il allait apprendre que sur son terrain à elle, il ne valait pas mieux que n'importe qui d'autre. Elle n'avait que faire de ses caprices de vedette, elle avait bien d'autres soucis en tête.

— Vous en voulez ? proposa justement celui qui habitait ses pensées d'une manière si peu élégante.

Pensait-il vraiment faire amende honorable en partageant son morceau de pain avec elle ?

— Non merci, je n'ai pas faim, dit-elle d'un ton caustique, en le laissant en plan avec ses deux morceaux de pain dans les mains.

Vince la regarda partir avec irritation. Cela avait compliqué un tantinet les choses, d'avoir dû lui imposer sa présence lors de ce voyage, mais elle s'était opposée avec tant de hargne à sa requête qu'il n'avait pas eu le choix d'agir ainsi. Il se serait morfondu à l'attendre dans le cas contraire. Et puis, un peu d'aventure ne serait pas de refus.

En fait, il en avait eu assez d'attendre que madame daigne lui accorder du temps. Elle se montrait si indépendante et si obstinée qu'il s'était senti acculé au pied du mur. Or, cette situation éveillait en lui son esprit combatif. Il n'avait pu réprimer une envie irrésistible de la provoquer. Et la réaction de la belle avait été immédiate. Sur ce point, il avait été bien servi, mais il en payait chèrement le prix, maintenant qu'elle ne voulait plus lui parler. Adieu, les politesses ! Retour en force de la guerre froide !

L'arrivée impromptue de plusieurs cavaliers mit fin à ses pensées. Il s'agissait de sept Mongols. Vince avait remarqué un troupeau de bovins près de la route, à environ trois kilomètres avant l'*ovoo*. Ces hommes étaient-ils les gardiens du cheptel ? Il vit Al parler quelques secondes en aparté avec Frances, pour ensuite engager la conversation dans la langue locale avec celui qui semblait être le chef du groupe. En scrutant leur visage, Vince constata que les cavaliers étaient complètement ivres, et l'ébriété semblait les rendre plutôt agressifs, s'il en jugeait par le ton vif de la conversation. Instinctivement, Vince s'avança rapidement vers Frances.

Il chercha Bob du regard et le trouva près du véhicule. Évaluant la distance qui les séparait, il prit Frances par le coude pour l'inciter discrètement à se déplacer lentement vers la voiture. Toutefois, même s'ils étaient ivres, les cavaliers ne furent pas dupes. Celui qui était le plus près d'eux fit bouger sa monture pour leur barrer le passage. Criant à Frances de courir, Vince prit alors son élan et sauta sur le cavalier pour le faire tomber de cheval. Ses acolytes réagirent immédiatement en entourant l'acteur.

Très insulté, celui qui avait été désarçonné se mit en position de combat. Aucune arme n'était sortie, mais des poings dressés menaçaient Vince dangereusement. Il évita de justesse un solide crochet de la droite qui visait sa mâchoire. Il chercha alors à gagner du temps, tout en sachant très bien que son adversaire était plus fort que lui. Lors de la fête du Naadam, il avait pu constater que la lutte était le sport national de prédilection, et que tout Mongol qui se respectait y excellait.

Juste avant que les coups ne se mettent à pleuvoir, il entendit soudain des crissements de pneus, ainsi que des coups de klaxon qui réussirent à faire piaffer d'inquiétude les chevaux. Saisissant sa chance, Vince se faufila habilement entre les cavaliers occupés à calmer leurs montures effrayées.

Par la portière ouverte, il vit Frances lui faire signe de monter dans le véhicule. Al démarra en trombe dès que Vince fut à l'intérieur. Leurs assaillants s'étaient lancés à leur poursuite en vociférant haut et fort. Ils eurent cependant tôt fait d'abandonner la partie et rebroussèrent chemin.

— Qu'est-ce qui leur prend d'agir ainsi? s'indigna nerveusement Bob. Dire que je trouvais les Mongols chaleureux...

— C'est un comportement très inhabituel, en effet, mais l'aïrak leur a fait oublier le sens de l'hospitalité. Vous comprendrez que trop d'alcool nuit aux relations diplomatiques, dit Al.

— Je veux bien le croire, mais je ne comprends pas pourquoi ils se sont montrés aussi hostiles, répliqua Bob.

— Ce n'était pas après nous qu'ils en avaient, expliqua Al.

— Après quoi, alors? demanda Bob.

— Nos jerricanes d'essence! rétorqua Al.

— Avec la vie qu'ils mènent, pourquoi ont-ils besoin d'essence? intervint Frances, tout en lissant avec les mains ses cheveux, qu'elle venait de détacher.

— Nos gardiens de bétail utilisent aussi la moto comme moyen de transport pour faciliter leur déplacement. Mais l'essence est une denrée rare dans les contrées isolées de la Mongolie, expliqua patiemment Al en jetant un coup d'œil dans son rétroviseur. Vince?

— Ça va, Al. Merci de m'avoir sorti du pétrin. Je n'aurais pas tenu le coup très longtemps face à un adversaire aussi sportif. Même soûl, il était redoutable.

— J'aurais quand même bien aimé voir se prolonger le combat. Une autre fois, peut-être, ricana Al. Merci pour la diversion, Vince !

Frances regarda l'acteur secouer doucement la tête en souriant de toutes ses dents. Comment résister à un tel sourire ? Elle se sentit incapable de lui tenir rigueur plus longtemps.

Effectivement, même si elle avait tout d'abord été surprise de l'avoir senti si protecteur, Frances l'avait vu agir promptement malgré la fâcheuse tournure prise par les événements. L'esprit en alerte dès l'arrivée des cavaliers, elle n'aurait pas pour autant su écarter le danger, incapable d'être autre chose qu'une simple observatrice complètement inefficace. Mais Vince, par sa présence d'esprit, les avait tirés d'affaire. Secrètement flattée de l'attention qu'il lui avait manifestée, mais avant tout sincèrement reconnaissante, elle ne trouvait pas les mots pour lui exprimer sa gratitude.

Il choisit justement ce moment-là pour se tourner vers elle. Il redevint sérieux et plissa légèrement les yeux.

— Vous n'avez pas eu trop de mal à rejoindre la voiture ? s'enquit-il.

— Non. Ce que vous avez fait était vraiment..., bafouilla-t-elle.

— Ce n'était rien, la coupa-t-il.

L'ébauche d'un sourire se dessina sur ses lèvres. Il poursuivit :

— Il fallait bien faire quelque chose. Même Bob en aurait fait autant s'il s'était trouvé dans la même situation. Hein, Bob ?

— Parle pour toi, vieux. Tu m'aurais vu sauter sur un cheval comme tu l'as fait ? Il faut être fou ou adepte du rodéo pour faire ça. Comme tu es un peu les deux à la fois, c'était à toi de le faire, riposta Bob en se retournant sur son siège pour faire un clin d'œil à Frances.

Le chef décorateur soupira de soulagement. S'il pouvait éviter les conflits musclés, tant mieux parce qu'il n'était pas du type bagarreur. Il aimait plutôt regarder le bon côté des choses. Or, ce petit événement lui avait permis d'obtenir la place sur la banquette avant. Dorénavant, rien ne masquerait donc sa vue. Et en toute circonstance, il adorait avoir la meilleure place. Avec un air béat, il entreprit de faire ce qu'il aimait le mieux : la conversation.

Frances commençait tout juste à se détendre lorsqu'elle remarqua que Vince se frottait distraitement le coude.

— Vous êtes blessé ?

— Ce n'est qu'une égratignure, dit-il.

Faisant fi de sa réponse, Frances prit immédiatement la trousse de premiers soins derrière elle.

— Il faut désinfecter ça, ordonna-t-elle en fouillant dans le nécessaire.

Quand Frances eut trouvé ce qu'elle cherchait, elle se rapprocha de Vince pour lui prendre le bras. Il se laissa faire sans rien dire. D'une main experte, elle désinfecta efficacement la plaie. Elle ne se rendait pas compte de ce qu'elle faisait. La première chose qu'elle remarqua fut la chair de poule sur le bras de Vince. Comment pouvait-il frissonner avec une chaleur pareille ? Puis, rouge d'embarras, elle lâcha immédiatement le bras de l'acteur : elle venait de souffler doucement sur l'égratignure de Vince, tout près de sa peau, comme une mère aurait soufflé sur le bobo de son enfant pour apaiser sa douleur.

Elle rangea précipitamment les accessoires dans la trousse et sortit un pansement adhésif qu'elle tendit à Vince.

— Tenez, dit-elle gauchement.

Pour toute réponse, il lui présenta son coude replié. Se moquait-il d'elle ? Si elle en avait été certaine, elle lui aurait déjà balancé son pansement à la figure. Comme il affichait un air impénétrable, elle ne savait que penser, aussi s'exécuta-t-elle à regret. Elle se pencha vers lui, puis apposa délicatement la compresse non adhérente directement sur la plaie. Du bout des doigts, elle pressa ensuite sur les deux extrémités pour qu'elles collent bien à la peau. Satisfaite, elle releva la tête et vérifia si Vince n'était pas gêné par le pansement.

Frances s'interrompit dès qu'elle vit le visage ébahi de son voisin. Pour la deuxième fois en l'espace de cinq minutes, elle lâcha son bras en signe de recul. Il l'arrêta aussitôt en la retenant par la nuque. Elle allait protester quand il la relâcha, élevant les mains dans les airs en signe de reddition, le regard implorant. Veillant à ne pas la froisser, il tendit la main d'un mouvement saccadé vers son visage. Avant de l'effleurer, il lui lança un regard qui semblait demander une permission. Frances ne bougeait pas. Prenant son immobilité pour un signe de son consentement, il toucha délicatement ses cheveux du bout des doigts, juste au-dessus de sa tempe. Immédiatement, les paupières de Frances se fermèrent, et elle frissonna de plaisir. En sourdine, elle entendait toujours la conversation entre Al et Bob. Puis, clignant des yeux, elle s'aperçut que Vince ne la touchait plus.

— Merci, dit-il platement, comme si ce simple mot lui coûtait beaucoup.

— De rien, murmura-t-elle en reprenant sa place au bord de la fenêtre.

Vince la vit torsader sa longue chevelure et l'attacher à l'aide d'un élastique qu'elle avait gardé au poignet. Il finit par comprendre qu'il la mettait mal à l'aise en la regardant trop intensément. Il se tourna donc vers la fenêtre, les yeux dans le vide.

C'était elle ! Ça ne pouvait être qu'elle ! Il venait d'en avoir la preuve. Quand Frances s'était penchée vers lui, il avait reconnu l'odeur de son parfum. C'était pour cette raison qu'il avait insisté pour qu'elle panse sa plaie. Il voulait s'en assurer à nouveau, afin de se prouver qu'il ne divaguait pas. Mais il n'y avait aucun doute possible ! Non seulement ses cheveux sentaient le même parfum floral que celui qui hantait ses souvenirs, mais ils masquaient aussi le grain de beauté qu'il avait vu sur la femme de son songe.

Son odeur, sa marque de naissance, cette ressemblance frappante, tout correspondait parfaitement au rêve qui n'en était pas un. Les Indiens appelaient cela une vision. Face à cette nouvelle interprétation de la réalité, il ne savait pas trop quoi faire. Son seul désir, viscéral, était de terminer ce qui avait été commencé dans cette vision, ce rêve… enfin, quel qu'ait été ce souvenir qui le hantait sans relâche.

## Le chant du loup

Tsetserleg ne devait pas compter plus de vingt mille habitants. Dès leur arrivée, les membres de l'équipe se séparèrent, ayant chacun une tâche à accomplir. Frances s'occupa du ravitaillement nécessaire à l'expédition, tandis qu'Al devait prendre contact avec le guide. Vince et Bob partirent de leur côté pour réserver des chambres à l'hôtel. Ils avaient convenu de se rejoindre pour le dîner.

L'endroit où ils logeaient était modeste, mais propre. Ils allaient y passer la nuit avant de poursuivre leur route. Le ventre rassasié, ils écoutèrent Al leur donner des explications sur le programme du lendemain.

— Il faudra être prêts à six heures demain matin, car mon cousin nous attendra à l'extrême ouest de la ville à six heures trente. Le trajet ne sera pas facile, car la piste est abrupte. Nous serons accompagnés du meilleur guide de la région. Vous n'aurez qu'à bien suivre ses instructions.

— Arriverons-nous à Karakorum demain soir? demanda Frances.

— Non. Tsetserleg est à cent vingt kilomètres du site archéologique près de Karakorum. De bons cavaliers peuvent parcourir environ quatre-vingt-quinze kilomètres par jour, ce qui ne sera certainement pas notre cas. Nous nous arrêterons donc à l'endroit où campe la famille de mon cousin pour passer la nuit à l'abri.

— À l'abri de quoi? s'inquiéta Bob.

— Du froid, répondit Al. Les nuits sont fraîches dans les montagnes.

Le Mongol prit une petite gorgée de vodka, l'esprit préoccupé par la prochaine randonnée. Il savait que Vince serait à la hauteur, mais il avait des doutes en ce qui concernait les deux autres passagers. Et il en avait vu, des scientifiques souffrir le martyre durant les déplacements à dos de cheval entre les sites archéologiques. Al connaissait quand même l'endurance de Frances. Malgré sa petite indisposition au début de l'été, elle saurait s'en tirer sans trop de mal. Par contre, il devrait surveiller davantage Bob, qui était peu téméraire quoique d'une curiosité insatiable. Al sentait pourtant l'impatience le gagner. Tous ceux qui avaient grandi comme lui en buvant du lait de jument ne pouvaient se passer trop longtemps de l'ivresse que procuraient les libres chevauchées dans la nature sauvage.

— J'ai entendu dire que le site que nous allons visiter ne ressemble pas du tout à celui que vous avez découvert. Qu'est-ce qui les différencie, Al ? demanda Bob.

Frances écoutait d'une oreille distraite ce qui se disait à table. Elle réfléchissait à l'attitude qu'elle devrait adopter si les chercheurs de la mission de Karakorum avaient vraiment entre leurs mains un objet semblable à la Pierre angulaire. Pour sa tranquillité d'esprit, elle devait vérifier si sa trouvaille était unique en son genre. Ensuite seulement, elle pourrait concentrer ses efforts sur l'objet dont elle disposait.

Elle leva les yeux de son assiette et trouva curieux le silence de Vince. Il n'avait pratiquement pas ouvert la bouche de tout le repas.

— Al, j'ai essayé d'utiliser mon téléphone cellulaire, mais il n'a pas fonctionné. Y a-t-il un réseau ici ? demanda Bob.

— Non. Vous trouverez cela seulement dans la capitale. Autrement, il vous faudra utiliser les bonnes vieilles lignes téléphoniques traditionnelles. Veuillez m'excuser, mais je suis dans l'obligation de partir. Je vais profiter de l'occasion pour rendre visite à quelqu'un, dit Al en se levant de table, suivi de Bob.

— Dans ce cas-là, je vais m'adresser à la réception pour passer un coup de fil à Scott, qui attend de nos nouvelles. Il sera content de savoir que nous parcourons enfin le pays, dit Bob en s'adressant à Vince.

Dès que les deux hommes eurent quitté la petite salle à manger de l'hôtel, la pièce parut déserte. Frances jugea qu'il aurait été plus sage de regagner immédiatement sa chambre, mais elle n'était pas fatiguée. Elle regarda Vince, qui tripotait nerveusement son verre avant de faire cul sec. Comment pouvait-il boire de la vodka de cette façon ? Elle en aurait été incapable. Il faut dire qu'elle n'appréciait guère les boissons fortes.

— Si vous voulez mon verre, prenez-le, je n'y ai pas touché, offrit-elle.

Il sortit enfin de sa torpeur.

— Merci ! dit-il en le prenant. Al m'a dit que vous saviez monter à cheval.

— Oui, le sport équestre est incontournable en Espagne. Les Espagnols gardent jalousement vivantes leurs traditions, et l'équitation fait autant partie du patrimoine culturel que la corrida.

— J'avais pourtant cru comprendre que vous ne connaissiez rien aux chevaux.

— Oh, je suis loin d'être aussi experte que vous ou Al en matière de chevaux ! Mes connaissances se limitent à l'équitation, j'en ai bien peur.

— Je peux vous poser une question ? demanda-t-il.

— Si je suis capable d'y répondre.

— Que disiez-vous à Al lorsque les voleurs d'essence sont arrivés ?

« Il l'a remarqué ! », s'étonna-t-elle. Décidément, rien n'échappait à son œil perçant. Embarrassée, elle opta pour la franchise.

— Je lui disais de se tenir sur ses gardes.

— C'est bien ce que je pensais.

Vince fit distraitement tourner son verre entre ses doigts avant de poursuivre :

— Avec le métier que vous faites, vous avez dû vous servir plus d'une fois de votre instinct, n'est-ce pas ? J'ai constaté qu'il était particulièrement sûr chez vous.

— Je ne comprends pas ce que vous voulez dire.

— Oh que si, vous savez ce que je veux dire, mais laissons tomber le sujet, si cela vous embête tant, dit-il avec un certain dépit, avant d'avaler une autre gorgée de vodka.

Frances se donna quelques secondes de répit pour éviter de lui répondre n'importe quoi. Elle trouvait que Vince était trop perspicace à son goût. Cependant, elle ne voulait pas qu'il pense qu'elle se montrait délibérément désagréable envers lui, surtout pas après ce qu'il avait fait pour elle.

— Vous n'êtes pas dénué d'instinct, vous non plus, railla-t-elle gentiment. Sérieusement, vous avez réagi promptement devant la menace, et je vous en suis reconnaissante.

Vince ne réagissait pas. Frances bougea, inconfortable sur son banc.

— Je sais que je n'ai pas toujours été amicale avec vous et je m'en excuse, mais vous devez comprendre que votre présence ici est discutable. Nos routes n'auraient jamais dû se croiser. Vous faites un métier que je respecte, mais qui n'a aucun rapport, de près ou de loin, avec le mien. Je comprends mal que vous interfériez ainsi avec ma vie professionnelle... Vous posez aussi des questions auxquelles je ne puis répondre. Cela me rend nerveuse...

— Je comprends.

Vince avait surtout saisi que Frances lui offrait une sorte de trêve. Elle était prête à l'accepter dans son entourage, à répondre aux questions dans la mesure du possible, mais en retour, il devrait se montrer indulgent et lui laisser une chance de se défiler lorsque cela deviendrait trop embarrassant pour elle. Or, n'était-il pas mieux placé que quiconque pour comprendre sa réticence, s'étant lui-même ardemment défendu contre la curiosité malsaine des journalistes ?

— À mon tour de vous poser une question hors de propos, dit-elle.

— Allez-y.

— Quand vous avez une scène à interpréter et que vous simulez des sentiments dans leur contexte, ressentez-vous vraiment l'émotion que vous transmettez à la caméra ?

— Pensez-vous à une scène en particulier ? demanda-t-il.

Frances avait effectivement une scène en tête. Elle la lui décrivit sommairement.

— Pas vraiment..., répondit-il, songeur, en se souvenant très bien de son état d'esprit ce jour-là sur le plateau. Qu'avez-vous ressenti lorsque vous avez vu la scène ?

Les années passées à se frotter aux paparazzis avaient probablement aiguisé son sens de la repartie. Il lui renvoyait la balle.

— Je vous ennuie avec ma question..., commença-t-elle, mais il lui coupa la parole.

— Je vous demande ça parce que ce plan n'a nécessité que deux prises de vue. Il est rare qu'un metteur en scène se contente de si peu.

Une lueur d'intérêt brilla dans les yeux de Frances.

— Deux prises ? Est-ce que la répétition d'une scène vous ennuie, à la fin ?

— Oui. Comme vous l'avez remarqué, je suis meilleur dans les premières prises. Mais si le metteur en scène doute, les prises de vue se multiplient.

— Comment faites-vous pour rester concentré ?

— J'essaie de m'identifier au personnage. Et si je le sens bien, ça transparaît automatiquement, dit-il, surpris par les questions de son interlocutrice. J'ai encore plus de difficulté lorsqu'un récit est discontinu.

Elle était fascinée par ce qu'il lui apprenait.

— Qui ne serait pas dérangé par un début de production qui commencerait avec la scène finale ? conclut-il en regardant son verre.

Frances n'avait jamais réalisé que tous les acteurs devaient suivre l'évolution de leur personnage dans le désordre, à cause des contraintes d'ordre technique.

Une partie de Frances enregistrait toutes ses paroles, tandis qu'une autre réfléchissait, soupesait et comparait les précieuses informations que Vince lui fournissait.

— Du désir ! dit-elle de but en blanc, mordant après coup sa lèvre inférieure.

— Pardon ?

— Vous m'avez demandé ce que j'avais ressenti en voyant la scène, dit-elle en parlant vite. C'était du désir, votre désir refoulé. On sentait l'effort que vous faisiez pour réprimer ce feu intérieur. On percevait même jusqu'à votre impuissance à le combattre. C'était joué avec une finesse incroyable, on ne pouvait qu'être emporté par l'émotion que votre jeu dégageait.

Vince goûta amèrement l'ironie du sort. Cette femme était incapable de reconnaître le désir lorsqu'elle l'avait sous les yeux, mais savait parfaitement de quoi il en retournait lorsqu'il était simulé au cinéma.

— C'était pourtant faux, lança-t-il.

— Vous voulez dire que vous ne ressentiez rien ? Vous parliez, tout à l'heure, de votre jeu …

— Dans le mélange fiction-réalité, le faux fait ressortir le vrai, coupa-t-il. Si je simulais le désir avec une actrice pour laquelle j'éprouverais réellement de l'attirance, vous croiriez en l'acteur, en l'actrice et même en leur sentiment amoureux, mais cela demeurerait faux, parce que ce serait le scénario qui l'aurait dicté.

— Je vois, murmura-t-elle.

— Remarquez qu'il y a beaucoup d'acteurs qui se sont laissés prendre à leur propre jeu, c'est bien connu ! Mais c'est une toute autre histoire, de ressentir vraiment des émotions, tant les nôtres que celles des autres. La vie se joue de nous, elle se charge de nuancer à outrance, elle brouille volontairement les pistes afin d'ébranler notre jugement. Rien à voir avec la simplicité du jeu, je vous l'assure. Tout n'est pas écrit d'avance dans le scénario de la vie. Nous errons de par le monde comme des acteurs incompétents qui ne savent pas quel rôle ils doivent jouer. Dans la réalité, les apparences sont trompeuses. Quelqu'un peut penser une chose et agir autrement. Allez savoir ce qui le motive, il est probablement le dernier à le savoir. Et là, je ne vous parle pas des événements fortuits, indépendants de notre volonté et qui influencent le cours de notre vie !

Vince se tut subitement. Frances lui jetait ce regard inclassable qui n'avait pas son pareil pour le surprendre. Il se perdait dans ses yeux, aux prises avec l'étrange sensation d'être en pleine crise d'identité. Il aurait parié qu'elle savait des choses sur lui que lui-même ignorait. Pire encore, il avait l'impression, lorsqu'elle le regardait ainsi, qu'elle voyait quelqu'un d'autre.

* * *

Frances n'était jamais montée sur une monture aussi petite. Cependant, le cheval pie était d'une fragilité trompeuse. Frances sentait bien la force de son assise. Les courtes jambes de la bête étaient musclées et solides. Comparé aux chevaux espagnols, son cheval mongol avait une allure fruste. Il redressait fièrement sa lourde tête. À l'instar de ses propriétaires, ses yeux étaient en amande. Frances faisait connaissance avec sa monture depuis qu'ils avaient quitté la ville, une heure plus tôt. Elle était rassurée de voir que le cheval n'offrait aucune résistance à ses ordres.

Devant elle se tenait Al, à côté de son cousin Sunu Altaj. Habitué du grand air, Sunu avait le visage prématurément plissé et la peau tannée comme du cuir. Aucun air de famille entre lui et Al. Pourtant, ils affichaient la même loyauté face à la vie, ainsi qu'une même connivence avec la nature, qui permettait tout de même de deviner leurs liens familiaux. Sunu et Al tenaient en laisse un cheval supplémentaire. « En cas de pépin », avaient-ils dit. En règle générale, les chevaux mongols étaient toutefois capables de faire de longues distances. Frances se retourna pour voir si Bob suivait. Vince fermait la marche pour garder un œil sur lui. Elle entendait des bribes de leur conversation. Ils discutaient de travail, plus précisément du réalisateur. Si cela n'avait tenu qu'à elle, Bob ne les aurait pas accompagnés. Il ne cadrait pas dans ce genre d'expédition. Mais le fait que Vince se soit imposé, de même que les raisons qui avaient amené Bob en Mongolie, avaient encouragé ce dernier à suivre le groupe à tout prix.

Al arrêta momentanément sa monture, afin de laisser Frances s'approcher de lui.

— Nous allons bientôt emprunter une piste qui se dirige vers le sud-ouest. Nous allons peut-être rencontrer des gens, puisque la saison des caravanes vient tout juste de débuter.

— Devrons-nous être plus prudents ? s'enquit-elle.

— Les caravaniers sont des gens chaleureux.

— Cette fois-ci, nous n'avons pas d'essence à leur offrir, ajouta-t-elle en souriant.

— C'est vrai !

— Qu'est-ce que c'est ? demanda Bob en pointant du doigt le bétail qui broutait au loin.

— Un troupeau de yaks.

Al leur expliqua que cet animal était prisé pour son lait très nourrissant et son épaisse toison, qui protégeait les cavaliers durant l'hiver. Dotés de bonnes cornes et d'une imposante stature, les yaks semblaient de prime abord menaçants. Pourtant, ils s'avérèrent aussi inoffensifs que les bonnes vieilles vaches laitières, leur jetant tout au plus quelques regards curieux.

Frances vit Sunu parler avec les gardiens du troupeau de la direction qu'ils devaient prendre. Cette fois-ci, les nomades ne dégageaient aucune animosité, ils étaient simplement contents d'échanger des sourires et politesses d'usage. Les cavaliers continuèrent leur route jusqu'à l'heure du déjeuner. Bob commençait à montrer des signes de fatigue. Il descendit de cheval en se frottant discrètement le postérieur, tendant la bride à Sunu, qui s'occupa d'attacher solidement les montures. Il se dirigea ensuite vers le sac de provisions et préféra rester debout pour manger.

— Combien reste-t-il de kilomètres à faire avant d'arriver au camp ? demanda-t-il, la bouche pleine.

— Nous avons encore quarante-cinq kilomètres de route à faire, répondit Al.

— Tant que ça ! s'exclama Bob, découragé.

— Je vous avais dit que cela ne serait pas facile !

— En effet, grommela le chef décorateur.

— Vous avez insisté pour nous suivre...

— Je dois faire du repérage sur le terrain pour installer nos plateaux de tournage.

— Alors, endure ! trancha Vince pour clore la conversation.

Sunu s'activait à faire bouillir de l'eau sur un petit réchaud portatif. Avec une économie de gestes soulignant son habitude, il préparait du thé. Au lieu de le boire, il en versa toutefois un peu dans une gamelle, puis il y ajouta du beurre et le mélangea à une petite quantité de farine. Il allait prendre une bouchée de la mixture lorsqu'il vit que Frances l'observait avec curiosité.

Sunu se mit alors à parler dans sa langue en poussant Al du coude pour qu'il traduise :

— C'est du *tsamba,* le plat typique du Tibet. L'ingrédient de base est de la farine d'orge. Sunu serait heureux que vous y goûtiez.

Frances n'avait pas nécessairement envie de le faire, mais savait qu'elle le vexerait si elle refusait. Elle se munit donc d'une cuillère qu'elle plongea à même le plat tenu à bout de bras par Sunu, qui était très heureux de partager sa pitance. Il eut l'air d'attendre son verdict avant d'entamer son repas.

— Curieux goût, mais ce n'est pas mauvais, dit-elle en lui faisant signe de manger.

Il mangea de bon appétit après s'être assuré que personne d'autre ne voulait tester sa préparation. Bob et Vince déclinèrent l'offre poliment, sans toutefois laisser entendre qu'ils jugeaient le mets peu alléchant.

Le goûter terminé, les voyageurs ne s'attardèrent guère, pressés de rattraper le temps perdu. En approchant de sa monture, Bob fit remarquer :

— J'ai un problème avec l'étrier droit de ma selle. Je n'arrive pas à garder le talon en bas.

— Je vais t'arranger ça, monte dessus pour que je puisse régler l'étrivière, dit Vince, qui se trouvait à proximité.

Néanmoins, dès que l'acteur fit mine de contourner le cheval par la droite, ce dernier se cabra nerveusement, et Bob se mit à hurler en se cramponnant instinctivement au cou de l'animal. Al arriva à la rescousse et essaya de saisir les guides sous le mors de l'animal.

— Ôtez-vous de là, vite ! dit-il. Puis, il murmura des paroles douces pour calmer la bête.

Vince obtempéra immédiatement sans poser de question. Le cheval s'immobilisa instantanément.

— Ce cheval est trop nerveux, je veux changer de monture ! dit Bob, inquiet.

— Pas du tout, il va très bien, dit Al à Bob.

Puis, en se tournant vers Vince, il poursuivit son explication :

— Les chevaux mongols ne nous tolèrent que du côté du

montoir. C'est seulement en passant par-dessus leurs dos qu'on arrive à les panser ou à régler l'étrier de l'autre côté.

— C'est une bonne chose à savoir, commenta Vince.

— Désolé ! J'avais oublié de vous le dire.

— Sans rancune, rétorqua Vince en se montrant indulgent.

— On voit que tu n'étais pas à ma place, critiqua Bob. Vous êtes certain, Al, qu'il ne recommencera pas ses petits pas de danse un peu trop aérobiques pour moi ?

— Certain, assura Al. Ne bougez pas, je vais passer derrière vous.

Al se donna un élan et se retrouva assis à califourchon juste derrière Bob. Dans la seconde qui suivit, il se laissa glisser du côté droit, en demandant au chef décorateur de tendre la jambe afin de pouvoir régler la longueur de l'étrier. Dès qu'il eut terminé son opération, il refit l'exercice de califourchon en sens inverse. D'un commun accord, les voyageurs enfourchèrent ensuite tous leurs montures pour reprendre la route.

Au bout d'une heure, Al leur suggéra d'accélérer la cadence en mettant leur monture au trot. Il leur expliqua quelle position ils devaient adopter pour ménager le dos de leurs chevaux. La petite taille était, pour ainsi dire, la seule faiblesse de cette race. Au galop ou au trot, le cavalier devait se tenir debout sur les étriers.

Ils durent cependant bientôt revenir au pas, car Bob ne pouvait plus suivre la cadence. Les heures s'égrenèrent lentement, et la nuit les surprit. Tant que la clarté leur montrait le chemin à suivre, l'un d'entre eux égayait toujours les autres avec quelques phrases d'encouragement. Mais lorsque l'obscurité tomba, le silence de la nuit les fit taire. Même Bob n'osait plus se plaindre. Al utilisait une lampe de poche pour éclairer leur route, en attendant que la lune se lève. Ils avaient tous, sauf Sunu, endossé leur veste en duvet. Il fallait dire que la température s'était considérablement rafraîchie après le coucher du soleil.

Frances donna deux petits coups de pied sur les flancs de son cheval pour aller en tête de file.

— Nous devrions peut-être songer à trouver un bon emplacement pour passer la nuit, proposa-t-elle.

— Nous allons arriver, assura Al en scrutant les parages. Restez juste derrière moi, voulez-vous.

Ce qu'elle fit immédiatement sans discuter. Vince et Bob, qui jusqu'à présent s'étaient tenus derrière elle, vinrent l'encadrer juste après qu'elle les ait indistinctement entendus parler à voix basse. Des bruits nocturnes rompirent subitement le silence pesant qui avait suivi la disparition de l'astre du jour. Frances entendait la contrée environnante grouiller d'activité. Un buisson se froissait ici, tandis qu'un grattement se faisait entendre un peu plus loin. Même les insectes se mirent de la partie. Par réflexe, Frances avait plus d'une fois tourné la tête en direction des bruits, mais elle avait beau écarquiller les yeux, ces derniers demeuraient aveuglés par la densité de la noirceur. Elle s'était donc résignée à fixer le faisceau lumineux avec lequel Al balayait systématiquement le sol devant eux.

Tout à coup, un grognement sourd se fit entendre à leur gauche.

— Qu'est-ce que c'est ? demanda Bob d'une voix incertaine.

— Du calme, avertit Al en dirigeant sa lampe de poche vers la gauche.

Ils aperçurent une paire d'yeux fluorescents dans le jet de lumière. Al reporta immédiatement la lumière sur la route en donnant quelques courtes directives à son cousin. Sunu tira doucement sa carabine de son étui et se prépara à en faire usage. Ils entendaient nettement, maintenant, des halètements tout autour d'eux. Leurs oreilles constamment à l'affût des moindres bruits, les chevaux devinrent un peu plus vifs, sans toutefois montrer de signes de nervosité évidents malgré la présence des loups. Car il s'agissait bien de loups, Frances en était certaine.

D'une voix gutturale, Sunu entonna soudain une mélodie. D'abord très bas, le ton de sa voix alla en crescendo, produisant des sons aigus.

— Il devrait se taire, il va attirer l'attention..., commença Bob.

— Taisez-vous ! ordonna Al d'un ton sans réplique.

Sunu continua de chanter, aucunement intimidé par l'intervention de Bob. Il produisait des sons harmoniques qui semblaient n'avoir aucune signification particulière, mais qui suivaient quand même une suite logique. Cela fit un curieux effet sur Frances : les sons accrurent sa conscience cognitive. Elle se sentit entrer en communication étroite avec son environnement, formant un tout avec lui. Son côté terre-à-terre s'estompait, tandis que son côté intuitif prenait la relève. Elle n'éprouvait plus aucune crainte, car elle savait que le danger avait été écarté. D'abord subtil, un changement se produisit effectivement dans l'air. La fébrilité des loups s'apaisait, certains d'entre eux laissaient échapper des petits sons plaintifs qui faisaient penser à des chiens excités par l'arrivée de leur maître. Sunu venait d'arrêter de chanter lorsqu'ils entendirent, en contrebas de la piste, un long hurlement si caractéristique aux loups. Ce cri de ralliement éloigna les derniers prédateurs qui se trouvaient aux alentours. Le silence régna à nouveau dans la nuit redevenue paisible.

— Eh bien, dites donc, nous l'avons échappé belle ! murmura Bob.

Personne ne prit la peine de lui répondre. Ils continuèrent d'avancer au pas pendant une autre heure, avant d'apercevoir enfin la lueur d'un feu de camp. Peu de temps après, ils entendirent les jappements des chiens, qui annonçaient leur arrivée. Tous les membres de la petite communauté, des plus grands aux plus petits, sortirent immédiatement de leurs abris pour les accueillir. La lune permit à Frances de distinguer quatre tentes rondes entourant une cinquième plus grande en forme de dôme. Quand le groupe mit pied à terre, Sunu et un membre de sa famille s'occupèrent de faire boire les chevaux. Ensuite seulement, ils enlevèrent leur selle et leurs brides, avant de relâcher les bêtes dans la nature.

— Mais... que font-ils ? demanda Frances.

— Souvenez-vous de ce qu'a dit Al. Ce sont des chevaux domestiqués le jour et sauvages la nuit, répondit Vince.

— Ah, oui, c'est vrai ! C'est tellement inhabituel que cela m'était sorti de l'esprit.

— Mais quand même, ils doivent crever de faim après une journée pareille, dit Bob.

— Nos chevaux se débrouillent très bien sans nous, intervint Al qui arrivait. Leur ténacité à vivre avec de maigres rations est légendaire, Bob.

— Ce qui m'impressionne, c'est leur grande endurance même lorsqu'ils sont privés d'eau, dit Vince. Ce ne sont pas des chevaux que vous avez là, mais des chameaux !

— Dans un sens, vous avez raison. Le cheval mongol peut paître loin des points d'eau sans paraître en souffrir outre mesure, dit Al en souriant. Si vous voulez bien me suivre.

Il se dirigea vers la grande tente faite de feutre épais. Une vraie porte avait été fixée à une armature pliante constituée de piquets en bois. Al les invita à entrer. Au centre de la pièce brûlait un bon feu. Frances leva la tête vers le plafond, pour constater qu'il y avait une ouverture nécessaire à l'évacuation de la fumée. Sunu se tenait près d'un homme qui semblait être le chef du clan. Ce dernier leur fit signe de s'installer sur des coussins par terre.

— C'est un honneur qu'il vous fait, il vous accorde la meilleure place, face à la porte qui donne toujours vers le Sud, tint à préciser Al en s'assoyant parmi eux.

Frances entendit rire les enfants qui étaient cachés dans les jupes de leurs mères, tandis que celles-ci s'activaient devant le feu.

— Rien de tel qu'un bon repas auprès d'un bon feu, après une grosse journée au grand air, vous n'êtes pas de mon avis ? demanda Al avec le sourire satisfait de quelqu'un qui a accompli sa mission.

— Qu'est-ce qu'on mange ? rétorqua Bob, curieux.

— Des *buudz*, répondit Al. C'est délicieux, vous verrez.

Une femme jeta quelque chose dans le feu qui provoqua une nuée d'étincelles.

— Qu'est-ce que c'est ? demanda Frances, intriguée.

— De la bouse séchée !

— Quoi ! s'exclama Bob en mettant instinctivement sa main devant son nez, croyant soudainement sentir un relent d'égout.

— C'est un excellent combustible, et on se le procure facilement, reprit Al en riant.

Ils furent interrompus par les femmes, qui leur servirent à manger en commençant par les hommes. Bob et Vince examinèrent le contenu de leur assiette avec un brin d'appréhension. Les *buudz* ressemblaient à de gros raviolis cuits à la vapeur. Frances vit Bob se risquer à y goûter du bout des lèvres. Ne trouvant pas cela mauvais, il prit une autre bouchée, qu'il mâcha prudemment. Il afficha alors un air enchanté et engloutit le reste de son repas, ce qui décida finalement Vince à en faire autant. Frances réfréna de justesse un fou rire. Même s'ils se disaient aventuriers, ces messieurs étaient très conservateurs quand il s'agissait de manger. Elle n'eut finalement droit à son repas que lorsque tous les hommes eurent largement entamé le leur.

— Cela vous plaît ? s'enquit Al.

— Beaucoup ! acquiesça-t-elle avec entrain. Al, j'ai quelque chose à vous demander.

— Oui ?

— Comment dire..., commença Frances. J'ai été impressionnée par le chant de Sunu. Sa voix produisait des sons que je n'avais jamais entendus auparavant.

— C'était un chant altaïen.

— Je me fais peut-être des idées, mais je pense que cela a calmé les loups, tantôt.

— Non, vous ne vous faites pas des idées. Les vibrations sonores ont altéré l'atmosphère, prédisposant les loups à nous accepter sur leur territoire.

— Eh bien, c'est surprenant ! dit-elle rêveusement, repensant à sa propre réaction lorsqu'elle avait entendu le chant.

— Cela ne vous surprendrait pas si vous étiez née ici. Le chant altaïen est un art très ancien, transmis de père en fils.

— Cela veut-il dire que le père de Sunu lui a appris à chanter de manière à calmer les bêtes sauvages ? questionna Bob, qui s'immisça dans la conversation.

D'ailleurs, il n'était pas le seul à s'y intéresser, Vince prêtait l'oreille sans toutefois intervenir. Ce que racontait Al ne lui était pas tout à fait étranger.

— Ce n'est pas aussi simple que ça, répliqua Al. Il faut bien comprendre que la culture altaïenne est une combinaison symbolique de chants, de coutumes religieuses et d'histoire. La signification complexe de l'enseignement transmis d'une génération à l'autre ne pourrait se résumer en si peu de mots. Ce dont vous avez été témoins n'était qu'un résultat infime de ce savoir.

— Une minute ! Vous voulez dire que Sunu connaîtrait d'autres trucs singuliers ? Que sait-il faire d'autre ? s'informa Bob en haussant les sourcils.

— Ce que je vous dis, c'est que sa culture ne fait pas que stimuler l'imagination, elle ravive la mémoire de nos ancêtres. Les Altaïens ont vécu des bouleversements historiques et politiques qui auraient pu détruire leur identité culturelle, mais ils ont été capables de la conserver parce que, justement, elle était strictement orale. Malheureusement, l'agnosticisme véhiculé par le régime soviétique a réussi à manipuler toutes les autres cultures dites écrites. Seuls les Altaïens ont su survivre au chaos.

Bob se gratta la tête, complètement perdu dans les explications d'Al.

— Avez-vous reçu, vous aussi, cet enseignement ? demanda Frances.

— Moi ? Oh non ! Je n'ai pas le don, alors que Sunu l'a. Il faut dire qu'il est issu d'une famille comptant déjà plusieurs élus. Ne devient pas barde qui veut !

— Si je vous comprends bien, on ne vous a pas enseigné l'art de chanter, mais vous comprenez ce qu'il chante, n'est-ce pas ? dit Frances.

— C'est ça ! Le barde a la fonction essentielle de garder vivant le lien culturel avec le passé mystique par l'intermédiaire du folklore.

Les explications d'Al laissèrent les voyageurs songeurs. Ils finirent de manger sans relancer la conversation. Le silence ne fut cependant pas respecté par le groupe de gens qui vaquaient à leurs occupations au sein de la grande tente. Chaque membre de ce clan avait une fonction à remplir, et il ne serait venu à l'idée de personne de contester ce rôle primordial qu'on lui avait attribué au sein de la petite communauté. Un bébé se mit à pleurer. Une vieille femme au visage impassible se pencha vers un berceau de bois. Sans dire un mot, elle tira la couverture jusque sur le visage du poupon, puis balança doucement le berceau. Sa présence sereine eut tôt fait de calmer l'enfant.

— Ils ont l'air heureux, dit Frances.

— Ils le sont. Ils sont libres d'aller et de venir quand bon leur semble. Et ils possèdent la plus grande richesse du pays: un troupeau de chevaux. Nous avons d'ailleurs un dicton sur la relation qui lie les hommes et les chevaux, vous le connaissez?

— Non. Quel est-il?

— « Quand le Mongol est séparé de son cheval, qu'a-t-il d'autre à faire que mourir? », récita Al.

Il y eut soudain de l'agitation parmi leurs hôtes. Quelques hommes avaient soulevé un gros baril de bois qui trônait parmi d'autres, et ils le déposèrent près du chef sur un support à quatre pieds en fer forgé.

— C'est un alambic, dit Al. Ils utilisent une outre en peau de mouton dont les poils servent à garder le ferment à l'intérieur.

Le chef fit basculer le baril pour verser un liquide blanchâtre dans plusieurs bols.

— Ils veulent arroser votre journée à l'*aïrak*, enchaîna Al en guise d'explication. Rien de tel pour retrouver vos forces. Considérez cela comme votre baptême des steppes!

Une jeune fille évita délibérément Frances en distribuant la boisson aux convives. L'archéologue ne l'avait pas remarquée jusque-là. Pourtant, elle était particulièrement jolie. Elle portait une tunique bleu nuit, ceinturée d'une large bande de tissu jaune qui mettait en valeur son teint de pêche. Son visage ne souffrait d'aucune imperfection. D'intenses yeux légèrement bridés et surmontés de fins sourcils défiaient insolemment Frances. Sûre d'elle, la jeune fille affichait un sourire à faire fondre les cœurs les plus endurcis. Son joli petit minois se dressait fièrement, avec l'intention évidente de s'offrir aux regards masculins. Elle s'attardait spécialement auprès de Vince, qui prit posément le bol qu'elle lui tendait et le souleva en direction de la jeune fille. Le sourire de celle-ci s'élargit, pour ensuite s'effacer en voyant l'acteur en faire autant en direction de Frances.

Vince tiqua à peine en avalant sa première gorgée d'*aïrak*, que les paysans avalaient comme si c'était de l'eau. Bob ne put, quant à lui, s'empêcher de grimacer, ce qui déclencha les éclats de rire tonitruants de ses voisins, qui lui tapèrent dans le dos pour l'encourager.

— Si vous en voulez, je peux vous en donner, chuchota Al en tendant son bol à l'archéologue. Les femmes d'ici n'ont pas l'habitude de boire avec les hommes, mais personne ne se froissera de voir une étrangère le faire.

— Je n'en suis pas aussi sûre que vous, dit Frances en regardant la jeune Mongole tourner autour de Vince.

Al suivit son regard.

— Ukok est jeune et impétueuse. Elle pense tout savoir. C'est la fille cadette du chef. Son père est très fier de sa beauté, et elle le sait. Elle porte d'ailleurs le nom d'une princesse dont l'âme protégerait ses adorateurs, mais là s'arrête toute comparaison. Si elle manque à ses devoirs d'hôtesse, son père finira par le remarquer et la rabrouera. Alors, au nom de tous les miens, buvez, réitéra Al en lui tendant à nouveau le bol d'alcool.

— Non merci. La seule boisson alcoolisée que j'aime vraiment est le vin. À défaut d'en avoir, je préfère de loin boire du thé, votre alcool est beaucoup trop fort pour moi, dit-elle en posant chaleureusement la main sur son bras.

Al tapota affectueusement la main de Frances, puis il s'adressa à une femme beaucoup plus mûre qui se tenait juste derrière le chef. Cette dernière s'empressa d'aller chercher une théière à bec de cygne. Elle versa du thé brûlant dans un bol qu'elle tendit cérémonieusement à Frances.

La porte s'ouvrit brusquement pour laisser entrer un jeune homme qui tenait un vieillard par le coude. Le chef et Sunu se redressèrent aussitôt, afin de s'incliner aux pieds du vieillard en prononçant une série d'humbles paroles de bienvenue. À tâtons, le vieil homme posa ses mains sur la tête des deux hommes prosternés devant lui. Après ce geste d'usage, ils se relevèrent et l'aidèrent à s'installer confortablement près des autres invités. Ils ne prirent pas la peine de le présenter. Des ordres fusèrent, et l'activité des femmes auprès du feu reprit de plus belle. Le chef versa lui-même un peu d'*aïrak* dans un bol, déposa celui-ci sur le sol, puis prit la main du visiteur et la plaça directement sur le bol.

Frances comprit enfin que ce n'était pas le grand âge, mais la cécité qui était la cause des gestes désordonnés de cet homme. Ce handicap n'altérait cependant en rien la grandeur d'âme qui émanait de lui. Il avait un tel charisme que Frances sentait son influence sur toutes les personnes présentes. Pour en savoir davantage, elle le sonda. Tout le temps que dura cet examen, l'homme demeura tranquillement assis, la tête baissée, le dos arrondi, dans une position de complet abandon. Frances était capable de lire en lui, mais curieusement, il n'émanait de lui aucune émotion particulière. Elle sentit le vide à l'intérieur de sa tête. Aucune pensée ne l'habitait.

— Qui est-ce ? demanda Bob avec curiosité.

— C'est Alek Altaj, dit Al.

— Le père de Sunu ? Celui qui lui a appris à chanter ? demanda Bob, impressionné.

— Oui, c'est un druide très respecté en Mongolie. Les paysans le vénèrent particulièrement.

Près du feu se tenait le jeune homme qui avait accompagné Alek Altaj. Une femme, que Frances supposait être celle du chef de clan, le délesta du gibier capturé qu'il portait en bandoulière. Il extirpa d'un gros sac une sombre fourrure qu'il tendit à son hôtesse. Au changement de physionomie de celle-ci, le geste sembla être très apprécié. Fier de lui, il caressa pensivement une magnifique fourrure blanche puis, le regard plein d'ardeur, il parcourut la pièce du regard. Frances vit s'opérer un changement radical dans sa physionomie, passant de la joie à l'agressivité en une fraction de seconde. Cherchant la source de sa perturbation, elle suivit son regard et aperçut Ukok qui faisait les yeux doux à Vince. Elle remarqua que le jeune homme serrait et desserrait inconsciemment les poings, prêt à laisser exploser sa colère. Lorsqu'il fit un pas vers la fille du chef, Frances se préparait déjà au pire.

Elle pensait avoir été la seule à remarquer l'hostilité du jeune homme, puisque l'attention générale était tournée vers l'invité de marque qui venait d'arriver. Aussi fut-elle surprise lorsqu'elle entendit le père de Sunu interpeller vivement le jeune homme, le coupant net dans son élan. Tous les regards convergèrent vers lui.

— Kadyn ! répéta Alek d'une voix éraillée, en lui faisant signe de s'approcher.

Cela eut l'air de calmer immédiatement le jeune homme, qui

s'avança humblement vers l'aîné. Une place se fit comme par enchantement à côté du vieillard. Le chef donna aussitôt l'ordre à Ukok de servir le repas aux deux invités, ce qu'elle fit sans discuter.

Frances reporta son attention sur Vince, en se demandant s'il était conscient qu'il avait été, bien malgré lui, la source de cette perturbation. Or, il continuait de boire comme si rien ne s'était passé.

« Les hommes n'auront jamais la sensibilité des femmes pour ces choses-là », se dit-elle en pensant à Ukok, qui n'était pas dupe. Cette fille connaissait la séduction et s'en servait de façon inconsidérée pour jouer avec le cœur du sexe opposé.

Soudain, Frances se rendit compte que Vince la regardait. Il lui fit un clin d'œil. Peut-être n'était-il pas aussi aveugle qu'il en avait l'air, après tout ! Embarrassée, elle détourna la tête et croisa un regard fulgurant, celui d'Alek Altaj. Ce dernier avait changé de position. Il avait la tête bien droite, maintenant, et le corps plus raide. Un court instant, elle crut vraiment qu'il la regardait, puis elle se dit que cela était impossible.

À ce moment précis, une pensée l'effleura comme une douce caresse, se glissant insidieusement dans les méandres de son esprit.

« L'univers n'est pas isotrope ! », lui soufflait une petite voix intérieure.

Pourquoi pensait-elle à cela ? Elle n'avait fait aucune association d'idées pouvant mener à une telle affirmation. Qu'est-ce que cela signifiait ? L'astronomie n'était pas sa spécialité, mais elle savait que cette science avait tendance à considérer l'univers comme une structure définissable, même s'il partait dans une infinité de directions. Alors que selon elle, on ne pouvait pas résoudre une équation dont les inconnues demeuraient inintelligibles. Voilà pourquoi cette idée l'enchantait ! Existait-il plusieurs dimensions dans l'univers, plusieurs degrés de compréhension ou plusieurs définitions tout aussi envisageables les unes que les autres ?

Une étrange sensation l'assaillit. Elle se sentit diminuer, écrasée par le poids immensément lourd de l'univers. Ce sentiment ne dura que quelques secondes, puis il laissa place au découragement.

Elle secoua immédiatement l'inertie qui la gagnait, puis sortit de sa rêverie. Balayant la pièce du regard, elle remarqua alors un sourire fugace flotter sur les lèvres de l'aveugle.

## La foi du chaman

Sous la yourte, l'ambiance se détendit nettement au cours de la soirée. L'*aïrak* y était certainement pour quelque chose; il semblait avoir un pouvoir lénifiant. Le chef se pencha à un moment donné vers le druide et parla à voix basse avec lui. Le visage rayonnant, il demanda à son épouse de lui apporter un curieux instrument à cordes.

— Alek Altaj va chanter pour nous en s'accompagnant au *topsuur,* annonça Al.

— Que va-t-il nous interpréter ? demanda Bob, que l'alcool faisait parler trop fort.

— Il a l'embarras du choix. Sa mémoire phénoménale a emmagasiné des milliers de strophes chantées en vers, dit Al.

Impressionné, Bob siffla doucement. Jeunes et vieux, hommes et femmes, tous écoutèrent dans un silence presque religieux les premières notes qui jaillirent de l'instrument de musique. Le druide en joua avec une grande dextérité, avant de se mettre à chanter d'une voix très rauque.

*À peine Frances entendit-elle Al traduire les paroles qu'elle perdit toute notion de la réalité ! Elle se sentit aspirée vers le haut jusqu'à en avoir le vertige. Puis tout s'apaisa rapidement, car elle sentait qu'une présence réconfortante la guidait. Elle se retrouva devant une porte à double battant. La peur l'envahit. Elle voulut fuir, mais la présence l'exhortait d'accepter ce sentiment d'angoisse. Une petite voix, à peine audible, essaya de percer le tumulte de ses émotions. Elle l'encourageait à faire face. Elle lui disait que si l'obstacle paraissait insurmontable, c'était à cause de son refus de le surmonter. Cette pensée lui donna la force d'aller de l'avant. Elle tendit la main vers la porte et suspendit son geste en constatant qu'il n'y avait ni poignée ni serrure visible. Elle essaya alors d'insérer ses doigts dans l'interstice entre les deux battants parfaitement imbriqués l'un dans l'autre.*

*Elle s'arrêta à nouveau, assaillie par un sentiment obscur. Ces portes ressemblaient à... des portes d'ascenseur!*

*Elle recula en cherchant des yeux la confirmation des doutes qui l'envahissaient. Son regard balaya les contours de la porte, jusqu'à ce qu'il se fixe à l'endroit précis où se trouvait un bouton de commande d'ouverture automatique.*

— Frances! héla Al.

— Hum?

— Je crois qu'une bonne nuit de sommeil ne te ferait pas de tort, dit son collègue en se levant.

Légèrement étourdie, Frances se passa une main sur le front. Elle ne ressentait plus rien, la pression avait disparu. Elle avait eu une hallucination. Elle regarda autour d'elle pour voir si quelqu'un avait remarqué quoi que ce soit. La femme du chef terminait de ranger la vaisselle. Les enfants avaient déserté la tente. Tranquillement, les hommes se retiraient sans déranger le druide, qui venait juste de s'assoupir.

— Nous irons dormir sous la tente de la famille de Sunu, il nous attend sur place. Si vous voulez bien me suivre, dit Al.

Les voyageurs prirent congé du chef, en demandant à Al de le remercier en leur nom pour son bon accueil, puis ils suivirent docilement Al à l'extérieur de la tente. Dehors, l'obscurité n'était pas complète, puisque que de bons feux brûlaient devant chaque tente. Il faisait par contre froid, maintenant. Le souffle de leur respiration produisait de la condensation. Un long cri aigu se fit entendre dans la nuit.

— Oh, non! Pas encore les loups! murmura Bob, terrifié.

— Les feux et les chiens les tiendront à l'écart du campement, le rassura Al.

Construite sur le même modèle que celle du chef, la yourte de la famille de Sunu était toutefois plus petite. Accueillir quatre personnes supplémentaires pour le coucher encombrait donc passablement l'espace vital d'un si petit foyer. Par égard pour les invités, un drap avait tout de même été suspendu sur une corde pour marquer une séparation entre la famille et les voyageurs. Du côté gauche du drap, ces derniers virent les silhouettes immobiles de trois corps déjà étendus sur le sol. Sunu finissait pour sa part de disposer leurs bagages dans un coin, tandis que sa femme, Pürev, alimentait le feu au centre de la pièce pour en raviver la flamme.

— Désolé pour le manque d'intimité, Frances, dit Al.

— C'est parfait ainsi, répondit-elle aussitôt avec une assurance qu'elle était loin d'éprouver.

Les sacs de couchage étaient cordés les uns contre les autres tellement l'espace était restreint.

— Je vous suggère de dormir tout habillés, ajouta Al en s'installant dans le sac de couchage à l'extrémité droite, près des bagages qu'il déplaça.

Ne se faisant pas prier, Bob prit la couche suivante, au grand désarroi de Frances, qui n'avait pas été aussi rapide que lui.

— Lequel prenez-vous, celui de droite ou de gauche ? demanda courtoisement Vince en la voyant aussi perplexe.

— De gauche, balbutia-t-elle en se disant qu'elle n'avait qu'à se tourner en direction du drap.

— Bonne nuit, dit Al.

Voyant qu'ils n'avaient plus besoin d'eux, leurs hôtes disparurent derrière le drap.

En l'entendant respirer, Vince sut que Frances s'était endormie, mais elle était trop près de lui pour qu'il pût en faire autant. Les yeux rivés au plafond, les mains derrière la nuque, il écoutait les bruits nocturnes. Depuis un bon moment déjà, Bob ronflait. Il n'était pas le seul, d'ailleurs, puisque Vince entendait l'écho lui répondre derrière le drap suspendu. Curieux, il étira le cou pour regarder du côté d'Al. Il ne pouvait cependant ni le voir ni l'entendre, car celui-ci leur tournait le dos, mais Vince vit bouger imperceptiblement ses épaules à un rythme régulier.

Au fur et à mesure que le feu diminua d'intensité, les ombres alentour s'allongèrent. Vince se tourna sur le côté gauche et fixa la silhouette de Frances, étendue près de lui. Indifférente pour une fois à leur proximité, il la voyait sans défense, alanguie, bercée par l'insouciance des songes. Il réalisa que la chaleur qu'il ressentait ne provenait plus du feu, mais bel et bien du corps de l'archéologue. Pour la soustraire à sa vue, il fit l'effort ultime de se tourner de l'autre côté. C'était ce qu'il avait de mieux à faire s'il voulait s'endormir.

* * *

Frances n'aurait pas su dire ce qui l'avait réveillée. Elle n'entendait pourtant rien. Tout le monde semblait dormir. Elle entrouvrit paresseusement les yeux, mais l'obscurité l'empêcha tout d'abord de bien voir. Lorsque ses yeux se furent ajustés à la noirceur, elle eut un mouvement de recul qui fit onduler le drap derrière elle. Après ce premier réflexe, elle se recoucha précautionneusement et regarda Vince dormir. Rares étaient les occasions de l'observer sans être vue. Même endormi, il semblait prêt à bondir à la moindre alerte. Comme pour lui donner raison, elle le sentit frémir, puis il se mit à murmurer des paroles incompréhensibles. De toute évidence, il avait le sommeil perturbé.

Un faible gémissement lui mit la puce à l'oreille. Elle pensa que ce devait être les chiens. De toute façon, elle ne voyait rien et distinguait à peine ses compagnons endormis. Elle regretta de ne pas avoir gardé sa lampe de poche près d'elle.

Pas vraiment rassurée, elle essaya de se rendormir lorsqu'elle perçut distinctement des grattements contre la toile de la tente. Juste derrière elle, des pas furtifs semblaient aller et venir. Elle entendait encore de petits gémissements, sans toutefois qu'il s'agisse de jappements. Cela finit par la convaincre de faire quelque chose. Elle ne voulait pas faire de bruit, mais elle avait décidé de réveiller Al. C'était lui qui était armé, après tout. Elle aurait pu réveiller Vince qui, à son tour, aurait passé le mot à ses voisins, mais elle décida de faire autrement. Elle ouvrit donc complètement la fermeture éclair de son sac de couchage pour se mettre debout.

En regardant Vince et Bob, couchés tous les deux sur le côté, elle constata qu'il y avait assez de place pour les enjamber. Elle plaça par conséquent son pied droit entre Vince et Bob puis, en transférant son poids sur ce dernier, elle ramena sa jambe gauche. Elle souffla doucement en voyant qu'elle touchait presque le dos de

Bob. Elle s'apprêtait à recommencer la manœuvre pour atteindre Al lorsqu'elle fut surprise par un mouvement brusque du chef décorateur, qui se tournait sur le dos. Frances perdit l'équilibre et bascula sur Vince, qui se réveilla en catastrophe.

En tombant à la renverse, elle se cogna la tête sur le sol. Inquiet, Vince se pencha sur elle et murmura :

— Ça va ?

— Mmm, répondit Frances, peinant à ouvrir les yeux.

Elle sentit les doigts de l'acteur tâter délicatement son cuir chevelu. Il était à moitié étendu sur elle, le visage tendu. Elle resta figée ainsi pendant quelques secondes, ne réalisant pas encore le caractère grotesque de la scène. Au fur et à mesure que ses idées se mirent en place, elle s'aperçut cependant qu'elle était en travers par-dessus Vince, et que ses pieds touchaient l'épaule de Bob, qui continuait de ronfler.

— Désolée, bredouilla-t-elle.

— Il n'y a pas de quoi ! chuchota-t-il.

— Je voulais parler à Al, se reprit-elle en essayant de se redresser en même temps que lui.

Son embarras fut à son comble quand elle se retrouva assise sur les jambes de Vince. Après une seconde d'hésitation, elle se pencha en arrière pour retomber sur le dos et pivota sur elle-même. La brusquerie de son mouvement secoua malencontreusement Bob au passage.

— Hein ! Quoi ? Qu'est-ce qui se passe ? demanda-t-il, en se mettant sur son séant.

De furieux jappements de chiens jaillirent soudain dans la nuit. Les loups répondirent par des hurlements. Il n'en fallut pas plus pour réveiller tout le camp. En moins de temps qu'il n'en faut pour le dire, Al, Sunu et son fils étaient déjà debout, parés pour prêter main-forte en cas de besoin. Ils entendirent bientôt des ordres criés, ainsi que des coups de feu au milieu de tout le tapage que faisaient les chiens. Sans plus attendre, Sunu sortit dehors, son fils sur les talons.

— Attendez ici, dit Al en passant devant les membres de son équipe.

— Je peux vous aider, dit Vince en arrêtant Al dans son élan.

— Savez-vous vous servir de ça ? demanda Al en lui désignant son arme.

— Oui !

— Alors, suivez-moi, dit Al.

Frances s'était relevée et voulut se diriger vers l'entrée lorsqu'une voix arrêta net son geste. C'était Pürev. Frances ne comprenait pas ce qu'elle disait, mais elle semblait vouloir la prévenir d'un danger. Derrière elle se tenaient ses deux filles, affichant l'air grave de personnes ayant déjà connu ce genre de situation auparavant.

— À votre place, je resterais tranquillement ici à attendre que ça se tasse un peu, suggéra Bob en regardant à tour de rôle Frances et Pürev.

Une série de grognements indistincts mêlés au bruit des pas près de leur tente, augmenta la tension d'un cran. Tournant lentement la tête vers l'entrée, Frances guetta le moindre indice qui la renseignerait sur ce qui se passait à l'extérieur. La toile se mit à bouger, avant d'être brusquement écartée par un museau noir. La plus jeune fille de Pürev cria en apercevant une paire d'yeux jaunes. Sa mère appliqua une main sur sa bouche afin de ne pas attirer sur elles les foudres de l'animal. L'obscurité n'était plus aussi dense, parce que des gens avaient ranimé les feux extérieurs afin de faire fuir les loups. Étonnamment calme, Frances voyait un immense loup au pelage gris s'avancer prudemment vers le centre de la pièce, la tête penchée et la queue dressée dans les airs. Elle l'entendait renifler par petits coups entre deux grognements menaçants. Frances était la plus exposée. Pourtant, le loup passa à côté d'elle sans la remarquer, humant suspicieusement l'air en grognant, le museau pointé en direction des femmes mongoles.

Toujours immobile, Frances lança un regard à Pürev. Elle ne voulait pas faire quelque chose qui nuirait aux autres, mais il fallait tout de même agir avant que le loup ne se décide à attaquer. Peut-être avait-elle le temps de sortir demander de l'aide ? Frances lut la réponse dans les yeux de son hôte, qui se maîtrisait parfaitement. Tout se déroula très rapidement. Pürev battit des paupières, et Frances comprit que le signal était donné. Sans réfléchir, elle courut vers l'extérieur sans perdre une seconde. Si elle avait regardé en arrière, elle aurait vu Pürev agripper le poteau central de la yourte pour s'en servir comme arme contre le loup. Dans sa fuite, Frances entendit un mélange alarmant de cris et de grondements. Les cheveux se dressèrent sur sa tête en entendant dans son dos un long hurlement de douleur.

— Au secours ! À l'aide ! cria-t-elle aussitôt qu'elle fut dehors, s'éloignant de l'entrée au cas où le loup aurait décidé de la suivre.

Aussitôt, des hommes accoururent. Elle vit Sunu s'engouffrer en toute hâte dans la yourte.

— Ça va ? demanda Al, qui venait juste d'arriver en courant.

— Un loup s'est introduit à l'intérieur, et Pürev m'a fait signe d'aller chercher de l'aide. Al, c'est terrible. Je ne me le pardonnerai jamais, si quelqu'un est blessé.

— Elle sait y faire, ne vous en faites pas.

— J'aurais dû rester, dit Vince, la voix tendue.

— Vous ne pouviez pas savoir. Il est très rare que les loups attaquent un camp d'hommes. Ils doivent être affamés. Habituellement, ils choisissent le troupeau. Mais comme les chevaux sont des proies plus difficiles que les moutons…

Al ne termina pas sa phrase. Un coup de feu venait de retentir, faisant sursauter la majorité des gens assemblés autour de sa yourte. La main sur la bouche, Frances s'attendit au pire. Heureusement, le groupe n'attendit pas longtemps avant de voir Sunu sortir en traînant le corps empalé de la bête. Puis, il revint vers la tente et tint ouvert le panneau qui tenait lieu de porte. Le sourire aux lèvres, il encouragea sa famille à venir le rejoindre, afin de partager cet instant de gloire. Entouré de tous les siens, avec maints gestes et détails, Sunu raconta fièrement l'exploit de sa femme. Frances observait Pürev, le pilier incontestable de cette famille, et décelait en elle toute la force des femmes mongoles, qui savaient faire preuve d'autant de courage que leurs hommes pour défendre leur vie et leurs biens. Sunu n'avait fait qu'achever l'animal.

— Voyez ces mamelles sous l'abdomen. C'était une femelle qui venait probablement de mettre bas. Malheureusement pour elle, cette louve était en quête de nourriture facile, expliqua Al.

— Mon Dieu ! s'exclama Frances. Où est Bob ?

D'un même mouvement, ils se dirigèrent vers la yourte. Bob était étendu par terre dans une drôle de position. Ils s'empressèrent de vérifier qu'il n'avait rien de grave, puis constatèrent qu'il était simplement évanoui. Trop d'émotions fortes avaient eu raison de lui.

— Bob, Bob, réveillez-vous ! dit Al en lui tapotant les joues.

— Gare au loup ! cria Bob en se redressant subitement.

— Il n'y a plus de danger, le loup est mort, dit Frances pour le rassurer.

— Qu'est-ce qui m'est arrivé ? demanda-t-il en se touchant fébrilement, afin de s'assurer qu'il n'avait subi aucune morsure.

— Rien de bien grave, dit Al en essayant de garder son sérieux.

— J'ai crié pour avertir les autres du danger, car le loup semblait vouloir passer à l'action. C'est à ce moment-là que la toile m'est tombée sur la tête. Je ne voyais plus rien. Je ne me souviens plus de ce qui est arrivé ensuite.

— Tu es tombé dans les pommes, dit Vince de but en blanc.

La bouche ouverte, le regard ébahi, Bob ne comprit pas tout de suite ce que son collègue venait de lui dire. Toutefois, au fur et à mesure que l'idée fit son chemin, il rougit à vue d'œil, le regard maintenant fuyant. Bob demanda de l'eau en grommelant une suite de paroles où seuls les mots « danger » et « loup » étaient intelligibles.

Pour terminer le reste de la nuit en paix, les éleveurs installèrent plusieurs épouvantails, afin de constituer un périmètre de sécurité autour des yourtes, et laissèrent brûler des lampes à beurre au cas où les feux s'éteindraient. Al et Sunu plantèrent un piquet de bois pour tendre le feutre de la tente, qui s'était affaissée en son centre. Ensuite seulement, tout le monde se réinstalla pour dormir le peu de temps qu'il restait de la nuit.

* * *

Au matin, Frances rouvrit doucement les yeux, le cerveau encore embrouillé par les songes qu'elle avait faits au cours de cette nuit agitée. Se rappelant finalement où elle était, elle constata que les couchettes de ses compagnons étaient vides. Elle prit dans son bagage des vêtements propres. Une voix féminine parla derrière le drap. Frances écarta le tissu et vit l'aînée de Sunu lui tendre une bassine. En levant les yeux, elle aperçut Pürev, qui cousait tranquillement une belle pièce de tissu rouge. Un instant, leurs regards se croisèrent. Frances lui adressa un sourire de gratitude et prit le récipient d'eau qui tombait à point nommé pour faire sa toilette. Elle se dépêcha en craignant à tout moment d'être dérangée, peur qui s'avéra injustifiée parce que l'absence des hommes sous la tente avait probablement été planifiée pour préserver l'intimité des femmes.

Un bol de thé chaud à la main, Frances partit à la recherche de ses compagnons de voyage. Un jeune garçon tendit le bras pour lui indiquer la direction à suivre. Elle trouva Bob sur son chemin.

— Bonjour ! dit-elle.

— Salut ! dit-il.

— Où sont les autres ?

— Devant vous.

— À cheval ?

— Ouais ! Ils essaient d'attraper des chevaux, et cela n'a pas l'air facile, répondit-il d'un air distrait en sortant quelque chose de sa poche.

Devant Frances s'étendait un pâturage de très hautes herbes. Dans un assourdissant bruit de sabots, le troupeau de chevaux fuyait à l'approche de ses gardiens, qui poursuivaient certaines bêtes sur lesquelles ils avaient jeté leur dévolu. Elle reconnut Al, qui galopait à gauche d'un cheval en tenant un lasso au bout d'une longue perche qu'il essayait de passer par-dessus la tête d'un animal, tandis que Vince empêchait ce dernier de bifurquer vers la droite. L'acteur ne semblait pas très à l'aise. Il ne pouvait pas se pencher vers l'avant, bloqué par l'armature surélevée de la selle mongole. Évidemment, il galopait debout sur les étriers comme Al le leur avait montré.

Après une course effrénée, Al réussit finalement à attraper le cheval au lasso, le forçant à s'arrêter. Sunu intervint immédiatement en fixant une selle et des brides avec une telle rapidité que le cheval ne réalisa ce qu'il lui arrivait que lorsqu'il se retrouva avec un cavalier sur le dos. Une lutte s'engagea alors entre l'homme et le cheval, qui sembla de prime abord indomptable. Jamais Frances n'avait vu à l'œuvre autant d'adresse équestre. Le jeune Mongol qui avait sauté sur le dos de cheval ne luttait pas contre lui, mais plutôt avec lui. Cette attitude créa une complicité qui se révéla avantageuse, car la résistance de l'animal fut de courte durée. On aurait dit que le dur — en l'occurrence, le cheval — venait d'être vaincu par le tendre, son cavalier; à moins que ce ne fût l'inverse, il était impossible de le savoir. Le cheval avait juste compris qu'il était à nouveau au service de l'homme. Impressionnée par ce spectacle, Frances se remémora une discussion qu'elle avait eue avec Vince à propos de la lutte inégale entre deux volontés farouches. Elle comprenait maintenant ce qu'il avait voulu dire. Avec un cavalier de cette trempe, le cheval n'avait aucune chance de sortir vainqueur.

Quand les hommes eurent attrapé le nombre suffisant de chevaux pour l'expédition, Al rejoignit l'archéologue.

— Êtes-vous bien reposée, après cette nuit mouvementée? demanda-t-il.

— Prête à continuer la route, dit-elle.

— Avez-vous pris votre petit déjeuner?

— Pas encore, et vous?

— Oui, c'est fait. On ne fait pas ce genre d'exercice le ventre vide, dit-il en regardant paître le troupeau, les yeux encore brillants d'exaltation.

— J'ai vu que vous étiez accompagné, rajouta-t-elle.

— Vince est un excellent cavalier, reconnut Al. Si je l'avais laissé faire, il aurait essayé de dompter une de nos prises. À mon avis, il en aurait été capable, mais je n'ai pas voulu prendre de risque. Bon! Il faut que vous mangiez tout de suite, car nous serons sur la route dans un peu moins d'une heure.

— Vous venez avec nous? lança Frances en touchant l'épaule de Bob, qui était demeuré silencieux.

— Euh! Je préfère rester ici... C'est tout à fait fascinant, répondit Bob du bout des lèvres, absorbé à prendre des notes dans un petit calepin de poche qu'elle l'avait vu sortir à maintes occasions.

En se dirigeant vers la yourte du chef, ils virent Ukok déposer quelque chose au bord du toit en toile.

— Du fromage, l'informa Al en devançant sa question.

À l'intérieur, Frances prit place sur un coussin qu'Al lui désigna, tandis qu'il allait au devant d'une femme occupée à battre ce qui semblait être du lait. Alek Altaj, que Frances n'avait pas encore remarqué, traversa la pièce à petits pas. Cette fois-ci, il était dirigé par un garçon d'une dizaine d'années. Arrivé devant Frances, l'enfant s'arrêta pour murmurer quelque chose à l'oreille du vieux druide. Alek acquiesça, et son jeune guide l'aida à s'asseoir sur un coussin. Prenant sa tâche au sérieux, l'enfant fit une petite révérence, puis s'écarta à reculons à une distance respectueuse de l'aîné, avant de finalement s'asseoir à même le sol. De toute évidence, le vieillard était venu, lui aussi, se sustenter.

Al revint avec une femme portant un plateau chargé de nourriture. Tandis que Frances se servait, Alek adressa la parole à Al. En train d'avaler une bouchée, l'archéologue interrompit son geste en voyant l'expression du visage de son compagnon de travail. Frances prit soudain conscience qu'elle était l'objet de leur discussion, même si elle ne comprenait pas un traître mot de ce qu'ils se disaient. Cela l'intrigua.

— Frances! dit Al en se tournant vers elle. Alek Altaj aimerait engager la conversation avec vous. Le petit et sa mère ne parlent que le kalmauk, alors il a décidé de vous parler en mongol. Je serai donc votre interprète et me ferai le plus discret possible. Bien entendu, tout ceci restera confidentiel. Acceptez-vous cette invitation?

— Certainement, dit-elle, un peu surprise.

Le druide gardait la tête penchée.

— À sa demande, il veut que je vous explique sa raison d'être... Mais auparavant, je dois vous dire que cette attitude est très inhabituelle de sa part. Vous comprenez? prit-il la peine d'expliquer pour souligner l'importance qu'il accordait à la requête de son parent.

— J'en suis honorée.

— Alek Altaj est le représentant du *kam jan*, ce qui signifie dans vos propres mots « la foi du chaman ». Est-ce que vous vous souvenez de ce que je vous ai expliqué hier soir à propos du chant altaïen ?

— Bien sûr, dit-elle.

— Savez-vous ce qu'est un chaman ?

— Sommairement, dit-elle, prudente.

Elle ne pouvait tout de même pas lui dire que les scientifiques occidentaux considéraient leur sorcellerie comme dérisoire.

— Je lui ai dit que vous n'étiez pas au courant de nos us et coutumes, mais il a quand même tenu à ce que je vous instruise de son statut... Le chaman est un être hors du commun dont la vie spirituelle est très développée. Il connaît toutes les formes de langage dont l'âme humaine dispose pour s'exprimer.

Alek Altaj se mit à parler, et c'est alors que commença pour Frances la plus étrange conversation qu'il lui ait été donné d'avoir au cours de sa vie.

— Je commencerai simplement en vous disant que vous aviez raison sur un point : il est impossible de résoudre une équation dont les inconnues sont inintelligibles, dit le chaman.

— Je... je ne comprends pas, bredouilla-t-elle.

Al non plus ne comprenait rien de ce qu'il traduisait. Il s'exécutait en haussant les épaules, désolé pour sa collègue. Confuse, mais résolue, Frances se mit à réfléchir. Puis, elle se rappela soudain la réflexion qu'elle avait eue la veille.

— L'Univers n'est pas isotrope, murmura-t-elle.

— Effectivement, dit le chaman.

— Mais, qu'est-ce que cela veut dire ? dit-elle à Al, désireuse de savoir comment Alek savait ce qu'elle avait pensé la veille.

Par réflexe, Frances concentra sa pensée sur le chaman pour sonder une fois de plus son âme.

— Non, mon enfant ! l'arrêta-t-il en levant la main.

Sa pensée avait rebondi comme une balle de squash lancée à pleine vitesse sur le mur.

— Vous savez, alors ? souffla-t-elle, sous le choc.

Al hésita deux secondes avant de traduire.

— Je sais.

— Mais... cela veut dire que vous aussi..., balbutia-t-elle.

— Je le reconnais, dit Alek par l'entremise d'Al, qui avait de plus en plus de difficulté à suivre la discussion.

Elle croyait entendre Luvsan. « Encore un autre à décrypter », marmonna-t-elle intérieurement. Comme si elle était devin !

— Vous l'êtes ! dit le chaman.

— Pardon ? dit-elle, incrédule.

Al se gratta la tête, tandis que son parent demeurait silencieux, la tête toujours penchée comme si elle était trop lourde à porter. Avant de continuer la conversation, Frances regarda Al dans les yeux en guise d'excuse. Tant pis, elle aurait une explication à lui fournir, mais elle verrait cela plus tard. En attendant, elle se lança :

— Vous lisez en moi ?

— Parce que vous me le permettez.

— Je ne vous comprends pas, s'impatienta-t-elle.

— Ma chère, dit Alek en ricanant doucement, vous avez un don, mais vous ne savez pas comment vous en servir, un peu comme l'enfant impatient de parler, mais qui ne comprend pas toute la signification des mots qu'il emploie. Lorsque vous pénétrez l'esprit de quelqu'un, vous lui montrez pour ainsi dire la voie, s'il est en mesure de s'en apercevoir, bien sûr. Et vous rencontrerez rarement de telles personnes. Sauf celles qui devront, comme moi, un jour ou l'autre croiser votre chemin.

— Vous êtes donc capable de m'arrêter, constata-t-elle. Cela veut dire que vous avez des facultés similaires aux miennes, n'est-ce pas ?

— C'est différent en ce qui me concerne. Je comprends l'esprit des gens, je peux dialoguer avec celui-ci, l'influencer, le guider, le rééquilibrer, et même voyager avec lui. Mon rôle consiste à aider les gens dans leur quête de vérité. J'aide ceux qui hésitent entre ce qu'ils croient être et ce qu'ils sont vraiment.

— Le chant... vous utilisez le chant pour y arriver, dit-elle en se souvenant de l'effet qu'il avait eu sur elle.

Son hallucination n'était donc pas le produit de son imagination. Frances éprouva de la gêne à l'idée qu'Alek ait été le témoin d'un épisode qu'elle jugeait intime. Al ne comprenait pas tout, mais il en saisissait assez pour se faire une meilleure idée de ce qui se passait. Bien qu'embarrassée, Frances voulait tout de même poursuivre son entretien avec le vieux sage.

— La transmission auditive au cerveau, lorsqu'elle est faite correctement, bien sûr, provoque l'éveil de la conscience. Dans votre cas, la connexion est presque immédiate.

— C'est insensé ! s'exclama-t-elle.

— En fait, c'est tout le contraire. Vous ne passez tout simplement pas par l'un des cinq intermédiaires sensoriels usuels, dit le chaman. Rares sont ceux qui ont accès à cette sensibilité cachée.

— Par cinq sens, vous voulez dire la vue, le toucher, l'odorat, le goût et l'ouïe, c'est ça ? Vous semblez sous-entendre qu'il y en a d'autres…

— Un autre seulement, et il fait référence à une connaissance extrasensorielle de la réalité.

— Vous faites référence à l'intuition ou à l'instinct, n'est-ce pas ?

— Ce dont vous parlez concerne les aptitudes innées de l'être vivant. L'intuition agit sans réfléchir, l'instinct guide pour survivre. Moi, je parle d'une partie du corps dans laquelle le système nerveux décèle une sensibilité lorsqu'il est stimulé.

— Les yeux, les oreilles, le nez…

— La bouche et la peau, tous des organes stimulés par les sens, poursuivit le chaman. Le sixième sens stimule plus subtilement que les autres le plus puissant organe du corps humain. Savez-vous lequel ?

— Désolée, s'excusa-t-elle en secouant négativement la tête.

— Le cœur ! dit le chaman sur le ton patient du professeur compréhensif. Et d'après vous, quelles sensations affecteraient le cœur de chacun d'entre nous ?

— Les émotions ! répondit-elle immédiatement.

Al hocha la tête, saisissant en même temps que Frances où Alek voulait en venir.

— Le sixième sens permet à la conscience de sentir des vibrations particulières qui mènent à la clairvoyance et à la télépathie. Je préfère les appeler des « hallucinations véridiques ». Ce sens a été contrecarré par l'ego, votre moi, qui veut décider à la place du cœur. Voilà pourquoi le sixième sens est presque devenu un mythe pour les Occidentaux. Mais pas pour vous, ma chère enfant... non, pas pour vous !

— Cela ne fonctionne pas toujours, dit-elle en pensant à Vince. Comment expliquez-vous cela ?

— Il y aurait plusieurs raisons à cela, mais je préfère ne pas trop m'éloigner du sujet, car ce n'est pas tout. Parce que vous le savez, n'est-ce pas, que ce n'est pas tout ? demanda le chaman en tournant maintenant la tête dans sa direction.

Frances était un peu embarrassée. Elle avait peur qu'Alek ne traite de certains sujets trop personnels alors qu'Al était présent.

— En rétablissant la fonction originelle du sixième sens, vous vous êtes éveillée à un chakra supérieur, reprit-il.

Il se mit alors à chanter quelque chose qu'Al lui traduisit comme « Écoute, ô ciel bleu ! ». La pression sur le front de Frances choisit cet instant pour revenir en force. Or, ce n'était pas du tout le moment. Toutefois, le chaman fit soudain un geste inattendu : il leva la main vers elle et toucha très précisément l'endroit sensible.

— Est-ce douloureux ?

— Un peu.

— Ne résistez pas.

Elle ferma les yeux en respirant profondément. La douleur cessa immédiatement.

— Savez-vous ce qui m'arrive ?

— Votre regard se tourne vers l'intérieur.

Le chaman hocha la tête plusieurs fois d'un air satisfait. Puis, il ajouta presque pour lui-même :

— Elle a de l'humilité... peut-être pas assez de simplicité ni d'expérience, mais je perçois beaucoup d'humilité en elle.

Frances eut peur. Peur de ce qui l'attendait. Peur de ne pas être à la hauteur.

— Écoutez, je suis une scientifique, toute ma vie a été dédiée à l'étude de la paléontologie. En dehors de ce milieu, je suis une personne tout ce qu'il y a de plus ordinaire. Je ne suis certainement pas habilitée à...

— Nous sommes tous des gens ordinaires, interrompit Al sur l'ordre d'Alek, ce ne sont que les opportunités qui peuvent être extraordinaires. Et vous avez accès à l'une d'elles.

— Et si je n'en veux pas? dit-elle, sentant son corps tendu comme une flèche.

— Vous aurez toujours le dernier mot, pour le meilleur ou pour le pire.

* * *

« De sacrés cavaliers, ces Mongols, quand même ! », n'arrêtait pas de se dire Vince. Fin connaisseur d'équitation, il savait s'incliner devant la virtuosité lorsqu'il la voyait à l'œuvre. De plus, la gaieté naturelle et l'énergie débordante de ces gens étaient communicatives. Comment avait-il pu oublier la sensation indescriptible qui s'emparait de lui lorsqu'il galopait ventre à terre en toute liberté ? Aucun tracas n'avait alors de prise sur lui. En fait, cela faisait une éternité qu'il ne s'était pas senti aussi bien.

Il entendit siffler et se retourna pour voir Al, qui lui faisait de grands signes. Lorsqu'il fut à portée de voix, le Mongol lui demanda :

— Où est Sunu ?

— Je l'ai vu partir de ce côté, dit Vince en lui indiquant une direction.

— Dès que les bagages seront chargés, nous allons pouvoir reprendre la route. N'oubliez pas de changer de monture avant le départ, dit Al d'une voix distraite.

— Dommage, on s'entendait bien, tous les deux, dit Vince en se penchant un peu sur l'encolure de son cheval pour lui flatter le cou.

Al dévisagea l'acteur pendant un moment, avant que son regard ne s'éclaire subitement.

— Oh oui ! C'est une bonne bête, et elle est particulièrement d'humeur à travailler aujourd'hui, dit-il en caressant doucement le cheval.

L'animal se laissa faire quelques secondes, avant de dégager brusquement sa tête des mains d'Al.

— Quelque chose vous préoccupe, Al ?

— Des histoires de famille, c'est tout... Si vous voyez Bob, prévenez-le de se tenir prêt à partir, dit le Mongol en se dirigeant vers le campement.

Ah, pour être préoccupé, il l'était drôlement ! Après ce qu'il venait d'entendre, il ne pouvait en être autrement. Al avait d'abord été surpris de voir le chaman engager une telle conversation avec Frances, une femme et, de surcroît, une étrangère. Mais jamais il n'aurait prédit un tel dénouement. Il en avait autant appris qu'il avait encore d'énigmes à percer. Cependant, le chaman avait confirmé ses soupçons, à savoir que trop de coïncidences se produisaient autour de Frances !

Al trouva Sunu en train de mettre la main aux derniers préparatifs. Frances les rejoignit à ce moment-là.

— J'ai fait un dernier tour d'inspection, dit-elle en s'approchant de lui.

— Et ?

— Nous n'avons rien oublié.

Pürev, qu'ils n'entendirent pas arriver, se plaça entre eux et interpella Al.

— Elle a cousu à la main un *deel* qu'elle voudrait vous donner en cadeau, dit Al en traduisant les propos de la femme mongole.

— Mais... c'est beaucoup trop ! protesta Frances en regardant, les yeux écarquillés, la pièce de tissu richement ornée de broderies.

— Frances, vous ne pouvez pas refuser. C'est un vêtement traditionnel qui est offert aux êtres chers pour le Nouvel An. Acceptez-le, c'est sa façon à elle d'honorer un invité de marque, insista Al.

— C'est moi qui devrais l'honorer, et non le contraire ! Elle nous a défendus en attaquant pratiquement à mains nues une louve affamée...

Frances s'interrompit en voyant qu'il était inutile d'en dire plus. Pürev ne changerait pas d'avis et serait probablement offensée si elle continuait à argumenter. Elle leva donc les yeux vers Pürev, qui lui tendit solennellement le vêtement sans dire un mot.

— Je n'ai rien à lui offrir en échange, murmura-t-elle, embarrassée.

— Elle n'attend rien en retour, cette notion nous est inconnue, s'empressa de dire Al pour la rassurer.

Sans plus attendre, Frances prit le cadeau en saluant gauchement son hôtesse, qui sembla soulagée qu'elle se soit enfin décidée.

N'y tenant plus, Al prit Frances par le bras et s'éloigna un peu, pour s'entretenir avec elle en privé.

— Je n'ai pas eu le temps de vous parler depuis votre conversation avec Alek Altaj.

— À ce propos, justement…

— Vous ne me devez aucune explication, la coupa-t-il. Ce qui est dit entre le chaman et son disciple est privé.

Quelle générosité ! Il était tellement soucieux de son bien-être qu'elle se retint de justesse de le serrer dans ses bras.

— Jamais je n'aurais laissé la conversation aller aussi loin si je ne vous avais pas fait confiance, précisa Frances.

Elle fit une pause pour donner du poids à ses paroles, puis elle poursuivit :

— Je savais que j'aurais besoin de votre aide un jour ou l'autre. J'attendais simplement d'y voir plus clair avant de vous impliquer là-dedans. Comme vous l'avez remarqué, il s'est opéré en moi des changements dont je peux seulement vous dire, pour l'instant, que j'en connais l'origine. Lorsque je me sentirai prête, je vous en dirai davantage. Par contre, j'aurais un ou deux éclaircissements à vous demander.

— Allez-y.

— Le chaman a parlé, je crois, de chakra supérieur. Pouvez-vous m'expliquer ce que c'est ?

— Selon l'hindouisme ou le bouddhisme, il y aurait sept centres d'énergie, sept chakras qui correspondraient à autant de niveaux de conscience. Les chakras longeraient le corps en suivant une ligne invisible, allant de bas en haut. Les chakras inférieurs représenteraient la survie, la sexualité et le pouvoir dans leur plus simple expression, tandis que les chakras supérieurs correspondraient à l'amour, à la créativité, à la spiritualité et à la divinité, expliqua-t-il.

— J'ai cru comprendre que nous ne les utilisions pas tous, c'est vrai ?

— Disons que nous sommes constitués de tous les niveaux à la fois, mais que selon la personne que nous sommes, nous mettons l'accent sur certains plutôt que sur d'autres.

Peu importait à Frances que cette échelle de chakras soit symbolique ou réelle, l'explication d'Al sonnait juste. Elle ne put cependant réprimer un sentiment d'irritation.

— Lorsqu'il m'a touché le front, hésita-t-elle.

« Elle y arrive ! », se dit Al.

— Le chaman touchait votre chakra frontal.

La pression sur son front était la manifestation physique d'un déploiement d'énergie ! Frances essaya de se rappeler l'ordre des sept chakras qu'Al venait tout juste d'énumérer. Elle s'énerva.

— Voyons, vous me voyez telle que je ne suis pas ! J'ai essayé d'expliquer au chaman que je ne m'adonnais à aucune sorte de pratique spirituelle. Vous devriez me connaître un peu plus, Al. Vous savez dans quel monde j'évolue, enfin ! Ne voyez-vous donc pas que, d'un point de vue scientifique, il y a incompatibilité entre ce que vous dites et ce que je suis réellement ? Arrêtez tous de me parler comme si j'étais aussi zen qu'un… qu'un vieux sage en train de méditer sur sa montagne ! s'exclama-t-elle, un peu excédée de voir Al se mettre de la partie après Luvsan et Alek Altaj.

— Pensez-vous qu'il faut en venir là pour s'éveiller à la spiritualité ? Selon moi, vous n'avez rien non plus de la parfaite matérialiste, riposta-t-il du tac au tac.

Sa remarque fit taire Frances pendant quelques secondes. Mais il y avait un dernier détail qui la tracassait. Devait-elle profiter de l'occasion ou laisser tomber ? Elle était plutôt du genre à battre le fer pendant qu'il était encore chaud. Elle réussit donc à se ressaisir et posa sa question suivante sur un ton beaucoup plus calme.

— Le chaman a dit une phrase que je n'ai pas comprise. Que signifiait-il lorsqu'il a parlé de mon regard qui se tournait vers l'intérieur ?

Al ouvrit la bouche, puis la referma aussitôt. Elle vit son hésitation et comprit qu'il voulait la ménager. Elle planta alors son regard dans le sien pour l'encourager à poursuivre, en lui faisant signe que cette fois-ci, elle n'argumenterait pas. Lorsqu'il parla enfin, elle resta effectivement silencieuse, mais pas pour les raisons auxquelles elle se serait attendue.

— Il parlait de votre troisième œil, finit-il par dire, presque à regret. Deux yeux pour regarder à l'extérieur et un troisième tourné vers l'intérieur.

— Et que voit-il ?

— Votre vraie nature.

## À la pointe du couteau

Frances ne comprenait pas pourquoi Sunu demandait une halte alors qu'ils étaient si près du but. Elle avait toutefois remarqué que son comportement changeait au fur et à mesure qu'ils approchaient du site archéologique.

— C'est ici que Sunu va nous abandonner, dit Al en descendant de son cheval. Il va aller chasser pendant notre visite. Karakorum n'est pas très loin, juste un peu plus à l'est, alors nous pourrions convenir d'un rendez-vous avec lui là-bas.

— Pourquoi ne viendrait-il pas simplement nous rejoindre à la mission après la chasse ? Je ne suis pas certaine d'y passer la nuit, dit Frances en mettant, elle aussi, pied à terre.

— Pourquoi nous arrêtons-nous ? demanda Bob, heureux de reposer son postérieur endolori. C'est encore loin d'ici ?

— On y est presque, répondit Al.

Il attira Frances un peu à l'écart.

— Sunu préfère ne pas s'approcher des tumulus.

— Je ne savais pas que la mission avait mis à jour des sépultures ! Je pensais que les découvertes du site provenaient de la période paléolithique, dit-elle.

— Ils n'ont en réalité encore rien trouvé. Mais les Altaïens, eux, croient que l'endroit est sacré. Des légendes racontent que leurs ancêtres y reposent depuis la nuit des temps.

— Vous ne me ferez pas croire que Sunu a peur des fantômes de l'âge de pierre, quand même ! dit Bob en arquant les sourcils en signe de dérision.

— Le temps n'a pas d'importance pour l'âme immortelle.

— Il est encore très tôt, s'interposa Frances en regardant sa montre. Aussi, va pour Karakorum ce soir ! Il nous reste amplement le temps de satisfaire notre curiosité.

Al rejoignit Sunu pour convenir avec lui du lieu et de l'heure du rendez-vous.

— Que recherchez-vous au juste ?

Vince s'était approché d'elle sans qu'elle s'en rende compte. Tandis qu'elle cherchait une réponse acceptable, Frances vit Bob griffonner quelque chose sur son calepin de poche et balayer le paysage de ses petits yeux observateurs.

— J'ai lu un article dernièrement sur les résultats de leurs fouilles, et cela m'a semblé intéressant, finit-elle par répondre.

— Voyez-vous un rapport quelconque avec ce que vous avez vous-même découvert dans le désert de Gobi ?

— Plus souvent qu'autrement, nous rentrons bredouilles de ce genre d'expédition. Mais ce n'est pas une raison pour laisser passer la moindre occasion de faire un lien entre des résultats de recherche. Il faut envisager, pour les données récoltées, toutes les interprétations possibles, expliqua-t-elle évasivement.

— J'ai confiance en votre flair, Madame Laguerre, dit Vince en reportant son regard vers l'horizon, un sourire entendu aux lèvres.

Deux choses commençaient à agacer Frances. Premièrement, son flair n'avait rien à voir là-dedans. Au contraire, elle espérait seulement ne pas avoir affaire à une deuxième Pierre angulaire. Elle aurait été bien en peine, d'ailleurs, d'expliquer la raison pour laquelle elle pensait ainsi. Deuxièmement, pour la première fois depuis sa rencontre avec Vince, elle trouvait le protocole un peu déplacé. L'étiquette des « madame » et des « monsieur » était de mise autour d'une table de conférence, ou encore lors de rencontres officielles et professionnelles. Mais là, tout de suite, c'était ronflant et tout à fait inapproprié, surtout après ce qu'ils avaient vécu ces derniers jours.

— Et moi, j'ai confiance en votre vivacité d'esprit, Vince, renchérit-elle en regardant ailleurs. J'aimerais avoir ne serait-ce qu'une infime partie de votre assurance en situation de crise, se sentit-elle obligée d'ajouter.

Vince comprit qu'elle brisait enfin sa propre règle, amorçant officiellement une relation d'un genre plus amical.

— Vous n'avez rien à m'envier sur ce point, Frances.

Son prénom avait coulé si naturellement de sa bouche que cela rompit la glace entre eux. Pour la première fois, ils discutèrent sans contrainte. Vince voulut savoir comment fonctionnait une mission archéologique, et Frances ne se fit pas prier pour le renseigner. Dès que des travaux de fouille entrepris sur un site dévoilaient des mystères, les scientifiques classaient celui-ci selon son appartenance à une période bien distincte de la Préhistoire mongole. Ainsi apprit-il à faire la différence entre le Paléolithique et le Néolithique. Ils poursuivirent leur discussion même après avoir repris la route, chevauchant côte à côte. Ils s'arrêtèrent de parler seulement en arrivant au campement de la mission.

Leur arrivée ne passa pas inaperçue. Les visiteurs étaient toujours accueillis avec entrain par les équipes archéologiques œuvrant dans les régions aussi reculées. Les nouvelles fraîches qu'ils amenaient, combinées à leurs nouveaux visages dans le coin, étaient un baume au cœur pour ces gens trop heureux de briser la routine. Ceux-ci les assaillirent littéralement de questions. Heureuse elle aussi d'entendre parler une de ses langues natales, Frances engagea immédiatement la conversation avec un Français qui s'avéra être le responsable de la mission. Ce dernier était honoré de rencontrer cette collègue, qu'il connaissait de réputation. À regret, Vince les vit s'éloigner pour continuer leur conversation en privé. Bob suivait quant à lui Al comme un chien de poche, posant des questions et requérant ses services de traducteur.

Pendant ce temps, Frances examinait les différentes pièces de toutes les formes que la mission avait déterrées sur le site. Elles étaient disposées à plat sur une grande table. Or, aucune de ces pièces ne correspondait à la description qui avait tant attiré son attention sur la missive.

— Où est le couteau à pointe triangulaire ? demanda Frances à son homologue français.

— Quel couteau ? demanda Éric Rochon, perplexe... Ah, vous voulez probablement parler de ça !

Sur une caisse de bonne dimension, il prit une boîte en carton peu profonde et la tendit à sa consœur. Frances poussa un soupir de soulagement lorsqu'elle vit que le fond de la boîte était partiellement recouvert de fragments de pierre étalés de façon à reconstituer l'apparence initiale de l'objet. Il manquait pratiquement tout le manche du couteau. Par contre, on pouvait parfaitement voir que la base de la lame avait une forme tridimensionnelle. Cette base était d'ailleurs la seule pièce intacte de l'objet. Même dans cet état, elle pouvait déceler une certaine similitude avec la Pierre angulaire qu'elle avait en sa possession. Dans un coin de la boîte, il y avait un tas de fines miettes de pierre qui paraissaient aussi friables que du verre.

— Qui vous a mis au courant de...

Frances, qui n'avait pas porté attention à ce que disait Éric, l'interrompit brusquement en désignant le petit tas qui l'intriguait tant :

— Qu'est-ce qui est arrivé ?

— En effectuant une nouvelle coupe stratigraphique, quelqu'un a remarqué une certaine luminosité sur la paroi rocheuse.

— Ça brillait au soleil ? demanda-t-elle.

— Quelque chose comme ça. Bref, nous avons trouvé les restes de l'objet probablement endommagé en grande partie par notre faute.

— En grande partie ?

— Il manque des morceaux. Nous les cherchons encore, d'ailleurs. Quant à la pointe du couteau, elle s'effrite d'elle-même dès qu'on la touche, comme si elle partait en poussière.

— Que révèlent vos analyses ? s'informa Frances, sentant tous ses muscles se contracter.

— Malheureusement, notre géologue a dû nous quitter pour soigner une infection intestinale juste au moment où nous aurions eu besoin de ses services.

Frances se figea quand elle vit le Français prendre la pièce centrale entre ses doigts.

— Je me demande ce que c'est, dit-il en l'examinant sous tous les angles. À quoi cela sert-il, selon vous ?

— Je ne le sais pas, répondit-elle du bout des lèvres.

— De toute façon, je ne peux rien faire de plus pour l'instant, je dois l'envoyer au labo.

— Je peux peut-être vous rendre ce service. Je dois justement retourner à Oulan-Bator, donc je peux le ramener avec moi, si vous le voulez ! proposa-t-elle innocemment.

— Vous feriez ça pour moi ? dit-il. Dans combien de jours comptez-vous repartir ?

— Nous repartons ce soir, dit-elle.

— Ce soir ? s'exclama-t-il, interloqué et déçu par tant de précipitation.

Elle inventa quelques vagues excuses pour expliquer sa hâte à retourner en ville le plus rapidement possible. Elle affirma entre autres que malgré le poids de ses responsabilités, elle n'aurait pas manqué l'occasion de passer, même s'il ne s'agissait que d'une visite éclair, par un site archéologique aux si vastes possibilités que celui-ci. Flatté de susciter autant d'intérêt, Éric goba tout ce qu'elle lui disait. Il lui donna le nom du responsable qu'elle devait contacter lorsqu'elle arriverait en ville. Ensuite, il lui confia ses fiches d'observation, ainsi que le précieux échantillon de la boîte, qu'il versa dans une grande enveloppe de papier-bulles. Il lui servit de guide pour le restant de l'après-midi, lui faisant visiter les lieux de tous les travaux en cours, et particulièrement l'endroit où son équipe avait trouvé le couteau à pointe triangulaire, comme il se plaisait tant à l'appeler.

* * *

Ce soir-là, assise les jambes repliées sur le lit de sa minuscule chambre à Karakorum, Frances ne se décidait pas à ouvrir l'enveloppe. Elle surmonta enfin son appréhension, mue par le désir d'en avoir le cœur net, et elle introduisit prudemment sa main à l'intérieur de l'enveloppe pour saisir délicatement l'objet aux deux extrémités manquantes. Elle se souvenait de son premier contact avec la Pierre angulaire, qui était passée du froid au chaud en l'espace de quelques secondes seulement. Le couteau à pointe triangulaire ne produisit au toucher aucune variation de température. Alors, pour mieux le voir, elle l'approcha de la lampe de chevet. La pointe triangulaire en dents de scie conservait sa couleur terne de simple minéral. Elle effleura ensuite du bout des doigts la texture irrégulière des extrémités, s'attendant à voir apparaître des reflets identiques à ceux qu'elle avait vus sur la Pierre angulaire. Mais une nouvelle fois, rien ne se produisit. À défaut d'empoigner le manche, elle encercla enfin franchement de sa main la base intacte et lissa du doigt une des lignes brisées en éclat. Or, tout ce qu'elle obtint, ce fut l'effritement de la roche sous l'effet du frottement.

Cet objet était-il comparable à la Pierre angulaire ? Si tel était le cas, avait-il perdu ses propriétés parce qu'il était brisé ? En poussant un soupir de résignation et de soulagement, elle remit à sa place le morceau qu'elle tenait, sachant pertinemment qu'elle n'aurait pas de réponses à ses questions de sitôt.

Un coup frappé à la porte de sa chambre la sortit de sa rêverie.

— Qui est là ?

— Al !

Elle se leva et alla déverrouiller sa porte.

— Justement, je voulais vous parler, dit-elle en s'écartant pour le laisser entrer.

— J'ai un changement de programme à vous proposer. C'est un peu plus risqué, mais je crois que nous sommes capables de le faire. Au lieu de faire le chemin inverse, ce qui nous ferait perdre une journée, Sunu m'a suggéré une autre piste qui raccourcirait de trente kilomètres la distance à parcourir. Ce serait certainement éreintant, mais ce ne serait qu'un coup à donner. Je pense arriver à Tsetserleg une fois la nuit tombée.

— Qu'est-ce que vous faites des loups ?

— Ils seront moins nombreux dans cette région-là, dit-il.

— Je ne sais pas si Bob aura l'endurance nécessaire.

— Que nous nous arrêtions en chemin ou non, il est déjà courbaturé, alors ce ne sont pas quelques heures de repos qui amélioreront vraiment sa condition physique.

— Parfait, je suis d'accord. Allons-y pour le nouveau trajet, décida-t-elle.

— Dans ce cas, nous devrons être debout à l'aube.

— Arrangez ça avec Sunu. Moi, je m'occupe de prévenir les autres. Mais avant..., dit-elle en se dirigeant vers le lit. Elle s'empara de l'enveloppe qu'elle tendit à Al.

— Qu'est-ce que c'est? demanda-t-il en regardant à l'intérieur.

— Ils l'ont appelé «couteau à pointe triangulaire». Comme vous pouvez le constater, l'objet est très abîmé.

— C'est monsieur Rochon qui vous l'a confié? dit-il, surpris par ce geste inusité.

D'habitude, les missions travaillaient indépendamment les unes des autres. Ce n'était qu'après les publications des résultats qu'elles confiaient à leurs consœurs le soin d'examiner le fruit de leurs découvertes.

— En tant que compatriote, j'ai eu droit à ce privilège. Il m'a demandé de le ramener à l'Institut d'archéologie de l'Académie des sciences de Mongolie et de le remettre en main propre à un spécialiste. Mais avant de le faire, j'aimerais que vous preniez le temps de l'examiner.

C'était assez inhabituel comme procédé, mais Al ne doutait plus des décisions de Frances depuis déjà longtemps.

— Je le ferai, répondit-il.

— Merci.

Al et Sunu logeaient chez des amis à eux, tandis que Frances, Vince et Bob avaient trouvé une petite pension de famille. Frances sortit de sa chambre et frappa à une porte au fond du corridor mal éclairé.

— Un instant, répondit une voix étouffée.

Aussitôt, la porte s'ouvrit sur Vince, qui était à moitié nu.

— Je vous dérange… Je vais revenir un peu plus tard, balbutia-t-elle en faisant mine de se retirer.

— Vous ne me dérangez pas, au contraire, je revenais juste de la douche.

Ça, c'était évident! Il avait les cheveux trempés, à peine épongés, et avait eu juste le temps d'enfiler son jean; c'était d'ailleurs la seule chose qu'il portait sur lui.

— On manque d'eau chaude, dit-elle pour la forme.

Il n'y avait qu'une seule salle de bain pour toute la maisonnée.

— Je crois que ça fait longtemps que leur chauffe-eau ne fonctionne plus, répondit Vince. Je ne suis pas trop regardant lorsqu'il s'agit d'enlever une bonne couche de poussière et de saleté. Mais entrez, Frances, je vous en prie, dit-il en écartant la main en signe de bienvenue.

Elle hésita une seconde avant d'entrer dans la chambre, en essayant de se dire qu'elle avait déjà connu pire.

— Où est Bob ? demanda-t-elle d'un ton faussement détaché.

— Il est parti à la recherche d'un téléphone, répondit-il en débarrassant la seule chaise de la pièce d'une serviette qui traînait. À mon avis, il se donne beaucoup de mal pour rien.

En disant cela, il lui fit un sourire espiègle qui la mit d'autant plus dans l'embarras qu'elle ne savait plus où regarder. Elle avait en fait le choix entre le lit aux draps froissés, les pieds de Vince, son jean, son torse nu ou ses yeux trop perçants. Ne voulant surtout pas lui donner l'impression de fureter, elle opta pour le contact direct.

— Je suis venue vous informer d'un changement de programme, commença-t-elle.

Frances le mit alors au courant de la décision d'Al de passer par un autre chemin pour le retour. Pendant qu'elle lui expliquait tout cela en détail, elle porta son regard sur les cheveux de Vince, qui se séparaient sur son front en plusieurs mèches gorgées d'eau. Et Frances était hypnotisée par les battements de cils de Vince, dont les yeux étaient partiellement obstrués. Elle vit des gouttelettes d'eau perler à l'extrémité des mèches, puis une d'elles céda enfin pour s'écraser sur le torse de l'acteur. Vince se servit aussitôt de la serviette qu'il tenait pour se frotter vigoureusement la tête.

— Pauvre Bob, dit-il en passant sa main dans ses cheveux en bataille.

— Je sais, dit-elle d'un air contrit. Ce sera un mauvais moment à passer pour lui, mais ensuite, nous pourrons nous reposer.

— Je trouverai bien une ou deux raisons pour l'encourager. On ne l'a pas obligé à nous suivre, que je sache, dit Vince en se dirigeant vers le lit pour prendre un maillot de corps blanc, qu'il enfila sans aucune gêne.

— Je croyais que vous aviez les mêmes intérêts, tous les deux.

— Bob s'occupe de l'univers statique dans lequel le film évoluera, et moi, je suis l'élément dynamique de ce dernier.

Comme Frances se taisait, il fit une pause avant d'ajouter:

— Et cette fois-ci, vous y serez pour quelque chose.

L'archéologue se sentit flattée. L'idée qu'elle pouvait être la source d'inspiration de Vince ne lui déplaisait pas... du moins, plus maintenant.

— Ce personnage que vous interpréterez... sera du faux, pour reprendre votre propre expression. En d'autres termes, le personnage n'aura rien à voir avec vous, c'est bien cela?

— Vous semblez en douter, dit-il.

— Oui et non, reconnut-elle.

— C'est oui, ou c'est non? railla-t-il sans malice.

— J'ai compris ce que vous disiez à propos du vrai qui ressortait même s'il était faux. Toutefois, je ne peux pas m'empêcher de penser que les personnages que vous composez font partie intégrante de vous, puisque vous les ressentez... Nous jouons tous des rôles dans la vie. Moi, par exemple, je suis responsable d'une mission archéologique. Je dois pour cela endosser un nouveau personnage, celui qui prend les décisions au sein d'une équipe d'élite. Je ne vaux pourtant pas mieux que d'autres, qui ont déjà de l'expérience sur le terrain, alors que j'en suis à ma première. Ce n'est donc pas si différent de ce que vous faites, puisque je dois, tout comme vous, apprendre les rouages du métier de mon personnage. Et il n'empêche que je suis moi!

Encouragée par le silence de Vince, Frances continua pour ne pas perdre le fil de sa pensée:

— Je vous ai vu jouer des personnages, tous différents les uns des autres. Pourtant, je vous reconnais dans chacun d'eux, dit-elle en plantant ses yeux dans les siens.

Encore ce regard dont elle seule avait le pouvoir! Un regard qui cloua Vince sur place.

— Que voyez-vous, alors? dit-il si bas qu'elle eut du mal à l'entendre.

Est-ce que c'étaient la question, le ton de sa voix ou l'émotion sous-jacente qui firent monter la fièvre aux joues de Frances? Peut-être un peu des trois.

Bob choisit cet instant pour faire son entrée.

— Vince, je n'ai pas réussi à... Oh! sursauta-t-il en ouvrant la porte de la chambre à toute allure. Excusez-moi! Je ne m'attendais pas à de la visite...

— Frances est venue nous expliquer le nouvel itinéraire, intervint Vince.

Brièvement, il informa Bob du nouveau trajet et de l'objectif recherché. Quand il eut terminé, Frances marcha vers la porte en disant:

— Je vais vous laisser vous reposer, vous en aurez besoin pour affronter la journée de demain. Al m'a dit que nous devions tous être debout à l'aube. Alors, bonne nuit!

— Bonne nuit! répondirent en chœur les deux hommes.

Ils regardèrent la porte se refermer silencieusement, puis Vince se tourna vers Bob d'un air excédé.

— Qu'est-ce qu'il y a? demanda Bob.

— Tu aurais pu frapper avant d'entrer! dit l'acteur à voix basse.

— Comment voulais-tu que je sache que tu avais de la compagnie? Je n'entendais pas un seul bruit, s'exclama Bob en baissant instinctivement le ton de sa voix. Et puis, je te signale que ce n'est pas de ma faute si nous partageons la même chambre. C'était tout ce qui était disponible.

— Ça va, ça va! bougonna Vince en allant chercher un chandail à manches longues dans son sac de voyage.

— Es-tu sur une touche? insinua Bob d'un air soupçonneux.

— Mêle-toi de tes affaires!

— Je sais, ça ne me regarde pas, mais... cette femme n'est pas comme les autres.

« À qui le dis-tu? », pensa Vince.

— Elle ne te fera pas les yeux doux pour la galerie. Ce n'est pas une de ces femmes qui cherchent le vedettariat, si tu vois ce que je veux dire. Et... et heu... Bob s'interrompit d'un air confus.

Il connaissait la réputation de briseur de cœurs de Vince, mais aussi, pour avoir déjà travaillé avec lui, son caractère volontaire. Or, quand l'acteur voulait quelque chose, il ne fallait pas se trouver en travers de son chemin! Et comme Bob ne cherchait pas les ennuis...

— Et ?

— Rien, ce n'est pas important ! dit Bob en balayant une poussière imaginaire sur son chandail. Finalement, je n'ai pas pu rejoindre Scott...

— Bon sang, Bob ! Oublie Scott, veux-tu ? Termine tes phrases ou ne dis rien.

Ce n'était pas ce que Bob pensait de lui qui aiguisait la curiosité de Vince, mais plutôt ce qu'il pensait de Frances. Qui sait, peut-être le directeur photo savait quelque chose d'utile à son sujet qui lui aurait échappé !

— Écoute, vieux ! Tu fais ce qui te plaît, et je n'ai rien à y redire. Sauf que cette femme a sa vie, et toi, la tienne. Pour l'instant, elle nous rend service, alors il est normal qu'on lui soit reconnaissants, non ?

Bob chercha en vain un signe de compréhension sur le visage de Vince. Poussant un soupir, il poursuivit d'une voix bourrue :

— Moi, je l'aime bien, Frances, là ! O.K., je la jugeais distante et peu sympathique au début, mais je me suis trompé sur toute la ligne. Si tu veux mon avis, cette fille aurait des couilles que je n'en serais pas surpris ! Je l'ai vue de mes yeux risquer sa vie pour aller chercher de l'aide. Elle était si près du loup, et pourtant, elle n'a pas hésité une seconde. Faut le faire !

Cette femme ne laissait vraiment personne indifférent. Pour que Bob s'en mêle, au risque de compromettre ses futures relations professionnelles, il fallait qu'il soit lui aussi sous le charme.

— Je suis d'accord avec toi, c'est une sacrée femme ! dit Vince en donnant une tape amicale dans le dos de Bob.

Bob sentit la tension se relâcher en voyant que l'acteur prenait bien son intervention. Mais le soulagement fut de courte durée.

— Un petit conseil d'ami, Bob : ne pousse pas plus loin tes conseils. Et ne t'avise plus d'interférer dans ma vie privée, d'accord ?

C'était déjà assez compliqué comme ça, alors Vince n'avait surtout pas besoin qu'on lui fasse la morale !

* * *

Le retour s'était finalement déroulé sans encombre. Ils étaient arrivés au milieu de la nuit suivante à Tsetserleg et y étaient demeurés une seconde nuit, pour donner à Bob le temps de récupérer. Quand ils avaient enfin pris place confortablement à l'intérieur du véhicule tout-terrain, ils avaient fait le reste du trajet d'une traite jusqu'à Oulan-Bator.

Comme convenu, Frances confia immédiatement à Al la tâche urgente d'examiner l'objet préhistorique qu'Éric Rochon lui avait remis le lendemain de leur arrivée. Frances avançait d'un pas nerveux dans les corridors de l'Institut. Elle se rendait au laboratoire où Al travaillait le plus souvent. Il allait justement lui redonner le couteau à pointe triangulaire, qu'elle devrait à son tour remettre au responsable désigné par la mission française de Karakorum d'ici la fin de l'après-midi.

Quand elle entra dans la pièce, Al regardait d'un air absent les restes du couteau, qu'il avait divisés soigneusement par état de détérioration.

— Bonjour, Al ! lança-t-elle.

— Bonjour, Frances ! dit-il en levant la tête, les sourcils froncés.

— Quelque chose ne va pas ? s'enquit-elle aussitôt.

— Non, non, dit-il en se frottant les yeux. Juste un peu de fatigue.

— Je me sens coupable de vous malmener comme ça, dit-elle, honteuse. Dès ce soir, vous pourrez prendre quelques jours de repos, si vous le voulez.

— Un peu de repos ne me ferait pas de mal, effectivement.

— Prenez le nombre de jours dont vous avez besoin, l'assura-t-elle. Deux, trois jours ou plus si vous le voulez.

— Pas tant que ça, quand même ! C'est que ce truc m'a fait travailler plus que je ne l'aurais cru, dit-il en désignant les morceaux épars.

— Ah oui ? demanda-t-elle prudemment.

— C'est de la roche endogène, dit-il.

— D'origine magmatique ?

— Plus que ça ! Cette roche a subi une recristallisation des minéraux sous l'effet d'une extrême température et d'une forte pression qui devait s'exercer dans la croûte terrestre. Seules des conditions comme celles-là peuvent provoquer un état de dispersion de la matière, qui passe de l'état liquide à l'état solide en se refroidissant.

— Je n'ai jamais été forte en géodynamique, l'avertit-elle.

— Plus simplement, j'ai trouvé dans l'agrégat des particules minérales singulières.

— C'est-à-dire ? dit Frances en retenant son souffle.

— Du diamant.

## Retour à la case départ

Frances avait fini de mettre de l'ordre dans ses dossiers. Elle devait maintenant retourner dans le désert de Gobi, afin de poursuivre les fouilles dont elle avait la charge.

Tout en faisant ses valises, elle prit une décision: où qu'elle allât, la Pierre angulaire irait. Elle inséra donc le précieux objet dans un petit coffret à serrure qu'elle glissa ensuite dans son sac à dos. Elle en enfila la clé sur la chaîne qu'elle avait au cou.

Jetant un dernier coup d'œil à sa chambre, elle se préparait à sortir quand elle se retrouva nez à nez avec Vince.

— Oh, Frances! Vous alliez sortir?

— Euh, oui!, dit-elle en regardant sa montre.

— Je peux vous parler?

— J'avais une petite course à faire.

— Vous aurez bien le temps de prendre un thé au petit salon, quand même, non?

— D'accord. Le temps d'un thé, mais pas plus, accepta-t-elle en passant devant lui.

Ils traversèrent le hall de l'hôtel qui était désert à cette heure-là de l'après-midi. Lorsqu'ils furent installés et servis près de la porte vitrée, Vince lui fit part de sa requête:

— La dernière fois que j'ai souhaité obtenir une permission semblable, disons que j'ai eu la désagréable impression de vous forcer la main. Aujourd'hui, je suis donc venu directement à vous dès que j'ai appris que vous vous apprêtiez à rejoindre votre camp de base dans le désert de Gobi.

« Nous y revoilà! », pensa Frances. Elle ouvrit la bouche pour parler, mais il ne lui laissa pas le temps de formuler ce qu'elle avait à dire:

— Laissez-moi terminer, insista-t-il résolument. Si le film est en production aujourd'hui, c'est un peu à cause de la découverte que vous avez faite dans ce désert. Toute la publicité faite autour de ça a émoustillé le public, et ce qui intéresse le public intéresse aussi les producteurs de films. Pour être honnête avec vous, j'avoue qu'il est aussi très important pour moi de voir ce site, Frances. La découverte de la grotte a été la récompense de vos recherches, elle représente la réussite de la chasseuse de fossiles férue d'histoire que vous êtes.

Il prit une inspiration avant d'ajouter :

— Si vous ne voulez pas que nous vous accompagnions, je comprendrai… Je m'en mordrai sûrement les doigts, mais je m'engage à respecter votre décision.

— Qu'est-ce que vous allez faire ? Quitter le pays ? l'interrogea-t-elle.

Vince sentit un pincement au cœur. Saisirait-elle l'occasion pour l'éconduire en bonne et due forme ?

— Je pourrais, effectivement, envisager de partir, dit-il à regret.

— Quand vous dites « nous », vous parlez aussi de Bob, n'est-ce pas ?

Vince reprit espoir.

— Oui.

— N'est-il pas encore incommodé par sa dernière balade ?

— Le connaissant tel que je le connais, incommodé ou non, il voudra être de la partie. Jamais il ne lui viendrait à l'idée que nous puissions l'exclure de l'expédition. Mais si cela vous pose un problème, je pourrais toujours arranger ça.

Frances ébaucha un geste de refus, puis se mit à réfléchir à toute allure avant de se décider :

— Al et moi partons demain, est-ce que cela vous dérange ?

— Nous serons prêts ! promit-il, soulagé.

— Alors, à demain, dit-elle en se levant.

Il se leva à son tour.

— À demain.

Vince resta sur place et la regarda s'éloigner d'un pas pressé. Il s'en était fallu de peu pour qu'il reprenne l'avion, direction les États-Unis. Mais finalement, Frances en avait décidé autrement.

Avec elle, il allait vraiment de surprise en surprise. Elle ne se dévoilait pas facilement, et lorsqu'elle le faisait, ce n'était pas de façon délibérée. Elle était secrète, mais toujours vraie, et elle savait préserver son intimité mieux que quiconque. Si elle n'avait été qu'un défi à relever, il aurait vite compris les règles du jeu. Mais la séduction ne faisait pas partie du mode de vie de Frances. Elle ne jouait pas. Cette façon d'être avait sur lui le plus puissant pouvoir d'attraction. Il sentit venir en lui un regain d'énergie.

* * *

Ils avaient pris la route comme prévu. La veille, Frances avait contacté Damba par radio de Dalan Dzadagad. Après quelques phrases d'une éloquence trop doucereuse à son goût, dans lesquelles il se disait ravi de les voir enfin arriver, Al et elle, il cessa de tergiverser et lui rappela que le groupe n'avait toujours pas trouvé l'objet mentionné dans le texte de Confucius. Cet homme avait définitivement de la suite dans les idées. Le don de perception de Frances était inefficace par ondes radio, mais cela ne l'empêchait pas d'éprouver de la méfiance envers lui.

Al était quant à lui un homme plein de ressources. Sa conduite dans le désert valait le déplacement : il essayait d'éviter ou de contourner les dunes qui se dressaient continuellement sur sa route. Soudain, il freina pour immobiliser le véhicule, mais sans arrêter le moteur.

— Donnez-moi la carte, Frances, demanda-t-il.

— La voici, dit-elle en la tirant hors de la boîte à gants.

Al sortit de sa poche une boussole qu'il se mit à fixer en silence. Avec un claquement de langue insatisfait, il marmonna :

— Un peu trop au sud.

Il scruta les environs avec une grande attention avant d'ajouter :

— Je ne suis pas sûr…

— Nous sommes perdus ! s'exclama tout de suite Bob.

— Pas du tout. Savez-vous pourquoi on ne construit pas de route ici ? questionna Al.

— Euh, non.

— Parce que le paysage change continuellement au gré du vent.

La route serait constamment balayée par le sable.

— Comment faites-vous, alors, pour garder le cap ? répliqua Bob, satisfait de son jeu de mots.

— Je fais comme en ce moment, dit Al. J'essaie de trouver une piste praticable qui nous permettrait de nous rapprocher de notre destination sans faire trop de détours.

— Que nous proposez-vous, Al ? s'interposa Frances.

— Deux choix s'offrent à nous, dit-il. Soit nous continuons de longer la barrière de dunes en espérant trouver, dans un laps de temps raisonnable, la faille qui nous permettra de continuer notre route, soit nous nous attaquons à l'une d'elles.

Al leva un regard interrogateur sur Vince.

— J'opte pour la deuxième solution, choisit l'acteur.

— Nous risquons de nous enliser, avertit Al.

— Dans le premier cas, qu'arrivera-t-il si nous ne trouvons pas de faille ? voulut savoir Frances.

— Nous dormirons à la belle étoile.

— L'auto s'enlise ou c'est la belle étoile. Cruel dilemme ! ne put s'empêcher de dire Bob.

— Personne n'a demandé ton avis, que je sache. Alors, ferme-la, Bob ! répliqua sèchement Vince.

— On n'a plus le droit de plaisanter, maintenant ? bougonna le chef décorateur.

Bob décida d'en rester là quand il vit le regard assassin de Vince. Al coupa le contact et se tourna vers Frances.

— Je vais jeter un petit coup d'œil et je reviens tout de suite.

Elle acquiesça et regarda Al se diriger vers le pied d'une dune. Elle entendit la portière arrière claquer.

— Je vais avec lui, dit Vince.

Frances sortit à son tour de la voiture en dévissant sa bouteille d'eau. Le soleil tapait dur. Elle but un peu puis, en se penchant à l'intérieur de la voiture, elle saisit son sac à dos. Elle trouva presque aussitôt ce qu'elle cherchait. Sans tarder, elle mit sa casquette pour se protéger la tête. Partout où se posait son regard, le bleu du ciel contrastait avec le doré de la mer sablonneuse. Frances ne pouvait imaginer plus bel assortiment de couleurs. Elle se pencha pour prendre une poignée de sable, qu'elle laissa filer entre ses doigts d'un air songeur. Il était brûlant. Elle sortit à regret de sa rêverie en entendant Bob s'approcher.

— Je ne voulais pas me montrer impoli, commença-t-il.

— Bien sûr que non. C'est seulement…

— … que je suis un peu trop bavard, je sais, finit-il à sa place.

Elle ne put faire autrement que de sourire avec indulgence.

— Je sais ce que vous pensez, ajouta-t-il. Vous êtes en train de vous dire : « Qu'est-ce qu'un poltron comme lui vient faire dans cette galère ? » Eh bien, ça n'est peut-être pas évident, mais j'ai du flair, dans mon domaine.

— Je n'en doute pas une seconde ! Je sais pertinemment que nos conditions de transport ne sont pas faciles. Rien qu'à penser qu'un jour, vous pourriez filmer ici-même, je ne peux m'empêcher de trouver votre projet de film extrêmement audacieux.

Bob se sentit immédiatement soulagé d'être si bien compris.

— Vous ne pouvez pas savoir le mal que les réalisateurs peuvent se donner pour mener à bien une production promise au succès.

— Je vous crois sur parole, affirma-t-elle en jetant un coup d'œil du côté d'Al et de Vince.

Comme s'il se jetait à l'eau, Bob fit le commentaire suivant :

— Ils s'entendent bien, ces deux-là.

— Effectivement.

— J'ai rarement vu Vince tenir autant compte de l'avis de quelqu'un. Habituellement, c'est un solitaire qui sait toujours ce qu'il veut et qui se vante presque de trouver le moyen d'y arriver tout seul.

Frances leva la tête pour mieux regarder Bob. Il voulait la mettre en garde.

— Vous le connaissez bien ?

— Pas vraiment. Qui le pourrait, d'ailleurs ? Il ne se laisse pas facilement connaître. Un peu comme vous, ajouta-t-il, surpris de le constater à l'instant.

— Il a quelqu'un dans sa vie ? demanda-t-elle sur le coup d'une impulsion.

— Non.

Il disait la vérité, elle le sentit.

— C'est surprenant !

Elle le vit se mordre la lèvre supérieure. Après un court moment de silence que Frances n'essaya surtout pas de combler, il ne put se contenir.

— Oh, je ne dis pas que c'est un saint. Il a du succès auprès des femmes. Dites-moi, qui n'en profiterait pas ? À sa place, j'en ferais autant... Mais voilà, elles ne font que passer.

— Êtes-vous en train de me mettre en garde, Bob ?

— Quand on est un acteur, surtout un acteur qui a de l'avenir dans le milieu du cinéma, c'est certain qu'on attire une foule de gens autour de soi. Et il est difficile de résister aux charmes féminins, dit Bob en essayant de rattraper sa bévue tout en obtenant le résultat contraire.

— Je comprends, dit-elle pour l'apaiser.

Il poussa un soupir de nervosité.

— S'il vous plaît, j'aimerais que cette petite conversation reste entre nous, d'accord ?

— Je ne vois pas qui ça pourrait intéresser, dit-elle le plus sérieusement possible.

Bob la regarda d'un air peu convaincu, puis décida qu'il pouvait lui faire confiance. D'ailleurs, il n'était pas fou, il avait bien vu la façon dont Vince regardait Frances. Considérant les forces inégales en jeu, c'était un juste retour des choses que de prévenir la douce demoiselle des dangers qu'elle encourait. Ce dernier argument eut raison de ses doutes. Sa bonne humeur revint instantanément. Il se mit à siffloter en regardant autour de lui, et tira son appareil photo de la pochette fixée à sa ceinture.

Le regard de Frances, lui, se voila. Bob lui avait brutalement remis les deux pieds sur terre. Elle plissa les yeux pour regarder plus attentivement la silhouette de Vince. Au fond d'elle-même, elle avait toujours su qu'il n'échappait pas à la réalité qui venait de lui être décrite. N'était-ce pas justement pour cela qu'elle avait voulu empêcher leur relation de quitter la sphère professionnelle ?

Al et Vince revenaient vers la voiture.

— Je pense que nous devrions essayer de passer par-dessus cette dune de sable. Pour alléger la charge, je suggère d'enlever une partie de l'équipement.

— Allons-y! acquiesça Frances.

— Commençons par nous rapprocher de la dune pour nous faciliter la tâche, dit Al, décidé.

Sans discuter, ils reprirent place dans le véhicule. Au pied de la dune, ils entreprirent de décharger une partie du matériel. Lorsqu'Al jugea que c'était suffisant, il se remit au volant du véhicule et leur demanda d'attendre qu'il ait terminé sa manœuvre. Vince, Bob et Frances le regardèrent s'éloigner suffisamment pour prendre un élan.

— Il va y arriver, affirma l'acteur.

— Je te parie que non, dit Bob.

Frances se contenta de se mordiller un ongle sans détacher ses yeux de la camionnette, qui roulait à grande vitesse en direction du versant droit de la dune. Au début, le véhicule tout-terrain réagit bien, grimpant la pente sans trop de difficultés. Il put maintenir ce régime tant et aussi longtemps qu'il n'y eut pas de changement dans l'inclinaison de la pente, ce qui arriva brusquement au milieu du parcours. Afin de ne pas s'embourber, Al recula immédiatement. De retour au bas de la pente, il s'éloigna sur une plus grande distance encore que la première fois. Ses trois passagers retinrent tous leur souffle. Al prit de la vitesse et s'attaqua cette fois-ci au versant gauche de la dune, pour ne pas risquer d'emprunter les traces qu'avait déjà creusées sa voiture. Le véhicule gravit aisément le bas de la pente, mais au fur et à mesure qu'il grimpait, la gravité le força à diminuer sa vitesse. Les voyageurs avaient tous conscience que dans pareil cas, Al devait à tout prix éviter de s'immobiliser. Ils eurent un moment de doute en entendant le moteur forcer et les roues faire gicler le sable. Il y était presque, à peine deux mètres restaient encore avant de parvenir au sommet. Al s'obstina à maintenir le plein régime du moteur… et atteignit son but. Ses trois compagnons exprimèrent bruyamment leur joie en le voyant réussir. Al passa son bras par la fenêtre en signe de reconnaissance, avant de disparaître derrière la dune.

— Tu m'en dois une ! dit Vince en mettant une petite claque sur l'épaule de Bob.

— Tu ne peux pas savoir combien je suis content que tu l'aies emporté, cette fois-ci.

— Allons voir, dit Frances.

Leur ascension fut aussi malaisée que celle du véhicule. Les pieds de Frances étaient lourds comme si le sable prenait un malin plaisir à ralentir sa course. Vu l'instabilité du sol, elle était encore plus impressionnée par l'exploit que venait d'accomplir Al. À la moitié de la pente, la sueur perlait déjà sur son front, et dans les derniers mètres, elle piquait du nez sous l'effort. Soudain, l'archéologue sentit un de ses pieds glisser, mais une main ferme la saisit aussitôt par le coude pour l'empêcher de tomber.

— Ça ira, dit-elle en s'arrêtant pour reprendre son équilibre.

Frances se dégagea doucement, remercia Vince du regard et poursuivit son ascension à un rythme plus lent. Ils arrivèrent presque en même temps au sommet de la dune. Ils y déposèrent leur attirail, le temps de souffler un peu. Al vint à leur rencontre.

— Félicitations ! s'écria Frances lorsqu'il fut à portée de voix.

— Je suis content d'avoir réussi, dit Al. Ça valait la peine. Regardez !

Vince et Frances regardèrent dans la direction indiquée.

— J'avais peur que nous ne soyons entourés de plusieurs chaînes de dunes. Heureusement, mes craintes ne se sont pas confirmées. Comme vous le voyez, nous allons pouvoir poursuivre tranquillement notre route, reprit Al en balayant l'horizon d'un regard attentif.

— Qu'est-ce que vous regardez ? demanda Bob d'une voix essoufflée, en contrebas.

— Le désert, dit Vince.

— Très drôle, dit Bob en arrivant enfin à leur hauteur.

Il s'assit par terre, essoufflé.

— Vous avez eu raison, Al, de passer par-dessus, dit-il en regardant autour de lui. D'ici, on voit les dunes s'étirer à perte de vue comme une barrière infranchissable.

Ils partagèrent tous les quatre quelques minutes de silence, afin d'observer le paysage désertique dans toute sa splendeur.

— Et si nous allions charger le matériel ? suggéra Frances.

Vince sur les talons, Frances descendit la pente sans plus attendre, la tête haute et ne voyant pas plus loin que le bout de son nez. Veillant cette fois-ci à ne pas faire de faux pas, elle ne remarqua pas les petits sillons sur le sable, des lignes courbes mais régulières qu'elle foulait allègrement. Tout se passa très rapidement. Dès que Frances mit le pied dessus, un serpent bondit de sa cachette pour la mordre, avant de prendre la fuite à une vitesse surprenante.

Frances s'affala sur le sol en tenant sa cheville.

— Vous vous êtes foulé le pied ? demanda Vince en s'accroupissant à côté d'elle.

— Un serpent, bafouilla-t-elle en cherchant à voir les marques de morsure.

— Aaaaaaaaaaaaaal ! cria Vince.

— Qu'est-ce qu'il y a ? lança Bob, alarmé, du haut de la pente.

— Frances s'est fait mordre par un serpent, s'écria l'acteur. Vite !

Bob lâcha immédiatement son bagage et rebroussa chemin en criant à pleins poumons. Sans perdre de temps, Vince prit son canif.

— Ça va faire mal, Frances, mais je n'ai pas le choix, dit-il en entaillant la chair déjà enflée.

Elle serra les dents de douleur et laissa échapper un petit gémissement involontaire. Vince se pencha vers elle et suça le sang qui s'échappait de l'incision, pour le recracher immédiatement à côté de lui. Frances se sentit bientôt bizarre, en perte de motricité, la vision voilée. Comme dans un rêve, elle entendit Al demander à Vince de lui décrire le reptile, mais le reste de la conversation se perdit dans les méandres de son esprit engourdi. Un flot d'images envahit son subconscient sans faire le tri entre l'imaginaire et la réalité.

*Elle eut un mouvement de recul devant la gueule béante du serpent aux crochets venimeux prêt à lui inoculer son venin. Un frisson de dégoût la parcourut devant la fixité de son regard jaune. Ensuite, comme par enchantement, les pupilles du serpent s'arrondirent, et l'iris de ses yeux se teinta de paillettes bleues. Cette vision l'apaisa immédiatement.*

Sur la banquette arrière du tout-terrain lancé à plein gaz sur la piste maintenant complètement dégagée, Vince essayait de protéger Frances des soubresauts du véhicule.

— Tiens bon, Frances, souffla-t-il dans son oreille.

Puis, levant la tête vers le conducteur, il demanda anxieusement :

— Combien de temps nous reste-t-il ?

— Une heure tout au plus, répondit Al.

— Allons-nous y arriver ? demanda Bob d'une voix catastrophée.

Il n'obtint pas de réponse. Al gardait résolument les yeux fixés sur la route, consacrant toute son énergie à conduire, essayant de ne pas penser à ce qui se passerait s'ils n'arrivaient pas dans le délai qu'il s'était fixé. Il s'en voulait mortellement de n'avoir pas prévu ce genre d'accident. Il était de son devoir d'aviser les gens qui étaient sous sa responsabilité des dangers que l'on pouvait courir dans le désert. À cause de cette négligence, Frances n'avait pas pu éviter la catastrophe. Et malheureusement, il n'avait pas d'antidote avec lui. Al regarda une fois de plus sa montre, avant de poser brusquement la main sur le levier de vitesses pour accélérer.

Vince sentait l'angoisse torturer ses entrailles devant le visage inerte de Frances. Elle transpirait abondamment. Doucement, il écarta de son front une mèche de cheveux humide. Peu de temps après qu'il eut craché le poison hors de la plaie, elle avait eu des convulsions. Par miracle, cela n'avait pas duré. Toutefois, malgré tous ses efforts pour la garder éveillée, il l'avait vue perdre graduellement connaissance. Il assistait depuis, impuissant, à la dégradation de son état. Le corps tendu vers elle comme pour lui insuffler un peu de sa force, il la serra plus étroitement encore dans ses bras, en continuant de lui murmurer à l'oreille de tenir le coup.

*Le reptile aux yeux bleus n'avait plus rien de menaçant. Il s'enroulait sur lui-même et, finalement, il mordit sa propre queue. Tout en gardant cette position, il commença à onduler sur place. Au bout d'un moment, Frances s'aperçut que son apparence se modifiait. Le serpent avait abandonné sa mue pour se métamorphoser en dragon. Il déploya ses ailes, dégagea ses pattes et lui lança ce même regard bleu attentif. Soudain, il s'éleva dans les airs en crachant du feu en direction du ciel, faisant luire comme mille étoiles les écailles qui couvraient son corps. Cette image curative lui procura l'énergie dont son corps malade avait besoin pour combattre le poison. Elle récupéra progressivement ce qu'elle avait perdu de son pouvoir personnel.*

Vince scrutait intensément le paysage, à un point tel qu'il en avait mal aux yeux. Plus d'une fois, son imagination lui avait joué des tours. Chaque fois, il avait cru distinguer des signes d'activité au loin, entrevoyant la possibilité qu'il y ait un campement d'hommes à proximité. Mais chaque fois, Al avait refréné son espoir en lui expliquant qu'il ne s'agissait que de simples mirages. Vince entendit distinctement Frances soupirer. Il reporta immédiatement son attention sur elle et vit ses joues reprendre un peu de couleur. Il mit sa main sur son front et constata que sa fièvre avait baissé.

— Al ? dit Vince d'une voix incertaine.

— Hum..., répondit celui-ci sans tourner la tête.

— Je pense... je pense qu'elle va mieux, dit Vince.

— Hein ! s'exclama Bob.

Al jeta rapidement un coup d'œil en arrière.

— C'est vrai qu'elle a l'air mieux, dit Bob.

— De toute façon, nous verrons ce que nous pourrons faire pour elle quand nous serons arrivés au camp, ajouta Al.

Al ne voulait pas les effrayer, mais le délai d'une heure était largement dépassé. Serrant la mâchoire, il priait déjà pour l'âme de Frances.

Vince ne quittait plus des yeux le visage de la chercheuse. Il était prêt à jurer qu'elle allait mieux. Il sentit naître en lui de l'espoir. Était-ce un hasard si Frances réagissait à son changement d'humeur en se calant la tête au creux de son épaule ? Lorsqu'elle cessa de bouger, il referma les bras autour d'elle en sentant son instinct protecteur reprendre le dessus. Même inconsciente, son corps parlait pour elle, et il comprenait qu'elle avait besoin de lui.

— Nous arrivons ! dit froidement Al.

Droit devant, ils virent une montagne se profiler à l'horizon.

## Le mythe du dragon

Frances essaya de résister à l'éveil de ses sens. Elle aurait tellement aimé demeurer dans l'état de grâce dans lequel elle se trouvait ! Mais une volonté inflexible la sollicitait constamment. Néanmoins, le simple fait de bouger imperceptiblement ses paupières lui demandait un effort considérable.

— Frances, ouvrez les yeux !

Elle voulut lever la main pour chasser l'importun, mais la lourdeur de son bras la surprit, et elle le laissa retomber.

— Ça y est !

— Elle se réveille !

— Il était temps.

— Chut !

Les voix résonnaient pêle-mêle dans sa tête, qui semblait étrangement vidée de toute pensée.

— Frances, regardez-moi, commanda la voix, celle-là même qui l'avait tirée de force de la bienheureuse insouciance du sommeil.

Elle inspira bruyamment pour tenter de reprendre le contrôle de son corps. Lorsqu'elle s'y sentit prête, elle cligna des yeux pour accommoder sa vue encore embrouillée. Le contour flou d'un visage apparut au-dessus d'elle. Un visage dont il était toutefois impossible de ne pas remarquer le bleu des yeux. L'ébauche d'un sourire flotta sur ses lèvres, puis disparut au fur et à mesure que son cerveau se remit à fonctionner normalement. Car non seulement le visage penché au-dessus d'elle était celui de Vince, mais elle sentait aussi qu'elle était le point de mire d'une foule de témoins silencieux.

— Qu'est-ce qui est arrivé ? dit-elle en voulant se redresser sans succès.

— Doucement, dit Vince en lui mettant un gant de toilette mouillé sur le front. Vous êtes revenue de loin, Frances.

— Heureusement que nous sommes arrivés à temps pour vous injecter le contrepoison, sans quoi vous seriez morte à l'heure qu'il est, renchérit Bob. Quoique Al ne soit pas loin de penser que cela tient pratiquement du miracle que vous soyez encore en vie.

— Comment allez-vous ? demanda aussitôt ce dernier.

Frances ferma les yeux en se creusant les méninges pour se rappeler ce qui s'était passé. Finalement, les souvenirs refirent surface. Elle avait marché sur un serpent !

— Je vais mieux... Où sommes-nous ? finit-elle par dire.

— De retour au bercail, ma grande, répondit une voix qu'elle reconnut immédiatement.

— J-C ? souffla-t-elle.

— Je suis là, dit-il en se montrant le bout du nez.

Il lui prit la main pour s'assurer qu'elle était vraiment hors de danger. Puis, en jetant un coup d'œil un peu gêné autour de lui, il se pencha vers Frances pour lui murmurer :

— Quand je t'ai vue arriver dans cet état hier, tu ne peux pas savoir à quel point j'ai eu peur ! Promets-moi de regarder où tu mets les pieds, dorénavant.

— Hier ? dit-elle, surprise.

— Oui, dans l'après-midi ! Tu es restée inconsciente vingt-quatre heures. Nous commencions à désespérer.

— Tu nous as fait une de ces frousses ! dit une voix féminine en français.

— Contente de te voir aussi, Julie. Où en êtes-vous dans vos travaux ? demanda Frances, un peu confuse.

— Ts, ts, ts, fit Julie, un sourire fendu jusqu'aux oreilles. Elle se réveille d'un long sommeil, mais ne veut pas du rôle de *La Belle au bois dormant*, dit-elle d'un ton badin, en faisant un clin d'œil du côté de Vince. Ma chère, princesse ou non, il te faudra attendre de recouvrer la santé avant de replonger dans le travail. As-tu faim ?

— Hum, fit Frances en fermant les yeux, épuisée.

— C'est assez pour l'instant, intervint Al. Laissons-la se reposer. Julie, allez du côté des cuisines et trouvez-lui quelque chose à manger, s'il vous plaît.

Damba, qui n'avait pas ouvert la bouche une seule fois, sortit le premier. Il fut suivi de peu par Bob, Jean-Christophe et Jim. Pendant que Julie s'empressait d'aller exécuter la tâche qui lui avait été confiée, Al et Vince continuèrent de s'entretenir à l'écart de la malade.

— Allez dormir, je prends la relève, dit Al à voix basse.

— Vous en êtes sûr ? dit Vince.

— Elle n'est plus en danger, dit Al. Elle est un peu faible, mais c'est normal.

— Si vous le dites. Mais n'hésitez pas à me prévenir s'il y a du changement, d'accord ?

— D'accord !

Vince croisa Julie, qui revenait pratiquement au pas de course avec un plat de service.

— Occupez-vous bien d'elle, dit-il, à moitié sérieux.

— Comme d'un bébé, répondit-elle. Allez dormir, maintenant, sinon c'est vous qu'il faudra ramasser à la petite cuillère.

Il la salua en guise de réponse et marcha vers sa tente comme un automate.

Julie avait relevé la tête de Frances en plaçant un sac de couchage plié sous l'oreiller, et elle s'apprêtait à la faire manger. Al avait attendu de voir si Frances s'alimentait convenablement avant de se décider à les quitter. Il devait rejoindre Damba comme il avait promis de le faire quand Frances irait mieux.

— Tu n'as qu'à me le dire, si tu n'en veux plus, dit Julie en amenant à la bouche de Frances une cuillerée de soupe. Surtout, prends ton temps.

Frances acquiesça et ouvrit la bouche.

— Parle-moi un peu de ce que tu as fait depuis la dernière fois que je t'ai vue, dit-elle entre deux bouchées.

Julie raconta longuement les faits et gestes de tous les gens au camp de base. Sous forme d'anecdotes, elle sut rendre cocasse le fastidieux quotidien de l'équipe de travail. Selon elle, les journées avaient défilé rapidement. Elle avait eu tout le loisir d'étudier avec Jean-Christophe les dessins de la grotte.

— Ce gars est un vrai puits de science. Il a une façon extraordinaire de faire ressortir les détails qui semblent, à première vue, n'avoir aucune relation entre eux, pour ensuite établir une corrélation entre les dessins et l'hypothèse que notre Homo erectus possédait une forme sociale très avancée pour l'époque. J'avoue que pour l'instant, cette manière de faire élargit mes possibilités d'interprétation généalogique de nos origines, dit Julie, emballée.

— J-C est l'homme le plus intelligent qu'il m'ait été donné de rencontrer. Combine à cela l'humilité et la générosité, et tu obtiens le parfait compagnon de travail, dit Frances.

Julie lui lança un regard peu convaincu.

— N'est-il pas un peu plus pour toi ? demanda-t-elle.

— En effet, tu as raison.

Une ombre passa dans les yeux de Julie.

— C'est aussi un excellent ami, continua Frances.

Julie essaya de contenir le sourire qui voulait naître sur ses lèvres.

— J'envie un peu le type de relation que vous avez. Il agit plus spontanément avec toi qu'avec tous les autres.

— Laisse-lui le temps, dit Frances pour l'encourager.

Le sourire de Julie s'élargit.

— Mais qu'est-ce que tu leur fais, aux mecs ? dit-elle en secouant la tête. Je te quitte, tu es pratiquement à couteaux tirés avec Vince. Et un mois plus tard, il te mange dans la main.

— Ce n'est pas du tout ce que tu crois, se défendit un peu trop hâtivement Frances.

— Tu parles ! dit Julie avec un sourire entendu.

— Arrête, veux-tu ? dit la responsable, légèrement agacée.

— Écoute ! Il ne t'a pas quittée d'une semelle depuis ton arrivée, avouons-le, catastrophique. Il a pris les choses en mains. En d'autres mots, il était aux petits soins pour toi, à l'affût du moindre de tes désirs.

— J'espère que je ne délirais pas à voix haute, s'alarma Frances.

— Non, mais tu t'agitais dès que quelqu'un d'autre voulait s'occuper de toi.

— Tu n'es tout de même pas en train de me dire qu'il a passé une nuit blanche à cause de moi, hein ? dit Frances en se faisant toute petite.

— Bien sûr que si !

Cela faisait plus d'une heure qu'Al discutait avec Damba. Ils avaient fait le tour de tous les sujets. D'ailleurs, le fonctionnaire se montrait redondant en rabâchant toujours la même histoire à propos du contenu du texte de Maître K'ong. La Pierre angulaire par-ci, la Pierre angulaire par-là ! Comme lui, Al croyait en son existence, mais Damba était convaincu qu'elle était à leur portée.

Le géologue allait clore la discussion en prétextant de repasser voir Frances, lorsque Damba l'arrêta avec une remarque lourde de sous-entendus :

— C'est quand même surprenant qu'elle s'en soit tirée, vous ne trouvez pas ?

— Elle l'a échappé belle, dit Al. Et moi, j'ai eu ma leçon : dorénavant, je n'irai plus nulle part sans une trousse de secours complète lorsque j'aurai des personnes à ma charge.

— Combien de temps, déjà, a-t-elle survécu au poison sans sérum ?

— Je ne sais plus exactement, dit Al évasivement. N'oubliez pas que Vince a extrait une partie du poison en suçant la plaie. Cela a sûrement repoussé l'échéance.

— Vous savez aussi bien que moi qu'une infime quantité de ce type de poison suffit pour causer la mort, protesta Damba. Or, je suis sûr que le délai était largement dépassé.

Jamais Al n'avait effectivement vu quelqu'un survivre plus de quatre-vingt-dix minutes à ce type de morsure sans antidote approprié. Et même en admettant que l'intervention de Vince ait diminué la quantité de poison dans son sang, Frances avait battu un record en tenant plus de trois heures.

— De toute façon, j'ai ma petite idée là-dessus, susurra Damba. Si mes calculs sont bons, elle aurait dû être morte à l'heure qu'il est. À moins que...

— À moins que quoi ? s'impatienta Al.

— À moins qu'elle n'ait appris en peu de temps l'art qu'utilisaient les grands maîtres pour galvaniser leur énergie et rétablir l'équilibre de leurs forces. C'est la seule façon dont elle aurait pu combattre les effets néfastes du poison dans son sang. Or, vous savez aussi bien que moi que cela est impensable. Il nous reste donc à envisager qu'elle aurait peut-être reçu une sorte de don du ciel qui prédisposerait d'une façon ou d'une autre son système immunitaire à répondre automatiquement à une attaque sévère... Autrement, je ne vois pas comment elle aurait pu survivre, répondit mystérieusement Damba, se gardant de préciser le fond de sa pensée.

Lorsqu'il était contrarié, Al aimait s'isoler pour méditer, ce qu'il fit immédiatement après sa discussion avec Damba. De la matière à réflexion, il en avait à profusion depuis quelques jours ! De plus, le fait que le fonctionnaire ait pertinemment compris les circonstances particulières entourant l'accident n'améliorait en rien son état d'esprit. Il secoua la tête en se frottant les yeux. Il aurait vraiment préféré que Damba reste en dehors de tout ça...

Comme il ne pouvait rien y changer, Al s'assit par terre à l'intérieur de sa tente, le dos bien droit. En fermant les yeux, il commença immédiatement un exercice de respiration pour vider son esprit de toutes les pensées astreignantes des dernières heures. Quelques minutes lui suffirent pour se recentrer intérieurement. Il récita par habitude quelques prières, terminant toujours par celle qu'il adressait à sa femme. Il se remit ensuite sur ses pieds, fin prêt à poursuivre sa journée. Il retourna auprès de Frances.

Il surprit Julie et elle en pleine conversation.

— Je vous dérange ?

— Du tout ! rétorqua Julie en se levant. Frances, je suis vraiment contente que tu ailles mieux. Guéris vite, ma belle, j'ai hâte de te retrouver sur le terrain. De la compagnie féminine ne me ferait pas de tort.

Elle fit retentir deux baisers sonores sur les joues de Frances, avant de s'éclipser comme un coup de vent.

— Quelle énergie ! fit remarquer le Mongol d'un air admiratif.

— C'est un peu perturbant, parfois, mais tout de même stimulant, commenta Frances, maintenant déridée.

— Comment vous sentez-vous ? demanda-t-il en notant qu'elle avait vidé son bol de soupe.

— Je reprends des forces. Al, j'ai honte. Je ne sais pas où j'avais la tête...

— J'en prends l'entière responsabilité. J'aurais dû passer en revue avec vous les mesures à prendre lorsque certains signes se présentent à nous.

— Je connaissais déjà les règles minimales de sécurité lors d'un séjour dans le désert.

— Je n'ai pas été assez prévoyant et je m'en veux.

— Ne soyez pas si sévère avec vous-même, conclut Frances.

— Reposez-vous maintenant, vous en avez besoin.

— Ah non, j'ai bien assez dormi comme ça ! Mais si vous avez des choses à faire, je ne vous retiens pas.

— Ce ne sont pas quelques heures de plus qui feront une différence, répliqua-t-il en passant sous silence la vraie raison qui le retenait auprès d'elle.

Frances n'admettrait jamais qu'on la surveille, même si elle était à l'article de la mort. Il n'avait cependant pas l'intention de manquer à sa parole. Vince pouvait dormir sur ses deux oreilles, car il veillerait sur elle jusqu'à son réveil. Pour lui changer les idées, Al raconta à Frances ce qu'il avait appris de Damba concernant les activités du camp. Elle l'écouta poliment sans toutefois montrer le moindre intérêt à ses paroles.

— J'ai eu une vision pendant que j'étais inconsciente, finit-elle par dire lorsqu'il commença à être à court de sujets de conversation.

— Oui ? dit-il pour l'encourager à poursuivre.

— C'était assez étrange. J'ai rêvé du serpent, celui qui m'a mordu… je crois, balbutia-t-elle.

Elle se tut un moment, cherchant à se remémorer les détails encore frais à sa mémoire.

— Il a fait une chose curieuse. Il s'est mordu la queue, reprit-elle.

Al ne dit pas un mot.

— Ensuite, il a mué, précisa-t-elle.

— Vous l'avez vu changer de peau ?

— Oui, mais…

— Mais ?

— Il est devenu un dragon.

« Ciel ! » se dit Al sans montrer sa panique. Puis à haute voix, il demanda posément :

— Qu'a-t-il fait ensuite ?

— Il m'a simplement regardée avant de prendre son envol.

Frances se détendit en pensant au souvenir intense qu'elle en gardait.

— Chacune de ses écailles était le reflet d'une étoile, comme si le corps du dragon était le firmament. C'était merveilleux.

Elle attendit qu'Al se décide à parler. Elle le sentait ému. Ému et stupéfait.

— Je sais que c'est symbolique. Comment interpréteriez-vous cela ?

« Elle n'est pas prête ! », pensa Al en se creusant la tête pour trouver une explication acceptable.

— Ne vous mettez pas martel en tête. Dites les choses simplement ! murmura-t-elle.

Al constata, en retenant un sourire embarrassé, qu'elle allait définitivement beaucoup mieux. Son sixième sens aussi, s'il se fiait à ce qu'avait dit le chaman.

— Le dragon est le symbole de la vie sur Terre, dit-il.

— Et toutes ces étoiles sur lui ? demanda-t-elle avec un regard interrogateur.

— Aussi infimes que nous soyons, nous avons tous notre place dans l'univers.

— Et pourquoi se mordait-il la queue ?

« C'est on ne peut plus clair ! », se dit-il en priant le ciel pour ne pas se trahir.

Frances ressentit l'immense pudeur qu'éprouvait Al à cet instant précis. Comme tout bon diplomate, il choisit de contourner la question plutôt que d'y répondre franchement.

— Il forme un tout : ses pattes représentent la terre, ses écailles représentent la mer, ses ailes rappellent l'air, et le feu, sa puissance. Comme vous l'avez si bien deviné, la vision du dragon est extrêmement importante pour ceux qui le voient.

Elle remua la tête en signe d'acceptation, sachant très bien qu'il n'en dirait pas plus. Insister aurait été discourtois, et elle le respectait trop pour l'embarrasser, même si elle brûlait de satisfaire sa curiosité.

— Merci, Al ! conclut-elle en fermant doucement les yeux.

* * *

Frances se réveilla en sursaut avec l'impression d'avoir dormi pendant des heures. Son sommeil avait été plus profond et plus réparateur qu'il ne l'avait été de toute sa vie ! Elle s'étira comme une chatte qui vient de passer plusieurs heures de pure fainéantise. En regardant le plafond, elle remarqua que la lumière du jour avait baissé, annonçant la fin de la journée.

— Quelle heure est-il ? demanda-t-elle, sentant auprès d'elle une présence.

— Dix-neuf heures trente.

— Oh ! s'exclama-t-elle.

— Je vous ai apporté votre dîner, dit Vince.

— Merci ! dit-elle du bout des lèvres.

— Je vous le mets juste là, dit-il en déposant le plateau sur une petite table pliante qu'il approcha d'elle.

Il se dandina gauchement sur place, intimidé par l'immobilité et le silence de l'archéologue, ne sachant plus quoi dire.

— Al m'a dit que vous alliez beaucoup mieux, enchaîna-t-il.

Elle acquiesça d'un signe de la tête.

— J'étais seulement venu m'enquérir de votre santé. Vos yeux..., dit-il, s'interrompant brusquement.

— Quoi ? Qu'ont-ils, mes yeux ? s'inquiéta-t-elle.

— Rien ! Ils sont beaux... Je veux dire qu'ils ont retrouvé leur vivacité.

Il se comportait comme un vrai collégien, c'en était embarrassant. Vince était à la fois agacé et soulagé de la retrouver telle qu'elle était avant l'incident, c'est-à-dire intimidante, fière, distante et peu bavarde.

— Je... j'ai..., commença-t-elle.

Frances examinait distraitement ses ongles.

— À ce qu'on m'a dit, je vous ai causé bien des soucis ? reprit-elle.

— Pas du genre que vous pensez.

Frances demeura confuse pendant quelques secondes.

— Je vous suis redevable.

Un peu honteuse, elle se permit de le regarder à nouveau. Contrairement à ses attentes, il affichait un air grave.

— Merci ! dit-elle en lui prenant spontanément la main. Ce faisant, elle vit passer dans le regard de son interlocuteur la plus grande des surprises.

Déterminée à combattre le sentiment de gaucherie qui l'affligeait, Frances garda résolument sa main dans la sienne. La réaction de Vince ne se fit pas attendre : il lui serra étroitement la main en guise de réponse. Étrangement, Frances trouva douceur et réconfort dans ce contact. Ils restèrent ainsi, sans bouger ni parler, respirant à peine de peur de briser le charme. Et ce fut ainsi qu'Al les surprit lorsqu'il pénétra sous la tente pour son dernier tour d'inspection avant la nuit. Ni l'un ni l'autre ne l'avaient entendu arriver.

Tout devint alors limpide dans l'esprit du géologue. Les pièces du puzzle de la vie se plaçaient d'elles-mêmes pour joindre le destin de deux personnes que tout semblait pourtant séparer de prime abord. Ces deux-là faisaient vraiment la paire. La paire ! Étrange, tout de même, qu'un mot au singulier pût désigner la dualité ! Al avait subitement la certitude que les poètes avaient puisé dans le sentiment amoureux l'idée de deux personnes en formant une seule. Une chimie s'opérait mystérieusement lorsque deux êtres étaient ainsi liés. Même inconsciente, Frances avait eu besoin de Vince pour retarder la progression du poison. Et lui, il l'avait tout de suite compris.

Bien sûr ! Le dragon était apparu dans ses rêves pour ouvrir ses yeux, puisqu'elle les gardait déraisonnablement fermés dans certaines circonstances. Il lui suggérait de s'unir sexuellement avec l'homme de son choix. Et comme si ce n'était pas assez, il s'était aussi mordu la queue pour lui signifier qu'elle avait le potentiel avant l'étincelle de la création, symbolisant ainsi le retour cyclique des saisons de la vie.

Sans faire de bruit, Al se retira sur la pointe des pieds de la tente.

## Chasse au trésor

Au cours des jours qui suivirent, la vie reprit tranquillement son cours. Al dirigeait les équipes de travail avec l'aide de Jim. Il fallait faire respecter les directives de fouille, afin de prémunir d'éventuelles trouvailles contre des coups de pioche maladroits. Damba continua à importuner le groupe, une activité dans laquelle il excellait. Il était toujours présent pour exprimer un commentaire superflu, émettre une opinion indésirable ou faire une recommandation inappropriée. Bref, à la longue, il devenait lassant. Quant à Jean-Christophe, il passait au peigne fin les murs de la grotte, tandis que Julie pilotait leurs invités partout sur le site, répondant aux nombreuses questions de Bob et satisfaisant du même coup la curiosité de Vince. Ce dernier ne se contenta pas seulement d'observer. Il n'était pas rare de le voir accompagner Al dans ses tâches quotidiennes. Bien sûr, Frances demeurait le pivot de toute cette organisation. Bien qu'elle ne pût dans l'immédiat les suivre dans leurs déplacements, ils venaient tous la visiter à tour de rôle. Ainsi était-elle tenue au courant des moindres faits et gestes de l'équipe, ce qui lui permettait d'offrir sa contribution. Au bout d'une semaine, elle était pratiquement rétablie.

La tombée du jour les prenait maintenant presque par surprise. En ce début du mois de septembre, les journées raccourcissaient à vue d'œil et l'obscurité faisait chuter la température sous la barre de 0 °C. « Les étés sont si courts, ici », se dit justement Frances en augmentant l'intensité du chauffe-mains.

— Bonne idée, dit Julie en entrant dans la tente. Ça caille, dehors !

— Tu peux le dire, j'ai fait ma toilette en un temps record, dit l'archéologue en s'assoyant sur son lit, son carnet de notes en main.

— Tu as de la chance d'avoir déjà terminé ! s'exclama Julie avec découragement.

Ne relevant pas la tête de son texte, Frances se fit encourageante.

— Vaut mieux que tu le fasses maintenant.

— Je suis crevée, soupira Julie en versant un peu d'eau dans la bassine.

— Grosse journée ? demanda Frances, le nez toujours dans la paperasse.

— Bof ! fit-elle pour seule réponse.

Frances comprit alors que quelque chose n'allait pas chez son amie. Elle lança un coup d'œil dans sa direction et essaya de tâter le terrain.

— Un pépin ?

— S'il y en avait un, au moins, cela m'occuperait l'esprit, répondit Julie avec amertume.

— Je vois bien que quelque chose te tracasse. Tu ne veux pas m'en parler ? insista Frances d'une voix douce.

Elle entendit Julie pousser un autre soupir avant de se décider à s'asseoir en face d'elle.

— C'est Jean-Christophe, avoua-t-elle.

— Qu'est-ce qu'il a encore fait ? demanda Frances, exaspérée.

— Le problème, ce n'est pas ce qu'il fait, mais plutôt ce qu'il ne fait pas, railla Julie. Depuis notre départ d'Oulan-Bator, nous ne nous quittions plus. Nous formions une bonne équipe. Il semblait vouloir se dégeler peu à peu. O.K., cela n'avait rien à voir avec le J-C que tu connais, mais… j'avais cru voir une certaine amélioration dans nos rapports. Je sais que tu devines mes intentions à son sujet. Je peux te le dire, maintenant : J-C me plaît… beaucoup, même.

Julie lança un regard en coin à Frances pour voir si elle suivait bien son raisonnement. Elle lut de la compréhension dans ses yeux, ce qui l'incita à poursuivre :

— Dans le fond, j'ai compris tout de suite que J-C n'était qu'un ami pour toi, sauf que…

— Sauf que ?

— Sauf que je ne suis pas certaine que lui ressent la même chose à ton égard.

— Je t'assure que J-C ne me considère pas autrement que comme une amie, protesta Frances.

— Ah, je ne sais plus, dit Julie, les épaules affaissées.

— Pourquoi dis-tu cela ?

— Parce que depuis quelques jours, il a changé. En fait, c'est depuis ton arrivée que son comportement a changé. Il préfère s'isoler, travailler en solitaire.

— Il est jaloux, voilà tout !

— Merci de me le confirmer, mais figure-toi que je l'avais déjà remarqué ! C'est justement ce que j'essaie de te dire, dit Julie en pointant vers elle un doigt accusateur.

— Tu ne vois rien du tout ou quoi, tête de linotte ? dit Frances en lui attrapant le doigt pour se moquer d'elle gentiment.

Julie fit une grimace expressive qui en disait long sur ses doutes.

— J-C est jaloux de Vince..., commença Frances.

— Mais enfin, Vince te tourne autour comme une mouche ! interrompit Julie, les yeux au ciel de découragement.

Ce fut au tour de l'archéologue de soupirer profondément.

— J-C s'imagine que tu t'intéresses à Vince. Et puisqu'il pense que tout est joué d'avance, il s'efface comme il sait si bien le faire.

— Il t'en a parlé ? bredouilla Julie.

— À mots couverts, oui.

Julie se leva en sifflant doucement. Avec des gestes lents, elle continua sa toilette, afin de se donner le temps de digérer la nouvelle. Elle s'était effectivement beaucoup occupée de Bob et de Vince dernièrement. Le premier ne représentait pas une grosse menace, mais Vince, c'était une autre affaire. Oui, plus elle y pensait, plus elle commençait à y croire. Peut-être Jean-Christophe s'était-il éloigné d'elle par dépit en la voyant souvent en compagnie de l'acteur. « Pauvre J-C, ne voit-il pas que Vince n'a d'yeux que pour Frances ? », se dit-elle. Avec un sourire espiègle, Julie commençait déjà à échafauder une nouvelle approche. Enfilant d'un geste décidé un chandail de laine, elle dit à Frances :

— J'ai faim !

L'heure du repas du soir était un moment de prédilection pour tout le groupe. À défaut d'être raffiné, le cuisinier était particulièrement débrouillard avec la nourriture lyophilisée dont il disposait, qui offrait un choix varié pouvant satisfaire les palais les plus difficiles. Il faut dire que le dîner marquait aussi la fin d'une longue journée de travail et le début d'une courte soirée. Se sustenter tout en se détendant, en parlant et en discutant au coin du feu, c'était tout ce qu'il y avait à faire par ces nuits froides, dans ce camp perdu en plein milieu du désert. Un joyeux bruit de conversation accueillit les deux amies lorsqu'elles pénétrèrent sous la tente.

Julie ne perdit pas de temps. Elle alla se poster directement derrière Jean-Christophe et Jim.

— Vous me faites une petite place ? quémanda-t-elle d'une voix doucereuse.

— Certainement, lança Jim, trop content de changer de compagnon de table, le précédent étant d'humeur plutôt morose.

De bon cœur, Bob changea de place pour s'asseoir au bout de la table. Et Frances vint tout bonnement s'asseoir entre Al et Vince.

— Comment avancent les fouilles ? demanda Frances à Al.

— Nous avons ratissé centimètre par centimètre le sol de la chambre, et ça n'a rien donné.

— Et de l'autre côté ?

— C'est un cul-de-sac, répondit Al. Pendant notre absence, Jim a creusé tout le long du couloir.

— Et ?

— Sans résultat !

— Avez-vous eu le temps d'examiner la paroi rocheuse ?

— C'est ce que n'a cessé faire Damba depuis notre arrivée.

Frances le chercha vainement du regard et constata qu'il y avait toujours une place vacante à table.

— Demain, j'irai inspecter les environs, dit-elle.

— Êtes-vous assez en forme pour cela ? voulut s'assurer Al.

— Oh oui, ne vous inquiétez pas ! rétorqua-t-elle avec assurance.

— As-tu besoin de moi ? intervint Jean-Christophe.

Frances réfléchit quelques secondes avant de lui répondre :

— Non, continue ce que tu fais. Je ne ferai qu'un petit tour.

— Je pourrais vous accompagner, proposa Vince.

— Oh! Mais je ne veux faire qu'un tour très rapide, histoire d'avoir un aperçu général du tableau, répéta-t-elle.

— Ça me va.

— Si vous le voulez, finit-elle par accepter.

Elle l'avait peu vu au cours des derniers jours, après tout.

— Qu'est-ce que vous pensez du site ? Est-ce que vous vous êtes fait une bonne idée de notre travail sur le terrain ?

— Je commence à comprendre la charge qui vous incombe, dit-il.

— Était-ce ce à quoi vous vous attendiez ?

— C'est mieux que ce que je m'étais imaginé.

— Quelles sont vos impressions ?

Tandis que Bob écoutait la conversation de Frances avec Vince, et que Jim était occupé à parler à Al, Julie se tourna vers Jean-Christophe et le surprit en train de fixer Vince d'une drôle de manière.

— Tu ne trouves pas qu'ils forment un beau couple ? murmura-t-elle en faisant en sorte que lui seul puisse l'entendre.

Jean-Christophe se tourna vers elle pour la regarder d'un air perplexe.

— Qui ? dit-il en baissant instinctivement le ton lui aussi.

— Al et Frances, bien sûr, plaisanta Julie.

Cette fois, l'expression du visage de Jean-Christophe exprima la plus complète incompréhension.

— Idiot! Frances et Vince, voyons! se moqua la jeune femme en guettant sa réaction.

Le chercheur reporta son regard sur eux, tandis qu'ils continuaient leur conversation.

— Tu trouves ? chuchota-t-il sans les quitter des yeux, l'œil soudain beaucoup plus clair.

Si Julie trouvait que ces deux-là formaient un beau couple, il y avait donc peu de chance qu'elle envisage elle-même de former un beau couple… du moins, avec l'acteur.

— Ça crève les yeux, qu'ils sont faits pour être ensemble, même si la principale intéressée ne le voit pas encore, non ? renchérit-elle pour le provoquer.

— Si tu le dis… mais je n'en suis pas sûr… Frances a une tête sur les épaules et les deux pieds sur terre… En fait, c'est la fille la plus sensée que je connaisse, balbutia-t-il en lui jetant une série de petits regards fuyants.

« Yessss ! Il est surpris, mais pas jaloux », jubila intérieurement Julie, tout en ayant une pensée de gratitude pour son amie.

— Dommage pour elle ! Moi, je suis du genre à saisir l'occasion lorsqu'elle se présente, et ce, en dépit des risques, riposta-t-elle en chuchotant, tout en faisant mine de frôler Jean-Christophe par inadvertance.

Tous deux virent soudain les poils se dresser sur le bras du chercheur. Cramoisi, ce dernier leva les yeux sur elle pour voir si elle l'avait remarqué. Elle fit alors un geste insensé qui n'allait pas améliorer son état : elle posa sa main sur son bras frémissant et le frotta doucement comme pour le réchauffer.

— Tu devrais t'habiller davantage, tu as froid, dit-elle sur un ton équivoque qui acheva de le dérouter.

Il détacha immédiatement le chandail qu'il portait à la taille et l'enfila sans plus attendre.

— Vous avez froid ? À vous voir ainsi, les joues en feu, ça ne paraît pas, fit naïvement remarquer Bob à voix haute, qui avait entendu la dernière réplique de Julie.

— C'est cette foutue boisson qui me monte à la tête, bafouilla Jean-Christophe en penchant sa tête sur son verre.

— Nous n'avons pourtant que du lait fermenté pour nous réchauffer ici. Le koumis, c'est ça ? Mais qu'importe, portons un toast à la santé recouvrée de Frances, suggéra Jim en levant son verre, imité par tous les convives, ainsi que par Damba, qui venait justement de se joindre à eux. Sans que cela ne parût ni qu'elle sût pourquoi, Frances sentit que celui-ci nourrissait beaucoup de colère et de frustration envers elle.

L'archéologue accepta de bonne grâce de trinquer avec ses collègues. L'arrivée du cuisinier créa une diversion; les estomacs vides pressèrent tout ce beau monde de se sustenter dans un joyeux désordre. Le repas terminé, chacun se retira pour la nuit. Frances fut l'une des premières à rejoindre ses quartiers pour se réserver de très chères minutes de solitude. En pénétrant sous la tente, elle sut tout de suite que quelque chose n'allait pas. À première vue, tout semblait en ordre, mais en y regardant de plus près, d'infimes détails lui sautèrent aux yeux. Son sac de couchage était nettement posé sur son lit de camp sans aucun faux pli, alors qu'elle n'avait pas pris la peine de le défroisser avant de partir dîner. Sa chaise pliante avait été légèrement déplacée. Sa grosse malle en aluminium n'était plus tout à fait contre le pied de son lit.

Elle faillit s'étouffer en réalisant ce que tout cela voulait dire. Elle ouvrit fébrilement la malle et fourragea à l'intérieur, à la recherche d'une petite boîte métallique qu'elle finit par trouver. Sortant de sa poche la petite clef qu'elle portait auparavant à son cou, elle la fit tourner dans la serrure, le cœur battant. Elle poussa un soupir de soulagement dès qu'elle vit que la Pierre angulaire s'y trouvait toujours. Avait-elle sauté trop vite aux conclusions ? Ses sens affolés lui affirmaient pourtant le contraire !

Qui avait intérêt à faire ça ? Une seule personne lui vint à l'esprit, celle-là même qui était arrivée en retard pour le dîner. Fouiller dans les affaires des autres sans autorisation, se mettre le nez là où il ne fallait pas, espionner pour son propre compte; autant d'activités déloyales auxquelles Frances soupçonnait que Damba pouvait fort bien s'adonner. Les deux mois passés sans elle avaient sans doute exacerbé son ambition de gloire et nourri son imagination d'idées obsessionnelles et néfastes au sujet de la Pierre angulaire.

Or, même s'il y avait encore beaucoup de choses à apprendre, elle savait avec certitude que Damba était la dernière personne à qui elle confierait la Pierre angulaire. Où allait-elle cependant pouvoir la cacher, maintenant ? L'idée d'en parler à Al lui traversa l'esprit, puis elle changea d'avis, car la Pierre angulaire ne serait pas plus en sécurité avec lui qu'avec elle. Elle était dans de beaux draps ! Si Frances avait su tout ce que la découverte de la grotte allait entraîner, elle n'aurait peut-être pas osé s'y aventurer. Elle en était là dans ses réflexions lorsqu'elle entendit un bruit de pas. Elle eut juste le temps de remettre la Pierre angulaire à sa place avant que Julie ne vienne la rejoindre.

* * *

Vince conduisait prudemment sans quitter la route des yeux, comme le lui avait conseillé Al. Le véhicule avait beau avoir quatre roues motrices, la suspension laissait à désirer. Il sentait Frances perdue dans ses pensées. Jusqu'à présent, elle n'avait ouvert la bouche que pour lui indiquer la direction à suivre.

N'y tenant plus, il lui demanda :

— Qu'est-ce qui vous préoccupe tant ?

Silence complet ! S'il insistait trop, elle lui servirait une demi-vérité en guise de réponse et se garderait bien d'aller au fond de sa pensée.

— J'espère que ce n'est pas moi qui vous cause autant de soucis ? dit-il sur un ton faussement inquiet.

Frances se pinça les lèvres pour ne pas rire.

— Vous n'y êtes pour rien, dit-elle sincèrement. Je n'ai pas très bien dormi la nuit dernière.

— Vous non plus ? En dehors des autochtones, j'en connais un seul, ici, qui pourrait dormir dans les pires conditions et qu'aucune catastrophe naturelle ne pourrait réveiller.

— Laissez-moi deviner... Bob ? dit-elle.

— Eh oui, notre cher Bob !

— J'envie presque cette faculté qu'il a de balayer les problèmes dès que le vent tourne, poursuivit-elle d'un air rêveur. J'aimerais que ce soit aussi simple que ça.

— Question de caractère, je suppose !

— Je suppose..., concéda-t-elle avec une certaine réserve.

— Si vous voulez mon avis, la nature humaine est loin d'être simple. Sans aucune exception à la règle, l'esprit de contradiction règne en chacun de nous. Qui, dans sa vie, ne s'est jamais contredit ? Combien de fois nous sommes-nous opposés à notre propre ligne de pensée afin de tester nos capacités, ou encore de vivre de nouvelles expériences ? Prenez Bob, par exemple. Vous le trouvez simple ? Détrompez-vous ! C'est un gars curieux, mais peureux. Cela l'amène souvent là où il ne devrait pas être, d'autant plus qu'il se paralyse littéralement dès que la situation est critique. D'un autre côté, il n'est pas aussi fou qu'il en a l'air, car il se connaît assez pour parer les crises en s'entourant de gens compétents.

— À ce que je vois, vous êtes doué en psychologie, commenta-t-elle.

— Déformation professionnelle oblige !

— Cette déformation professionnelle ne vous fait-elle jamais défaut ?

— Oh que si ! Mais pas en ce moment !

— Pourrais-je savoir à quoi vous faites référence au juste ? demanda Frances en jouant le jeu.

— Au problème qui vous tourmente. De l'aide ne vous ferait pas de mal, mais vous la refuserez. Vous préférez être seule pour trouver une solution, puisque vous vous dites que cela ne concerne personne d'autre que vous.

— Et vous, que feriez-vous à ma place ?

Comme la conversation commençait à le distraire, Vince préféra arrêter la voiture. Il se tourna vers elle. Elle se raidit imperceptiblement, mais elle ne baissa pas les yeux lorsqu'elle poursuivit :

— Je vous le demande parce que vous semblez vous aussi peu enclin à requérir l'aide de votre entourage pour régler vos problèmes. Je trouve que vous êtes mal placé pour me parler ainsi. Je serais donc vraiment curieuse de savoir pourquoi vous m'incitez à demander de l'aide, alors que c'est contraire à vos propres habitudes.

— Je me demande qui, de nous deux, est le plus doué en psychologie, riposta-t-il sur un ton redevenu sérieux.

Elle était vraiment forte ! Elle savait comment renvoyer la balle. Vince comprit combien il était important qu'il choisisse soigneusement ses mots.

— Vu sous cet angle... C'est vrai que je n'aime pas mêler les autres à mes affaires personnelles. J'avoue donc que mon premier réflexe est de ne me fier qu'à moi seul. Mais...

Son regard se fit pénétrant.

— ... si je me réfère au paradoxe ambulant qu'est l'homme, je me dis que s'il se suffisait à lui-même, il vivrait seul sur cette terre. La réalité est cependant tout autre. Robinson Crusoé serait devenu fou sans son ami Vendredi, car il avait un besoin vital d'interaction...

— Ou Tom Hanks dans *Seul au monde* ?

— Vous avez tout compris ! Bref, nous ferons des rencontres tout au long de notre vie, des rencontres qui seront pour beaucoup indignes de notre estime et trop peu déterminantes. Mais d'un petit nombre d'entre elles, nous apprendrons un principe de vie fondamental pour tout être humain, grand ou petit, vieux ou jeune.

— À savoir ?

— Qu'on ne peut être soi-même qu'en cessant de penser qu'on est seul, Frances ! Qu'on le veuille ou non, l'homme est un animal social.

Vince vit que sa dernière remarque la faisait réfléchir.

— J'ai quelque chose en ma possession qui ne doit absolument pas tomber entre certaines mains, finit-elle par lui révéler.

— Où est le problème ? Gardez-le hors de vue ! suggéra-t-il.

— C'est ce que j'ai fait, mais je me suis justement aperçue hier que cela n'était pas suffisant.

— Vous avez eu de la visite indésirable ? dit-il, la comprenant à demi-mot.

— Indésirable et fureteuse, oui.

— Évidemment, l'un ne va pas sans l'autre. Laissez-moi réfléchir un instant.

Il regarda par la fenêtre, aveuglé par ses pensées, les sourcils froncés de concentration.

— Cette chose, vous ne l'avez pas laissée au camp, j'espère ? dit-il en la regardant à nouveau.

— Non... je l'ai avec moi, répondit-elle, indécise.

— C'est assez petit pour le porter sur soi ?

Frances hésita une seconde avant de prendre son sac à dos et d'en sortir une boîte de la grosseur d'un coffre à crayons.

— Trop gros pour une poche, murmura-t-il pour lui-même.

— Vous allez peut-être vous dire que j'y vais fort, mais...

— Trouvons-lui une bonne planque, alors, coupa-t-il.

Vince vit passer un éclat d'ahurissement dans le regard de Frances.

— Je... je voulais justement profiter de l'occasion pour cacher la Pi... la chose en question... mais je ne voyais pas comment je pourrais le faire à votre insu, essaya-t-elle d'expliquer.

— Écoutez, Frances ! Vous n'avez qu'à me dire où aller, je m'y arrêterai et je resterai dans la voiture en vous attendant sagement, pendant que vous vous occuperez de mettre ça en lieu sûr.

— Vince, je ne sais pas quoi vous dire, dit-elle en baissant la tête.

— Alors, ne dites rien, décida-t-il en redémarrant la voiture.

Alors qu'ils roulaient, Frances était contente d'avoir réglé ce problème. Il lui en restait pourtant un autre. Elle prit donc la décision d'éviter le plus possible Damba.

Un kilomètre plus loin, Frances demanda à Vince de s'arrêter. Sans un mot, elle quitta le véhicule avec sa petite boîte et une bouteille d'eau dans une main, et un sac de fouille dans l'autre. Vince calcula rapidement le nombre de kilomètres parcourus jusque-là. Des yeux, il essaya de passer en revue tous les repères qu'il voyait pour être en mesure de retrouver l'emplacement exact si un jour il avait à revenir. En balayant le paysage du regard, il rechercha une forme qui pourrait lui rappeler quelque chose de particulier. Il nota alors que le haut de la paroi rocheuse avait du relief. Un grand pan de pierre se détachait en effet du flanc de la montagne et avait l'apparence d'un chapeau haut-de-forme. Il s'accrocha à cette image, qu'il voulut imprimer dans son esprit. Ensuite, il chercha Frances des yeux et la vit en contrebas de son point de repère, un peu plus à droite. Elle était trop loin pour voir ce qu'elle faisait, mais il devinait qu'elle avait trouvé le bon endroit pour cacher... quoi, au juste ?

Vince réfléchissait à ce que Frances lui avait dit. Cela se résumait à très peu de choses, en fait, mais c'était toujours mieux que rien ! En le mettant dans la confidence, Vince savait qu'elle venait de franchir le dernier fossé qu'elle avait creusé entre eux. Il aurait mis sa main au feu que le mystérieux contenu de la boîte avait un rapport direct avec la grotte, et que, pour une raison connue de Frances seule, elle n'avait mis personne dans la confidence, du moins jusqu'à présent !

L'ironique retournement de la situation le fit soudainement sourire. À la voir creuser ainsi, il constatait que les chercheurs de son acabit, peu importait le nom de leur spécialité, qu'il s'agisse d'archéologie, de paléontologie ou de toute autre branche de la science, étaient de purs aventuriers dotés d'une bonne dose de culot et de génie, essayant tant bien que mal de rationaliser leurs chasses au trésor.

## Quiproquos à l'ordre du jour

Les poings serrés, Damba écumait de rage. Dire qu'il avait été heureux de voir partir Frances en voiture avec Vince, car cela lui donnait plus de liberté pour terminer ce qu'il avait commencé la veille ! Il n'avait pas voulu trop tarder à se présenter au dîner pour ne pas éveiller les soupçons. Il avait donc dû se contenter de faire rapidement le tour de l'intérieur de la tente de Frances, qu'elle n'avait guère quittée depuis son arrivée. C'était par conséquent avec empressement qu'il avait poursuivi sa petite inspection dès qu'il avait eu le champ libre. Quand il avait vu Julie s'engouffrer dans la grotte avec la presque totalité de l'équipe, il n'avait pas perdu de temps à se demander s'il courait le risque d'être surpris en flagrant délit d'intrusion (délit qu'il jugeait mineur s'il s'avérait que Frances avait dérobé à la Mongolie du matériel de grand intérêt comme il le soupçonnait). Pourquoi se donnerait-elle la peine de garder sous clé quelque chose, sinon pour cette raison ? Muni d'une lime à ongle et d'un trombone à papier, il s'était dirigé directement vers la grande malle au pied du lit de Frances, et il cherchait fébrilement le coffret qu'il avait en vain essayé d'ouvrir la veille. Ce genre de petite serrure n'était généralement pas difficile à forcer.

Qu'elle soit maudite, elle l'avait pris avec elle ! Il avait beau fouiller, il ne trouvait le coffret nulle part. S'était-elle aperçue de quelque chose d'anormal ? Pourtant, il avait pris soin de ne laisser aucune trace de son passage ! Mais on ne savait jamais trop ce qu'elle avait derrière la tête. Elle avait une drôle de manière d'observer les gens. Elle avait un regard trop pénétrant pour être inoffensif. C'était une des raisons pour lesquelles Damba s'était abstenu de l'approcher de trop près. De toute façon, l'aborder directement n'aurait pas été plus efficace. Elle était d'une autre trempe, plus coriace et plus intelligente que bien d'autres. Elle maîtrisait la conversation et menait des joutes verbales comme un jeu d'enfant, si bien que l'interlocuteur non averti avait le bec cloué en un rien de temps.

Damba s'immobilisa soudain. Un coin de sa bouche s'étira dans un simulacre de sourire qui lui donna un air malin. Elle se pensait la plus forte ? Alors, il lui réserverait des surprises ! Il était grand temps de changer sa stratégie. Jusqu'à présent, il avait parlé à tort et à travers, et cela lui avait nui plus qu'autre chose. Maintenant, il devait se faire oublier et guetter le moment propice pour agir. Damba sortit de la tente, plus décidé que jamais à obtenir gain de cause.

* * *

Privé de sortie par Vince, qui n'y était pas allé par quatre chemins pour lui dire de se trouver une autre occupation que celle de chien de poche, Bob se tourna tout bonnement vers Julie. Or, quelle ne fut pas sa surprise de se voir fortement encouragé à explorer les lieux en solitaire ! Honnêtement, il s'ennuyait passablement avec Jean-Christophe et elle, qui passaient des heures à examiner des dessins sur les murs. Il ne se fit donc pas longtemps prier pour les abandonner à leurs tâches et pour vaquer à de plus attrayantes activités.

Julie vit Bob s'éloigner avec soulagement. Enfin, elle était seule avec Jean-Christophe ! Ce dernier n'était toujours pas très bavard, mais au moins, il ne s'enfuyait plus à son approche. Elle le vit justement lancer un bref regard dans sa direction, avant de reporter son attention sur ce qu'il faisait. Bien ! Cette façon de s'assurer de sa présence était de bon augure. Elle prit un carnet et un crayon, puis s'installa simplement par terre, à proximité du mur. À grands traits, elle commença à croquer ce qu'elle voyait. Au bout d'un certain temps, elle sentit la présence de Jean-Christophe derrière elle.

— Je ne savais pas que tu dessinais, dit-il.

— Je me débrouille, dit-elle sans quitter son dessin des yeux.

C'était la première fois qu'il lui adressait la parole sans y avoir été sollicité.

— As-tu suivi des cours ? demanda-t-il, curieux.

— Oui, pour m'amuser.

— Tu es douée.

— Merci pour le compliment, dit-elle.

— Oh, je ne dis pas ça par politesse ! s'empressa-t-il d'ajouter. Je le pense vraiment. Ta main est sûre, ton coup de crayon, précis, et tout de suite, on voit où tu veux en venir.

En disant cela, il s'était penché par-dessus son épaule pour mieux voir.

— Je suis assez satisfaite du résultat, dit-elle en tenant son dessin à bout de bras. Tu as l'air de t'y connaître en dessin. Tu dessines ?

— Plus maintenant ! Et je suis loin d'avoir tes doigts de fée.

Julie rabattit son dessin pour lui présenter une page vierge de son carnet.

— Montre-moi, dit-elle spontanément en lui tendant le tout.

— Non, non, refusa-t-il. Je ne suis qu'un amateur.

— Ça ne fait rien. Je veux quand même voir ce que tu peux faire. S'il te plaît ! minauda-t-elle.

Elle le regardait avec tant d'insistance qu'il était difficile de refuser.

— D'accord. Mais je t'avertis, j'ai sûrement perdu la main, depuis le temps, concéda-t-il en cherchant des yeux un modèle inspirant. À moins que… je ne garantis pas la ressemblance, mais avant, je n'étais pas mauvais pour les portraits.

— Attends ! Je n'ai même pas pris la pose, dit-elle en souriant.

— Justement, ça fait plus naturel… euh… Je préfère que tu ne souries pas.

— D'accord, dit-elle en faisant une mimique tristounette.

Devant l'air peu convaincu de Jean-Christophe, elle se reprit aussitôt :

— C'est une blague.

Dès que le crayon se posa sur le papier, Julie vit le visage du chercheur se transformer. La mâchoire ferme, il s'investissait entièrement dans son dessin, puisqu'il avait décidé de relever le défi. Toute sa gaucherie habituelle avait disparu automatiquement. Il grattait rapidement le papier d'une main nerveuse, mais assurée.

Son regard, généralement fuyant, devenait presque intimidant à force de scruter indiscrètement chaque détail infime du visage de Julie. Ses yeux allaient et venaient du papier à sa source d'inspiration. Il n'était plus le même. Là, dans cet instant de grâce, il avait oublié sa maladresse, ses incertitudes et son manque de confiance en lui. Tous les masques étaient tombés comme par enchantement. Incapable de bouger, Julie était littéralement hypnotisée par le vrai visage de Jean-Christophe, qui se dévoilait enfin sans retenue.

Il ne comprit pas tout de suite qu'il avait terminé. Le crayon suspendu dans les airs, le regard fixe, il contemplait son dessin. Puis, une lueur d'ahurissement traversa soudainement ses yeux.

— Montre-le-moi, claqua la voix de Julie.

— Non, dit-il en plaquant le dessin contre sa poitrine.

— Voyons, ça ne doit pas être aussi mauvais que tu le dis !

Jean-Christophe cherchait en vain une raison valable pour qu'elle n'insiste pas. Affolé, il réalisa qu'aucune raison ne réussirait à la décourager.

— Je ne le peux pas, gémit-il, au supplice.

— Mais si, tu le peux, tenta-t-elle de le convaincre d'une voix douce.

Nerveusement, il hocha la tête négativement, le regard suppliant.

— Allez, ne fais pas d'enfantillages, insista-t-elle, impitoyable, ébauchant un geste vers lui.

— Je ne veux pas ! dit-il, surpris lui-même par la fermeté de sa voix.

Cette remarque eut l'effet d'une douche froide sur la jeune femme. Elle laissa mollement retomber sa main. Un silence embarrassant s'abattit sur eux pendant qu'ils s'affrontaient du regard. Julie fut surprise de rencontrer en Jean-Christophe une si farouche résistance. De toute évidence, elle n'aurait pas gain de cause.

— D'accord, tu as le droit de refuser de me le montrer, finit-elle par dire, tout de même déçue de la tournure qu'avait prise sa peu banale expérience de modèle.

— Il faut que… j'ai oublié un carnet de notes en bas, bafouilla Jean-Christophe en reculant maladroitement de quelques pas.

Il lui lança un dernier regard.

— Désolé, s'excusa-t-il platement avant de partir, le dessin toujours collé contre sa poitrine.

* * *

En posant ses pieds sur le sol, le chercheur se dégagea des sangles d'alpinisme qu'il portait et fit signe à l'homme posté en haut de la montagne de remonter le harnachement. Les yeux dans le vague, il resta immobile un instant, puis il sortit de sa poche intérieure le portrait de Julie. Ce qu'il voyait le troublait au plus haut point. Pourquoi avait-il pris le risque d'inventer de toutes pièces une telle physionomie ? Du bout de son doigt, il redessina distraitement le doux contour de ses joues, de ses yeux, s'attardant sur sa bouche aux lèvres gourmandes pleines d'invite. L'impression générale qui se dégageait implicitement du dessin incitait à croire que… qu'elle voulait…

Qu'il prenait ses désirs pour la réalité, là ! Guidé par une force indépendante de sa propre volonté, le crayon n'avait fait que suivre le chemin sinueux de ses pensées, projetant inconsciemment sur le papier l'expression qu'il prêtait à Julie dans ses rêves les plus fous. Ce qu'il avait été stupide ! Comment avait-il pu la rabrouer aussi vertement ? Il envoya valser une roche du bout du pied en poussant un soupir de frustration. Soudain, il entendit distinctement un bruit de moteur au loin. Frances revenait au bercail. Pliant soigneusement le dessin qu'il remit à sa place contre son cœur, il décida d'aller aux nouvelles. Tout prétexte pour ne pas retourner dans la grotte était bon à prendre.

* * *

Au moment même où Jean-Christophe lui ouvrit la portière, Frances perçut son lamentable état d'esprit. Pauvre lui ! Il faisait d'énormes efforts pour que rien ne transparaisse. Dans un élan maternel, elle lui prit immédiatement le bras et lui raconta sa petite excursion, en en omettant les détails compromettants. Désireuse de lui changer les idées, Frances laissa Vince en plan pour entraîner Jean-Christophe vers la grande tente.

Assis à table l'un en face de l'autre, Frances et son collègue tentaient d'avoir une discussion professionnelle, mais ni l'un ni l'autre n'en avaient le cœur. La seule autre personne présente sous la tente était le cuisinier, qui préparait bruyamment le déjeuner.

— Comment a été ton avant-midi ? demanda-t-elle.

— Comme d'habitude, dit-il sans entrain.

— Tu as vu Julie ? s'informa-t-elle.

— Elle est dans la grotte.

— Qu'est-ce qu'elle fait ?

— Je ne le sais pas, répondit-il du bout des lèvres, le front soucieux.

— Ah bon...

Jean-Christophe regardait par terre avec insistance.

— Qu'est-ce que tu as ? demanda-t-elle, changeant brusquement de sujet de conversation.

— Mais rien ! Pourquoi ? dit-il en se grattant l'oreille nerveusement.

— Parce que tu n'as pas l'air dans ton assiette.

Il resta ainsi quelques secondes, puis il tourna lentement la tête vers elle, sans la relever complètement.

— Ça paraît tant que ça ? dit-il en faisant la moue.

— Pas tant que ça, mais je te connais assez pour savoir quand ça ne va pas.

Il prit sa tête dans ses mains et posa lourdement ses coudes sur la table. Il soupira de découragement.

— Parfois, tu me fais peur, dit-il sans la regarder.

— Tu as peur de moi ?

— Oui, parce que tu tapes toujours dans le mille !

Il se redressa et la regarda très sérieusement.

— J'avais entendu parler de l'intuition féminine sans trop y croire, mais maintenant, j'y crois dur comme fer. Si elle s'acquiert en buvant une potion magique, alors tu es sûrement tombée dedans quand tu étais petite.

Frances sourit fugitivement. Jean-Christophe avait toujours été un inconditionnel amateur des aventures d'Astérix et Obélix.

— Je n'aime pas te voir ainsi, s'excusa-t-elle. Je ne serais pas ton amie si je restais indifférente à tes problèmes. J'ai pensé que je pourrais t'apporter un peu de support moral.

— Je te remercie, Frances… Je vois bien que tes intentions sont bonnes… mais nous sommes différents, toi et moi, balbutia-t-il en cherchant ses mots.

— Ah non ! coupa-t-elle en roulant les yeux d'exaspération. Tu ne vas pas t'y mettre toi aussi !

— Hein ?

— Tu ne vas pas me sortir des phrases toutes faites sur la différence qui existe entre les hommes et les femmes ! Nous avons beau être de sexes différents, il reste que nous sommes tous les deux capables d'éprouver la même gamme d'émotions. Ce n'est que la façon de les exprimer qui diffère.

— C'est incroyable ! s'exclama-t-il, les mains tournées vers le haut pour exprimer sa stupéfaction.

— Quoi ?

— Tu viens encore de le faire !

« Merde ! », pensa-t-elle.

— J'ai l'impression que je ne peux rien te cacher, et ça me fout les jetons, ajouta-t-il, un peu excédé.

La voyant se mordre la lèvre inférieure de culpabilité, il se reprit sur-le-champ :

— Écoute, Frances, j'apprécie énormément ton amitié. Cela signifie beaucoup pour moi… mais tu as raison : je suis d'une humeur massacrante, aujourd'hui.

En se levant de table, il ajouta :

— Et comme je ne suis pas de bonne compagnie, je vais me retirer avant de gâcher la tranquillité d'esprit de tous ceux qui me tiennent à cœur.

Frances regarda partir Jean-Christophe sans essayer de le retenir. Elle avait beaucoup de mal à exploiter correctement ses nouvelles aptitudes. Elle avait beau se connecter quand elle le désirait, cela ne l'empêchait pas de parfois manquer de jugement. Complètement aveuglée par ses bons sentiments, elle oubliait toute prudence et provoquait inconsciemment la polémique. Pour qui se prenait-elle, à la fin ? Mademoiselle-je-sais-tout ! Elle laissa échapper un rire de dérision, qu'elle ravala dès qu'elle se sentit observée. Le cuisinier avait cessé ses activités et s'interrogeait certainement sur sa soudaine hilarité en solitaire. Embarrassée, elle lui adressa un petit sourire coincé. Il le lui rendit et retourna à ses chaudrons dès qu'il la vit quitter les lieux à son tour.

Comme elle marchait en regardant derrière elle, Frances heurta Al par inadvertance à l'instant même où elle sortait de la grande tente.

— Oh ! s'exclama-t-il.

— Excusez-moi, répondit-elle, confuse. Je ne regardais pas où j'allais.

— Il n'y a pas de mal, la rassura-t-il. J'ai vu passer J-C en coup de vent… Est-ce qu'il va bien ?

Voyant Frances hausser les épaules, il n'insista pas. Il engagea la conversation sur l'orientation des fouilles. Frances hochait machinalement la tête, écoutant à moitié ce qu'il disait, encore préoccupée par la discussion qu'elle venait d'avoir avec Jean-Christophe.

— … pas pu prendre une décision, puisque Bob a fait irruption au moment où nous en discutions. Pensez-vous qu'il va rester encore longtemps parmi nous ?

La question la ramena brusquement à la réalité.

— Bob commence à vous déranger ?

— Il est sympathique, attachant même, mais sa présence est tout sauf discrète, dit Al avec circonspection. J'ai cru noter quelques mouvements d'impatience au sein de l'équipe.

— Ces mouvements d'impatience concernent-ils aussi Vince ?

— Bien sûr que non. Vince s'arrange toujours pour ne pas nuire à l'équipe. Au contraire, il sait se rendre utile…

— Vous l'appréciez, n'est-ce pas ? demanda-t-elle, curieuse.

— Vince ? Euh... oui, c'est vrai, admit-il.

— C'est réciproque, je crois.

Les yeux d'Al se plissèrent, ressemblant presque à des fentes au milieu de son visage buriné par le soleil.

— Je ne suis pas le seul à apprécier sa compagnie. Avouez que vous commencez à y prendre goût, vous aussi, dit-il pour lui montrer à son tour qu'il n'était pas dupe.

— Arrêtez ça, Al ! rétorqua-t-elle, piquée au vif. Il a bien fallu que je m'adapte. Je n'ai pas l'habitude de me faire imposer des coéquipiers qui, non seulement ne sont pas du métier, mais qui sont aussi une charge supplémentaire qui nuit au bon fonctionnement des opérations sur le terrain...

— Frances..., essaya d'intervenir Al.

— Ai-je eu le choix ? Non ! continua-t-elle pour ne pas se faire interrompre. Alors, j'y ai fait face à ma manière. Ce n'est pas parce que je me suis montrée conciliante qu'il faut sauter aux conclusions...

— Frances..., la pressa Al une seconde fois.

— Aurait-il fallu que je garde mes distances après ce qu'il a fait pour moi, pour que vous n'interprétiez pas de travers la reconnaissance que j'ai pour lui ? poursuivit-elle, incapable d'arrêter le flot de paroles qui se déversait de sa bouche, comme si un barrage avait cédé sous la pression. Que ce soit bien clair entre nous, Al : il ne se passe et ne se passera jamais rien entre Vince et moi. Vous avez déjà vu un acteur, célèbre de surcroît, entretenir une relation sérieuse avec quelqu'un comme moi ? Ces gens ne sont pas comme nous. Ils sont beaux, charismatiques, populaires, et ils entendent le rester. Lorsqu'ils atteignent la renommée, ils s'en glorifient pendant un bon moment, avant de déchanter en voyant partir en fumée leur anonymat. Alors, de temps en temps, ils prennent la poudre d'escampette. Mais cela ne dure jamais; ils finissent toujours par revenir là où ils se sentent le mieux, c'est-à-dire sous les feux de la rampe.

Frances s'arrêta, essoufflée comme si elle avait couru le marathon. Elle se sentit étrangement vidée de son énergie. Normalement, Al aurait dû prendre la parole, maintenant qu'elle avait fini sa tirade, mais il restait silencieux, en proie à la consternation. Frances aurait dû le ressentir mieux que ça. Elle était beaucoup trop énervée pour y prêter attention. Elle comprit trop tard que cette réflexion ne concernait pas du tout Al. Alarmée, elle se retourna et sentit le sang lui monter à la tête : Vince n'était qu'à quelques pas derrière elle. Il la dévisageait froidement sans dire un mot. Incapable d'en supporter davantage, Frances se déroba à son regard glacé en prenant la fuite pour la première fois de sa vie.

— Avez-vous tout entendu? demanda Al d'une voix embarrassée.

— Presque tout, répondit sèchement Vince.

— Ne vous fiez pas aux apparences.

— Il est impossible d'être plus clair, pourtant, dit Vince sur un ton désabusé.

— Ce n'est pas ce que vous croyez. Je lui ai parlé de Bob et du temps qu'il mettait à trouver... ses informations. La conversation a dérapé lorsqu'il a été question de vous.

— Bien sûr! dit Vince en baissant la tête.

— Non, non, dit Al précipitamment. Elle se renseignait sur vous en toute légitimité, et c'est moi qui...

— Justement! Je sais à quoi m'en tenir, maintenant, coupa durement Vince.

— Je l'ai provoquée. Je l'ai mise dans la position difficile de se défendre contre ses considérations personnelles...

— Merci, Al, pour tout le trouble que nous vous avons causé, interrompit Vince qui ne voulait plus rien entendre. Bob et moi avons plus qu'abusé de votre aide, et il est grand temps pour nous de vous laisser travailler en paix.

Vince tourna les talons avec un peu trop de hâte, trahissant ainsi sa vive contrariété. Al secoua la tête d'impuissance, le front ridé sous le poids des soucis. Il avait eu plus que son lot de tracas dans la vie, mais il avait toujours su y faire face. Aujourd'hui, l'épreuve semblait toutefois plus lourde sur ses frêles épaules. Il avait de plus en plus de difficulté à coordonner ses efforts pour suivre le flot de ses pensées, devenues plus indisciplinées avec le temps. Auparavant, l'indulgence aurait chassé ses doutes; il avait toujours préféré faire confiance aux chemins sinueux que certains empruntaient. Peut-être le fait de voir sa vie tirer à sa fin stimulait-il en lui l'urgence d'éclairer ces pauvres âmes en peine! Cependant, au bout du compte, il constatait que plus il essayait, moins ça fonctionnait. Où était donc passée la sagesse qui devait s'acquérir avec l'âge?

— Quel gâchis ! ne put-il s'empêcher de soupirer.

* * *

Les bras raides, le regard ombrageux et la mâchoire serrée, Vince marchait vite. Il espérait ne pas avoir froissé Al par son départ précipité, mais il était trop en colère pour continuer à discuter. Une colère surtout dirigée contre lui-même, pauvre fou qui s'était imaginé un seul instant connaître les motivations féminines.

Comment avait-elle dit, déjà ? Ah oui, « conciliante » ! Pour sa part, il la trouvait plutôt condescendante. Du haut de son piédestal, elle se croyait tout permis, même de juger les autres. Que savait-elle au juste des acteurs ? Les croyait-elle immortels, d'une beauté et d'une jeunesse éternelles, issus d'une autre race d'hommes ? Il se renfrogna à l'idée qu'elle avait été, elle aussi, influencée par les journaux à potins. Il aurait voulu lui dire que les acteurs étaient faits de chair et de sang, qu'ils avaient mauvaise haleine le matin comme tout le monde, et que la personne la plus quelconque pouvait se transformer en beauté grâce aux bons soins des meilleurs coiffeurs, maquilleurs et couturiers.

S'imaginait-elle qu'il était à l'abri des erreurs ? Il en faisait autant que n'importe qui, à la différence près que les siennes ne passaient pas inaperçues ! La poudre d'escampette ! Elle parlait du public comme d'une drogue dont il avait besoin, alors que c'était le contraire. Que pensait-elle des fans, alors ? Évidemment, il existait un rapport de force entre lui et son public. Mais quel mal y avait-il à ce qu'il se retire discrètement une fois de temps en temps, afin de refaire le plein d'énergie ?

Il avait cru percer cette femme à jour, mais il s'était trompé. Dans le désert, les possibilités étaient limitées. Frances lui avait fait confiance parce qu'elle n'avait pas eu le choix. Elle n'éprouvait pour lui que de la reconnaissance, mais il n'en avait cure. Il voulait plus. Il voulait qu'elle… qu'elle soit attirée par lui. Il la voulait abandonnée, agrippée, serrée dans ses bras. Son corps se languissait dans l'attente de ce moment. Néanmoins, ce n'était pas qu'un simple besoin sexuel. Si tel avait été le cas, cela n'aurait pas eu une telle emprise sur lui. Au début, certes, il avait pensé que la résistance de l'archéologue l'aiguillonnait, mais un sentiment beaucoup plus complexe n'avait pas tardé à prendre le dessus. Celui-ci le grugeait de l'intérieur, nouant son estomac et comprimant ses poumons. Bien que physique, son trouble provenait d'un tout autre ordre. Si elle l'aimait, ce malaise se dissiperait !

Cette idée lui avait tout d'abord paru saugrenue, lui qui n'avait jamais prisé ce type de relation, jaloux qu'il était de sa liberté, vivant sans attaches affectives. Toutefois, aussi étrange que cela pût paraître, il avait changé son point de vue. Frances était différente des autres femmes. Pour dire juste, il se sentait différent lorsqu'il était avec elle. Il l'aimait ! Cette vérité lui avait sauté aux yeux, au point de l'arrêter net dans son élan comme si on lui avait tiré dans les jambes.

Oui, mais Frances ne l'aimait pas. « Que ce soit bien clair entre nous : il ne se passe et ne se passera jamais rien entre Vince et moi », avait-elle dit. Elle aimait peut-être quelqu'un d'autre, qui sait. Jean-Christophe, peut-être ? Vince les avait observés attentivement quand Frances l'avait si cavalièrement oublié en retrouvant son collègue, au retour de leur petite expédition. Il les avait vus marcher bras dessus, bras dessous, leurs corps rapprochés dans un troublant tête-à-tête. Cette vision n'était pas pour le réconforter. Pour la première fois de sa vie, il goûtait aux affres de la jalousie.

## Réaction en chaîne

Vince revenait d'un dîner d'affaires. Son manque d'entrain pour le film était venu à bout de la patience du réalisateur. Vince n'avait plus l'excuse de la fatigue causée par le décalage horaire; cela faisait déjà trois semaines qu'il était revenu de Mongolie.

En refermant la porte de son appartement, il eut le réflexe de tendre la main vers l'interrupteur, mais il se ravisa, préférant rester dans le noir. Qu'aurait-il vu, d'ailleurs ? Le décor d'une garçonnière meublée avec le strict minimum, mais équipée d'appareils électroniques à la fine pointe de la technologie : système de son, cinéma maison, ordinateur portable. Un pied-à-terre qui aurait comblé la majorité des hommes célibataires, mais d'un vide sidéral à ses yeux.

Dès son retour, il s'était plongé dans le travail. Il s'obligeait à sortir tous les soirs pour se tenir constamment occupé. Son but : ne pas penser, ne serait-ce qu'une minute, à ce qu'il avait laissé derrière lui. Cependant, malgré ce tourbillon d'activités professionnelles, il n'arrivait pas à surmonter le sentiment de perte qui l'oppressait. L'abstinence n'avait jamais été son fort. Comme il l'avait pratiqué de longues semaines avant son retour en Californie, il s'était laissé séduire par une femme lors d'une soirée où il avait beaucoup trop bu. Et tout naturellement, cela s'était terminé au lit. Il en était sorti désabusé et complètement insatisfait. Rien n'était plus comme avant.

Il marcha jusqu'à son bureau, ouvrit son ordinateur portable et se brancha sur Internet. Il vérifiait régulièrement son courrier électronique dès qu'il avait une minute. Qu'espérait-il ? Que Frances lui écrive ? Même Al ne lui avait pas encore fait signe ! Les yeux dans le vague, il se remémora les derniers moments avant son départ.

Al s'était occupé de tout. Il les avait tout d'abord amenés, Bob et lui, jusqu'à la ville la plus proche. Il leur avait déniché par la suite quelqu'un de fiable pour les conduire jusqu'à la capitale. Al avait tout fait pour rester neutre au milieu des hostilités, servant d'intermédiaire, de telle sorte que jamais Vince n'avait eu de contact direct avec Frances depuis qu'il avait surpris leur conversation. Certes, l'acteur n'avait pas cherché la confrontation, jugeant que ce n'était pas à lui de faire les premiers pas. Et Frances ne s'était, de son côté, pas donné cette peine. Jusqu'au dernier moment, elle avait brillé par son absence, alors que tous les membres de l'équipe étaient venus, à un moment ou à un autre, leur souhaiter à Bob et à lui bonne chance pour leur projet de film. Le dernier tête-à-tête avec Al avait été particulier. Après avoir donné ses dernières recommandations au chauffeur, celui-ci lui avait dit regretter de ne pas les raccompagner jusqu'au bout. Mais c'était sans doute mieux ainsi.

Quant à Bob, il avait bien pris l'annonce de leur départ précipité. Il avait donné une claque amicale dans le dos d'Al, avant d'aller sagement s'asseoir dans la voiture, désireux de retourner à la civilisation afin de présenter au réalisateur toutes les idées qu'il avait récoltées sur le terrain.

Au moment des adieux, Vince avait sorti de sa poche une de ses cartes professionnelles, qu'Al avait acceptée d'un simple hochement de la tête. Les mots étaient soudain devenus superflus. Vince lui avait tendu la main, et Al s'était empressé de la serrer d'un air sérieux. Les deux hommes s'étaient regardés pendant un long moment, partageant en silence tout le regret qu'ils avaient à mettre un terme à une relation qui avait pris toutes les apparences d'une réelle amitié.

Revenant à la réalité, Vince constata que sa boîte de courrier électronique était remplie de messages. Il en fit vite le tri et fut déçu de constater une fois de plus qu'il n'y avait pas de message en provenance de la Mongolie. Sans prendre la peine de déconnecter l'ordinateur, il se traîna jusqu'à son lit, trop crevé pour ne serait-ce que penser à prendre une douche. Dès qu'il accota sa tête sur l'oreiller, il s'endormit sur-le-champ.

*Il se retrouva alors sous une tente, mais pas n'importe laquelle, puisqu'elle était circulaire comme celles qu'il avait vues chez les nomades mongols ! Un fouillis monstre encombrait pratiquement tout l'espace. Une odeur de renfermé, de fumée et d'alcool fermenté le prit à la gorge. L'air était frisquet, mais ne tarderait pas à se réchauffer car, d'après la clarté qui passait à travers la toile, il estimait que le soleil était déjà haut. Se croyant seul, Vince sursauta en entendant une conversation qui se tenait à proximité. Il ne comprenait cependant pas un traître mot de ce que les protagonistes se disaient.*

*Vince voulut sortir, mais il en était incapable. Était-il malade ? Il n'éprouvait aucun malaise particulier. Alors, pourquoi était-il dans l'incapacité de bouger ? Il réalisa soudainement qu'il rêvait. Il commençait à se dire qu'il allait se réveiller d'un instant à l'autre quand la toile de la tente fut rabattue d'un seul coup. Une silhouette massive se découpa dans la lumière du soleil et pénétra à l'intérieur. Un instant aveuglé, Vince ne distingua pas immédiatement la personne qui s'approchait de lui. Son instinct l'avertit du danger avant même de voir l'arme que portait l'individu. Il aurait voulu réagir, surprendre l'agresseur en l'attaquant, mais son corps était toujours paralysé. Le rêve virait au cauchemar.*

*L'homme avait les traits menaçants de ses ancêtres, qui avaient régné autrefois sur toute l'Asie. Il était petit, mais lourdaud, avec une large figure aux yeux farouches. Les plis qui lui barraient le front témoignaient d'un tempérament nerveux. Une moustache noire aux pointes tombantes, ainsi qu'une petite touffe de poils hirsutes au menton accentuaient son air féroce. Un rictus malveillant au coin de ses lèvres accrut le sentiment d'insécurité que Vince éprouvait déjà à la seule vue du personnage. Vince ne pouvait détacher son regard du couteau qui était pointé dans sa direction.*

*Le Mongol semblait le menacer en baragouinant des mots qu'il ne comprit pas immédiatement.*

*— Pas fuir, répéta-t-il plus clairement devant l'incompréhension évidente de Vince.*

*Pour mieux illustrer ses propos, il fit avec son arme un geste éloquent qui ne laissait pas de place au malentendu : il lui trancherait la gorge si l'acteur tentait quoi que ce soit. Insatisfait de son manque de réaction, le Mongol bouscula Vince brusquement.*

*— O.K., j'ai compris, voulut-il lui répondre, mais seul un son inarticulé put franchir ses lèvres.*

*Cela semblait pourtant convenir à la brute, puisqu'il déposa à ses pieds une gamelle de nourriture. Néanmoins, à peine Vince eut-il le loisir d'être soulagé par ce simple geste que, sans crier gare, son agresseur se jeta sur lui, la lame blanche de son couteau brillant dans la lumière du matin.*

*— Hey ! voulut-il protester, n'obtenant rien d'autre qu'une exclamation étouffée, une fois de plus.*

*Un instant plus tard, le Mongol s'écartait de lui en l'admonestant vertement. Qu'est-ce que la brute lui avait fait ? Par réflexe, Vince chercha des yeux la blessure, avant que l'idée qu'il ne ressentait aucune douleur soit enregistrée par son cerveau. En dehors d'un inconfort à ses poignets, qu'il se frottait d'ailleurs vigoureusement, il ne sentait rien de particulier.*

*Tout d'abord intrigué, il fixait ses mains sans comprendre. Il était maintenant absolument certain qu'il rêvait. Ces mains n'étaient effectivement pas les siennes, puisqu'elles étaient très délicates et ne pouvaient appartenir qu'au beau sexe. D'ailleurs, elles agissaient indépendamment de sa volonté. Il les vit s'emparer de la gamelle à la hâte, alors que la nourriture était la moindre de ses préoccupations immédiates. Des sons inarticulés firent bouger le Mongol, qui se pencha vers lui pour lui retirer le bandeau qui scellait ses lèvres. Perplexe, il se vit en train de manger avec appétit cette mixture nauséabonde, qu'il n'aurait jamais consenti à avaler en temps normal. L'idée de se pincer pour se réveiller lui traversa l'esprit, mais tout à coup, il entendit une voix qui le saisit d'effroi.*

*— Il était temps, murmura-t-elle, la bouche pleine.*

*Frances ! Où était-elle ?*

*— Je ne suis pas un chameau ! bougonna-t-elle.*

*Il aurait dû apprécier ce mélange d'audace et de dignité qui lui était propre, mais il était davantage intrigué par ce que le lent cheminement de sa pensée l'amenait peu à peu à réaliser. Frances et lui partageaient le même corps! Ou plutôt, il était l'hôte du corps de Frances. Il nageait en plein délire, ou quoi? Il ne soupçonnait pas que les films de science-fiction avaient une telle influence sur lui! Il avait apprécié le film* Alien, *mais ne s'était pas imaginé une seule seconde en être marqué à ce point.*

*— Bon débarras, dit-elle à voix basse.*

*Vince comprit son soulagement en voyant l'agresseur sortir enfin de la yourte. Frances ne perdit pas de temps. Elle se leva immédiatement pour explorer les lieux, en jetant des coups d'œil nerveux vers l'entrée. Elle se mit à fouiller partout, cherchant probablement une arme pour se défendre. Vince trouvait qu'elle prenait beaucoup trop de risques. Si elle se faisait prendre, ces gens-là ne la ménageraient pas. Mais pourquoi se tracassait-il ainsi? Ce n'était qu'un rêve, après tout! Pourtant...*

*— Quel bordel! dit-elle impatiemment.*

*Ses petites mains furetaient ici et là, ouvraient des coffres, déplaçaient des objets, en poussaient d'autres, tâtaient des poches de vêtements sales. Elle faisait beaucoup trop de bruit, et surtout, elle ne surveillait plus assez ses arrières selon Vince. Elle arrêta subitement son petit manège et jeta un coup d'œil à la ronde.*

*— Que vais-je faire? l'entendit-il soupirer de dépit.*

*Vince n'en avait pas la moindre idée. Elle semblait être retenue contre son gré. Le Mongol avait bel et bien coupé une corde afin de libérer ses mains pour qu'elle puisse manger. Mais pour quelle raison la retenait-il prisonnière? Après un moment d'hésitation, elle regarda du côté de l'entrée. La toile n'avait pas été rabattue, elle pouvait donc entrevoir l'extérieur. La respiration de Frances s'accéléra en se mettant en marche vers ce qui s'avérait être sa dernière issue. Elle avait peur, et cela, Vince ne pouvait pas le supporter. Elle guettait l'ouverture, à l'affût du moindre mouvement suspect. Elle continuait d'avancer à pas de loup en longeant la toile de la tente, au lieu d'arriver de face. Pourquoi s'exposait-elle ainsi? Vince entendait des voix lointaines, ce qui le rassura temporairement. Frances poussa l'audace jusqu'à s'approcher à un pas tout au plus de l'ouverture de la tente. Le souffle un peu plus court, elle resta collée contre la toile l'espace de quelques secondes, puis elle pencha la tête par l'ouverture pour jeter un rapide coup d'œil à l'extérieur.*

*— Tu vas te faire prendre ! ne put s'empêcher de l'avertir Vince sur un ton pressant.*

*Troublée, Frances perdit l'équilibre. Si ses gardiens étaient le moindrement attentifs, elle s'exposait entièrement à leur vue. Sa maladresse ne dura heureusement qu'un très court instant. Elle se redressa et se remit aussitôt à couvert. Craignant le pire, Vince attendit, tendu, la suite des événements. Rien ne se produisit. Il commençait à souffler lorsqu'il entendit à nouveau la voix de Frances.*

*— Vince ? demanda-t-elle d'une voix incertaine.*

*C'était impossible ! Elle l'avait entendu !*

*— Oui ? finit-il par lui répondre après un moment de silence qu'elle ne brisait pas.*

*Il l'entendit expulser l'air de ses poumons, probablement sous le choc, elle aussi.*

*— Oh, Vince ! souffla-t-elle comme une faible plainte.*

— Frances ! cria-t-il en se réveillant.

Vince regarda autour de lui, totalement perdu. Son cerveau encore engourdi essayait tant bien que mal de décoder les messages qu'il recevait. Progressivement, il constata qu'il n'y avait ni yourte, ni Mongols, ni Frances dans son environnement. Il s'assit au bord de son lit. Il inspira bruyamment, puis se passa les mains dans les cheveux.

Bien sûr, il avait rêvé maintes fois de Frances, mais il n'avait fait qu'un seul autre songe aussi réaliste que celui-ci. Il y avait dans ces deux rêves la même sensation de réalité, la même exactitude du détail, le même sujet de préoccupation. Était-ce une coïncidence ? C'était complètement dingue ! Vince essaya de se convaincre que Frances ne courait aucun danger, en faisant taire la petite voix plaintive qui résonnait encore dans sa tête. Elle était entourée d'une équipe de professionnels composée presque exclusivement d'hommes. Al et Jean-Christophe prendraient bien soin d'elle, même si Vince devait admettre que le second puisse faire plus que cela.

Il regarda sa montre : une heure s'était écoulée depuis qu'il était rentré. Il fallait qu'il dorme, car il devait se lever tôt le lendemain matin. Par réflexe, il se dirigea vers son ordinateur encore ouvert. Avant de le fermer, il vérifia encore une fois ses messages et vit qu'un nouveau était arrivé. Intrigué, il cliqua dessus.

Et là, il eut peur, vraiment peur, pour la première fois de sa vie. Cette crainte violente le ravagea et renversa l'ordre de ses priorités avant même qu'il ne s'en rende compte.

Le message disait :

*Frances a disparu ! Contactez-moi d'urgence.*

*Al*

* * *

Frances alla se rasseoir à sa place, au cas où ses agresseurs reviendraient. De toute façon, elle était trop ébranlée pour pousser son investigation plus loin. C'était bel et bien la voix de Vince qu'elle venait d'entendre. Pendant un instant, elle avait vraiment cru qu'il était là, prêt à la sauver des griffes de ses ravisseurs. Sa voix semblait si proche qu'elle l'avait cherché des yeux. Quelle amère déception de ne pas le voir venir à sa rescousse ! Elle se rendit à l'évidence : elle entendait des voix dans sa tête, maintenant ! Pire encore, ces voix lui répondaient !

Elle se sentit si vulnérable que des larmes lui montèrent aux yeux.

— Vince, hoqueta-t-elle.

Son départ lui avait fait mal. Il n'aurait jamais dû entendre les paroles méprisantes qu'elle avait proférées contre lui dans un élan instinctif d'autodéfense. Elle avait eu tellement honte qu'elle s'était cachée derrière Al plutôt que d'affronter ses yeux inquisiteurs. Qu'aurait-elle pu lui dire ? Qu'elle avait menti ? Qu'elle était à mille lieues de lui être indifférente ? Ou encore, pourquoi pas, qu'elle l'avait dans la peau au point de rêver de lui ?

Ces réflexions semblèrent ouvrir une vanne en elle, et un flot de larmes se déversa sur ses joues. Elle pleura toute la peine accumulée, toute cette peine qu'elle avait combattue en utilisant l'arme de la raison. Elle n'avait plus la force de se battre contre elle-même.

D'ailleurs, la situation critique dans laquelle elle se trouvait ne s'y prêtait pas tellement. Trois jours auparavant, elle avait eu la mauvaise surprise de se faire enlever par deux brutes au langage limité qui la séquestraient, sans qu'elle pût connaître un traître mot de leurs motivations. Tout ce qu'elle savait ne lui était d'aucune utilité. Malgré tout, leurs intentions, aussi malhonnêtes fussent-elles, ne mettaient ni sa vie ni sa vertu en danger, du moins pour l'instant.

Elle renifla en séchant doucement ses larmes. Puis, elle fit une rapide évaluation de la situation qui, de prime abord, avait l'air plus dramatique qu'il n'y paraissait. Bon, comment tout cela avait-il commencé, déjà ? Alors qu'elle faisait sa marche quotidienne avant de commencer sa journée de travail, des cavaliers sortis de nulle part s'étaient emparés d'elle, l'avaient ligotée, avaient recouvert sa tête d'une toile de jute poussiéreuse et l'avaient mise sans ménagement sur une monture, avant de se lancer dans une chevauchée effrénée qui avait duré toute la journée. Ils ne s'étaient arrêtés qu'à la tombée de la nuit pour se nourrir et dormir à la belle étoile. Le lendemain, le trajet s'était poursuivi pendant une partie de la journée, mais cette fois-ci dans un véhicule qui semblait s'être trouvé là dans ce seul but. Si ses calculs étaient bons, ils n'avaient pas tout à fait réalisé deux jours de déplacement, et ne pouvaient donc pas avoir parcouru plus de… trois cents kilomètres. Ses yeux ayant toujours été bandés, elle ne savait pas quelle direction ils avaient empruntée, ce qui n'était pas vraiment pratique advenant le cas improbable qu'elle réussisse à s'évader. Pour comble de malheur, le bref coup d'œil qu'elle avait risqué à l'extérieur achevait de la décourager. Elle était vraiment au milieu de nulle part.

Une seule idée lui donnait l'espoir de s'en sortir un jour : Al allait tout mettre en œuvre pour la retrouver. C'était le meilleur guide de la région, après tout. Elle décida de lui faire confiance et d'attendre sagement qu'il vienne la délivrer. Cette décision étant prise, elle respira mieux et revint au sujet préoccupant des voix qu'elle avait entendues. Décidant d'analyser froidement sa situation, elle trouva plusieurs raisons pouvant expliquer la voix de

Vince dans sa tête. Peut-être était-elle en train de devenir folle. C'était possible, après tout ce qu'elle avait vécu ces derniers jours. Ou bien elle était simplement affamée. Or, un ventre vide depuis vingt-quatre heures pouvait faire divaguer n'importe qui. Ou encore, elle était à moitié endormie. N'avait-elle pas ramené des brumes de son sommeil l'image de Vince ?

Avait-elle ressenti une pression sur son front lors de son réveil ? Elle en gardait un vague souvenir qui la fit douter. Réflexion faite, elle décida de vérifier.

— Vince ? appela-t-elle à voix haute, profitant du fait qu'elle était seule dans la tente.

— Vince, si tu es là, réponds-moi, ajouta-t-elle.

Elle attendit nerveusement qu'un son lui réponde, craignant de sursauter. Si elle ajoutait à cela que le son en question pouvait être la voix de Vince, il lui était difficile de rester calme. De longues secondes s'écoulèrent cependant dans le silence le plus complet.

— C'est bien ce que je pensais, ironisa-t-elle en se trouvant ridicule.

La Pierre angulaire n'y était pour rien et, d'une certaine manière, elle en fut soulagée. Envisager la question sous cet angle dépassait les limites de son entendement, sans parler de tout ce que cela aurait impliqué si le phénomène avait été lié à l'objet. Savoir la Pierre angulaire cachée en lieu sûr la rassurait énormément. Un frisson la parcourut à l'idée de ce qui aurait pu se passer si elle l'avait gardée sur elle comme elle en avait tout d'abord eu l'intention. Ses ravisseurs l'auraient certainement trouvée, puisqu'ils l'avaient fouillée, et deux fois plutôt qu'une.

* * *

Al était en ligne avec l'Institut d'archéologie d'Oulan-Bator. Il mettait Luvsan au courant des derniers développements concernant la disparition de Frances.

— Qu'est-ce qui vous fait penser qu'elle a été enlevée ? demandait Luvsan au bout du fil. Elle s'est peut-être blessée, elle a peut-être été mordue par un serpent, ou je ne sais pas, piquée par un scorpion.

— C'est peu probable ! dit Al. Avec ce qui lui était déjà arrivé, elle faisait ses promenades matinales munie d'une bonne paire de bottes. Non, je ne crois pas qu'elle se soit blessée. De toute manière, si cela avait été le cas, elle n'aurait pas été bien loin. Or, nous l'avons cherchée partout dans un périmètre qui va au-delà de ses capacités physiques. Qu'est-ce que les autorités attendent pour faire quelque chose ?

— Ils attendent qu'un délai raisonnable soit passé avant d'ouvrir une enquête.

— Qu'entendent-ils par délai raisonnable ? demanda Al, maintenant fâché.

— Deux autres jours.

— Deux jours ! s'indigna Al.

— Du calme, mon ami, voulut l'apaiser Luvsan.

— Je ne peux pas attendre deux autres journées, c'est trop long… Pouvez-vous revenir immédiatement ?

— Bien sûr. Que devrai-je faire ?

— Allez au camp de base, au cas où Frances reviendrait. Veillez sur les autres membres de l'équipe. Je vais m'occuper du reste, trancha Al d'une voix décidée.

— Qu'allez-vous faire ? demanda Luvsan, bien qu'il sût déjà la réponse.

— Je vais mettre sur pied une petite expédition de mon cru, dit simplement Al. J'ai un autre service à vous demander...

Quand Al eut raccroché, il prit contact avec ses connaissances du coin, qui à leur tour communiquèrent avec d'autres pour former le réseau social le plus efficace de tout le pays. Tous ces contacts étaient prêts à s'entraider, car ils savaient très bien qu'un jour où l'autre, ils pourraient avoir recours au réseau à leur tour.

Al s'était démené toute la journée et s'accorda enfin un peu de repos. Dans la minuscule pièce où sa couchette l'attendait, dormaient déjà quatre jeunes enfants. Sans faire de bruit, il commença à retirer ses vêtements, qu'il déposa, soigneusement pliés, sur une petite chaise mise à sa disposition. Après un moment de réflexion, il prit sa veste pour retirer quelque chose de sa poche intérieure, avant de s'asseoir lourdement sur son lit. Il sortit sa lampe de poche de son sac à dos et dirigea le faisceau lumineux sur quelques mots qu'il avait lui-même griffonnés. Sur ses instructions, Luvsan avait effectivement envoyé par Internet un court message à Vince. Et quelle n'avait pas été leur surprise de le voir répondre presque immédiatement !

Combien y avait-il d'heures de décalage entre l'Asie centrale et la Californie ? Si ses calculs étaient exacts, il faisait nuit sur la côte pacifique des États-Unis alors que la journée débutait en Mongolie. Il était donc étrange, tout de même, que Vince fût en ligne à une heure aussi tardive !

Le regard méditatif, Al relut le message pour mieux se convaincre. Un message très court, mais qui voulait tout dire. Malgré les derniers jours de tension, l'ébauche d'un sourire éclaira momentanément son visage.

— *J'arrive.*

*Vince*

## Pirate des temps modernes

Le jet privé atterrit en douceur. Il se déplaça lentement sur la piste, avant de venir se garer entre deux gros porteurs. Quand la porte de l'avion s'ouvrit, l'air frais s'engouffra dans la cabine, laissant enfin Vince respirer plus librement. Impatient d'étirer ses membres endoloris par les longues heures de vol, il sortit sans se faire prier. Aucun vol régulier en partance vers la Mongolie n'était programmé avant plusieurs jours. Il avait donc dû entrer en relation avec ses meilleures connaissances du milieu cinématographique, pour avoir accès aussi rapidement à un autre moyen de transport. Bien sûr, ces petits avions ne pouvaient pas effectuer d'aussi longs trajets sans escale, mais ils avaient l'avantage d'offrir des horaires plus flexibles. En mettant pied à terre, il regarda en direction de la baie vitrée du second étage, cherchant Al des yeux. Ne le voyant pas, il scruta plus lentement les gens qui se trouvaient derrière la vitre et en identifia un. Il lui fit un signe de reconnaissance et se dirigea vers les douanes. Après avoir rempli toutes les formalités, il récupéra sa valise et rejoignit celui qui l'attendait patiemment.

— Luvsan ! s'exclama-t-il en lui tendant la main.

— Content de vous revoir, dit le chercheur en la lui serrant chaleureusement.

— Avez-vous eu des nouvelles de Frances ? demanda Vince sans ambages.

— Pas encore, répondit Luvsan.

— Et Al ?

— Il est parti à sa recherche.

— Depuis quand ?

— Hier matin.

Déçu d'être arrivé trop tard, mais en même temps satisfait de voir qu'Al ne perdait pas son temps, Vince demeura imperturbable.

— Qu'est-ce qu'on fait ?

— Je vous attendais avant de repartir dans le désert. Nous sommes prêts, il ne manquait plus que vous, répondit Luvsan en invitant l'acteur à le suivre.

Les deux hommes sortirent du bâtiment et se dirigèrent vers la voiture garée non loin de là.

— Des procédures légales ont été enclenchées par les autorités locales pour officialiser la disparition de Frances, expliqua Luvsan en chargeant le bagage de Vince dans le coffre arrière de la voiture.

— S'ils organisent une équipe de recherche, je me porte volontaire pour en faire partie, proposa Vince, en prenant place dans le véhicule.

— Ils n'en sont pas encore là.

— Mais qu'est-ce qu'ils attendent ?

— Avant d'organiser une équipe de recherche sur le terrain, ils préfèrent s'assurer qu'elle n'ait pas intentionnellement quitté la mission sans en informer les instances officielles de l'Institut d'archéologie de l'Académie des sciences de Mongolie.

— Mais enfin ! Je ne savais pas votre politique interne si soupçonneuse envers les étrangers ! dit Vince, insulté comme si c'était de lui-même dont il était question. Ne leur avez-vous pas expliqué dans quelles conditions Frances avait disparu ?

— Si, mais ils veulent rester objectifs, et ainsi récolter quelques indices qui nous auraient échappés.

— Au risque de mettre sa vie en danger ! s'emporta Vince. Ils y ont pensé, à cela ?

— Par « ils », vous entendez les autorités légales, qui font leur possible dans un contexte de démarches administratives lourdes et de restrictions budgétaires, n'est-ce pas ? Je vous conseille en toute amitié de laisser ces gens se débattre dans leur propre système, et de faire confiance aux ressources officieuses dont Al dispose en ce moment même, conseilla judicieusement Luvsan.

De nature plus réservée qu'Al, il n'était pas aussi sympathique que ce dernier de prime abord, mais il gagnait définitivement à être connu. Ses propos étaient empreints d'une telle assurance que cela redonna confiance à Vince. Il décida de suivre le programme planifié, étant donné qu'il n'entrevoyait pour l'instant aucune autre alternative. Il improviserait le moment venu. Il ne broncha donc pas lorsque Luvsan lui présenta le passager supplémentaire qui allait les accompagner pendant tout le trajet du retour vers le camp de base. Galsan Tschinag avait été désigné par la police pour mener l'enquête sur les causes de la disparition inexpliquée d'un membre dirigeant d'une mission exploratoire étrangère.

Ils prirent enfin la route, et recommença alors ce que Vince craignait le plus : l'attente insupportable. Rester immobile, à regarder le paysage désormais familier, sans rien faire d'autre que compter les kilomètres, c'était pour lui une véritable guerre des nerfs. Vince regarda une fois de plus sa montre. Dieu que le temps passait lentement ! Les heures, les minutes s'égrenaient au ralenti; le temps s'étirait exagérément. Si l'enquêteur n'avait pas été présent dans la voiture, Vince aurait déjà brisé le silence. Mais il se méfiait de cet homme. Regardant en arrière, Vince le vit lire ses documents. Lui non plus, il n'était pas très bavard. Quant à Luvsan, il semblait un peu tendu. Vince remarqua que ses mains étaient crispées sur le volant. Tout à coup, la roue droite avant de la voiture passa dans un gros trou de la chaussée. Un bruit de papiers froissés se fit entendre sur la banquette arrière. Luvsan réduisit alors sa vitesse, afin de ne pas trop faire souffrir les amortisseurs du véhicule et ses occupants, par la même occasion.

— Excusez-moi, dit l'enquêteur en tapant du doigt l'épaule de Vince.

— Hum ?

— Pourriez-vous donner moi document pieds ? demanda-t-il, contrarié, en regardant la feuille que Vince piétinait malencontreusement.

Galsan s'était exprimé dans un anglais confus, rendu cependant compréhensible du fait qu'il articulait lentement ses mots.

— Ah ! fit Vince en se penchant pour attraper le papier coincé sous sa botte.

Du plat de la main, il épousseta les grains de terre qui se trouvaient dessus, et s'appliqua à défroisser le papier sous les yeux de l'inspecteur, qui n'avait pas l'air d'apprécier son geste. En le voyant aussi impatient, Vince allait lui tendre le document quand la forme calligraphique d'un groupe de lettres dans le texte attira son attention. Il avait effectivement vu assez de paperasse traîner autour des archéologues pour reconnaître l'écriture du document. Bien qu'il ne fût pas rare d'utiliser l'anglais dans les échanges d'informations entre experts, Vince avait constaté que l'écriture cyrillique demeurait le principal moyen d'expression du pays, étant donné que l'écriture mongole avait plutôt une fonction symbolique. Mais il n'était pas doué pour les langues étrangères, et encore moins pour celles qui utilisaient d'autres symboles que les lettres de l'alphabet occidental. Le simple néophyte qu'il était ne reconnaissait que quelques mots, pourvu que les caractères fussent sensiblement similaires à ceux qu'il connaissait, comme c'était justement le cas sur ce document.

— Merci, dit poliment Galsan en tirant lestement sur la feuille que Vince n'avait pas encore lâchée.

L'acteur avait effectivement tout de suite reconnu que le mot cyrillique signifiait « Damba » dans sa langue. Il se questionna : pourquoi l'inspecteur avait-il entre ses mains un document écrit de la main d'un des membres de l'équipe de Frances ? En supposant qu'il y eût vraiment un lien entre ce document et le fait qu'elle se méfiait déjà de quelqu'un, n'avait-elle pas provoqué la suspicion de cette personne par une quelconque action répréhensible, comme celle de cacher du matériel d'intérêt scientifique ? Cela amena Vince à se poser une question encore plus troublante : sa petite virée avec lui avant son départ avait-elle quelque chose à voir avec sa disparition ?

* * *

Un coup sec à la porte de sa chambre le tira brusquement d'un sommeil profond.

— Qui est là ? demanda Vince d'une voix rauque.

— Luvsan. Il est l'heure de vous lever.

— C'est bon ! répondit l'acteur, en s'assoyant péniblement au bord de son lit.

Il avait passé les premières heures de la nuit à se tourner dans tous les sens, incapable de dormir. Au moins, il n'avait dérangé personne, puisqu'il ne partageait pas sa chambre. Ce luxe avait été rendu possible parce que le seul hôtel des environs était inoccupé en basse saison. Il bâilla plusieurs fois pour se réveiller. Autant il s'était langui de voir la nuit s'achever pendant ses heures d'insomnie, autant il trouvait rude le réveil. Ses idées s'éclaircirent subitement à la seule pensée de Frances. Avec un regain d'énergie, il se leva et commença à se préparer. Vingt minutes plus tard, il était attablé devant son petit déjeuner et mangeait sans grand appétit. Galsan et Luvsan s'étaient déjà restaurés et buvaient tranquillement leur thé sans rien dire. En dehors d'eux, il n'y avait qu'un seul autre client dans la salle à manger.

— À quelle heure vient-on nous chercher ? demanda Vince.

— Dans environ une demi-heure, répondit Luvsan.

— Qui sera notre guide ? Monsieur Damba Yumgiyn ? s'enquit Galsan.

Une patte de chaise gratta le plancher sous le poids de quelqu'un qui s'écartait maladroitement de sa table. Vince tourna la tête en direction du bruit, et il remarqua que l'individu assis un peu plus loin avait curieusement l'air d'être changé en statue de sel. Pas un seul muscle de son visage ne bougeait, comme s'il n'attendait qu'un signal pour le faire.

— Non, c'est Jim Quaid qui aura cette responsabilité, répondit Luvsan.

Du coin de l'œil, Vince vit l'homme remuer.

— L'archéologue américain ? demanda Galsan.

— Oui, il a une grande expérience...

Vince continuait d'observer discrètement l'inconnu. Ce dernier était costaud mais pas très grand, et avait les cheveux noirs. Vince put tout de suite voir qu'il s'agissait d'un homme du pays, même s'il ne le voyait que de dos. Le Mongol se leva de table en voyant l'hôtelier, qui venait voir si tout allait bien. Il y eut entre eux un très court échange verbal qui alerta Vince. Cette voix lui parut effectivement familière. L'acteur remarqua également que cet individu leur dissimulait délibérément son visage lorsqu'il passa à leur niveau. Ce ne fut que lorsqu'il franchit le pas de la porte que Vince put entrevoir son profil. Sa réaction fut alors immédiate : il bondit sur ses pieds et se précipita à sa poursuite devant les yeux ébahis de ses deux compagnons. Il n'avait pas le temps de leur expliquer ce qui se passait. La porte une fois franchie, il regarda rapidement dans le vestibule de l'hôtel. Personne dans l'escalier, seul l'hôtelier était derrière son comptoir !

— Où est-il ? demanda Vince d'une voix pressée à ce dernier, qui souriait sans comprendre.

L'acteur courut vers la sortie. D'un regard fébrile, il passa en revue les quelques passants qui circulaient dans la rue. L'homme avait disparu !

— Demandez son nom à l'hôtelier, s'il vous plaît, dit Vince à Luvsan, qui venait vers lui.

Le chercheur se tourna vers l'hôtelier et parla pendant un moment avec lui.

— Que vous a-t-il dit ? intervint Galsan en mongol. Je ne parle pas le kalkha.

— Oh, mais je le parle très peu, moi aussi, dit Luvsan. Je n'ai pas tout compris, d'ailleurs. Il dit ne pas connaître son nom, mais je crois qu'il l'a déjà eu comme client.

— Pourquoi vous savoir nom de l'homme, Monsieur Rafter ? demanda Galsan en plissant les yeux de curiosité.

— Parce qu'il m'avait semblé le reconnaître. Luvsan, pourriez-vous lui demander s'il est venu seul ?

Luvsan s'exécuta sur-le-champ.

— Oui.

— Je trouve étranges les pratiques de cet établissement, commenta Galsan, à l'intention de Luvsan. Il ne prend même pas en note le nom de tous ses clients.

— Nous sommes loin des grands centres urbains, Monsieur Tschinag. Ici, nous sommes aux portes du désert, et tout ce qui intéresse ce pauvre bougre, c'est que les clients payent leur facture sans discuter. Le reste a peu d'importance pour lui.

Galsan hocha sérieusement la tête.

— Pas important pour lui, mais pour vous, oui, dit-il à l'adresse de Vince en arquant les sourcils.

— Je pensais avoir affaire à une connaissance d'Altangerel Kitai, précisa Vince. Mais je peux me tromper. J'ai parfois tendance à confondre vos visages.

— Pff! fit Galsan sur un ton réprobateur.

Il perdit vite son intérêt pour la conversation, en songeant à ces Occidentaux qui étaient affublés d'une telle panoplie de caractéristiques physiques qu'ils étaient devenus incapables de reconnaître les traits d'un visage sans leurs points de repère habituels, tels que la couleur des cheveux, le teint de la peau et la taille.

— Il faudrait y aller, maintenant, intervint Luvsan, en leur rappelant doucement l'ordre du jour.

Ils lui emboîtèrent le pas sans discuter. Vince aurait pourtant donné cher pour retrouver l'homme qui venait de disparaître de plus près! L'espace d'un éclair, il avait cru le reconnaître. Du moins, ce dernier avait la même moustache et la même barbichette que dans son souvenir. Vince se jura que la prochaine fois, il ne se laisserait pas ainsi prendre au dépourvu. Quant à ses compagnons de route, il se voyait mal leur expliquer qu'il avait eu une vision de l'agresseur de Frances avant d'arriver en Mongolie, et qu'il venait peut-être de le reconnaître.

Les nouvelles que Jim leur apporta n'avaient rien pour leur remonter le moral. Ni Frances ni Al n'avaient en effet donné signe de vie. Jim prit tout juste le temps de se restaurer, avant de reprendre la route avec ses nouveaux passagers. Il voulait arriver avant la tombée de la nuit. Vince s'assit à côté de lui pour discuter plus librement des détails entourant la disparition de Frances. Jim ne se fit pas prier pour raconter de long en large ce qu'il croyait être arrivé à leur chef d'expédition. L'acteur apprit alors que la piste suivie jusqu'à maintenant avait mené à une impasse. Les chercheurs avaient envisagé la thèse de l'enlèvement dès qu'ils avaient constaté, juste avant que le vent et le sable ne les balayent complètement, que les empreintes de pieds avaient été remplacées par celles de sabots.

Ils arrivèrent au camp alors que le soleil se couchait à l'horizon. Leur arrivée ne passa pas inaperçue; tout le monde sortit des tentes et s'agglutina avec empressement autour d'eux, avant même que

Jim n'enlève la clé du contact du véhicule.

— Quoi de neuf ? demandèrent en chœur Jean-Christophe et Julie dès qu'ils furent à portée de voix.

— Frances n'a pas encore été retrouvée, annonça Luvsan sans détour.

Julie se mordit la lèvre inférieure, tandis que les épaules de son collègue s'affaissèrent d'un coup.

— Que va faire Al au juste ? s'informa Jean-Christophe, moins surpris de voir Vince que leur quatrième compagnon de voyage.

— Il fait tout ce qui est en son pouvoir pour la retrouver, dit Luvsan avant de passer aux présentations. Voici l'inspecteur Galsan Tschinag. Il est ici pour enquêter sur la disparition de madame Frances Laguerre.

— Vous êtes seul ? constata Julie. Votre équipe suivra-t-elle bientôt ?

— Pour l'instant, je suis là, répondit froidement Galsan.

— Mais..., commença Julie.

— Si on allait manger ? intervint Luvsan avant que les esprits ne s'échauffent. Nous sommes tous fatigués, et une soupe chaude ne nous ferait pas de mal.

— Venez par ici, inspecteur Tschinag, l'invita obséquieusement Damba en sortant de l'ombre.

Tandis que Galsan et Damba s'éloignaient vers la grande tente, Julie et Jean-Christophe exigèrent quelques explications que Luvsan ne tarda pas à leur fournir. De nature plus pessimiste, Jean-Christophe commençait à s'énerver, brossant à haute voix un tableau plutôt sombre des derniers événements.

— Frances disparaît, toutes les traces nous permettent de penser qu'elle a probablement été enlevée, mais la police attend. Et quand ils se décident enfin à faire quelque chose, ils nous envoient un inspecteur qui a toutes les apparences d'un fonctionnaire, au lieu de nous envoyer le renfort que nous aurions été en droit d'espérer. C'est honteux !

— Al va la retrouver, dit Julie en posant sa main sur le bras du chercheur.

Il la regarda dans les yeux pendant de longues secondes.

— Tu le penses vraiment ? dit-il.

— Il le faut, affirma-t-elle.

Jean-Christophe continuait de la regarder d'un air sérieux.

— D'accord, murmura-t-il, prêt à la croire.

— Allez, viens manger ! dit-elle avec ménagement, le tirant doucement par le coude.

Témoin de la scène, Vince n'avait pas manqué une seule de leurs paroles, bien que leur échange silencieux ait été plus éloquent encore. Désormais, il n'avait plus de raison de considérer Jean-Christophe comme un rival potentiel. Avait-il été aveuglé par la jalousie au point de ne pas voir que celui-ci avait un sérieux béguin pour Julie ? Son affliction de la disparition de Frances était réelle, mais Vince comprenait maintenant que s'il s'en faisait terriblement pour elle, c'était comme un frère mort d'inquiétude.

* * *

Vince semblait sur la bonne voie pour vivre une autre nuit d'insomnie. Pendant plus de deux heures, il s'était efforcé de garder les yeux fermés, cherchant en vain une position confortable. Il essayait toutefois de faire le moins de bruit possible pour ne pas réveiller Luvsan.

Il tentait encore de s'endormir quand soudain, il entendit distinctement le bruit d'une fermeture éclair qu'on ouvrait délicatement. Il s'agissait probablement de quelqu'un qui éprouvait le besoin naturel de se soulager. Le seul fait d'y penser lui donna l'idée de faire de même. Aussi, Vince se leva-t-il et se dirigea-t-il à pas de loup vers l'entrée de sa tente. Dès qu'il mit les pieds dehors, il regretta immédiatement de ne pas avoir pris sa veste en duvet. Avec le chauffage d'appoint dont il disposait à l'intérieur, il n'avait pas réalisé que la température avait sûrement chuté sous la barre de zéro. Il décida de faire vite et s'éloigna rapidement du campement, pour se chercher un coin tranquille. Il s'arrêta à une distance raisonnable près d'un amas de grosses roches, et jeta un regard à la ronde. Il allait ouvrir la braguette de son pantalon quand il entendit des chuchotements. Cela provenait de l'autre côté de la butte qui lui faisait face. Qui était là ? Après quelques hésitations vite balayées par la curiosité, il commença l'ascension de la butte, en remerciant la lune pour sa généreuse luminosité. Il se rendait à peine compte qu'il gelait tant il devait déjà faire attention aux trous et aux cavités dans la roche qui pouvaient abriter certains reptiles. Arrivé au sommet, il prêta l'oreille, à l'affût du moindre bruit suspect, avant de se risquer à regarder de l'autre côté. Il entendait toujours les murmures. Rassuré, il avança prudemment la tête, afin de voir qui pouvait discuter ainsi en plein milieu de la nuit.

Deux silhouettes se détachèrent au ras du sol. Vince ne pouvait les distinguer nettement, car les individus se tenaient à l'ombre des rochers, très près l'un de l'autre. Ils semblaient à peu près de la même taille, à ceci près qu'une des silhouettes était plus trapue que l'autre. Le plus gros des deux hommes leva un doigt menaçant dans la direction de l'autre. Ce dernier réagit immédiatement en haussant légèrement la voix. Nullement impressionné, le gros n'attendit pas la fin de la tirade de son voisin et se mit à parler en même temps que son interlocuteur.

Vince voulut s'étirer un peu plus pour mieux voir. Mais ses pieds glissèrent sur des cailloux, qui dégringolèrent la butte et en entraînèrent d'autres dans leur chute. Il plaqua aussitôt son corps contre le rocher et arrêta de bouger pour ne pas trahir sa présence. Le mal était cependant déjà fait : les deux hommes avaient cessé de parler.

Après quelques secondes qui lui parurent aussi longues que des minutes, la curiosité le poussa à relever doucement la tête pour regarder ce qu'ils faisaient. Il eut juste le temps de voir que les deux silhouettes venaient de se séparer pour contourner, chacune de son côté, l'amoncellement de roches sur lequel il se trouvait. Sans réfléchir, il se propulsa promptement sur l'autre versant de la butte. Il se retrouva alors suspendu dans les airs, les deux pieds dans le vide, les mains agrippées aux rochers pour éviter de tomber. Il fit ensuite doucement tanguer son corps de gauche à droite pour trouver un appui sur lequel poser ses pieds. Il réussit à en trouver un et put immédiatement retrouver l'équilibre. À bout de souffle, il regarda en bas. Personne en vue !

Les murmures reprirent de plus belle. Les deux hommes se

trouvaient maintenant du côté opposé. Si Vince n'avait pas bougé, il aurait été exposé à leur vue à cause du rayonnement de la pleine lune. Il se hissa sur la pointe des pieds, à la recherche d'une autre faille dans la roche. Il réussit à s'élever de quelques centimètres, suffisamment pour voir de nouveau les individus. Or, la plus petite silhouette des deux n'était nul autre que Damba ! Décidément, cet homme n'était pas net. Vince porta juste après son regard sur l'autre homme et essaya de l'identifier. Impossible. Le gros lui tournait dos, les jambes écartées, bien campées sur le sol, les bras apparemment croisés sur sa poitrine. Toute sa posture dégageait de l'hostilité.

Vince guettait impatiemment la fin de leur entretien incompréhensible. Il avait tellement froid qu'il grelottait et avait peur que ses doigts engourdis lâchent prise. Au bout d'un moment qui lui sembla interminable, le silence se fit. Il attendit encore un peu avant de bouger prudemment les pieds. Il réussit à grimper même si ses forces défaillaient en raison de la morsure du froid. Parvenu au sommet de la butte, il regarda avidement de l'autre côté. Il n'y avait plus personne. En scrutant les environs, il crut cependant voir bouger deux ombres.

Lorsqu'il descendit de son rocher, il voulut suivre la direction prise par les deux hommes. Comme si elle avait voulu lui mettre des bâtons dans les roues, la lune se cacha derrière un nuage, l'obligeant à arrêter sa folle poursuite. Il ne distinguait plus rien, maintenant; la nuit avait repris ses droits. De toute façon, il devait rebrousser chemin s'il ne voulait pas souffrir d'hypothermie.

Bien au chaud dans son sac à couchage, il cessa peu à peu de trembler et repensa à sa stratégie. Désormais, il passerait au plan B. Finie, la passivité ! Il allait attaquer, et pas plus tard qu'au lever du jour.

Sa mâchoire se contracta en pensant au complice de Damba. L'instinct de Vince lui soufflait que cet homme n'avait qu'une devise : l'intérêt. C'était la faille du raisonnement de Damba, et l'acteur avait bien l'intention d'en profiter. Ce brigand des temps modernes avait son prix, et il n'allait pas lésiner là-dessus.

Frances aurait dû comprendre qu'il n'y avait pas de trésor sans pirates.

## Solidarité oblige

L'inspecteur venait de partir. Il était temps, car Jean-Christophe commençait à perdre patience. Quel personnage détestable ! Galsan avait insinué que Frances pourrait être tentée de quitter le pays en secret, afin de dérober à la Mongolie certains vestiges archéologiques. Or, le simple fait d'imaginer un instant que sa collègue aurait pu agir de la sorte était pure calomnie ! Jean-Christophe aurait aimé dire à ce fonctionnaire sa façon de penser, mais il avait décidé de se taire, car il avait vite compris qu'il perdrait sa salive en essayant de lui faire entendre raison. De toute évidence, Galsan avait commencé son enquête par lui, parce qu'il connaissait bien Frances, et parce qu'il était français comme elle. Cet imbécile l'avait questionné sur les antécédents de Frances, au lieu de chercher à comprendre les circonstances entourant sa disparition. Al et Jim, eux, s'entendaient pour dire que le sol était jonché d'empreintes de chevaux autour de celles de Frances. Dès lors, il n'avait pas été bien difficile de conclure à un enlèvement. Mais le cher inspecteur ne voulait pas aborder le sujet sous cet angle, faute de preuves plus formelles.

— Y en a marre, siffla Jean-Christophe entre ses dents, tout en s'appuyant contre le dossier de la chaise pliante.

Il passa une de ses mains sur sa nuque pour y pétrir ses muscles douloureux. La tension avait tendance à choisir cet endroit chez lui pour se manifester. Un petit groupe de travailleurs entra sous la grande tente et regarda dans sa direction. Ils avaient probablement attendu que l'inspecteur vide les lieux avant de s'y introduire. Le cuisinier s'approcha d'eux, et commença alors une longue conversation à huis clos. La discussion, entrecoupée de regards appuyés en direction de Jean-Christophe, se faisait à voix basse. Leurs inquiétudes étaient justifiées. Plus de chef, plus de directives, et qui disait absence de directives disait absence de rendement. En fait, depuis la disparition de Frances, le travail de recherche avait été suspendu pour un temps indéterminé. Ces hommes avaient donc peur de perdre leur boulot, d'être interrogés par la police, voire pire encore, d'être considérés comme des suspects dans cette affaire. Au train où tout cela allait, Jean-Christophe s'attendait à voir arriver, dans les jours qui suivraient, une révision des ententes concernant la mission archéologique. Il se pourrait bien que tout cela s'achève plus tôt que prévu.

Lâchant brusquement son cou, Jean-Christophe poussa un soupir de profond découragement. Soudain, de fines mains vinrent se poser là où les siennes étaient quelques secondes plus tôt. Il renversa la tête et surprit de magnifiques yeux bruns qui le regardaient avec douceur.

— Laisse-moi faire, lui proposa Julie.

Il ouvrit la bouche pour protester.

— Chut ! fit-elle.

Un frisson de plaisir le traversa. Toutefois, Jean-Christophe lança un coup d'œil du côté des travailleurs. Pour l'instant, ils étaient trop occupés à s'entrecouper la parole avec de grands gestes pour se soucier d'eux.

Julie massa vigoureusement ses épaules et sa nuque, en trouvant facilement les points les plus sensibles. L'assurance dont ses mains faisaient preuve aida Jean-Christophe à se détendre. De là à y prendre réellement plaisir, il n'y eut qu'un pas à franchir.

— Mmm, laissa-t-il échapper malgré lui.

Sous la ferme pression des mains de Julie, son cou se dandinait de part et d'autre. Il en goûtait pleinement le bien-être. Quand les points de tension se relâchèrent, Julie entoura délicatement son cou de ses mains chaudes et joua seulement de ses deux pouces au bas de la nuque. Quelques frissons remontèrent le long de la colonne vertébrale du chercheur, pendant qu'elle effectuait de petits mouvements rotatifs de bas en haut. D'abord timides, les mains s'insinuèrent ensuite dans ses cheveux, comme pour en sentir la texture du bout des doigts. Tout reste de pudeur tomba soudain d'un seul coup, alors que les mains de Julie empoignèrent subitement les cheveux de Jean-Christophe et tirèrent fermement sa tête vers l'arrière. Surpris, ce dernier ouvrit les yeux. La tête de la jeune femme se penchait au dessus de lui. Ses yeux brillants d'intensité semblaient vouloir lui communiquer un mystérieux message.

— Je vous dérange ?

Ils tressaillirent tous les deux en entendant la voix derrière eux. Ils se retournèrent de manière parfaitement synchronisée et toisèrent Vince d'un air décontenancé.

— Monsieur Rafter, dit Julie, masquant rapidement sa gêne. Comme vous le savez déjà, nous sommes confinés à l'inactivité jusqu'à nouvel ordre. Selon l'inspecteur, nous avons été, en quelque sorte, démis de nos fonctions. Vous ne pouvez donc, dans ce cas, nous déranger.

Les cheveux en bataille, Jean-Christophe se leva prestement comme s'il avait un ressort dans le corps.

— Je vois, répondit laconiquement Vince.

Le chercheur se sentit rougir comme un enfant pris en faute.

— On s'occupe comme on peut ! répondit vivement Julie, avec un sourire mutin aux lèvres. Je suis d'ailleurs certaine, Monsieur Rafter, que votre présence ici n'est pas le fruit du hasard. Est-ce que je me trompe ?

— En fait, c'est votre ami que je cherchais.

Vince tourna la tête vers Jean-Christophe, qui se tenait gauchement derrière Julie.

— Moi ? dit-il innocemment, en posant une main sur sa poitrine.

— Qui d'autre ?

Jean-Christophe se rembrunit en décelant du sarcasme dans le ton employé par Vince.

— Je vous laisse, dit Julie. Si vous avez besoin de moi, vous savez où me trouver.

Elle n'attendit pas leur réponse pour s'éloigner. En passant la porte, elle leur adressa un salut de la main sans se retourner.

— On n'a pas besoin de lui mettre du plomb dans la tête, à celle-là, dit Vince.

— Parce que d'habitude, c'est ce que vous devez faire à celles que vous fréquentez ? rétorqua Jean-Christophe, sur la défensive.

Vince le regarda en plissant les yeux.

— Vous ne l'avez pas envoyée dire, celle-là !

Pour faire bonne contenance, le chercheur se rassit en passant maladroitement la main dans ses cheveux.

— D'accord, je l'ai bien cherché ! dit Vince en voulant se montrer magnanime.

Il était d'une telle suffisance que Jean-Christophe vit rouge.

— Nous aimerions bien savoir, justement, ce que vous cherchez, dit-il avec rancœur. Vous êtes-vous bien amusé jusqu'à présent ?

— Qu'est-ce que vous insinuez par là ? demanda Vince, qui n'entendait plus à rire.

— Les Américains, vous êtes tous les mêmes ! Vous débarquez à l'étranger avec votre argent et votre arrogance comme des conquérants. Vous imposez votre présence sans penser une seconde que vous dérangez, puis vous vous installez comme si vous étiez chez vous. Vous regardez vos hôtes d'un air paternel, et vous allez jusqu'à proclamer que vous leur venez en aide. Et après, vous êtes surpris des réactions de votre entourage.

— Premièrement, je ne suis pas américain, mais canadien.

— C'est du pareil au même, l'insulta Jean-Christophe. Tout le monde sait que les Canadiens sont des moutons. Vous faites tout ce que disent les Américains. Regardez-vous ! Vos racines se dissolvent tranquillement pour se fondre à celles de vos voisins du sud. Pourquoi avez-vous décidé de travailler aux États-Unis, au lieu de rester dans votre pays ? Je vais vous le dire, moi, pourquoi. Vous alternez entre la carotte et le bâton, entre le rêve américain et la menace de frappe américaine. C'est plus facile de choisir l'appât du gain, vous ne trouvez pas ?

Vince laissa quelques secondes s'écouler avant de répondre. Qu'il fût persécuté par les paparazzis, calomnié par les journalistes ou harcelé par certaines personnes entreprenantes, ça allait encore, c'était le prix à payer pour faire ce métier. Mais que des scientifiques, dotés qui plus était d'une intelligence supérieure à la moyenne, jugent et condamnent aussi facilement, c'était plus dur à avaler.

— Ça y est, vous avez fini votre cours de politique ? Êtes-vous aussi critique envers vos compatriotes ? Si l'occasion se présentait, sauriez-vous demeurer équitable en vous montrant aussi sévère qu'avec moi ? demanda froidement Vince.

Jean-Christophe bougea inconfortablement sur sa chaise.

— J'ai les nerfs en boule, grommela-t-il en guise d'excuse.

— Et vous avez décidé de me le faire payer ?

— Oui... heu non... Je ne sais plus ce que je dis, balbutia le chercheur. C'est toute cette affaire qui me rend fou.

La colère de Vince tomba d'un coup. Il ne fallait pas perdre de vue qu'il avait besoin de Jean-Christophe pour mener à bien son plan. De toute façon, il voyait bien que le pauvre homme n'en menait pas large.

— Je suis venu vous voir parce que Frances vous fait confiance, commença Vince.

Jean-Christophe n'eut aucune réaction.

— J'ai été sur mes gardes avec vous, et je vois que vous me rendez la pareille, dit Vince d'une voix plus amicale. Mais je crois que nous devrions reconsidérer nos relations sur une base plus solide. Il nous faut unir nos forces afin de retrouver Frances tant qu'il en est encore temps.

Vince vit Jean-Christophe arquer les sourcils de scepticisme.

— Je sais qui a enlevé Frances, affirma-t-il, abattant sa dernière carte.

Il sut immédiatement, par la manière dont le chercheur le fixait, qu'il avait réussi à attirer toute son attention.

* * *

Bien décidé à tenter le coup, Jean-Christophe marchait de long en large à une distance respectable de la tente de Damba. Il attendait impatiemment que l'inspecteur, qui était au même moment à l'intérieur, lui laisse le champ libre. Le scientifique avait du mal à croire Vince, mais en même temps, il ne pouvait ignorer certains détails qui l'avaient agacé, comme le subtil changement d'attitude de Frances depuis la découverte de la grotte. Il trouvait inadmissible l'idée qu'elle ait gardé secret l'un des artefacts, cela ne correspondait pas du tout à ses habitudes. D'un autre côté, qui pouvait affirmer connaître parfaitement toutes les motivations d'un proche ? Si elle avait vraiment fait cela, elle devait avoir d'excellentes raisons pour enfreindre aussi gravement la règle d'or du chercheur. Il se demanda ce qu'il éprouverait, advenant le cas que toute cette histoire soit vraie. Plus déçu qu'outré, il regretterait sincèrement que Frances n'ait pas eu suffisamment confiance en lui pour le mettre dans la confidence. Il ne comprenait pas pourquoi elle avait choisi Vince à sa place. Mais après tout, Julie avait peut-être raison ! Il se passait quelque chose entre ces deux-là.

Du coin de l'œil, Jean-Christophe vit sortir Galsan de la tente de Damba. Il feignit de prendre l'air sans avoir de but précis, jusqu'à ce qu'il jugeât l'inspecteur assez loin pour passer à l'attaque. D'un pas décidé, il marcha alors jusqu'à l'entrée de la tente en s'annonçant :

— Damba ?

— Oui ? répondit ce dernier avec une petite note d'impatience dans la voix.

— J'ai quelque chose à vous dire en privé, dit Jean-Christophe en voyant la silhouette de Damba apparaître dans l'ouverture de la toile.

— Monsieur Bellier, cela ne pourrait pas attendre un peu ? J'ai perdu beaucoup de temps…

— C'est très important !

Le ton de la voix du chercheur, plus encore que la requête elle-même, eut raison des résistances du Mongol.

— Soit ! Si vous voulez bien entrer, dit Damba.

* * *

Vince roulait prudemment en scrutant consciencieusement la montagne. Il regarda le compteur une fois de plus : il avait parcouru le bon nombre de kilomètres. Alors, pourquoi ne le voyait-il pas ? L'avait-il dépassé en roulant trop vite ?

Il était nerveux, mais comment aurait-il pu rester calme alors qu'il savait parfaitement qu'il n'avait pas le temps de se tromper ? Il regarda l'heure et se dit que Jean-Christophe devait être en train de parler à Damba. Si cette conversation se déroulait comme il le pensait, le représentant mongol n'agirait qu'une fois la nuit tombée. Vince courba la tête dans le pare-brise pour voir l'inclinaison du soleil. Il était déjà derrière la montagne. Vince estima donc qu'il avait deux heures devant lui pour trouver et ramener la boîte. Ce serait tout juste. Quand il redressa la tête, il était en train de passer devant. En regardant par la fenêtre du côté passager du véhicule, le relief d'une roche plate accrocha immédiatement son œil averti. S'il n'avait pas regardé dans cette direction à ce moment-là, il l'aurait raté. Il freina brusquement et sortit de la voiture. Il vit enfin ce qu'il cherchait : une roche ressemblant à un haut-de-forme. Sans perdre de temps, il se remit au volant du tout-terrain et fit demi-tour.

* * *

Jean-Christophe croisa ses bras sur sa poitrine et préféra rester debout quand Damba lui offrit de s'asseoir. Ce dernier continuait de mettre de l'ordre dans ses papiers en regardant de temps à autres le chercheur par-dessus son épaule.

— Alors, Monsieur Bellier, que puis-je faire pour vous ? demanda Damba en faisant disparaître dans des sacoches de cuir tous les documents maintenant classés.

— J'aimerais que vous me disiez où est Frances.

La surprise cloua Damba sur place.

— Frances ? Mais… mais j'aimerais bien savoir où elle se trouve…

— Je sais que votre numéro d'innocent hypocrite vous va comme un gant, mais comme vous l'avez si bien dit, nous avons tous perdu beaucoup de temps, attaqua Jean-Christophe sur un ton mordant.

Pris de court, Damba resta muet quelques instants avant de réagir :

— De quel droit venez-vous ici pour m'insulter ?

— Du droit à la liberté d'expression, répliqua le chercheur, décidé à en avoir le cœur net. Laissez tomber les masques, Damba ! C'est vous qui avez eu l'idée d'enlever Frances, mais bien sûr, vous avez fait faire votre sale besogne par d'autres !

— Et pour quelle raison aurais-je fait cela ? susurra le fonctionnaire, maintenant ressaisi.

— Parce que vous espériez, que dis-je, vous étiez convaincu de trouver sur elle un objet que vous convoitez ! C'est frustrant, n'est-ce pas, de voir un plan laborieusement échafaudé échouer aussi lamentablement ?

— Quelle idée farfelue ! Tout d'abord, à quel objet faites-vous allusion ? demanda Damba d'un air intéressé.

« On dirait qu'il commence à mordre ! », se dit Jean-Christophe, encouragé à poursuivre sur le même ton.

— Quel objet, d'après vous, pourrait s'avérer important au point de risquer sa carrière pour se l'approprier ? Un objet qui en vaille la peine. Assez, du moins, pour se voir mêlé à des intrigues qui ne peuvent que mal finir. Voyons, Damba, nous savons tous les deux de quel objet il s'agit !

— La Pierre angulaire, souffla Damba.

« Encore ça ! », pensa Jean-Christophe, qui ajouta tout haut :

— J'ai un marché à vous proposer, c'est à prendre ou à laisser. Je suis prêt à échanger l'objet contre Frances. Si vous ne le voulez pas, je devrai aller voir l'inspecteur et tout lui raconter.

Damba se pinça les lèvres à un point tel qu'elles formèrent une fine ligne dure.

— Vous n'avez aucune preuve, il ne vous croira pas.

— Il ne me croira peut-être pas, mais je vous garantis qu'il prendra l'objet pour le faire examiner. Vous n'aurez ainsi plus la chance de l'avoir entre les mains, car cette fois, il sera mis en lieu sûr.

Damba garda le silence, visiblement hésitant.

— D'accord, finit-il par accepter à contrecœur.

« Salaud ! », ragea intérieurement Jean-Christophe, en avalant difficilement sa salive. Ainsi, Vince avait raison.

— Pas ici ni maintenant, dit Damba. Cette nuit, je vous dirai où Frances se trouve, et vous me donnerez la Pierre angulaire.

— Pas question ! tonna le chercheur, une colère froide dans les yeux. Je vous donnerai ce que vous voulez lorsque j'aurai vu Frances de mes yeux.

* * *

La silhouette inclinée d'un homme se faufilait silencieusement dans la noirceur, prenant garde à ne faire aucun bruit. Celui-ci s'arrêtait occasionnellement pour écouter les bruits ambiants et pour s'assurer qu'il n'était pas suivi. Rassuré, il se remettait en marche, se glissant furtivement entre les tentes. Il s'arrêta enfin devant l'une d'elles. Il hésita quelques secondes, puis se décida à entrer. À l'intérieur, il fixa son attention sur la forme immobile qui était étendue sur le lit de camp. Il tendit l'oreille et perçut une respiration régulière, confirmant que la personne était profondément endormie. L'homme aurait pu se retirer pendant qu'il en était encore temps. L'envie de faire demi-tour était forte, mais la motivation qui l'animait l'en empêcha. Alors, il s'approcha du lit et mit brusquement sa main sur la bouche de la dormeuse, pour qu'aucun son ne parvienne aux oreilles des occupants des tentes voisines.

— Mm, mm ! fit Julie, les yeux exorbités d'effroi.

— Chut ! chuchota une voix à son oreille.

L'intrus lui couvrait la bouche d'une main et maintenait ses épaules plaquées contre le lit, de l'autre. Alors, Julie se mit à tambouriner, de son poing libre, la poitrine de son assaillant.

— Aïe ! ne put-il s'empêcher de lâcher.

Libérant ses pieds de la couverture, Julie se tortillait pour se déprendre de la poigne qui se resserrait sur elle.

— Julie, c'est moi, J-C ! dit tout bas une voix essoufflée.

— J-C ? murmura Julie d'une voix soupçonneuse, en arrêtant d'un coup de se débattre.

Une vive lumière éclaira soudainement le visage penché au-dessus d'elle. Jean-Christophe éteignit la lampe de poche dès que Julie le reconnut.

— Tu es fou ou quoi ! Ce ne sont pas des manières, de venir me visiter au beau milieu de la nuit comme un voleur, surtout après ce qui vient de se passer, lui reprocha-t-elle en chuchotant instinctivement. Elle se redressa en position assise.

— Il fallait que je te voie avant de partir, expliqua Jean-Christophe en s'asseyant au pied du lit.

— Partir ? Partir où ? demanda-t-elle en s'approchant de lui dans un élan d'inquiétude.

— Je ne voulais pas que tu te fasses de souci.

— Des soucis ? J'en ai déjà ! Qu'est-ce que tu me caches ?

— Mon temps est compté, alors je vais faire vite. Damba, Vince et moi allons partir en jeep cette nuit pour retrouver Frances.

— Damba ! Qu'est-ce qu'il vient faire là-dedans, celui-là ? s'étonna Julie.

— Je n'ai pas le temps de tout t'expliquer, alors écoute bien ce que je vais te dire. Vince a un plan, et nous avons de bonnes chances de retrouver Frances. Mais je ne veux pas que tu parles de ça à qui que ce soit, surtout pas à l'inspecteur. Il pourrait tout faire rater. Si Al revient au camp avant notre retour, tu lui diras que nous sommes partis vers le sud. Est-ce que tu me comprends ? dit Jean-Christophe en serrant inconsciemment une des mains de Julie dans les siennes.

— J'ai compris. Personne à part Al ne doit être mis au courant… À voir l'air que tu avais aujourd'hui, je savais bien que tu tramais quelque chose. Et je suis contente que tu te sois enfin décidé à venir m'en parler, confia-t-elle.

— Suis-je donc si transparent ? dit-il avec une petite note de dérision dans la voix.

Il pensait à la dernière conversation qu'il avait eue avec Frances. C'était extrêmement déroutant, cette façon qu'avaient les deux femmes les plus importantes de sa vie de lire en lui comme dans un livre ouvert.

— J'aimerais répondre oui à cette question, mais pour être franche avec toi, il y des moments où je suis loin de te comprendre.

Jean-Christophe essaya de déchiffrer ce qu'elle sous-entendait par là. Il devinait plus qu'il ne distinguait les traits de son visage. Sous l'impulsion du moment, il voulut la toucher tel un aveugle pour visualiser ses traits, mais il s'aperçut que ses mains tenaient encore celle de la jeune femme. D'un bref mouvement, il desserra son étreinte sans la défaire complètement. Où avait-il la tête ? Il allait lâcher la main de Julie quand elle arrêta son geste en le retenant, avant d'ajouter :

— Promets-moi de faire très attention.

— Je te le promets.

Jean-Christophe réalisa soudain qu'ils étaient très proches l'un de l'autre. La nuit les enveloppait d'une enivrante obscurité.

— Je dois y aller, maintenant, dit-il à regret en se relevant.

Comme il se dirigeait vers la sortie, Julie prit peur.

— Jean-Christophe ?

— Oui ? dit-il, la main prête à rabattre la toile.

— Non, rien... Trouve-la !

— J'en ai bien l'intention, dit-il en sortant.

Dehors, Jean-Christophe appuya sur un bouton de sa montre, pour qu'elle s'éclaire et lui donne l'heure. Il accéléra le pas pour dépasser la grande tente et se dirigea vers l'endroit où on garait les véhicules. De loin, il vit une ombre s'activer autour d'une voiture. Il reconnut Vince à la taille de ce dernier.

— Hey ! chuchota-t-il.

L'acteur se retourna, aux aguets.

— Ah, c'est vous !

— Qui d'autre ? se moqua Jean-Christophe, trouvant l'occasion trop belle.

— Très drôle ! Vous êtes en retard.

— De cinq minutes seulement ! Damba ne s'est toujours pas présenté ? demanda le chercheur en mettant son sac à dos dans le véhicule.

— Non. Vous êtes sûr qu'il viendra ? voulut se rassurer Vince encore une fois.

— Ce vendu tient beaucoup trop à l'objet pour laisser tomber aussi facilement. De toute manière, il ne peut plus reculer, maintenant, répondit Jean-Christophe avec mépris.

Changeant brusquement de ton, il ajouta précipitamment :

— Dites-moi ! Vous avez l'objet, j'espère !

— J'ai tout ce qu'il faut.

— Ah !

Après avoir ressenti du soulagement, il ne put réprimer la curiosité qu'une telle découverte éveillait en lui.

— Je... je pourrais le voir ?

— Je ne pense pas que ce soit le moment, commença Vince en regardant discrètement autour de lui.

— Vous avez raison, se ravisa le scientifique, tout de même déçu.

— Je trahis déjà la confiance de Frances en allant chercher sans son autorisation l'objet qu'elle a pris la peine de cacher. D'ailleurs, je ne sais pas ce dont il s'agit, car elle l'a mis dans un coffret. Et je ne me sens pas le droit d'abuser de la situation en soulageant, de surcroît, ma curiosité ou la vôtre.

— Je comprends ! s'empressa de dire Jean-Christophe.

— La connaissez-vous depuis longtemps ? demanda Vince en changeant si vite de sujet que, dans un premier temps, le chercheur ne fut pas certain de suivre le fil de la conversation.

— Un peu plus d'une dizaine d'années, répondit-il, comprenant enfin que l'acteur faisait allusion à Frances. Pourquoi ?

— Oh, pour savoir... Va-t-elle beaucoup m'en vouloir ? demanda Vince d'une voix neutre, en finissant de placer le chargement à l'arrière du véhicule.

Jean-Christophe lança un regard intrigué à l'acteur. Cette simple question masquait une certaine incertitude. Jusqu'à présent, l'Américain lui avait paru tellement sûr de lui qu'il était surpris de lui déceler une faille. Cela l'amena à reconsidérer l'homme qu'il avait en face de lui sur une base beaucoup plus amicale et humaine.

— C'est sûr qu'elle ne sera pas contente. Elle a du caractère, comme tu as sûrement pu le constater...

Il venait sans s'en rendre compte de passer au tutoiement. « C'est de bon augure », pensa Vince, qui dit, résigné :

— C'est bien ce que je pensais.

— Mais elle a aussi une grande sensibilité, poursuivit le chercheur. De plus, dans la position où elle se trouve, elle est très mal placée pour intervenir, et cela, elle saura le reconnaître.

— Je ne voyais pas d'autre solution, dit Vince comme pour lui-même.

— J'aurais fait la même chose que toi.

— Même si tu risquais qu'elle t'en veuille ensuite pour le restant de sa vie ?

— Une vie qu'elle pourrait raccourcir dangereusement sans cette intervention ? Oui, sans hésitation.

Ce fut au tour de Vince de regarder Jean-Christophe avec des yeux neufs. L'acteur se rendit compte qu'il l'avait sous-estimé, tout comme ce dernier l'avait fait pour lui !

— Comme c'est touchant !

Les deux hommes se tournèrent brusquement dans la direction d'où provenait la voix moqueuse. Une silhouette se détacha lentement de l'ombre.

— Vous oubliez une chose importante : la personne que vous défendez avec autant d'indulgence est une voleuse.

— Ah, parce que, vous, vous n'êtes pas un voleur ? riposta Vince d'un ton acerbe.

— Qu'est-ce qu'il fait ici ? demanda Damba à Jean-Christophe, en ignorant l'acteur délibérément.

— C'est lui qui a l'objet, dit le chercheur.

— Vous ne m'aviez pas dit que vous ne seriez pas seul.

— Vous ne me l'avez pas demandé.

— À ce que je sache, vous n'êtes pas le seul impliqué dans cette affaire, vous non plus. Nous sommes donc à égalité, trancha Vince. Nous allons discuter encore longtemps comme ça ?

— Montrez-le-moi, ordonna Damba en tendant la main vers l'acteur.

— Seulement lorsque vous libérerez Frances, précisa Vince sans faire le moindre geste.

— Qui me dit que vous l'avez sur vous ? dit Damba d'une voix remplie de suspicion.

— Qui me dit que vous nous conduirez à elle ? riposta l'acteur du tac au tac.

— Me prenez-vous pour moins intelligent que je ne le suis, Monsieur Rafter ? Pensez-vous vraiment que je vais m'embarquer là-dedans (en disant cela, Damba montrait du doigt le véhicule) sans même avoir la preuve de ce que vous me dites ?

Vince prit le temps de réfléchir, avant de se pencher à l'arrière du véhicule. Il déplaça un carton de nourriture pour trouver ce qu'il cherchait. Il vida le contenu de son sac à dos.

— J-C, éclaire-moi, s'il te plaît, demanda Vince.

Un faisceau de lumière balaya la nuit, pour venir éclairer un tas de vêtements que Vince déplaçait nerveusement. Lorsqu'il souleva un chandail, il vit le coffret.

— Je n'en ai pas la clef, dit l'acteur en se relevant, le coffre dans les mains, et je n'ai pas l'intention de forcer la serrure ici. Mais il y a quelque chose à l'intérieur.

En disant cela, Vince agita la boîte métallique, et les trois hommes entendirent distinctement le bruit sourd d'un objet qui se déplaçait. Scientifiques avant tout, Jean-Christophe et Damba ne purent retenir un mouvement involontaire dicté par la peur que l'Américain n'endommage l'artefact devenu fragile en raison de son grand âge.

La main de Damba allait presque toucher le coffret, quand Vince remit ce dernier promptement au fond du sac.

— Ça suffit ? Je n'ai pas d'autre preuve à vous fournir, dit-il en se penchant pour ramasser les vêtements, qu'il enfonça sans ménagement sur le coffret.

Damba, qui avait des sueurs à voir Vince manipuler si grossièrement un objet d'une si grande valeur, prit rapidement sa décision. De toute façon, il l'avait reconnu, c'était bien le même coffret qu'il avait malencontreusement remis à sa place dans la malle de Frances en pensant revenir plus tard.

— C'est à deux jours de voiture, dit Damba. Il nous faut des vivres.

— C'est déjà fait, intervint Vince. Nous sommes prêts. L'êtes-vous ?

Damba recula de plusieurs pieds, puis revint vers eux avec son bagage.

— Allons-y ! fut la dernière parole prononcée avant que les trois hommes ne s'engouffrent dans le véhicule.

Ils se relayèrent pour conduire de manière à ne pas être obligés de s'arrêter. Ils mangèrent lorsqu'ils eurent faim. Munis d'une boussole et d'une carte topographique, Vince et Jean-Christophe avaient essayé, tant bien que mal, de suivre l'itinéraire, mais l'obscurité et les détours pour éviter les dunes eurent raison de leur bonne volonté. Le plus important, c'était qu'ils retrouvent Frances; ensuite, ils verraient bien. Chacun se débrouillait comme il le pouvait pour glaner, ici ou là, une heure ou deux de sommeil lorsqu'il ne conduisait pas. Au petit matin, le trajet devint plus facile à suivre, car Damba leur fit emprunter une piste de caravanes allant vers le sud-ouest. Il était impossible de la rater, la largeur de la piste était très visible.

Lorsque Jean-Christophe vit quelques arbustes apparaître dans le paysage, cela suffit à lui indiquer qu'ils approchaient d'une oasis. Le ciel était encore clair, mais le soleil allait bientôt se coucher.

— Je pense que nous arrivons.

Damba regarda par la fenêtre après s'être redressé sur son siège.

— Nous avons encore une dizaine d'heures de route à faire avant d'arriver au camp.

— Je suis crevé, dit Jean-Christophe. Qui prend le volant?

— Moi, dit Vince, ainsi Damba pourra me relayer en fin de parcours.

— D'accord, mais il faudrait mettre de l'essence, dit le chercheur en regardant le Mongol sur la banquette arrière. Voulez-vous faire le plein?

À contrecœur, Damba étira la main derrière lui pour saisir le bidon d'essence. Alors que Vince allait sortir de la voiture, Jean-Christophe le retint discrètement jusqu'à ce que le fonctionnaire sorte lui-même. Lorsqu'ils furent seuls, le chercheur se mit à chuchoter.

— Quel est ton plan lorsque nous serons sur les lieux?

— Premièrement, nous demandons à voir Frances, dit Vince sur le même ton.

— Si Frances n'est pas là, ou s'il nous tend un piège, nous ne serons pas plus avancés, dit Jean-Christophe, inquiet. Il est dangereux. Je ne lui fais pas confiance.

— Ce n'est pas lui qui est dangereux.

— Qui, alors ?

— Écoute, J-C, ce n'est pas le moment de paniquer. Prends un peu de repos et laisse-moi m'occuper de ça, tu veux bien ?

Ils furent interrompus par Damba, qui ouvrait le coffre arrière pour y remettre le bidon d'essence.

— Changeons de place, trancha Vince en ouvrant sa portière.

Quand l'auto redémarra, il faisait sombre. Jean-Christophe roula en boule sa veste de polar, qu'il plaça sous sa tête, et ferma les yeux. Qu'est-ce qu'un rat de bibliothèque comme lui faisait dans cette galère ? Mais au fond de lui, sa motivation était aussi, sinon plus farouche que celle de Vince.

## Pactiser avec l'ennemi

Cela faisait plus d'une semaine qu'elle était détenue contre son gré. Frances en avait plus qu'assez d'attendre des secours éventuels, et elle commençait à se sentir très à l'étroit sous la tente dans laquelle elle était enfermée. Elle n'avait pas l'autorisation de mettre ne serait-ce que le bout du nez dehors pour prendre une bonne bouffée d'air frais. Au début, elle n'avait eu de contact qu'avec une seule personne, un homme au visage rébarbatif qui reflétait parfaitement son caractère. Elle n'avait donc fait aucun effort pour tenter de l'amadouer. Il ne lui prêtait d'ailleurs aucune attention, sauf lorsqu'il la prenait en flagrant délit de désobéissance. Lorsqu'il l'avait notamment surprise en train de repousser la tenture de l'entrée, elle s'était retrouvée pieds et mains liés pendant deux jours. Malgré le manque de sommeil et l'inconfort de sa position, elle avait éprouvé un immense soulagement lorsqu'un second individu était venu lui servir ses repas. Il était plus jeune. Certaines ressemblances physiques lui avaient fait penser qu'il avait un lien de parenté avec son prédécesseur. Elle l'avait mentalement surnommé Frérot. Cet heureux répit lui avait été accordé pendant quatre jours. Elle avait tout lieu de croire que l'homme au mauvais caractère s'était absenté. Frérot ne s'était pas embarrassé longtemps de l'ingrate corvée de la faire manger à la cuillère. Il avait le sens pratique et avait tôt fait de la libérer de ses liens.

Malheureusement, Frérot ne connaissait pas l'anglais comme son parent. À tout hasard, elle avait essayé le français et l'espagnol. Devant l'air hébété du Mongol, elle avait su qu'elle perdait son temps. Elle regrettait de ne pas avoir profité de son séjour prolongé pour apprendre les rudiments de la langue autochtone. Elle avait tenu pour acquise la réconfortante présence de son guide et compagnon de route. Elle réalisait son erreur maintenant qu'Al n'était plus auprès d'elle.

Frances décida ce jour-là de faire comprendre au jeune homme, à grand renfort de gestes, qu'elle désirait prendre l'air. Il refusa. Elle feignit de se résigner à son sort, espérant créer ainsi un climat de confiance. Tout ce qu'elle souhaitait, c'était provoquer un relâchement de la surveillance dont elle faisait l'objet. L'effet fut pourtant d'un tout autre ordre. Son approche décontractée, la douceur de sa voix et le charme inconscient de son sourire furent mal interprétés par le jeune homme. Il la regarda d'un air intrigué, se demandant pourquoi il avait droit à un si soudain revirement de la part de l'étrangère. Prise au dépourvu, Frances se raidit imperceptiblement lorsqu'elle s'aperçut qu'il la regardait soudain d'un air intéressé. Frérot se rapprocha dangereusement d'elle. L'archéologue voulut battre en retraite, mais son geste mit de l'huile sur le feu. Le Mongol sauta sur elle, l'empoignant à bras-le-corps. Elle eut juste le temps de lâcher un cri vite étouffé par la bouche du jeune homme sur la sienne, qui cherchait ainsi à la faire taire. Elle se débattit avec l'énergie d'une louve en mordant ce qui était à sa portée. Son assaillant cria de douleur en la lâchant. Il essuya sa lèvre ensanglantée en ne la quittant pas des yeux.

Le danger n'était pas écarté. Bien au contraire, Frérot pensait maintenant qu'elle voulait corser le jeu. Un curieux mélange de désir et de colère l'habitait.

— Ne t'approche pas de moi ! glapit-elle en vain.

Elle se prépara au pire lorsque le Mongol fit un pas dans sa direction. Un cri impérieux le figea cependant sur place. Une femme d'un certain âge le réprimanda sévèrement. Même si le visage de Frérot restait impassible, Frances savait fort bien que ce n'était qu'une façade. À l'intérieur, il était déchiré entre la frustration du désir inassouvi et la culpabilité du jeune pris en flagrant délit. Afin de protéger son orgueil d'homme, il opta pour l'humour, éclatant d'un rire gras en hochant la tête, comme s'il s'était prêté à une bonne blague. L'aînée le poussa sans ménagement à l'extérieur de la tente.

Enfin seule, Frances tomba en larmes. Elle devrait dorénavant éviter les manœuvres amicales. Frérot avait le sang chaud.

Ses soupçons avaient tout de même été confirmés. Bien qu'elle n'ait eu affaire qu'à deux hommes depuis son enlèvement, elle était sûre d'avoir entendu d'autres voix, dont une féminine. Ses ravisseurs n'étaient pas tant que ça, tout au plus cinq. L'idée de s'enfuir fut plus que jamais d'actualité. Entre le danger d'être violée et de mourir ici, ou bien celui de mourir dans le désert, elle préférait la deuxième option. D'ailleurs, elle avait déjà commencé à se faire une petite réserve de nourriture, qu'elle puisait à même son assiette. L'eau n'était pas un problème, puisqu'on avait mis à sa disposition une outre d'eau bien remplie. Elle attendrait donc cette nuit pour agir, sa décision était prise. Heureusement qu'il n'y avait ici aucun chien pour donner l'alerte !

Frances allait mettre son plan à exécution quand Frérot vint contrecarrer ses projets d'évasion. À la fin du jour, il se précipita vers elle pour l'attacher gauchement en évitant son regard. Comme elle résista, il devint impatient. Elle allait protester quand soudain, il lui serra le bras en guise d'avertissement. Il fit alors un geste qu'elle ne comprit pas immédiatement : il mit son index en travers de sa propre bouche, l'exhortant au silence tout en jetant des regards nerveux vers la sortie. Elle comprit qu'il agissait dans leurs deux intérêts et cligna des paupières en signe d'acquiescement. Il retira sa main et finit de lier ses pieds et ses mains. À peine eut-il terminé de l'attacher qu'ils entendirent des éclats de voix à l'extérieur. Frérot se releva au moment même où quelqu'un pénétra sous la tente. Pas de chance ! Frances poussa un soupir d'exaspération en le reconnaissant. L'absent était de retour, et de très mauvais poil, de surcroît.

Le lendemain de cette cuisante déception, Frances se morfondait une fois de plus. La veille, les deux hommes avaient fait des messes basses toute la soirée en lui jetant des regards loin d'être rassurants. Frances savait que celui qui commandait avait épuisé ses dernières ressources de patience. Elle sentait toute sa frustration prête à exploser. Dire qu'elle aurait pu le devancer en vidant les lieux vingt-quatre heures plus tôt ! Une seule petite journée aurait pu faire toute la différence.

Elle en était là dans ses réflexions quand Frérot fit son apparition avec son petit-déjeuner. Il libéra ses mains sans dire un seul mot et se posta à l'entrée de la tente. Quand elle eut fini de manger, il remit ses liens en place, sans toutefois les serrer trop fort, laissant du jeu aux mains pour bouger un peu. Il ne pouvait pas savoir que Frances sentait sa peur.

Or, la peur, plus que toute autre émotion, se transmettait d'une personne à l'autre aussi facilement qu'une maladie contagieuse. Parce qu'elle en avait conscience, Frances y était encore plus sensible. De nouvelles pensées se formèrent donc dans sa tête sans qu'elle s'en rende vraiment compte. Tant qu'elle avait représenté pour les nomades une valeur d'échange, elle avait eu de l'espoir. Mais voilà, Frérot avait peur, maintenant, et ce n'était sûrement pas sans fondement. Si son parent était rentré bredouille, Frances devenait automatiquement une charge pour eux, une charge dont ils devraient éventuellement se débarrasser. Et quoi de plus facile que d'effacer les traces de sa présence dans le désert !

Prostrée dans ses malheurs, Frances n'eut pas immédiatement conscience de la recrudescence d'activité autour de la tente. Avant de comprendre ce qui lui arrivait, le chef des malfaiteurs fit irruption dans la tente et se dirigea vers elle avec quelque chose dans les mains.

— Toi, pas parler, dit le chef en la bâillonnant sans ménagement. Si parler, toi morte.

Habitué de se faire craindre et obéir, il s'empressa de quitter les lieux, sans toutefois oublier de jeter un coup d'œil aux pieds et poings liés de la prisonnière. Il avait entraîné Frérot dans son sillage. Ce ne fut qu'à cet instant qu'elle entendit distinctement le bruit d'un moteur. Cela voulait dire qu'une voiture venait dans leur direction ! Vue la réaction de son entourage, elle conclut à de la visite inattendue. Un espoir fou fit battre son cœur plus vite. Et si c'était Al ! Frances bougea frénétiquement ses poignets attachés dans son dos pour essayer de défaire ses liens. La corde autour de ses mains était relâchée, mais les nœuds étaient solides. Sans arrêter de tirer dans tous les sens, elle entendit claquer une portière. En pliant les doigts, elle réussit à passer une de ses mains dans le croisement des cordes qui reliaient ses poignets. Des éclats de voix parvinrent jusqu'à ses oreilles. Donnant du jeu à ses mains, Frances s'attaqua directement à la corde qui retenait ses poignets. Soudain, elle crut reconnaître la voix d'un visiteur. Jean-Christophe était parmi eux ? Il devait avoir demandé à les accompagner. Avec un regain d'énergie, elle tira si fort sur la corde qu'elle s'en fit mal. Dehors, le ton était monté et la discussion s'échauffait. Elle avait presque dégagé ses mains quand elle entendit crier son nom.

Stupéfaite, Frances s'immobilisa. Vince ! Redoublant d'ardeur, elle finit par libérer une de ses mains. Sans perdre une seconde, elle agrippa la pièce de tissu qui scellait sa bouche et cria à tue-tête :

— Je suis ici !

— Dieu merci, elle est vivante ! entendit-elle Jean-Christophe s'exclamer.

— Faites attention au..., voulut-elle les avertir lorsque Frérot entra en trombe.

Il se précipita vers elle pour l'empêcher de parler. Dans le brouhaha qui suivit, la confusion atteignit un tel paroxysme qu'elle ne distingua qu'un méli-mélo de voix vociférant.

Quelques minutes plus tard, un ordre fusa après un intermède angoissant qui fit réagir aussitôt Frérot. Il enleva sa main qui entravait la bouche de Frances, et il se pencha vers ses pieds. La chercheuse pensa qu'il voulait vérifier la solidité des liens. Elle se trompait. Il l'aida plutôt à se redresser, et elle constata qu'il venait de couper la corde qui retenait ses chevilles. Se tenant derrière elle, il la colla contre lui et passa un bras en travers de sa poitrine, avant de la pousser fermement vers la sortie. Dès qu'ils furent dehors, Frérot obligea Frances à s'arrêter.

— La voilà ! s'écria Jean-Christophe.

Vince tourna brusquement la tête dans sa direction. Sans quitter Frances des yeux, il s'adressa en anglais à la personne qui se tenait entre lui et les brigands. L'archéologue chercha à voir Al, mais les malfrats lui cachaient la vue. Le chef haussa le ton; de toute évidence, il sollicitait l'attention de Frérot, qui réagit en serrant Frances plus étroitement.

— Frances, êtes-vous blessée ? Répondez-moi par oui ou par non de la tête, dit Vince d'une voix tendue.

Elle fit signe que non.

— Avez-vous été maltraitée ? poursuivit l'acteur sur le même ton.

Cela dépendait de la manière dont on considérait les choses. Si être kidnappée, affamée, assoiffée, ligotée et presque violée n'était pas ce qu'on appelait être maltraitée, elle se demandait bien comment elle avait été traitée. Mais elle savait que Vince parlait ici de choses bien pires.

« Non », fit-elle une nouvelle fois de la tête.

Pendant que l'acteur reprenait les pourparlers, Frances vit Jean-Christophe lui jeter un regard tendu. Frérot décida que c'était le moment de retourner à l'intérieur de la tente.

— Où l'amène-t-il comme ça ? protesta le chercheur en bougeant dans sa direction.

Aux yeux de Frances, tout se passa alors très rapidement. Tandis qu'elle se tordait le cou pour garder le plus longtemps possible un contact visuel avant de réintégrer sa prison, elle remarqua le mouvement que fit Vince pour arrêter Jean-Christophe. Il le retint par l'épaule. Ce qu'elle vit ensuite la choqua.

Ce geste créa en effet du mouvement parmi les antagonistes, dévoilant du même coup la personne qu'elle croyait au début être Al. Abasourdie, Frances pénétra à l'intérieur de l'habitacle et se laissa bousculer par Frérot sans offrir de résistance. Celui-ci la poussa au fond de la pièce. Après s'être assuré qu'elle ne bougerait pas de là, il se posta à l'entrée de la tente pour faire le guet.

Frances essaya de comprendre. D'abord Vince, et maintenant Damba ! Pourquoi Damba remplaçait-il Al ? Qu'était-il arrivé à son collègue pour que Vince et Jean-Christophe fussent obligés de demander à ce fonctionnaire pourri de leur servir d'interprète ? L'idée qu'il ait pu arriver malheur à Al ne lui traversa même pas l'esprit. « À moins que cela ne fasse partie du plan », se dit-elle. De toute évidence, c'était pourtant Vince qui semblait être au centre de l'opération. Mais pourquoi continuait-elle à sentir un poids sur son cœur, alors que sa délivrance ne devrait plus tarder ? Elle n'aimait pas l'idée que ses amis aient eu recours à Damba. De là provenait la sensation désagréable qu'elle ressentait. Il était la dernière personne au monde qu'elle aurait choisie pour l'aider. Quand elle pensait à lui, elle ne pouvait s'empêcher de l'associer à la Pierre angulaire, au danger que celle-ci puisse tomber entre ses mains et qu'il en fasse mauvais usage. Elle avait beau se raisonner et se dire que la Pierre angulaire était hors d'atteinte, elle n'était toujours pas rassurée.

Dehors, Vince et Jean-Christophe étudiaient stoïquement la situation en ne quittant pas des yeux les nomades.

— As-tu remarqué le couteau ? dit le chercheur à voix basse.

— Oui, mais tu ne m'aides pas quand tu t'énerves ainsi, répondit Vince en regardant du coin de l'œil Damba, qui parlait en aparté avec son complice.

— Ça ne t'est pas venu à l'idée qu'il pourrait s'en servir contre elle ? dit Jean-Christophe en ne pouvant retenir une pointe de sarcasme.

— Il ne s'en est pas servi jusqu'à présent, non ?

— Comment fais-tu ?

— Comment je fais quoi ?

— Pour ne pas réagir ! s'exclama le Français avec irritation. Désolé de t'apprendre que je n'ai pas tes nerfs d'acier.

— Tout est dans la posture.

— La posture ? répéta bêtement Jean-Christophe.

— L'homme qui tenait Frances n'avait pas une posture menaçante. S'il avait été peu scrupuleux, il aurait mis sa lame sous sa gorge pour donner l'illusion qu'il pourrait s'en servir au premier mouvement de notre part. Au lieu de ça, il pointait l'arme vers le sol, se servant de son bras droit pour maîtriser Frances. Il ne voulait pas en arriver là. De toute manière, tu l'as entendu comme moi, Frances a répondu par la négative aux deux questions que je lui ai posées. C'est plus qu'il m'en faut pour rester calme. La partie n'est pas finie, J-C.

Le chercheur était impressionné.

— Si je ne savais pas que tu es acteur depuis plusieurs années, je t'aurais facilement imaginé en soldat, commenta-t-il avec un respect mêlé d'incrédulité dans la voix.

— Mais tu l'as dit, je suis acteur. L'action, c'est mon rayon. Et tu connais le dicton selon lequel la réalité dépasse souvent la fiction ? Je ne l'ai jamais aussi bien compris qu'en ce moment.

— Tsogt est contrarié parce que je ne l'ai pas averti de notre venue, intervint Damba d'une voix irritée.

— Quelque chose me dit que ça ne va pas comme vous le voulez, dit Vince en s'approchant de lui.

— C'est… qu'il a augmenté ses tarifs.

— Nous y voilà..., dit l'acteur comme pour lui-même.

— Il affirme qu'il court de plus grands risques, maintenant qu'il a été pris sur le fait. Il considère que les problèmes que cela va engendrer vont lui coûter plus cher, continua le fonctionnaire.

— Et vous n'avez pas les moyens de satisfaire ses revendications salariales ? ironisa Vince.

— C'est certain, puisqu'il double son tarif ! dit Damba comme si c'était une évidence. Ce n'est pas ce qui avait été convenu initialement.

— À quoi vous attendiez-vous, au juste ? Pensiez-vous avoir affaire à des enfants de chœur ?

Le feu aux joues, le fonctionnaire pointa rageusement la tente qui abritait Frances.

— C'est elle qui a commencé. Vous pensez qu'elle ne savait pas ce qu'elle faisait en gardant pour elle une partie de ses recherches ? Laissez-moi vous dire qu'elle était très bien placée pour le savoir. Je vous ferai remarquer qu'elle était responsable de la mission. La divulgation complète et détaillée du fruit de ses recherches fait partie des termes de son contrat. En passant outre, elle a enfreint les ententes conclues entre nos deux pays, jeté du discrédit sur un projet international de l'UNESCO et mis en doute son intégrité scientifique.

— C'est ça, dites donc que c'est de sa faute si vous vous sentiez floué au point d'engager des mercenaires pour la faire kidnapper ! fulmina Jean-Christophe, les poings serrés.

— Je suis curieux, intervint Vince en lançant un regard d'avertissement au chercheur. Vous qui êtes si prompt à crier à l'injustice, dites-moi pourquoi vous n'avez pas porté plainte au ministère des Affaires étrangères ?

— C'est ce que j'ai fait. Malheureusement, ils perdent un temps fou à reconsidérer les faits, et quand ils arrivent sur les lieux, il est trop tard. Le site archéologique est pillé de ses plus belles pièces, et par des étrangers, de surcroît. Toutes les époques ont été témoins de telles razzias. Regardez l'Égypte, elle s'est fait dépouiller d'une grande partie de son patrimoine national ! répondit pompeusement Damba.

— Vous avez donc décidé d'intervenir à leur place, dit Vince.

— Je me suis dit que ce n'était pas une mauvaise idée, de combattre le mal par le mal.

Le chef, qui s'était contenté jusqu'à présent de les regarder discuter, éleva subitement la voix pour couper court à cet échange dont il n'avait pas le contrôle.

— Dites-lui que je suis prêt à négocier, dit Vince à Damba.

Le fonctionnaire s'exécuta, trop heureux de se décharger de cette question financière qui devenait épineuse. Quant à Tsogt, il regarda tour à tour Damba et Vince, avant de soutenir le regard direct de ce dernier. Ses petits yeux fourbes se plissèrent lorsqu'il comprit que le pouvoir de l'étranger était réel. Il avait en face de lui un adversaire de taille, mais il était quand même décidé à tirer avantage de la situation. Le nouveau venu voulait la femme, c'était une réalité tangible qu'il comprenait. Ce n'était pas comme l'autre, qui parlait sans cesse d'un quelconque bien en sa possession ! Avec une moue de dédain, il se désintéressa de Damba, pour se concentrer sur Vince.

Quand l'acteur vit briller de cupidité les yeux du malfrat, il sut qu'il était sur la bonne voie. Il fit alors un geste universel qui n'avait pas besoin d'être traduit pour être compris de tous. Il frotta son index contre son pouce, puis pointa le premier dans la direction de Tsogt et ensuite vers lui-même, afin de lui faire savoir qu'il voulait arriver à une entente. La réponse ne tarda pas. Tsogt hocha discrètement la tête en signe de compréhension. Des ordres fusèrent, les gardes armés baissèrent leur arme et une femme apparut comme par enchantement pour leur offrir une boisson auprès du feu. Vince prit place en face de Tsogt. Relégué au rôle d'interprète, Damba n'eut d'autre choix que celui de collaborer.

Jean-Christophe suivit le groupe, appréhendant l'issue de cette épreuve. Après tout, rien n'était plus facile pour ces bandits que de leur trouer la peau, puisqu'ils n'étaient même pas armés ! Il espérait de tout cœur que Vince savait ce qu'il faisait. Il chercha en vain des signes de nervosité sur son visage. Derrière une façade presque froide, se cachait de manière peu discrète une farouche détermination. À voir comment Tsogt réagissait, il était évident qu'il n'y était pas insensible. En gros, chacun avait ce que l'autre désirait. L'enjeu était donc clair : la liberté de Frances contre une rançon. Fasciné malgré lui par cette scène, Jean-Christophe voyait à l'œuvre des gens qui faisaient du marchandage un art. Tsogt n'avait pas intérêt à fixer son prix dès le départ, pour se laisser la liberté d'enchérir advenant un trop grand empressement de la part de son rival. Et Vince devait montrer sa réticence à hausser la mise, afin d'éprouver l'adversaire en lui montrant ses propres limites monétaires. Ainsi, ils arriveraient à un accord satisfaisant, mais tout aussi concluant de part et d'autre. Tsogt avait montré dès le départ sa nette préférence pour la devise américaine. Par chance, Vince n'en était pas à son premier séjour en Mongolie, et il avait eu le temps de se familiariser avec la devise locale. Après une heure de marchandage serré, Vince aborda en premier la question des modalités de paiement, avant de parvenir à un arrangement final.

— J'accepte votre prix, mais à une condition, dit l'acteur par l'entremise de Damba.

— Laquelle ? demanda Tsogt en croisant les bras, la mine renfrognée.

— Je vous paye la moitié tout de suite et vous aurez l'autre moitié lorsque nous serons arrivés à bon port.

— Me pensez-vous ignare au point de vous laisser partir comme ça ? dit Tsogt, un sourire fugace sur les lèvres.

— Et vous, pensiez-vous réellement que j'aurais sur moi la totalité de la somme ? dit Vince sans qu'un muscle de son visage n'exprime autre chose que le sérieux de sa riposte.

Tsogt hésita. L'Américain en profita sans tarder.

— Nous sommes à votre merci, vous êtes armés et vous nous

dépassez en nombre. Alors, qui aurait l'avantage dans cette négociation que nous avons conclue selon l'usage, vous ou moi ?

Damba marqua une pause en regardant Vince d'un air abruti.

— Traduisez, ordonna Vince d'un ton sans réplique.

Le fonctionnaire s'exécuta de mauvaise grâce. Tsogt regarda à son tour l'acteur avec une certaine curiosité. En disant cela, cet étranger reconnaissait la faiblesse de sa position, mais il montrait aussi la force de son caractère et, plus subtilement, sa compréhension des règles du jeu. Il avait rapidement saisi qu'en négociant, Tsogt avait eu en tête d'obtenir beaucoup plus que s'il s'était contenté de simplement voler ce qu'il avait déjà à portée de la main. Cet homme en savait long sur les méandres de l'esprit humain.

— De plus, quelle garantie avais-je qu'il me conduirait directement à elle ? dit Vince en indiquant Damba de la tête.

Le fonctionnaire s'interrompit au milieu de la phrase en saisissant l'allusion.

— Dites-le-lui mot à mot ! C'est dans votre intérêt, insista Vince.

Damba se tourna vers Tsogt et termina la phrase qu'il avait commencé à énoncer d'une voix morne. Après tout, quelle importance cela avait-il pour lui, que cet acteur fasse part de ses doutes à ce gros bêta de Tsogt ? Il n'en avait que faire, de leur opinion !

Le kidnappeur arqua les sourcils de surprise et éclata d'un rire tonitruant. Que cet efflanqué se voie obligé de traduire des sous-entendus peu élogieux sur sa personne l'amusait vraiment ! Il était d'accord sur ce point : on ne pouvait jamais faire confiance aux mauvais payeurs ! Il commençait à apprécier l'étranger, mais cela ne l'empêchait pas de s'en méfier. Cet homme se fiait de toute évidence à son instinct, infaillible jusqu'à présent. N'avait-il pas essayé de l'aborder à l'hôtel de Dalan Dzadagad ? Voulant passer incognito, Tsogt avait commis l'erreur d'attirer l'attention sur lui en s'approchant de trop près du petit groupe dont l'étranger faisait partie. Damba avait manqué le rendez-vous ce jour-là et, de toute évidence, cette petite délégation en était la cause. En s'exposant ainsi, le Mongol avait en fait cherché à savoir s'il devait continuer à attendre, ou s'il devait prendre les devants en fixant au fonctionnaire un autre lieu de rencontre.

— Pour la moitié de la somme maintenant, je la laisserai partir, dit Tsogt en se raclant la gorge. Cependant, vous prendrez sa place en restant avec moi jusqu'à ce que vous ayez acquitté l'autre moitié que vous me devez.

— Marché conclu ! dit Vince sans hésiter.

Frances n'avait jamais trouvé le temps aussi long. Comment allaient-ils s'y prendre pour la faire libérer ? Elle n'en pouvait plus de s'imaginer les pires scénarios, même si une partie d'elle-même notait presque inconsciemment plusieurs facteurs non négligeables, comme l'absence de bruits de lutte, de coups de fusil ou de moteurs en marche.

Frérot montait toujours la garde. Lui aussi commençait à montrer des signes d'impatience. Il n'avait pas quitté l'entrée de la tente. Pour mieux voir, il avait rabattu la toile et regardait anxieusement dehors. Rongée par la curiosité, Frances se serait bien rapprochée de l'entrée, elle aussi, pour regarder ce qui se passait, mais elle se retenait d'intervenir, sachant très bien que Frérot réagirait mal, cette fois-ci. Brusquement, ce dernier mit la main sur le manche du couteau qu'il portait à sa ceinture. Quelqu'un approchait !

Jean-Christophe pénétra sous la tente, précédé d'un homme armé. Les Mongols se parlèrent entre eux, tandis qu'il fit un signe à Frances pour lui signifier que tout allait bien. Il ne bougeait pas, attendant passivement que l'homme de main finisse de donner ses instructions à Frérot. Après avoir été mis au courant, Frérot vint vers l'archéologue, l'aida à se relever et libéra ses mains des derniers liens, sans toutefois oublier de lui remettre en place son bâillon. C'était un bon début, mais malgré ce geste encourageant, elle percevait un tiraillement dans les messages sensoriels qu'elle recevait. Elle cherchait à en identifier la source, quand Frérot la poussa vers la sortie. Lorsqu'elle arriva à sa hauteur, Jean-Christophe la prit par le bras pour marcher à côté d'elle. Dès qu'elle se retrouva au grand air, elle s'empressa de chercher des yeux Vince, qu'elle vit assis à l'intérieur d'un véhicule. Damba tenait ouverte la porte du conducteur, tandis que Tsogt et un autre homme armé l'encadraient.

Spontanément, elle amorça un mouvement dans leur direction,

mais elle fut bloquée par le canon abaissé de l'arme de l'homme qui la précédait. Le message était clair: Jean-Christophe et elle devraient attendre ici la suite des événements. Frérot se sépara du groupe, pour aller chuchoter quelques mots à l'oreille de Tsogt. En jetant un coup d'œil par-dessus son épaule, ce dernier fit un signe satisfait de la tête et reporta son attention sur Vince. Quelque chose n'allait pas. Qu'est-ce que Damba et Tsogt attendaient comme ça ? Elle lisait la convoitise en eux. Vince sortit de la voiture avec une pochette de voyage dans une main et un sac à dos dans l'autre. Il tendit la première à Tsogt, qui s'empressa de l'ouvrir. Il y avait des billets de banque dedans !

Tranquille jusque-là, Damba s'empara brusquement du sac à dos, qui lui échappa lorsque Vince le tira d'un coup sec vers lui. Frances était assez près pour entendre l'altercation qui suivit, et elle se figea d'horreur lorsqu'elle comprit ce qui était en jeu.

— Donnez-moi la Pierre angulaire, dit Damba d'une voix vindicative.

— C'était ça contre la libération de Frances, dit Vince en désignant son sac. Vous n'avez pas rempli votre part du marché, car il a fallu que j'intervienne personnellement. Par conséquent, notre marché est nul, dit Vince.

— Vous jouez sur les mots, Monsieur Rafter. Je vous ai conduit à elle, alors je vous réclame mon dû, insista Damba d'une voix qui avait de la peine à contenir sa colère.

— Je ne vous dois rien, affirma l'acteur.

Damba se tourna alors vers Tsogt et déversa un flot de paroles en mongol. Quand le malfrat ouvrit la bouche, le fonctionnaire traduisit avec un sourire mauvais:

— Il veut voir ce que c'est.

Vince n'hésita qu'une seconde avant de sortir du sac la boîte de Frances. Elle aurait voulu lui crier de ne pas faire cela, mais le bâillon l'en empêchait. Avec la lame de son couteau, Tsgot força la serrure en l'espace de quelques secondes. Quand il ouvrit le couvercle, tout le monde retint son souffle. Puis, d'un coup sec, il le referma aussitôt en faisant sursauter Damba. Commença entre eux une discussion houleuse qui prit fin aussi soudainement qu'elle avait commencée. Tsogt avait sorti son poignard et menaçait le fonctionnaire, qui devint brusquement aussi muet qu'une carpe. Après un moment d'une rare tension, le kidnappeur rengaina la lame du couteau, rendit le coffret à Vince et s'éloigna avec son butin.

— Vous me le paierez ! gronda Damba à l'intention de l'acteur.

— C'est ce que je viens de faire, répliqua Vince en haussant les épaules.

Damba se détourna avec dépit et prit la direction opposée à celle de son ancien complice.

Sur un ordre discret de Tsogt, l'homme armé dégagea aussitôt le bâillon qui entravait la bouche de Frances.

— Tenez, dit Vince, en lui offrant de reprendre son bien.

Encore incapable de départager les émotions contraires qu'elle éprouvait, Frances prit simplement l'objet sans formuler de commentaire.

— Frances ! dit Jean-Christophe en l'étouffant presque dans ses bras tant il la serrait fort. Tu nous en as fais voir de toutes les couleurs, depuis quelque temps.

— Tu me fais mal, J-C.

— Oh, pardon ! Es-tu blessée ? s'empressa-t-il de lui demander en desserrant immédiatement son étreinte.

— Mais non, tout va bien, dit-elle.

— Tu en es sûre ?

Elle acquiesça, puis enchaîna aussitôt :

— Où est Al ?

— Qu'est-ce que tu penses ? Il est lui aussi parti à ta recherche. Il a fait appel à une bande de copains.

Vince se sentait de trop au milieu de ces retrouvailles. Pour se donner une contenance et parce qu'il avait une soif terrible, il alla chercher de l'eau à la voiture. Après s'être désaltéré, il s'aspergea le visage pour se ressaisir et mieux réfléchir. Il avait gagné la première manche, mais la partie était loin d'être terminée. En regardant autour de lui, il remarqua que Tsogt avait chargé l'un de ses gardes armés de le surveiller. Il allait devoir avertir Jean-Christophe de ne pas trop traîner dans les parages. Son regard revint se poser sur Frances comme un papillon de nuit attiré par la lumière. Elle ne lui avait pas accordé un seul regard, pas plus qu'elle ne lui avait adressé la parole. Il était certain qu'elle lui en voulait à mort de l'avoir trahie. De tous les risques qu'il avait pris au cours de sa vie, c'était vraiment celui qui lui coûterait le plus cher.

Jean-Christophe finissait de mettre Frances au courant de toute l'histoire : l'expédition de recherche organisée par Al, le retour de Luvsan, l'arrivée de l'inspecteur, la responsabilité de Damba dans son enlèvement et le rôle primordial que Vince avait joué pour retrouver sa piste.

— Si tu savais tout ce qu'il a fait pour te retrouver. Je ne sais pas comment il a deviné que Damba était coupable, ni comment il a su le piéger.

— L'entente qu'il a conclue avec ce Tsogt... commença Frances sans oser formuler sa question plus précisément.

— Vince a été fantastique ! dit Jean-Christophe avec admiration. On aurait dit qu'il avait fait ça toute sa vie. Moi, je suis déjà nul quand il s'agit de marchander un souvenir de voyage, alors essaie un peu de m'imaginer en train de marchander la vie d'une personne ! C'était au-dessus de mes forces. Mais toi, tu aurais dû le voir faire ! Rabaisser Damba au rôle d'interprète, s'attirer dès le départ le respect du brigand, spéculer sur un prix comme si c'était une simple opération boursière, en devinant par avance l'intention adverse...

— Qui va payer pour ça ? lâcha-t-elle, n'y tenant plus.

L'embarras se peignit sur le visage de Jean-Christophe.

— Frances, c'est plus compliqué que tu ne le penses. Les autorités de la Mongolie n'ont pas encore autorisé les recherches pour te retrouver, car elles désiraient enquêter sur... la probabilité qu'il y ait eu dissimulation intentionnelle de matériaux archéologiques. Alors, tous les efforts fournis pour te retrouver et te délivrer ont été des initiatives personnelles de ceux pour qui ton bien-être passait avant tout.

C'était bien ce que Frances avait soupçonné : Vince avait payé de sa poche la rançon de sa liberté.

— Tu ne me dis pas tout !

— Je ne m'y habituerai jamais…, riposta Jean-Christophe, les yeux en l'air.

Il y avait pour l'heure plus urgent que les sentiments froissés de son ami.

— Qu'est-ce que tu me caches ? insista-t-elle.

— Crois-moi, tu vas le savoir bien assez tôt, répondit-il en éludant la question. De toute façon, ce n'est pas à moi de te le dire.

Il était inutile d'insister. En de rares occasions, elle avait déjà vu Jean-Christophe se montrer intraitable. Et il y avait tout lieu de croire qu'il avait décidé de récidiver.

— Un de ces jours, j'aimerais que tu m'en parles, dit tout de même ce dernier en désignant le coffret métallique que Frances tenait jalousement sous son bras. Si tu te décides, sois assurée que je serai tout ouïe, aussi réceptif qu'un prêtre dans un confessionnal.

Elle sentit le remords la gruger. Elle le tenait à l'écart et il le savait. Toutefois, loin de lui en tenir rigueur, il restait disponible pour elle, lui offrant son aide et son support en évitant de la juger. De peur d'avoir la voix enrouée par l'émotion qui la gagnait, elle acquiesça en silence.

— Il est tard, il faudrait reprendre la route, intervint Vince, qui s'était rapproché en douce.

— Que faisons-nous de lui ? demanda Jean-Christophe en désignant la silhouette solitaire de Damba.

— Tu te souviendras du chemin ? s'informa tout d'abord l'acteur.

— Pas entièrement.

— Alors, il doit partir avec vous, lui aussi. Et tu es la personne la mieux placée pour aller lui parler. Après tout, je ne pense pas qu'il veuille rester ici, après ce qui vient de se passer.

Quand Vince et Frances se retrouvèrent enfin seuls, une gêne subite s'empara d'eux.

— Qui vous a contacté ? commença-t-elle pour briser la glace.

— Al.

— Bien sûr, murmura-t-elle.

Elle se mordit la lèvre, avant de se décider :

— J-C m'a dit pour l'argent. Je vous rembourserai, bien sûr.

Vince ébaucha un geste de la main, mais avant même qu'il n'ait ouvert la bouche, Frances poursuivit:

— C'est le moins que je puisse faire! s'exclama-t-elle sur un ton qui laissait deviner qu'elle était dépassée par les événements.

Il préféra laisser tomber le sujet.

— C'est trop long, s'impatienta-t-il en regardant en direction de Jean-Christophe.

— Je vous dois des excuses, murmura alors Frances d'une voix presque inaudible.

Vince reporta son attention sur elle.

— Tout ce que j'ai dit à votre sujet avant votre départ est impardonnable, reprit-elle après s'être éclairci la voix. C'était tout à fait injurieux et inapproprié. Si je ne vous ai pas parlé plus tôt, c'est que... j'avais honte... Je me suis sentie si fautive que j'ai laissé passer l'occasion de m'excuser.

— Le pensiez-vous réellement?

— Qu...quoi? dit-elle, confuse.

— Que mon séjour parmi vous était une autre lubie d'acteur en mal de tranquillité, et que je ne venais en Mongolie que pour me changer de ma trop célèbre et mouvementée vie d'artiste?

— Je n'ai pas réfléchi avant de parler. J'étais tracassée, ce jour-là, et je devais être plus... émotive que je le pensais pour laisser ainsi les mots dépasser le fond de ma pensée.

Frances se tut. Son attitude révélait son profond repentir.

— Moi aussi, je vous dois des excuses, dit Vince. J'ai été contraint d'aller chercher l'objet que vous aviez caché en ma présence. J'ai essayé de me rattraper en manœuvrant de telle sorte que vous puissiez le récupérer sans qu'il y ait trop de casse.

Il y eut une pause avant que ne fuse la dernière réplique:

— Nous sommes donc quittes!

En disant cela, Frances se pinça les lèvres pour garder son sérieux. N'était-ce pas de l'espièglerie qu'elle vit soudainement briller dans les yeux de Vince?

— Damba vient avec nous, intervint Jean-Christophe en marchant dans leur direction.

— Où est-il ? demanda Vince en détachant difficilement ses yeux de Frances.

Il le vit à côté du garde armé.

— Il doit les avertir de notre départ pour que nous puissions partir sans qu'ils nous tirent dessus, expliqua Jean-Christophe.

— Montez tout de suite dans la voiture, dit l'acteur. Je vais faire le plein. Plus il y aura de kilomètres qui vous éloigneront d'ici, mieux ce sera. Ainsi, s'ils venaient à changer d'idée, vous seriez déjà loin.

La fin de la phrase de Vince fut enterrée par le cri que lança le garde armé. Frances et Jean-Christophe s'installaient à bord du véhicule au moment où Tsogt arriva. Quand lui et ses hommes s'arrêtèrent à deux pas du véhicule, Vince avait terminé de remplir le réservoir d'essence. Il y eut un court échange entre Damba et Tsogt.

— Nous pouvons y aller, dit sèchement le fonctionnaire en prenant place derrière le volant.

Le moteur se mit à ronronner, et Frances commença à s'impatienter de ne pas voir Vince les rejoindre. Qu'est-ce qu'il attendait ? Quand Damba avança, la panique s'empara d'elle. Elle ne vit pas que Jean-Christophe répondait de la main aux adieux muets de Vince.

— Arrêtez ! Vous partez sans lui ! cria-t-elle en se penchant vivement vers la banquette avant.

— Il a pris votre place, ricana méchamment Damba en appuyant sur l'accélérateur.

— Mais... j... je ne comprends pas... Je l'ai vu donner l'argent à... à ce bandit. bredouilla Frances en voyant par la glace arrière du véhicule la silhouette de Vince rétrécir rapidement.

— La moitié de la somme, « ma chère », railla Damba, passant de l'anglais au français. Il restera avec Tsogt tant et aussi longtemps qu'il n'aura pas payé au complet le montant d'argent qu'il lui doit.

— QUOI ?

— Comme je viens juste d'en faire l'expérience, vous allez apprendre que lorsqu'on brasse de la merde, il faut s'attendre à des surprises désagréables, rajouta Damba avec rancœur.

— Ça suffit! tonna la voix de Jean-Christophe. À ce que je sache, vous n'êtes pas la personne la mieux placée pour lui faire la morale.

— Pff! fit Damba en se renfrognant.

Le chercheur prit les mains de Frances dans les siennes et la regarda d'un air désolé.

— Je pensais qu'il te l'avait dit...

— Je le savais, dit-elle en baissant la tête de dépit.

— Pourquoi, dans ce cas-là...

— Je savais que tu me cachais quelque chose. Je le sentais.

— Ce n'était pas à moi de te le dire, se défendit-il.

— Il n'avait pas le droit... souffla-t-elle.

— Tu aurais préféré rester prisonnière?

— Oui! dit-elle, soudain véhémente.

Jean-Christophe n'avait jamais vu Frances aussi désespérée.

— Il est rusé. Tu verras, il s'en sortira, dit-il pour l'encourager.

Tiraillée de sentiments contradictoires, Frances céda finalement à l'angoisse. Elle appuya son front contre l'épaule de Jean-Christophe et marmonna plusieurs fois la même question comme une litanie:

— Pourquoi a-t-il fait ça?

Comme elle avait plus besoin de réconfort que de réponse, son collègue la consola du mieux qu'il le put en l'étreignant maladroitement.

## Repli stratégique

Couché sur le dos, Al regardait sans le voir le plafond céleste. Il était trop énervé pour dormir. Pour la première fois depuis une semaine, il se sentait près du but. La caravane qu'ils avaient croisée plus tôt dans la journée les avait mis sur la bonne voie. Un véhicule avec trois hommes à son bord se dirigeait vers l'oasis la plus proche.

Quand Al et ses hommes s'étaient pointés ce matin-là aux premières lueurs de l'aube sur le site archéologique, cela faisait déjà plusieurs heures que Vince, Jean-Christophe et Damba étaient partis pour sauver Frances. Ils pensaient se reposer après leur chevauchée nocturne, mais Julie était venue bouleverser leur plan en leur annonçant la nouvelle. Avec un regain d'énergie, Al avait aussitôt lancé de nouvelles instructions. Tandis que certains de ses hommes s'occupaient du ravitaillement, d'autres avaient déchargé les montures et les avaient fait boire. Il avait dépêché le reste de ses troupes vers l'enclos des animaux. Ils n'avaient effectivement pas le choix: s'ils voulaient ménager les chevaux, ils devraient monter des chameaux.

— Vous ne les rattraperez jamais comme ça! Prenez un véhicule, au moins, avait dit Julie.

La réponse d'Al avait fusé sur un ton catégorique.

— Non! Pour votre sécurité, il doit y avoir au moins un moyen de transport sûr et rapide ici. Je vais vous laisser aussi quelques chameaux.

Et c'était ainsi que le petit groupe était reparti vers le sud avant même que les autres campeurs, encore à moitié endormis, n'aient compris ce qui venait de se passer.

Al avait poussé les hommes qui l'accompagnaient presque au-delà de leurs limites. Toutefois, l'expérience lui avait appris à ne jamais abuser de la générosité des gens. Leur disponibilité était précieuse, mais limitée, car la plupart d'entre eux devraient retourner sous peu à leurs occupations. Aux premiers signes annonciateurs du coucher de soleil, Al avait donc donné l'ordre de s'arrêter, afin de récupérer le manque de sommeil de la nuit précédente.

Les yeux grands ouverts, Al essayait d'ignorer les bruits de ronflement autour de lui. D'ailleurs, ce n'était pas vraiment cela qui le tenait réveillé. Les derniers jours s'étaient avérés pénibles pour plusieurs raisons. Tout d'abord, parce qu'il n'avait plus l'endurance ni l'âge pour supporter un tel stress. Ensuite, parce qu'aucune piste sérieuse n'avait retenu leur attention jusqu'à maintenant. Et enfin, parce que des rumeurs inquiétantes circulaient à propos de l'identité du ravisseur de Frances.

Si celle-ci était vraiment aux mains de celui que l'on soupçonnait, alors Al était loin d'être rassuré. Tsogt était de la dernière génération d'une ancienne famille d'éleveurs de bétail. Sa famille avait été pratiquement décimée durant les guerres de pâturages qui avaient sévi bien avant les années 1960 dans la province d'Uvs. Avant que les coopératives rurales ne fussent démantelées et que l'élevage de bétail ne fût privatisé dans les années 1990, sa famille n'avait pas eu accès aux meilleurs pâturages d'hiver ni d'été. Et comme les points d'eau étaient sous le contrôle strict de l'administration locale, Tsogt et les siens avaient tout perdu. Toutes ces épreuves avaient évidemment aiguisé l'humeur belliqueuse des survivants. Personne ne savait comment ils s'en étaient sortis par la suite. Pour vivre de l'élevage, il fallait posséder, par personne, au moins trente têtes de bétail d'une des cinq espèces traditionnelles. Or, on ne leur connaissait aucun troupeau. Avec si peu de moyens, ils auraient normalement dû vivre une vie plus sédentaire. Mais la famille de Tsogt n'était pas faite pour devenir *khorgodakh*, mot local que l'on pouvait traduire par « résider continuellement à la même place ». Depuis toujours, ils campaient là où bon leur semblait, sans le confinement imposé par la vie urbaine, avec la steppe pour terrain de jeu. Ils n'allaient donc certainement pas se plier aux exigences astreignantes des villes. Tout ce qu'on savait sur eux de façon sûre, c'était qu'ils se déplaçaient régulièrement et qu'ils fuyaient la compagnie des autres clans nomades. La rumeur voulait que Tsogt soit devenu un bandit de grand chemin.

Fermant les yeux, Al soupira en essayant de s'endormir. Pourtant, un bruit inhabituel lui fit froncer les sourcils. Il rouvrit les yeux et écouta plus attentivement, sur le qui-vive. Après quelques secondes, il se leva et tourna sur lui-même en scrutant l'obscurité. Ses doutes se confirmaient. Il ébaucha un geste de retrait vers les chameaux, mais une main lui prit la cheville. Redressé sur son coude, un jeune homme le regardait silencieusement.

— Suis-moi, Agvan, chuchota Al au fils de son cousin, qui ne l'avait pas quitté d'une semelle depuis le début de cette folle équipée.

Ils enfourchèrent leur monture et se dirigèrent vers les deux points mobiles qui illuminaient le paysage nocturne.

Quand le véhicule fut presque arrivé à leur hauteur, Al et Agvan se placèrent pour être bien en vue. Au lieu de ralentir, le véhicule sembla cependant accélérer et même bifurquer pour les contourner. Al fit aussitôt signe à Agvan de le suivre et se lança à la poursuite de la voiture. Tout en essayant de réduire l'écart qui les séparait, Al somma le conducteur de s'arrêter. La voiture ralentit, puis freina complètement. La portière arrière s'ouvrit à la volée, puis Frances bondit à l'extérieur et courut vers Al.

— Enfin, je vous retrouve… souffla Al avec un immense soulagement. Vous n'avez pas eu trop de mal, j'espère ?

Frances fit non de la tête.

— Nous vous avons pris pour des bandits, dit Jean-Christophe en sortant la tête par la vitre baissée du conducteur. C'était à peine si je voyais la piste, puis tout à coup, j'ai vu des cavaliers et j'ai pris peur. Content de vous voir, Al.

— Moi aussi. Mais où est Vince ? demanda le Mongol en fouillant des yeux l'intérieur sombre de la voiture.

— Je suis tellement désolée…, murmura Frances.

— Mais non, mon enfant, voulut la rassurer Al, se méprenant sur le sens de ses paroles.

— Vince est leur prisonnier, maintenant. Il faut faire quelque chose ! dit-elle, la voix rauque.

— Pardon ?

— C'est une longue histoire, répondit Jean-Christophe.

— Allons au camp. Vous me raconterez.

Une demi-heure plus tard, Al connaissait tous les détails des derniers événements. Il n'était pas vraiment surpris, mais ennuyé que Vince prenne de si grands risques. Il réfléchit un moment. La majorité de ses hommes s'étaient rendormis. Damba, pour sa part, s'était enfermé dans un mutisme obstiné tout le temps que Jean-Christophe avait parlé. Quant à Frances, elle s'était recueillie en regardant le feu d'un air absent.

— Dormons les quelques heures de sommeil qui nous restent, voulez-vous ? conseilla Al en tapotant gentiment les mains jointes de Frances.

— Tout est de ma faute.

— Les problèmes nous paraissent toujours pires la nuit. Étendez-vous et reposez-vous, dit-il sagement en dépliant des couvertures supplémentaires.

Quand le soleil se leva, ils décidèrent de la marche à suivre. Al demanda à l'un de ses hommes de remplacer Damba pour conduire Jean-Christophe et Frances jusqu'au site archéologique. Il dut se montrer fort convainquant pour que le fonctionnaire accepte de les guider jusqu'au campement de Tsogt. Les dernières réticences de ce dernier furent cependant vaincues lorsqu'ils s'entendirent tous pour passer sous silence le rôle qu'il avait joué dans cette malheureuse histoire, à condition bien sûr que lui-même s'engage à nier ses allégations au sujet de Frances.

De manière étonnante, Damba ne fut pas le plus difficile à convaincre. À certains égards, Frances se montra en effet beaucoup moins conciliante. Elle insistait pour rester avec Al, mais il le refusa catégoriquement. Après tout le mal qu'il s'était donné pour la retrouver, il n'allait certainement pas prendre le risque de l'exposer à nouveau. Ce ne fut toutefois qu'après avoir obtenu d'Al un délai maximal de deux jours sans nouvelles que Frances se résigna à partir. Finalement, après avoir plié bagage et éteint les feux, ils furent à nouveau sur la route, Damba en tête.

La journée se déroula sans accroc. D'après le fonctionnaire, ils arrivaient à proximité du camp. La prudence dicta à Al de scinder le groupe en deux. Il avança furtivement avec la moitié de ses hommes, tandis que les autres couvraient leurs arrières. Ce furent de vaines précautions, car l'endroit était désert.

Sur la défensive, Damba jura les avoir menés au bon endroit. La terre fraîchement foulée témoignait d'ailleurs en sa faveur. Ils étaient juste arrivés trop tard. Tsogt avait fui les lieux en transportant avec lui ses quelques biens, sa famille et, en l'occurrence, Vince.

* * *

Plus la journée avançait, plus Frances devenait irritable. Al n'avait toujours pas donné signe de vie ! L'archéologue s'était donc retirée dans ses quartiers en apportant la radio avec elle. Toute cette frustration accumulée avait fini par porter sur ses nerfs.

Les dernières quarante-huit heures avaient été éprouvantes. Luvsan, Jim, Julie et même les ouvriers locaux l'avaient accueillie avec une joie évidente. D'abord confuse d'avoir encore attiré l'attention générale, elle s'était sentie immédiatement coupable d'être responsable d'un tel émoi. Non seulement son absence avait-elle sapé le moral de tous, mais en plus, elle avait paralysé leur travail quotidien. Elle en avait ressenti une telle amertume qu'elle en était venue à maudire le jour où sa main s'était posée sur la Pierre angulaire.

Elle aurait continué à se morfondre ainsi si l'inspecteur Galsan Tschinag ne s'était pas interposé en usant de son titre de représentant de l'autorité. Il avait tout de suite imposé la discipline pour calmer l'excitation et remettre de l'ordre dans l'organisation sociale de leur petite communauté. Mais il ne connaissait pas le caractère fier de Frances. Personne n'allait lui dire quoi faire sur le terrain, surtout pas si les ordres venaient d'une initiative personnelle sans aucun rapport avec la hiérarchie habituelle d'une mission archéologique officielle. Elle avait donc rencontré l'inspecteur dès qu'elle l'avait pu pour élucider le mystère de sa disparition. En dehors de la Pierre angulaire et de la responsabilité de Damba dans cette affaire, elle avait raconté tout ce qu'elle savait. Décontenancé, l'inspecteur n'avait pu que répéter qu'il était désolé pour elle. Quand elle lui avait innocemment demandé pourquoi les autorités n'avaient pas pris part plus activement aux recherches, il s'était mis à bégayer de plates excuses. Elle l'avait cependant achevé en l'interrogeant sur les moyens existants qu'il avait à sa disposition pour retrouver la nouvelle victime des ravisseurs, Vince Rafter, et s'il serait possible de récupérer la rançon qu'il avait dû verser pour la libérer. La déconvenue de Galsan avait alors eu l'effet escompté. Il les avait quittés sur-le-champ, afin d'informer ses soi-disant supérieurs du retournement de la situation. Jim avait donc été dans l'obligation de le reconduire en ville. Et c'était ainsi qu'ils s'étaient enfin débarrassés de sa présence encombrante.

Depuis, Frances vivait dans l'attente de recevoir un message d'Al. Avec impatience, elle tripotait un mince oreiller pour le glisser directement sous son cou, quand un bruit de friture venant de la radio la fit se redresser brusquement.

— Ici Altangerel Kitai, j'appelle la mission de la grotte Laguerre… À vous.

— Ici Frances, je vous reçois cinq sur cinq. Al, avez-vous retrouvé Vince ?… À vous.

— Il est avec moi. Nous sommes à Dalan Dzadagad… À vous.

Elle ferma les yeux une seconde avant de reprendre :

— Jim est parti reconduire l'inspecteur en ville. Avec un peu de chance, il pourra peut-être vous ramener ?… À vous.

— Merci pour le renseignement, nous allons essayer de le joindre… Terminé.

— Terminé, dit-elle en respirant un peu mieux.

Comme toutes les communications radio, celle-ci avait été courte et concise. Frances aurait aimé en savoir plus, mais l'important, évidemment, c'était que Vince soit sain et sauf. Enfin, elle le supposait. Al n'avait pas fait mention de l'état de l'Américain. Après un moment d'hésitation, Frances s'empara de la radio et sortit précipitamment de la tente pour aller rejoindre ses collègues qui, bien qu'avec davantage de retenue, attendaient des nouvelles aussi impatiemment qu'elle.

Les travaux ayant repris depuis le départ de l'inspecteur,

Jean-Christophe et Julie trompaient le temps en travaillant dans la grotte. Ils n'avaient pas réussi jusqu'alors à étudier les dessins rupestres de la chambre funéraire, car l'espace réduit était déjà occupé par l'équipe de Jim. Comme il n'y avait plus rien à tirer du sol, celui-ci leur avait cédé sa place. Une grande bâche en polyéthylène recouvrait le trou. Jean-Christophe et Julie ne disposaient donc, pour circuler, que d'une trentaine de centimètres de largeur dans l'espace clos.

Appuyé contre un mur, le chercheur griffonnait quelques notes dans un carnet, en prenant soin d'étudier chaque détail.

— Je n'ai pas assez de lumière, dit Julie un peu plus loin.

— Branche l'autre lampe, répondit-il sans lever la tête.

La jeune femme avait le choix entre deux façons de se rendre à l'entrée de la chambre : soit elle contournait la pièce en sens inverse, soit elle coupait en passant du côté de Jean-Christophe, qui bloquait la presque totalité du passage. Julie choisit le raccourci.

— Ne bouge pas, dit-elle en posant la main sur son dos pour l'avertir qu'elle passait derrière lui.

Jean-Christophe eut cependant le mauvais réflexe de se retourner au même moment. Déséquilibrée, Julie vacilla dangereusement vers l'arrière. D'un mouvement fluide, le chercheur termina heureusement sa rotation juste à temps pour empoigner Julie par le collet et la plaquer fermement contre lui pour l'empêcher de tomber. Regardant en arrière par-dessus son épaule, elle se mit à siffler doucement entre les dents.

— Merci ! dit-elle avec un grand sourire de reconnaissance.

— Y'a pas de quoi !

Un bras autour de la taille de Julie, Jean-Christophe n'osait pas bouger de peur de la lâcher. Il cherchait déjà une solution pour se dégager et la laisser passer. L'enchevêtrement de leurs pieds éveilla toutefois en lui une image d'un autre ordre, qu'il associa bientôt à la chaleur qui commençait à l'irradier. Il releva la tête d'un air gêné et se figea devant le regard pénétrant de Julie. Il y lisait très bien une invitation implicite. La main qui, un instant plus tôt, avait agrippé le collet de Julie se déplaça donc lentement, pour venir s'appuyer sur la nuque de la jeune femme, de façon à faciliter un rapprochement. Et comme elle n'offrait aucune résistance, Jean-Christophe embrassa furtivement Julie et guetta sa réaction.

— Je me demandais quand tu allais te décider, dit-elle dans un souffle.

Pour toute réponse, il reprit ses lèvres avec fougue. Pendant un certain temps, plus rien d'autre n'exista que le pur enchantement de cette bouche sur la sienne. L'éveil brutal de ses sens avait eu raison de son manque d'initiative habituel. À la fois connaisseur et apprenti, il naviguait en eau trouble, sans radar, se fiant uniquement à son instinct. S'il pouvait en juger à la réaction de Julie, il ne se débrouillait pas si mal, tout compte fait.

Il fut ramené sur Terre par une voix qui semblait étrangement près d'eux.

— J-C, Julie ? entendit-il répéter, en s'arrachant des bras de Julie avec un pincement au cœur.

Le son du gravier qui roulait sous des pas finit de le sortir de sa léthargie.

— Je te tiens, murmura-t-il. Passe de l'autre côté.

Après un instant d'hésitation, Julie hocha la tête et fit passer sa jambe par-dessus celle du chercheur, juste à temps avant que Frances ne débouchât de la galerie.

— Hum ! s'exclama Julie en se plongeant dans la contemplation des peintures murales.

— Un peu plus, et je pensais que vous n'étiez pas là, dit Frances en regardant tour à tour ses deux collègues.

— On n'entend pas très bien, d'ici, s'excusa Jean-Christophe.

— Et puis, nous étions… absorbés par ce que nous faisions, ajouta Julie, les sourcils arqués.

Comprenant qu'elle venait peut-être de les déranger, Frances mit fin à leur embarras en annonçant sans détour le but de sa visite. Les oreilles de Jean-Christophe étaient déjà bien assez rouges comme cela.

— Vince est avec Al, dit l'archéologue.

La nouvelle fut accueillie par des cris de soulagement qui résonnèrent dans le vide de la chambre. Dans un élan de solidarité, Jean-Christophe et Julie vinrent entourer Frances, la pressant de questions auxquelles elle n'avait pas encore de réponses.

— Qu'est-ce que vous diriez d'aller arroser ça ? demanda le chercheur en s'engageant sans plus attendre dans le tunnel.

— Excellente idée ! dit Julie en lui emboîtant le pas. De toute façon, il est assez tard. Tu viens, Frances ?

— Je vous suis, répondit-elle machinalement, toujours immobile.

Elle regardait leurs silhouettes avancer côte à côte vers l'embranchement du réseau souterrain, et elle se réjouissait de voir que Jean-Christophe s'était enfin décidé. Il méritait d'être heureux. Elle sentait une grande affinité entre lui et Julie.

— Frances, qu'est-ce que tu fais ? cria Julie du bout du couloir.

— Je coupe le courant, répondit-elle en joignant le geste à la parole.

— Dépêche-toi ! dit Jean-Christophe une dernière fois avant de disparaître dans l'obscurité.

De là où elle se trouvait, Frances entendait très distinctement leurs voix. Elle alluma sa lampe de poche. Elle fronça les sourcils en pensant à la vague excuse que Jean-Christophe lui avait servie plus tôt. Ils n'entendaient pas bien d'ici, vraiment ? Si tel était le cas, c'était qu'ils avaient sans doute l'esprit occupé ailleurs.

— Comment diable s'y sont-ils pris ? murmura-t-elle en balayant de sa torche l'étroit passage dans la chambre.

« Il y a si peu d'espace pour bouger ! », se dit-elle. En essayant de les imaginer enlacés en position précaire au bord du trou, elle secoua la tête d'incrédulité. Un sourire naissant sur les lèvres, elle rebroussa chemin.

* * *

Les hommes arrivèrent à l'heure du déjeuner. Ils n'étaient que trois : Jim, Al et Vince. Frances fut soulagée d'apprendre que Damba avait été retenu en ville par l'inspecteur. Cela dépassait ses espérances, car non seulement, elle n'aurait pas le souci de trouver une nouvelle cachette pour la Pierre angulaire, mais elle n'aurait pas non plus à côtoyer quotidiennement la malveillance que le fonctionnaire ne prenait plus la peine de déguiser. Malgré ce poids en moins sur ses épaules, elle se montra plutôt discrète pendant le repas. Comme à son habitude, elle préférait laisser les nouveaux arrivants être le centre de l'attention générale.

Ce fut donc autour d'une table que les membres de la mission connurent le fin mot de l'histoire. Dès que le véhicule qui transportait Damba, Jean-Christophe et Frances avait disparu à l'horizon, Tsogt avait donné l'ordre de lever le camp. Sa stratégie était très simple : en se repliant immédiatement vers la ville, il profitait d'une avance dans la course contre la montre qui s'engageait. Et pour lui, le temps, c'était de l'argent. Une fois son campement déplacé, ce serait un jeu d'enfant de réclamer la balance de son argent en milieu urbain et de disparaître aussitôt dans la nature sans laisser de trace. Al n'avait ainsi eu qu'à cueillir Vince au passage. Quant à la suite, tout le monde la connaissait déjà.

Frances était restée muette durant les explications. Elle essayait de ne pas trop regarder Vince, mais cela lui était difficile. Elle était soulagée de le savoir sain et sauf, mais demeurait intriguée par les vraies raisons de son retour en Mongolie. S'était-il senti obligé de venir prêter main-forte à Al ? Frances eut soudainement besoin de prendre l'air. Elle se leva de table et quitta discrètement la tente.

Marchant au hasard, elle entendit dans son dos un bruit de pas qui se rapprochait rapidement.

— Frances ? dit Vince.

— Hum…, fit-elle en continuant de marcher sans se retourner.

— Puis-je vous accompagner ?

— Si vous le voulez, dit-elle en se croisant les bras.

Ils firent quelques pas en silence.

— Êtes-vous fâchée contre moi ?

— Pourquoi dites-vous cela ?

— Parce que vous m'avez évité depuis le début de la soirée.

— Pas du tout, protesta-t-elle.

— Dites-moi alors ce qui ne va pas.

Elle étouffa un rire sans joie.

— Ce qui ne va pas ? Mais tout ne va pas ! À commencer par cette mission archéologique que je ne suis pas fichue de mener correctement. Sans compter mon équipe de travail, que j'ai négligée outrageusement. Ah oui, il y a aussi cet employé de l'Institut d'archéologie que je n'ai pas vu venir. Comment s'appelle-t-il déjà ? Damba, je crois ! Et pour finir, comme si ce n'était pas assez, il y a vous. Je vous ferai remarquer que vous vous êtes retrouvé dans de sales draps à cause de moi. Heureusement que vous êtes débrouillard et plein de ressources, car vous seriez peut-être mort à l'heure qu'il est.

Elle se passa la main sur le front d'un air découragé, tout en prenant une longue inspiration.

— Tout ça ne serait pas arrivé si..., commença-t-elle d'une voix lointaine.

— ... si vous n'aviez pas trouvé la Pierre angulaire, acheva-t-il à sa place.

Frances revint brusquement sur Terre et lança à Vince un regard lourd de sens.

— ... si je n'avais pas trouvé la Pierre angulaire, répéta-t-elle à voix basse.

— Que s'est-il passé, ce jour-là ?

— Tout m'échappe ! s'écria-t-elle.

— Frances, parlez-moi, insista Vince en la suivant.

— Vous ne comprenez pas. Vous ne pouvez pas comprendre. Qui le pourrait, d'ailleurs ? Je ne comprends pas moi-même ce qui m'arrive, dit-elle, très émue.

— Essayez, du moins.

— Oh ! Pour essayer, j'ai essayé, Vince, vous n'avez même pas idée ! Laissez-moi, je vous en prie, implora-t-elle en s'arrêtant si brusquement qu'il faillit la heurter. La dernière fois que je vous ai parlé, cela vous a mené plus loin que vous ne le pensiez, avouez-le. Je ne veux plus vous causer de problèmes. Et je vais faire tout mon possible pour que cela ne se produise plus.

— J'ai reconnu votre ravisseur, lança-t-il abruptement.

— Qu'est-ce que vous dites ? demanda Frances en faisant volte-face.

— Chez moi, en Californie... j'ai vu son visage pendant mon sommeil avant même de savoir que vous aviez disparu.

Elle le regardait, sidérée.

— Quand je suis revenu ici, je suis tombé sur lui par hasard, continua-t-il. Je ne l'ai pas reconnu tout de suite, même si je lui trouvais un air familier. Mais si j'ai pu piéger Damba, c'est parce que je l'ai surpris en compagnie d'un individu au milieu de la nuit. Ça m'a tout de suite mis la puce à l'oreille.

— C'est impossible, voyons!

— C'est ce que je me suis dit moi aussi, au début. Mais après, je n'ai pas eu d'autre choix que celui d'y croire. Lorsque j'ai revu Tsogt en personne, j'ai fait le rapprochement avec la fois où je l'avais vu en rêve. Il était à l'intérieur de la tente où il vous gardait prisonnière. Il vous attachait la plupart du temps, n'est-ce pas?

Comme il attendait manifestement une réponse, elle hocha la tête, incapable de proférer un son.

— Quand il s'est approché pour détacher vos mains, de manière à ce que vous puissiez manger, j'ai eu tout le loisir de l'observer. Or, je n'oublie jamais un visage une fois qu'il est enregistré dans ma mémoire.

Frances avala plusieurs fois sa salive, avant de prendre la parole.

— Il y a sûrement une explication logique derrière tout ça. C'est... c'est normal que vous fassiez des rêves, après tout ce qui vous est arrivé. Comme vous saviez que je me méfiais de Damba... vous vous êtes mis à le surveiller de plus près, c'est tout. Fixer un rendez-vous nocturne n'est pas, disons, dans les normes. Si cela coïncide avec...

— Qui essayez-vous de convaincre? l'interrompit-il sans ménagement. J'ai eu beau tourner et retourner tout ça dans ma tête, le fait est que j'ai vu en rêve Tsogt, que j'ai vu où il vous séquestrait et que j'ai senti votre peur jusque dans mes tripes. Si les faits ont coïncidé par la suite, peu m'importe à moi que cela soit possible ou logique, pourvu que vous soyez sortie de ce pétrin.

Il se passa nerveusement la main dans les cheveux, avant de poursuivre sur un ton radouci:

— Personne n'est au courant de ce que je viens de vous dire, pas même Al. Mais il fallait que je vous le dise. Alors, Frances, faites-en ce que vous voulez. Je n'irai pas le répéter au premier venu.

## Des révélations difficiles

Al essayait tant bien que mal d'ajuster son pas à celui de Frances. Ciel qu'elle marchait vite, cette enfant ! Elle lui avait demandé de l'accompagner pour son exercice matinal. La prudence était devenue une priorité au camp. Personne n'avait oublié que c'était lors d'une de ces balades que Frances avait été kidnappée. Il fallait donc éviter de se retrouver seul à l'insu de tous. Frances avait été particulièrement sensibilisée à cette nouvelle règle d'or qu'Al avait lui-même instaurée depuis son retour.

Tous les hommes qui avaient accompagné Al durant les recherches avaient rejoint leur famille, sauf Agvan, que cette vie aventureuse comblait parfaitement. Al lui avait proposé de veiller à la sécurité des membres du camp, aidé par quelques ouvriers locaux, ce qu'il s'était empressé d'accepter. Il n'était donc pas rare de voir sa silhouette se profiler non loin lorsqu'un membre de l'équipe s'écartait un tant soit peu de la zone sécuritaire. Al releva la tête et vit Agvan, qui se tenait sur un tas de roches surélevé à quelque trois cents mètres d'eux. La fougue de la jeunesse était réconfortante. Al était fier de compter ce jeune homme de dix-neuf ans parmi ses parents proches. Son cousin avait sans doute deviné que ce fils ne suivrait pas ses traces, aussi l'avait-il laissé partir vers une autre destinée.

Al lança un regard en biais vers Frances, qu'il trouvait particulièrement silencieuse. Elle n'avait pour ainsi dire pas ouvert la bouche depuis le début de leur promenade.

— Vous souvenez-vous de ce que je vous ai dit le lendemain de ma rencontre avec le chaman ? Qu'un jour, j'aurais besoin de votre aide ? demanda brusquement Frances.

Al acquiesça.

— Eh bien, ce jour est arrivé.

Elle lui raconta alors tout ce qui lui était arrivé depuis le jour où elle avait mis les pieds dans cette grotte. Elle n'omit rien de ce qu'elle croyait être important. Elle purgea sa conscience et se vida le cœur. Lorsqu'elle se tut, aussi soudainement qu'elle s'était mise à parler, Al était encore sous le choc de ses confidences. Il ne réagit pas immédiatement.

— Dites n'importe quoi, le pria-t-elle d'une voix peu convaincue.

Al se gratta la gorge.

— Ça explique bien des choses.

— Vous me croyez ?

— Vous en doutiez ?

— Non mais, c'est tellement... étrange, et le mot est faible.

— La vie elle-même n'est-elle pas mystérieuse ?

Le front de Frances se plissa.

— Ce n'est pas tout, n'est-ce pas ? demanda le Mongol.

— C'est seulement que je n'aime pas l'idée de pouvoir, malgré moi, « invoquer » la présence de qui que ce soit, dit-elle en mettant l'accent sur le mot qui la faisait tiquer.

— Cela ne s'est pas fait à votre insu, commenta Al.

Frances le fusilla du regard, avant de répliquer sèchement :

— Peut-être, mais j'étais loin de penser que cela se concrétiserait.

— Pourquoi êtes-vous si troublée ? Cela vous a été bénéfique. En l'invoquant, comme vous le dites, Vince a pu être sur ses gardes et a su en profiter.

— Je ne voulais pas y croire. Quand il m'a raconté comment il avait vu très exactement ce que je vivais au moment précis où cela se passait, toutes mes belles explications se sont effondrées. Ce qu'il ne sait pas, c'est... c'est que je l'avais entendu.

— Vous voulez dire...

— ... qu'il m'a parlé dans son rêve, et je l'ai entendu comme s'il était à côté de moi, dit-elle nerveusement. Pour une foule de raisons liées à la situation que je vivais, j'ai pensé que je divaguais.

Le regard de Frances se voila en se remémorant ce souvenir. Quand elle reprit la parole, sa voix était légèrement assourdie.

— Le neveu de Tsogt m'avait détachée avant de quitter la tente. Ce privilège m'était accordé pendant les repas. Je commençais à m'impatienter. Attendre ainsi sans faire quoi que ce soit me minait, alors je me suis déplacée vers l'entrée. Je voulais jeter un coup d'œil à l'extérieur, je commençais à étouffer là-dedans, dit-elle comme pour s'excuser. Et c'est là que je l'ai entendu, aussi clairement que je vous entends en ce moment.

— Que vous a-t-il dit ?

— Il me mettait en garde, il avait peur que je me fasse prendre… Du coup, j'ai pensé qu'il était près de moi. Surprise de ne pas le voir, j'ai crié son nom, et… il m'a répondu. Comment est-ce possible ?

— J'ai déjà entendu parler d'un phénomène de ce genre. Cela se nomme « l'ubiquité ». C'est la faculté d'être à plusieurs endroits en même temps.

— Vous insinuez que… Vince était à la fois chez lui en Californie et ici, dans le désert, avec moi ?

— Je n'insinue pas, Frances. Je constate seulement.

— Mais… il n'y était pas, pourtant !

— Pas physiquement, mais il était là quand même.

Frances marchait de long en large sous les yeux indulgents d'Al. Ses traits reflétaient un dur combat intérieur. Elle cherchait désespérément une échappatoire.

— C'est cette maudite pierre ! Si vous saviez combien je regrette de l'avoir trouvée. Elle me fait faire des choses que je ne devrais pas être en mesure de faire.

— Pourquoi pas ?

— Mais enfin, Al, je suis responsable de son retour en Mongolie ! Vince était parti pour de bon. Il avait fini ce qu'il avait à faire ici. Qu'aurait-il donc appris qu'il ne savait déjà en prolongeant indéfiniment son séjour parmi nous ? Vous ne voyez donc pas que j'ai interféré dans l'ordre des choses en m'imposant dans le rêve…

Frances s'interrompit subitement, figée d'horreur. Sa dernière phrase semblait l'avoir menée à un nouveau dilemme.

— Faites que je me trompe…, expira-t-elle du bout des lèvres, pâle comme un linge.

— Qu'avez-vous ? dit Al, soudain inquiet.

— Ça ne peut pas être ça ! Le rêve… non… ça ne se peut pas !

— Ressaisissez-vous ! ordonna le Mongol d'une voix ferme. Arrêtez de vous en faire de la sorte.

— Oh, Al ! se lamenta-t-elle. Dites-moi que je me trompe.

— Ne pensez plus à ce rêve. C'est le résultat final qui compte, et vous êtes saine et sauve.

— Je ne parle pas de ce rêve-là, dit-elle d'une voix altérée par l'émotion.

— De quel rêve parlez-vous, alors ?

— D'un rêve que j'ai fait juste avant que Vince n'arrive ici avec Bob, mais tout de suite après la découverte de la Pierre angulaire.

— Oh !

— À la différence près que... ce rêve-là était normal, car rien de ce que j'ai rêvé ne s'est produit dans la réalité, avoua-t-elle honteusement.

Le regard d'Al quitta le visage soudain en feu de sa collègue pour se perdre dans le paysage, fournissant ainsi l'occasion à Frances de dissimuler son trouble.

— Dans ce cas, pourquoi vous mettre dans tous vos états ? dit-il enfin.

— Parce que cela coïncide étrangement avec sa venue.

— Ah...

— C'est épouvantable ! s'exclama-t-elle en recommençant à marcher. Si jamais sa présence était due au pouvoir d'attraction de... de mes pensées... Si cela avait inconsciemment amené Vince à me rencontrer, je... je...

— Et s'il était ici parce qu'il devait y être, tout simplement ? suggéra Al avec le plus grand sérieux.

— Voyons Al, c'est un acteur ! riposta-t-elle comme si cela expliquait tout.

— Mais un homme avant tout.

— Il est adulé par le public, un public dont je fais partie. Je ne suis plus une adolescente bourrée d'hormones qui fantasme sur un beau mâle du grand écran.

— L'avez-vous seulement jamais été ?

— Probablement pas. Je préfère garder les deux pieds sur terre, et je compte bien les y laisser.

Frances prit une longue inspiration avant de poursuivre avec plus de retenue.

— Deux mondes nous séparent. Deux mondes incompatibles. Comment voulez-vous que deux êtres issus de mondes aussi différents réussissent à établir une vraie relation ? Le public, les médias, le vedettariat, le milieu, la tentation… Autant d'éléments perturbateurs qui ébranleraient le plus solide des couples… Je ne dois pas, que dis-je, je ne peux pas…

— D'accord, Frances. J'ai saisi les nuances, coupa Al avec autorité en la voyant s'embrouiller. Mais laissez-moi vous dire ceci. Vos âmes ont probablement profité de ces moyens détournés pour faire connaissance. Ensuite, le hasard a calculé avec sa précision habituelle les occasions de vous réunir. Vous ne pouvez pas nier cette évidence. Frances, le corps réagit toujours en premier, et ensuite, le cœur s'ouvre. Heureusement, il ne faut pas compter que sur l'esprit pour que le cœur entende raison. Mais là réside le danger. N'est-ce pas risqué, effectivement, de laisser à l'esprit l'entière responsabilité de décider de l'avenir, ignorant qu'il y a d'autres forces invisibles mises en action à différents niveaux autour de nous ? L'erreur de jugement est trop souvent notre faiblesse. Nous sommes tous fiers de l'évolution de l'homme, du développement prodigieux de son corps et de son esprit. Pendant des millions d'années, son imagination n'a eu d'égale que son intelligence, et ces deux facultés ont été mises à profit pour créer le monde d'aujourd'hui. Mais à quel prix ? L'égo a pris toute la place. Il manipule, contrôle et vénère le pouvoir, au détriment de la connaissance des sentiments. Je dis que nous avons évolué d'une bien drôle de manière, au point de perdre de vue la raison de notre présence sur Terre. La race humaine préfère vivre malheureuse en toute connaissance de cause, plutôt qu'heureuse en ne sachant pas ce que l'avenir lui réserve. Est-ce cela qu'on appelle le progrès ? Devenir, tous autant que nous sommes, des prophètes de malheur ? De toutes les espèces vivantes, l'homme est la seule à éprouver le mal de vivre. Pourquoi ? Parce qu'il a brisé son équilibre. Il s'ampute du cœur chaque fois qu'il doit prendre une décision importante. Il a pris l'habitude de régler n'importe quelle affaire en excluant totalement ses sentiments. C'est le pire mensonge que l'homme ait inventé depuis l'aube de son existence. Il s'est créé un monde à son image, mais voilà, cette image ne correspond pas à la réalité de ses sentiments.

Al se tut. C'était le plus long exposé qu'il n'ait jamais fait. Un lourd silence s'ensuivit.

— Pourquoi est-ce que je complique toujours tout ? demanda Frances d'une voix atone.

— Parce que vous avez peur, répondit doucement son ami.

— Peur de quoi ?

— Peur de perdre le contrôle de vos émotions, peur de souffrir. Or, vous êtes mieux placée que n'importe qui pour savoir que vivre, c'est sentir, et que sentir, c'est ressentir. Vous ne devez pas refuser le meilleur apprentissage que la vie peut vous apporter, à savoir apprendre qui vous êtes réellement. Et pour y arriver, vous avez besoin des autres. Aimer ne requiert pas la perfection, Frances. Le bonheur d'être aimé ne se mérite pas. On ne doit pas chercher à devenir digne d'être aimé; on est aimé, un point c'est tout !

* * *

Ébranlée dans ses convictions les plus profondes, Frances ressassait chacune des phrases qu'Al avait prononcées. Si elle n'avait pas été la principale concernée, elle aurait su apprécier la grande sagesse qui s'en dégageait. Mais comment rester objective alors qu'elle était impliquée de façon si émotionnelle ? C'était facile, de résoudre les problèmes des autres, se disait Frances en pensant à Jean-Christophe et à Julie. Mais cela devenait beaucoup plus ardu lorsqu'elle-même était concernée. Reconnaître sa faiblesse de jugement était pour elle aussi difficile que, pour l'orgueilleux, d'admettre ses torts devant des témoins. Ce tour de force lui demandait un bon dosage d'intégrité et d'humilité, mais surtout un désir réel d'ouvrir son esprit.

Dès que Frances avait abordé le sujet de Vince, elle avait permis à Al d'influencer le cours de sa pensée. Elle voyait et entendait ce qu'elle avait si désespérément refusé de voir et d'entendre jusqu'à présent. Cette pensée ramena tel un écho d'autres paroles prononcées naguère par Luvsan. Elle n'avait pas compris, à ce moment-là, le sens des mots qu'il avait employés. Ce n'était que maintenant qu'elle en saisissait toute la signification. Il avait dit: « Une part de vous cherche à comprendre, tandis qu'une autre se cache. Lorsque vous tendrez vers l'unité, votre esprit s'élargira. Alors, vous verrez ce que vous savez déjà. » Il avait raison. Frances cherchait effectivement à comprendre ce que la Pierre angulaire avait provoqué en elle, tout en se cachant de ses effets secondaires. Elle avait fini par accepter que Vince soit l'une de ces conséquences.

Comment Luvsan avait-il su? Avait-il des prédispositions spéciales pour lire dans les pensées, ou bien était-il, tout comme elle, sensible à l'interprétation subtile des faits et gestes de chacun? Plus elle y pensait, plus elle éprouvait le besoin d'obtenir une réponse à cette énigme.

Frances trouva Al la tête penchée sous le capot d'un des véhicules.

— Al, en avez-vous pour longtemps?

— J'ai fini, dit-il en fermant le capot. Je vérifiais l'huile.

— J'ai bien réfléchi, et je crois que nous devrions mettre Luvsan au courant de l'existence de la Pierre angulaire. Y voyez-vous une objection?

— Sage décision, répondit immédiatement Al. C'est l'homme qui en connaît le plus sur l'enseignement de Confucius. S'il y a quelqu'un qui peut nous éclairer sur le texte du Maître, c'est bien Luvsan.

— Où est-il actuellement?

— Je l'ai vu au pied de la falaise.

— Allez le retrouver et demandez-lui discrètement s'il peut se libérer cet après-midi. J'aimerais lui parler. Je vous attendrai sous la grande tente. Soyez-y dans une heure.

— Nous risquons de ne pas être seuls.

— Vous avez raison, dit-elle en réfléchissant.

— Pourquoi n'irions-nous pas sous la tente que je partage avec Luvsan? suggéra-t-il. Vince occupe maintenant celle de l'inspecteur Galsan. Nous pourrons parler sans être dérangés.

— Parfait !

Ils se retrouvèrent comme prévu une heure plus tard. D'un calme serein, Luvsan était assis sur son lit de camp et attendait sagement que Frances prenne la parole. Elle se sentit immédiatement en confiance. Elle exposa brièvement les circonstances entourant la découverte de la Pierre angulaire.

— Depuis ce jour, j'ai développé certaines aptitudes que je qualifierais d'extrasensorielles, conclut-elle.

— Pouvez-vous être plus précise ? demanda Luvsan, comme s'il parlait de la pluie et du beau temps.

Elle énuméra chacun des aspects de la question, comme s'il s'agissait de symptômes cliniques. Elle évoqua entre autres sa rencontre avec le chaman, car elle voulait avoir l'opinion du scientifique sur les quelques explications que le vieil homme avait bien voulu lui fournir.

— Vous avez rencontré Alek Altaj ? demanda Luvsan, très surpris pour une fois.

— Il était en visite au camp de mon cousin Sunu lorsque nous sommes passés par là pour nous rendre à Tsetserleg, précisa Al.

— Êtes-vous télépathe comme le chaman ? demanda Frances sans détour.

— Comme nous le sommes tous, répondit simplement Luvsan.

— Que dites-vous là ? Je ne l'étais pas, avant.

— Vous l'étiez. La seule différence, c'est qu'aujourd'hui, vous en êtes consciente. Toutes les pensées se transmettent d'une personne à l'autre sans qu'il y ait vraiment un moyen de les masquer. Elles utilisent simplement un autre chemin que les voies sensorielles connues. La majorité des gens veulent l'ignorer, même s'ils en subissent les conséquences tous les jours.

— D'après vous, je ne serais pas différente des autres, alors ?

— En fait, la majorité de vos facultés sont accessibles à tous. Je ne connais personne qui ne se souvienne pas d'au moins un rêve éloquent, ou qui n'a pas expérimenté une impression de déjà-vu au moins une fois dans sa vie. Quant aux perceptions sensorielles, elles n'ont rien d'exceptionnel. Les émotions sont autant, sinon plus palpables que ce que le toucher peut percevoir, il s'agit seulement d'être vigilant. Toutefois, comme Alek Altaj vous l'a dit, vous expérimentez l'éveil. Et ceci vous démarque des autres. Lorsque vous avez des hallucinations perceptives, votre conscience est exceptionnellement lucide, n'est-ce pas ?

— Je crois.

— Et j'imagine que cela fonctionne mieux quand vous ne vous y attendez pas, c'est cela ? dit Luvsan en connaissant d'avance la réponse.

— C'est vrai. Pourquoi ?

— Parce que les réminiscences qui enclenchent le mécanisme ont besoin que la raison relâche son emprise pour permettre aux sens de se dilater. Dans le cas contraire, lorsque vous raisonnez à l'aide de l'intellect — qui dispose, soit dit en passant, d'un langage fort limité — vous restreignez l'expression de ce talent. Vous êtes un *junzi*, Frances, que vous le vouliez ou non, annonça Luvsan avec une certaine déférence.

— Vous faites référence au texte de Confucius.

— Je n'ai pas besoin de m'y référer. Par contre, il est vrai que vous avez trouvé la Pierre angulaire, aussi pourriez-vous donc être le *junzi* que le texte mentionne. Mais ce n'est pas aussi simple que cela, et vous le savez. Vous avez été initiée par la Pierre.

— Nous y voilà ! s'exclama-t-elle. J'aimerais que vous m'expliquiez ce que cela signifie. Un trou de mémoire m'empêche de bien comprendre ce qui m'est arrivé.

— Pourrais-je la voir ? demanda-t-il innocemment.

Prise au dépourvu, Frances laissa filer quelques secondes avant de sortir de l'intérieur de sa veste un petit coffret métallique.

— Ne touchez pas cet objet, je ne veux pas prendre le risque qu'il vous arrive la même chose qu'à moi, avertit-elle.

Al et Luvsan se penchèrent pour regarder l'intérieur du coffret.

— Je ne le crois pas, murmura Luvsan d'une voix songeuse. Avec ce que le Maître a laissé comme explication, je dirais plutôt que la Pierre angulaire initie le sujet à ce qui est inné en lui. Le potentiel de chacun est unique.

— Cela ressemble beaucoup à l'objet que vous avez ramené du site de Tsetserleg, commenta Al.

— Oui. C'est d'ailleurs pour cette raison que je vous ai demandé une rapide expertise, acquiesça Frances.

— Qu'est-ce qui brille ainsi ? fit remarquer Luvsan.

— En attendant l'analyse du labo, je dirais qu'à vue d'œil, ce sont de minuscules diamants incrustés dans la roche magmatique, dit Al.

— Bien sûr… elle proviendrait de la matrice de la Terre…, murmura Luvsan pour lui-même.

— … afin d'éveiller la conscience de l'homme à un niveau supérieur…, poursuivit Frances presque malgré elle.

— … pour qu'il puisse vivre en harmonie avec l'univers, continua Al, branché sur la même longueur d'ondes.

Ils demeurèrent silencieux l'espace de quelques secondes.

— Les supers volcans ! s'exclama soudain Al en se tapant le front. Pourquoi n'y ai-je pas pensé plus tôt ?

— Qu'avez-vous en tête, Al ?

— Je pense aux volcans à l'impact catastrophique, voire apocalyptique. De tels volcans projetteraient une si grande quantité de cendre compactée dans les airs qu'elle ferait chuter drastiquement la température sur toute la planète. Ces volcans, que l'on évalue à neuf sur l'échelle de Richter, n'ont jamais été mesurés par nos scientifiques. Ce qui est fort heureux, quand on sait tous les dommages qu'un seul volcan peut faire en atteignant le niveau huit de l'échelle logarithmique.

— Je ne vois toujours pas le rapport, dit Frances.

— Il y a plusieurs millions d'années, de tels volcans étaient en activité. D'une puissance phénoménale, ils ne faisaient pas que projeter de la cendre. De façon naturelle, ils extrayaient de la croûte terrestre des roches métamorphiques que nous ne pourrons jamais retrouver, à moins d'effectuer un voyage au centre de la Terre. La Pierre angulaire doit sûrement être une de ces roches.

— Le fabuleux bond en avant que fit l'humanité aurait été causé par un simple minerai ? dit Frances, qui jouait la carte du scepticisme.

— Qu'y a-t-il d'étonnant à cela ? Le minéral est l'un des trois principaux règnes que la science naturelle avait autrefois identifiés, avec celui des végétaux et des animaux, expliqua Luvsan. Pourquoi cette matière première ne serait-elle pas responsable de la mutation des espèces? De son vivant, le squelette produit non seulement une substance minérale, mais aussi du tissu organique. Nous sommes constitués de la fusion des corps organiques et inorganiques. L'organisme, qui n'est pas fixé de façon permanente sur les os, doit y puiser les minéraux nécessaires à sa survie. Alors, pourquoi la Pierre angulaire ne serait-elle pas à l'origine de l'alchimie de la vie telle que nous la connaissons actuellement?

— Ce ne serait pas plus compliqué que ça? s'étonna Frances, confondue.

— La vérité ne nous paraît-elle pas simple, une fois qu'elle nous est dévoilée? répondit Luvsan.

— En dire trop équivaut à ne pas en dire assez. Récapitulons, voulez-vous? intervint Al avec intérêt. Même si nous ne savons pas comment, il semble que Frances ait été initiée par la Pierre angulaire. Il s'est ensuivi la manifestation de ses facultés latentes, ainsi que d'autres plus mystérieuses. Mais ensuite, le texte de Confucius est beaucoup plus obscur. Tout ce que le Maître recommande est la prudence. Ce n'est pas assez.

— Mais si, pourtant, dit Luvsan. Trois verbes suffisent à résumer sa recommandation: éveiller, organiser et guider. C'est le fondement même de son enseignement. Être éveillé à ses responsabilités, s'organiser avant de passer aux actes, et se laisser guider par l'étude afin de ne pas subir les conséquences d'une pratique trop hâtive. Comme le Maître le dit si bien à la fin de son texte, vous n'aviez pas à parler, Frances, car vous êtes à la fois le messager et le message.

— J'aimerais comprendre, dit-elle.

— Vous êtes la preuve vivante de la bonne foi du texte de Maître K'ong. Votre corps, votre esprit et votre âme vibrent chaque fois qu'ils se manifestent à l'unisson. Et c'est plus que suffisant, comme message. Le rôle important qui vous est attribué, et que vous avez déjà commencé à jouer, reste à définir. Trois choix peuvent décider de votre chemin, il n'en tient qu'à vous de les expérimenter à votre guise. Par la formation, vous apprendrez à choisir adéquatement parmi les possibilités qui vous sont offertes. Par l'information, vous pourrez transmettre la connaissance que vous aurez reçue pour assurer la continuité. Enfin, en accédant à la transformation, vous aiguiserez vos sens pour accéder à l'épanouissement personnel nécessaire à l'âme qui veut grandir.

Frances regarda Luvsan avec intensité, en cherchant dans son esprit la trace d'un doute. Comme elle n'y parvenait pas, elle voulut s'assurer qu'il n'était pas aveuglé par sa foi, ou pire encore, que le zèle fanatique n'avait pas dicté ses paroles, qui sonnaient pourtant si justes à ses oreilles. Rien de tout cela ne l'animait, pourtant. Luvsan n'essayait pas de la convaincre, il se contentait d'émettre ses idées comme on fait des sourires. Un acte d'une pure gratuité, mais ô combien généreux !

L'entretien prit brusquement fin lorsqu'Agvan vint chercher Al. Frances remercia Luvsan de ses bons conseils et le laissa vaquer à ses occupations. Elle voulait se rafraîchir avant le repas et trouva Julie sous la tente qu'elles partageaient.

— Salut, Frances ! s'exclama la jeune femme.

— Salut, répondit l'archéologue comme un automate.

— As-tu vu Al ? Agvan le cherchait. Le pauvre, il semblait nerveux. Mais avec tout ce qui t'est arrivé ces derniers temps, nous sommes devenus légèrement paranoïaques.

— Hum, fit Frances en versant de l'eau dans une bassine.

— Dis donc, tu n'es pas complètement redescendue sur Terre, toi, plaisanta Julie en se brossant les cheveux.

— Au contraire, je me sens très terre à terre en ce moment, marmonna Frances en s'aspergeant le visage.

— Vois-tu, c'est ça, ton problème ! dit Julie en redevenant sérieuse.

Le visage dégoulinant, Frances regardait Julie d'une façon non équivoque qui aurait dû la décourager de poursuivre. Mais Julie savait ce qui se cachait derrière ce masque de froideur.

— Allez, ne fais pas cette tête ! Je te connais mieux que ça, dit-elle en lui lançant une serviette à la figure.

Frances soupira en enfouissant son visage dans le tissu éponge.

Après un moment d'hésitation, elle s'assit sur son lit avec un air las.

— C'est Vince, hein ? dit Julie en venant s'asseoir près d'elle.

Frances avait honte d'avouer que l'acteur restait le centre de ses préoccupations, malgré l'important entretien qu'elle avait eu avec Al et Luvsan. Saturé d'informations, son cerveau refusait de fonctionner normalement.

— Je ne sais plus quoi faire, dit Frances.

— Ne fais rien, justement. Laisse-toi aller.

— Si je me laisse aller, comme tu le dis, je risque... d'avoir mal.

— Oui, concéda Julie, mais ça vaut le coup d'essayer, si c'est le bon.

— Et s'il n'est pas le bon ?

— Ma grande, permets-moi d'en douter ! Mais si c'est le cas, tu t'en remettras comme tout le monde.

Le regard troublé, Frances dit :

— Tu penses vraiment que... Vince et... moi... on aurait des chances que..., balbutia Frances, visiblement mal à l'aise.

— À condition que tu le laisses t'approcher, répondit Julie. Comment se fait-il qu'une fille comme toi qui brave les intempéries, la nature, la montagne, les missions dangereuses et les bandits de grands chemins n'arrive pas à trouver le courage de faire face à l'homme qui la branche ?

Frances baissa la tête.

— Écoute, cocotte, dit Julie en passant un bras autour des épaules de sa collègue. Si je ne te connaissais pas, et ne le prends pas mal, je dirais qu'il y a du mec en toi. Ce n'est pas que tu aies l'air d'un homme, ce n'est pas du tout ce que je veux dire ! C'est plutôt le côté liberté totale des hommes que je retrouve en toi. Je sais qu'il t'a fallu t'endurcir pour en arriver là où tu es. Le travail que nous avons choisi n'est pas facile. Nous sommes entourées d'hommes, et machos pour la plupart. Alors, il est tout à fait normal de se protéger comme tu l'as fait, sauf...

— Sauf ?

— Sauf que tu ne dois jamais oublier que tu es une femme, même si tu possèdes des qualités que bien des hommes te jalouseraient. Ne laisse pas passer la chance d'être heureuse quand elle se présente à ta porte. Et dans ton cas, note qu'elle s'est présentée deux fois plutôt qu'une !

Quand Frances releva la tête, ses yeux étaient pleins d'eau.

— Finie la morale, promis ! dit Julie qui sentait, elle aussi, venir les larmes tant elle était émue.

— C'est dur d'y voir clair, murmura l'archéologue, la gorge encore nouée.

— Oh oui, j'en sais quelque chose ! ricana nerveusement sa collègue. Mais les amis, ça sert à quoi, sinon à nous donner un coup de pouce lorsque nous sommes enlisés jusqu'au cou ?

À travers leurs larmes, qu'elles ne retenaient plus, elles s'esclaffèrent, simplement heureuses d'avoir noué une si belle amitié.

— Arrêtons ça tout de suite, sinon nous serons laides à faire peur. Ce n'est pas avec des yeux bouffis et un nez rouge que nous arriverons à charmer ces messieurs, dit Julie en reniflant bruyamment.

— Tu as raison. Je suis affreuse quand je pleure, dit Frances en se mouchant.

— Tiens, prends ça, dit Julie en lui lançant sa trousse de maquillage.

— Du maquillage en plein milieu du désert ?

— Ts, ts, ts. Fais-toi belle. Il n'y a rien de trop beau pour impressionner son homme.

Frances haussa les épaules. Elle ouvrit la trousse et en sortit un petit miroir de poche. Elle avait les yeux un peu rouges, mais il n'y paraîtrait plus dans une demi-heure. Par contre, elle ne lésina pas sur la poudre pour faire disparaître les rougeurs qu'elle avait sur les joues et le nez. Elle tira aussi une ligne au crayon à la base de ses cils pour accentuer son regard noir, et mit un peu de mascara. Elle évita cependant le rouge à lèvres, qu'elle trouvait trop voyant. Satisfaite du résultat, elle remit la trousse à Julie en la remerciant et fit un brin de toilette. Lorsqu'elles furent prêtes, elles se rendirent sous la grande tente pour le repas. Tout le monde les attendait.

# Visites nocturnes

— Rien de tel qu'un retard bien calculé pour se faire remarquer. C'est typiquement féminin, chuchota Julie à l'oreille de Frances avant d'aller rejoindre Jean-Christophe à table.

Cette dernière ne se leurrait pas; elle n'aurait jamais l'aisance de son amie. Elle attendit qu'une place se libère pour se rapprocher de la table. Cette galanterie lui fut faite par les deux hommes qui occupaient son esprit, bien que de façon différente. D'un commun accord, Al et Vince lui firent effectivement de la place.

— Merci, dit-elle simplement en venant s'asseoir entre eux.

Un sourire paternel d'un côté et un bref signe de tête de l'autre lui répondirent en même temps. Le repas fut servi sur-le-champ. Il régnait autour de la table une bonne ambiance. « Rien de mieux qu'un bon repas en bonne compagnie pour détendre l'atmosphère », se dit Frances. Presque à regret, elle vit les gens se retirer par petits groupes. Bientôt, elle ne trouverait plus d'excuses pour prolonger un repas qui était terminé depuis fort longtemps. Al et Agvan avaient rejoint les travailleurs auprès du feu. Julie et Jean-Christophe s'étaient éclipsés en douce. Dès la fin du repas, Luvsan avait quant à lui prétexté être fatigué pour se retirer.

— J'aimerais bien m'initier à l'alpinisme, dit Vince alors que Frances s'apprêtait à quitter à son tour la table.

— Avez-vous le vertige ? demanda-t-elle avec intérêt.

— Du tout, répondit-il avec un sourire. On ne résiste pas aux Rocheuses quand on vit près d'elles. Un jour ou l'autre, elles nous appellent.

— Je pense que vous en seriez tout à fait capable, dit-elle en lançant un regard vers lui.

Il semblait si détendu qu'elle se sentit bien à son tour. Le doute, le ressentiment et une foule d'autres sentiments qu'elle ne voulait pas analyser avaient déserté son cœur. Elle avait le goût irrésistible de tout envoyer promener et, surtout, de laisser tomber les barrières.

— Vous savez, j'étais seule quand j'ai trouvé la Pierre angulaire. J-C explorait une autre partie de la grotte. Il s'est passé quelque chose, Vince, quelque chose que je ne peux pas expliquer avec des mots. La Pierre angulaire m'a changée. Je veux dire qu'il s'est produit des changements en moi que je ne contrôle pas. Par exemple, la vision que vous avez eue de Tsogt, eh bien, c'est moi qui l'ai projetée en vous. Tout ce que vous avez vu et entendu se produisait vraiment au même moment.

À la lumière de cette révélation, ce fut inévitablement une tout autre vision qui vint à l'esprit de Vince.

— C'était pour ça que vous la cachiez ? dit-il comme si de rien n'était.

— J'ai d'abord agi par instinct. Ensuite, c'est la prudence qui a dicté ma conduite. J'ai passé au peigne fin toute la paperasse des missions passées ou présentes afin de trouver un cas similaire.

— Notre expédition dans le nord du pays était l'une des conséquences de cette petite recherche ?

— Oui. La mission française avait trouvé un objet dont la description correspondait à celle de la Pierre angulaire. Mais l'objet en question est si abîmé qu'ils ne pourront rien en tirer.

— Vous semblez soulagée, fit-il remarquer.

— Ce genre d'objet procure un certain pouvoir à celui qui le touche. Croyez-moi, j'en ai fait l'expérience ! Et s'il venait à tomber entre des mains corrompues, qui sait où cela nous mènerait ?

— Qu'allez-vous faire, maintenant ?

— Je ne sais pas encore, dit-elle en penchant la tête.

Elle offrait l'image même de la vulnérabilité.

— J'ai peur, ajouta-t-elle à voix basse.

— Vous n'êtes pas seule, Frances.

— Je sais, Al est merveilleux.

— Vous pouvez compter sur moi aussi.

Ils se regardèrent intensément pendant un moment.

— Il est assez tard, je vais y aller, dit-elle finalement avant de se lever de table.

— Je vous raccompagne, répondit-il.

D'un geste maladroit, elle hocha la tête. La nuit était noire et froide. Seul un grand feu de camp éclairait les alentours. Frances serra contre elle les pans de son manteau, qu'elle n'avait pas pris la peine d'attacher. Vince marchait à côté d'elle, les mains dans les poches. Ils se dirigèrent vers les cinq tentes, dressées à une distance respectueuse les unes des autres. Plus ils se rapprochaient d'elles, plus Frances sentait croître sa nervosité. La première tente qu'ils croisèrent était celle de Luvsan et d'Al. Il n'y avait aucune lumière. Luvsan devait sûrement dormir. Quand ils approchèrent de la deuxième, Vince rompit le silence en s'arrêtant devant l'entrée.

— C'est ici que je dors, dit-il en la désignant d'un signe de la tête.

— J'ai passé une agréable soirée..., dit-elle en commençant à s'éloigner.

D'un mouvement leste, il l'attrapa par le coude. Il n'y avait pas assez de lumière pour qu'elle puisse distinguer l'expression de ses yeux, mais assez pour voir les contours de son visage. Comme elle hésitait, il se rapprocha d'elle. Il ne l'avait toujours pas lâchée.

— Frances, chuchota-t-il, laissant planer dans l'air une question non formulée.

Voyant qu'elle ne reculait pas, Vince s'enhardit et glissa ses mains à l'intérieur du manteau de Frances, pour ensuite enlacer étroitement sa taille. Elle lui arrivait presque sous le menton. Il aurait voulu l'embrasser, mais elle gardait la tête bien droite, hors de portée. Or, il ne voulait pas la brusquer, même si son corps s'évertuait à épouser le sien. Il entendit soudain le souffle de celle qu'il attendait depuis si longtemps s'accélérer au même rythme que le sien. Il pencha la tête et déposa un léger baiser sur ses cheveux. Doucement, presque irrésistiblement, elle leva son visage vers lui. Il glissa aussitôt ses mains de chaque côté du visage de Frances, la tenant ainsi prisonnière, de peur qu'elle ne se dérobe trop hâtivement. Elle répondit à cette avance en se mettant sur la pointe des pieds pour faciliter leur rapprochement. Ils s'embrassèrent avec douceur.

Des frissons parcoururent le corps de Vince.

— Viens, dit-il en l'entraînant vers la tente.

— Hum ? fit-elle comme dans un rêve.

— Entrons, insista-t-il.

Des mots firent lentement leur chemin dans l'esprit de Frances.

— Je ne peux faire ça, dit-elle en reculant brusquement.

Interdit, Vince se figea.

— Faire quoi ? demanda-t-il.

— Coucher avec toi, dit-elle.

— Que veux-tu, au juste ?

Bouleversée, elle répondit par une autre question.

— Pourquoi es-tu revenu, Vince ?

La réponse de Vince tarda.

— Je pense que tu sais pourquoi, finit-il par lui répondre laconiquement.

— Il m'est arrivé trop de choses dernièrement. J'ai besoin de réfléchir à...

— Il vaut mieux que tu partes, alors, l'interrompit-il, la voix rauque.

Hésitante, elle finit par lui murmurer « Bonne nuit », avant de disparaître dans la nuit. Une formule vide de sens. Il se demanda de son côté comment il allait survivre à cette torture physique sans même pouvoir prendre une douche froide comme solution de rechange.

Frances arriva presque en courant à sa tente. Elle allait ouvrir la toile, quand elle entendit des voix qui chuchotaient à l'intérieur. En tendant l'oreille, elle reconnut Julie et Jean-Christophe.

— « Je veux bien croire qu'ils manquent de place pour leurs rendez-vous galants, mais tout de même, ils manquent d'imagination ! Je vais où, moi, pendant ce temps-là ? », se dit-elle, fâchée contre les amoureux.

Alors qu'elle ne savait pas trop quelle attitude adopter, elle reçut de plein fouet leurs émotions dans la tête. Le feu couvait en eux, prêt à s'enflammer, et rien ne pourrait l'éteindre. Toutes leurs barrières étaient balayées par le souffle puissant du désir partagé. Cela coupa momentanément les jambes de Frances. Comme une voyeuse, elle partageait avec eux, subjuguée, les plaisirs anticipés, et elle les faisait siens. Mais plus elle en recevait, plus elle devenait insatiable, car son corps n'était pas dupe. Il exigeait au centuple ce qu'il était en droit de demander. Frances aurait fait demi-tour immédiatement si elle n'avait pas été frappée par la pureté des sentiments exprimés. De toutes les fibres de son corps, elle communiquait, à travers Julie et Jean-Christophe.

Son front devint douloureux tant la pression qui s'exerça brusquement dessus fut forte. Dès lors, elle redoubla d'attention et se concentra sur ce qui lui arrivait. Était-ce cela que Luvsan appelait une vibration à l'unisson ? Si effectivement son corps frémissait, il était aussi incontestable que son esprit réagissait dans le même sens, car les deux s'abreuvaient à la même source. Et qu'en était-il de son âme ? Vibrait-elle aussi pour la même raison ?

Sans même s'en rendre compte, Frances rebroussa chemin. Ses pas étaient guidés par une volonté supérieure. Lorsqu'elle s'immobilisa à nouveau, elle était retournée à son premier arrêt. Elle saisit la fermeture éclair et la fit glisser vers le haut. Elle pénétra aussitôt après à l'intérieur de la tente. Vince baignait dans une lumière diffuse. Debout, il la regardait sans faire le moindre geste dans sa direction. Frances actionna en sens inverse la fermeture éclair. Quand elle se redressa, elle marqua une pause.

— C'est tout réfléchi, dit-elle enfin.

Elle l'entendit inspirer profondément.

— Frances, si je commence, je ne pourrai plus m'arrêter, dit-il sans bouger.

C'était davantage un avertissement qu'un choix qu'il lui offrait. Tous les deux savaient cependant qu'il était trop tard pour faire marche arrière. Elle s'avança lentement et s'arrêta à deux pas de lui.

— Embrasse-moi, le pressa-t-elle.

Ce qu'il fit aussitôt avec l'énergie de quelqu'un qui se noie. De ses deux bras, il enveloppa ses épaules et la serra contre lui, avant de la soulever de terre. Elle passa à son tour ses bras autour du cou de Vince et hissa ses jambes de manière à les refermer derrière son dos. Pour renforcer sa prise, il la soutint fermement. Maintenant qu'elle était au même niveau que lui, il l'embrassa sans retenue jusqu'à ce que cela ne suffise plus. Assise à califourchon sur Vince, qui se tenait toujours debout, Frances prit les devants en déboutonnant sa chemise. Comme il la tenait toujours, il la laissa faire en continuant d'embrasser ses lèvres, ses joues et son cou, bref, tout ce qu'elle lui offrait. Les mains de Frances ne s'attardèrent pas sur sa peau, car elles étaient maintenant occupées à écarter toutes les couches vestimentaires qui entravaient un contact direct entre eux. D'un mouvement leste, Frances enleva son chandail et actionna le bouton-pressoir situé à l'avant de son soutien-gorge. Elle écarta avec fébrilité la chemise déboutonnée de Vince et plaqua sa poitrine dénudée contre son thorax. La chaleur de sa peau embrasa ses sens.

Impatient de s'allonger, Vince fléchit les genoux en tenant toujours fermement Frances contre lui. Leurs baisers eurent soudain un goût salé : des larmes silencieuses coulaient des yeux de Frances. Lorsqu'il la déposa délicatement sur les genoux par terre, il voulut les essuyer, mais elle bascula en arrière et se laissa glisser sur le sol. Comme elle s'attaquait à sa ceinture, il oublia tout, hormis ces mains qui s'insinuaient là où il était le plus sensible. Dès que son jean fut détaché, elle se permit de glisser une main jusqu'à l'aine, à l'intérieur du pantalon. Le corps tendu, Vince ferma les yeux, guettant le moment où elle saisirait enfin son membre dur de désir. Quand elle retira précipitamment sa main, il rouvrit les yeux pour constater qu'elle enlevait à la hâte son pantalon, puis sa culotte. Il en fit aussitôt autant. Elle grimpa alors sur ses genoux pour se rapprocher. D'une main, il empoigna ses cheveux noirs pour amener sa bouche jusqu'à la sienne. Fou de désir, il la pénétra sans autre forme de préliminaires. Elle le reçut avec une rare urgence. Dans l'état d'excitation où il se trouvait, Vince eut soudainement peur de ne pas être à la hauteur. Alors, il épia chacune des réactions de Frances, guettant les signes avant-coureurs de sa jouissance et poussant ses propres limites au-delà du tolérable. Ses craintes s'avérèrent vaines, car il sentit les vagues de plaisir de sa partenaire comme jamais auparavant. Vince perdit alors toute retenue et se laissa emporter par une sublime jouissance.

Après l'explosion de leurs sens, ils se reposèrent, épuisés, sans changer de position. Frances sentait battre le cœur de Vince. Il était lourd, mais elle ne s'en plaignait pas. Elle se déplaça légèrement pour éviter une roche qui lui labourait l'omoplate. Ce mouvement fit réagir Vince. Il se laissa glisser sur le côté afin de ne pas l'écraser. Frances se sentit alors dépossédée, à un point tel que des larmes lui picotèrent dangereusement les paupières. Malgré le trop-plein d'émotions qu'elle ressentait, elle arriva tout de même cette fois-ci à les retenir. En regardant Vince de biais, elle constata avec soulagement qu'il avait fermé les yeux. Réalisant soudainement qu'elle était nue jusqu'à la taille, Frances saisit délicatement ses vêtements et les enfila en faisant le moins de bruit possible. Enfin décente, elle se tourna vers Vince et remarqua qu'il l'observait.

— Oh… tu es réveillé, dit-elle.

— Je ne dormais pas, je récupérais, dit-il avec un sourire en coin.

Il se redressa et mit son pantalon sans la quitter des yeux.

— Que regardes-tu ainsi ? demanda-t-il doucement.

Frances soutint son regard en soupesant toutes les réponses possibles. Après ce qu'ils venaient de vivre, elle prononça de guerre lasse la seule réponse appropriée :

— Tes yeux.

Il fit une pause, puis changea complètement de sujet.

— Les changements dont tu m'as parlé et que tu dois à la Pierre angulaire, se manifestent-ils autrement qu'en rêve ?

— Des fois… C'est très embarrassant, bafouilla-t-elle.

— Tu ne sais pas quand cela se produit ? Je veux dire, tu ne le commandes pas ? demanda-t-il, très curieux.

— Non ! s'exclama-t-elle avec exaspération.

Elle évitait son regard.

— Rien de tel ne t'arrive avec les autres ?

— Non, enfin oui, il y a bien quelque chose qui se passe avec les autres, mais rien de si… poussé.

— Que se passe-t-il ?

— Je sens leurs émotions.

— Explique-moi.

— Quand quelqu'un est en colère contre toi, tu arrives à le ressentir même s'il ne te le démontre pas ouvertement, n'est-ce pas ?

— Dans la mesure où cette personne m'importe un tant soit peu, oui.

— Voilà où je veux en venir, dit-elle en lui faisant face à nouveau. Nous arrivons à sentir la plupart des émotions des gens qui nous entourent, surtout celles qui nous touchent personnellement. Mais moi, je les perçois toutes, sans exception, même celles qui n'ont rien à voir avec moi. On peut faire dire tout ce qu'on veut aux mots. De belles paroles peuvent contenir des mensonges, mais les émotions, elles, ne le peuvent pas.

— Donc, tu reçois cinq sur cinq les émotions des autres… De tout le monde ?

— Presque, dit-elle en penchant la tête. Tu te souviens du chaman au camp de Sunu ? Il savait me bloquer.

— Et moi ? dit-il d'une voix qu'il voulait neutre.

— Avec toi, tout est différent, dit-elle en se massant le front. À part les visions, ce qui est déjà pas mal en soi, c'est comme dans le bon vieux temps. Je n'en sais pas plus que toi sur le sujet… Je ne comprends pas.

Vince parut soulagé.

— C'est peut-être mieux ainsi.

— Parle pour toi ! s'exclama-t-elle, ambivalente, en essayant de réprimer le sourire qui commençait à s'étirer sur ses lèvres.

Vince se remit soudainement sur pied et tendit la main à Frances pour l'aider à se relever.

— Il est tard pour réfléchir, tu ne trouves pas ?

Elle se laissa docilement entraîner vers le lit de camp.

— Je devrais peut-être retourner…, commença-t-elle mollement.

Vince l'ignora délibérément en s'affairant autour d'elle.

— Étends-toi, dit-il après avoir placé côte à côte les deux lits de camp.

Aurait-elle discuté, c'eût été pour la forme ! Frances n'avait pas vraiment envie de quitter Vince. Et puis, elle était si fatiguée qu'elle obéit aussitôt. L'acteur s'allongea sur la couchette attenante à la sienne, son bras posé sur elle. Ils fermèrent leurs yeux à l'unisson et s'endormirent presque instantanément.

* * *

Damba se faufilait dans la nuit, tenant jalousement son butin contre lui. La chance avait daigné lui sourire, en fin de compte. Quand il avait fait appel à toute sa volonté pour oser s'aventurer de nuit sous la tente de ces dames, quelle n'avait pas été sa surprise de la trouver inoccupée ! Où étaient-elles ? Ou plus précisément, avec qui étaient-elles ? Aussi indépendante fût-elle, Frances avait, semblait-il, succombé aux charmes surfaits de son sauveur. Dans le cas de Julie, c'était moins évident. Était-elle plus sensible aux gros bras qu'aux grosses têtes, ou était-ce l'inverse ? Un sourire sardonique était apparu sur les lèvres sèches du fonctionnaire lorsqu'il avait pensé qu'on ne pouvait pas demander à des Européennes aux mœurs légères de résister avec dignité aux faiblesses de la chair.

Sans trop y croire, il avait donc fouillé dans les affaires de Frances pour vérifier si elle n'avait pas, par hasard, laissé sur place la Pierre angulaire. Son cœur n'avait fait qu'un tour lorsqu'il avait reconnu le coffret qui renfermait l'objet de ses désirs. Il s'en était emparé et avait aussitôt vidé les lieux.

En se déplaçant furtivement, Damba prenait soin de rester dans l'ombre. Il évita tout le périmètre du feu de camp. Il savait en effet que, malgré l'heure avancée de la nuit, le campement était surveillé, de manière à ce qu'aucun intrus ne s'introduise parmi eux. Il se réfugia derrière l'amas de grosses roches, lieu de rendez-vous par excellence qu'il avait d'ailleurs déjà utilisé auparavant. À l'abri des regards, il alluma sa lampe de poche et éclaira le coffret.

Il était encore temps de remettre l'objet à sa place, mais cela n'arrêta pas Damba. Sa réputation était compromise depuis que l'inspecteur Tschinag l'avait menacé de faire un mauvais rapport sur lui. Ces bureaucrates, il leur fallait toujours un bouc émissaire ! Comme ses affirmations avaient été discréditées par le retour de Frances, et que les autorités locales avaient perdu la face en tardant outre mesure à lancer une enquête, la faute lui avait tout naturellement été imputée. Et les conséquences pour lui pouvaient être désastreuses. Son emploi était en jeu.

Avec un soupir d'impatience, Damba souleva le couvercle et, fasciné, contempla la Pierre angulaire. Le Maître K'ong affirmait qu'elle élevait l'homme à un niveau supérieur. Selon ses dires, ses pouvoirs étaient régis par les lois cosmiques. La folie des grandeurs s'empara du fonctionnaire. Pourquoi se priverait-il de cette puissance ?

Sa décision était prise. Il saisit donc la Pierre angulaire par le manche. Tout d'abord glaciale, celle-ci se réchauffa très rapidement au contact de la main du fonctionnaire. Damba sentit son pouvoir quand elle se mit à vibrer. Il l'approcha de ses yeux et eut juste le temps de voir briller la lame avant que tout ne s'embrouille dans son esprit.

Aussitôt, une série de réflexes le firent réagir involontairement. Damba échappa la lampe de poche, tandis que son corps se raidissait sous une poussée d'adrénaline. Ses yeux se révulsèrent dès qu'une pression s'exerça sur son front, entre ses deux sourcils. Damba vint inconsciemment appuyer la pointe triangulaire de la Pierre angulaire à cet endroit précis. Au premier contact, la pierre prit une teinte lilas, qui se répandit bientôt sur tout le corps de l'homme en transe. Cette enveloppe de couleur s'intensifia pour devenir mauve, avec des petites touches d'indigo par endroits.

Quand Damba reprit ses esprits, il était légèrement désorienté. L'obscurité l'entourait, à l'exception du jet de lumière de la lampe de poche, toujours sur le sol. Le fonctionnaire la ramassa en ne se souvenant pas l'avoir laissée tomber. Il crut voir du coin de l'œil une silhouette bouger. Il projeta nerveusement le faisceau lumineux dans cette direction. Parmi les ombres, il ne vit que des roches et du sable. Rassuré, il reporta son attention sur la Pierre angulaire, qu'il tenait toujours dans l'autre main. En l'éclairant, il s'aperçut qu'elle était à présent de couleur très sombre.

Damba avait pensé qu'il se sentirait, après cette expérience, un homme nouveau, puissant; bref, qu'il renaîtrait à la vie en accédant à la place qui lui était due. Au lieu de cela, il se sentait troublé, inquiet et vulnérable. Il sursauta en entendant un bruit dans la nuit, ce qui l'amena à penser qu'il serait plus prudent de ne pas trop s'attarder près du camp. Il déposa nerveusement la Pierre angulaire dans le coffret et se remit en route. Après une heure et demie de marche, il arriva à l'endroit où il avait laissé son véhicule. À cette distance, il avait jugé que les gens du camp ne pourraient pas entendre le bruit du moteur de sa voiture, d'autant plus qu'il était arrivé en contournant la montagne par le versant sud en fin d'après-midi. Puis, il avait attendu pour agir d'être sous le couvert de la nuit.

La gorge sèche, Damba prit la gourde à l'intérieur du véhicule et avala une rasade d'eau. Il était épuisé, alors il s'étendit sur la banquette arrière avec l'intention de récupérer ses forces, pour l'instant très faibles. De toute façon, le moment était mal choisi pour partir. La nuit, le moindre bruit portait très loin. Il partirait donc aux premières lueurs du jour, dès que les travailleurs du camp auraient repris leurs activités.

* * *

*Frances marchait seule au milieu du désert. Elle était perdue. Où étaient ses repaires habituels ? Il n'y avait pas de campement, pas de montagne, que du sable à perte de vue. Elle avait chaud et soif. Épuisée, elle s'immobilisa. Elle avait pourtant bien cru distinguer une silhouette derrière un épais brouillard, loin devant. Sa vue lui jouait sans doute des tours, et elle avait la gorge très sèche. Elle se laissa glisser par terre, face contre terre. Des larmes de frustration piquaient ses paupières. Dormir ! Il ne lui restait plus qu'à dormir.*

*— Vous dormez déjà ! souffla le vent.*

*— Mais non, justement, répliqua-t-elle sans bouger un seul muscle de son corps.*

*— Mais si, chuchota l'air.*

*— J'en suis rendue à me parler, maintenant ! dit-elle avec dérision.*

*— Ce n'est pas une mauvaise chose en soi, ricana gentiment la voix qui sortait de nulle part et de partout à la fois.*

*— Où suis-je ?*

*— Ici et présente.*

*Malgré son épuisement physique, les lèvres de l'archéologue laissèrent échapper un faible éclat de rire.*

*Frances sentit alors quelque chose lui chatouiller le nez. Elle ouvrit les yeux. Personne ! Rêvait-elle ? Sûrement. Elle s'allongea à nouveau et ferma les yeux.*

*Mais que faisait-elle ? Elle était en train de rêver qu'elle voulait dormir ! Ridicule ! Presque à regret, elle se rassit et scruta une fois de plus la désolation du décor qui l'entourait.*

*— Êtes-vous là ? s'enquit-elle pour briser le silence qui commençait à l'importuner.*

*— Oui, reprit la voix comme si elle était demeurée là depuis le début.*

*— Êtes-vous la voix de ma conscience ?*

*— Certainement pas.*

*— Si vous n'êtes pas moi, pourquoi ne vous vois-je pas ?*

*— Je suis pourtant là.*

*— Où ?*

*— Là.*

*— C'est très clair, effectivement ! railla-t-elle.*

*Elle devait vraiment s'ennuyer pour faire des jeux de mots aussi stupides. Elle allait renoncer à discuter quand elle vit la brume devant elle. Plissant les yeux, elle crut déceler une présence.*

*— Serait-ce vous que je distingue derrière le brouillard ?*

*— Oui.*

*— Pourquoi vous cachez-vous ?*

*— Je ne me cache pas.*

*— Alors, pourquoi ne vous montrez-vous pas mieux que cela ?*

*— Vous ne posez pas les bonnes questions.*

*Cela devenait lassant, à la fin !*

*— De bonnes questions, de bonnes questions ! Que me diriez-vous à propos de la Pierre angulaire ? lâcha-t-elle pour le désarçonner.*

*— On y arrive enfin !*

*— Qui êtes-vous ?*

*— Le gardien.*

*— J'aimerais savoir une fois pour toutes à quoi elle sert !*

*— Vous connaissez déjà la réponse.*

*— Je trouve que pour un être sans corps, votre langage est des plus terre-à-terre, dit-elle, irritée.*

*— J'utilise les mots que vous maîtrisez, sinon comment pourrions-nous communiquer ?*

*Frances était plus que déroutée par la repartie facile de son interlocuteur invisible. Pour faire passer sa frustration, elle soupira bruyamment.*

*— La terre et le ciel la façonnèrent avec le feu, l'air et l'eau. Elle devint la Pierre angulaire de l'homme, dit-il enfin.*

*— Quel but vise-t-elle ?*

*— Celui de vous projeter hors du temps linéaire, pour transformer votre vision intérieure en réalité. Elle agit comme un catalyseur qui vient activer une série de codes (jusque-là endormis) emmagasinés dans votre subconscient. Elle diminue l'activité des ondes alpha et augmente celle des ondes thêta, de façon à faire jaillir la vérité. Ce qui vous permettra de transcender la rigidité de vos pensées par un élargissement de votre conscience.*

*— Moi ? La vérité ? Que viens-je faire dans tout ceci ?*

*— Vous étiez là en temps et lieu.*

*Les questions se bousculèrent soudain dans la tête de l'archéologue.*

*— Qui suis-je ? Quel rôle devrais-je jouer dans la vie ? Où est ma place dans ce monde ?*

*— Enfin, des questions intéressantes !*

*— Répondez ! ordonna-t-elle.*

*— Je ne vous manquerai pas de respect.*

*— Le respect n'a rien à voir là-dedans.*

*— Répondre à votre place est un flagrant manque de respect.*

*— Alors, que faites-vous ici ?*

*— Je ne suis pas venu de mon plein gré.*

*— Cette discussion tourne en rond, commenta Frances, soudain découragée.*

*— Vous trouvez ? Pour ma part, je sens que nous progressons.*

*— Si au moins, je savais dans quel domaine je fais des progrès, j'y verrais un peu plus clair, répliqua-t-elle avec un brin d'impatience.*

*— Je dois partir.*

*La brume commençait à se dissiper, et la silhouette s'estompait graduellement.*

*— Attendez ! J'ai encore beaucoup de questions à vous poser, s'écria Frances.*

*— Soyez attentive ! Parfois subtiles, les réponses ne tardent jamais, recommanda la voix qui s'affaiblissait... Vous devez vous réveiller, maintenant... Votre intervention sera peut-être nécessaire...*

Frances se redressa en sursaut. Elle était couverte de sueur. Le bras de Vince reposait toujours sur elle. Il dormait profondément. Avec précaution, elle se libéra de son amant et s'assit au bord de son lit de camp. La fraîcheur de l'air ambiant l'aida à disperser les brumes du sommeil.

Quel drôle de rêve ! Il suscitait en elle une étrange impression. Mue par un subit sentiment d'urgence, elle endossa son parka et sortit sans réveiller Vince. Quand elle ne fut plus qu'à quelques pas de sa tente, elle ralentit l'allure et tendit l'oreille. Elle hésita quelques secondes, puis se racla bruyamment la gorge avant d'entrer. La tente était vide. Finalement, ses amis avaient dû se trouver une meilleure cachette pour leurs ébats amoureux.

Un parfum de danger flottait cependant dans la pièce. La peur au ventre, Frances éclaira la pièce et ouvrit fébrilement le coffre au pied de son lit. Elle fourragea rageusement à l'intérieur. Elle mit sens dessus dessous le contenu de la malle, repoussant sans ménagement les carnets de notes de physique, le manuel de premiers soins, les crayons, stylos et marqueurs. Sentant monter en elle la panique, elle décida de procéder avec un peu plus de méthode. Elle vida donc la malle d'une trousse de catalogage et de ses fiches, des étiquettes de musée, d'une chaise pliante et d'un sac de couchage supplémentaire. Quand elle toucha le fond du coffre, elle savait déjà qu'elle ne trouverait pas ce qu'elle cherchait. Le coffret qui contenait la Pierre angulaire n'était plus là !

# Hantise

La lumière du jour commençait à poindre à l'horizon. Malgré l'heure matinale, plusieurs personnes étaient déjà debout. Dès que Frances avait constaté qu'elle n'avait plus la Pierre angulaire en sa possession, elle avait réveillé Al et Luvsan, à tout hasard, car ils auraient pu l'avoir prise sans sa permission. Mais ce n'était malheureusement pas le cas.

Al prit immédiatement les choses en main. Il envoya quérir Agvan par Luvsan et raccompagna Frances jusqu'à sa tente.

— C'est ici que je la rangeais, dit Frances en désignant la malle.

— Vous êtes bien sûre de l'avoir mise là ?

— Je ne la cachais plus depuis mon retour. Je pensais que cela n'était plus nécessaire, maintenant que Damba n'était plus avec nous.

Al se gratta la tête.

— Quand l'avez-vous vue pour la dernière fois ?

— Hier, après le déjeuner.

— Vous n'avez rien constaté d'anormal à ce moment-là ?

— Non.

— Vous avez été absente tout le reste de l'après-midi ?

— Je suis revenue après notre entretien, et Julie était là. Nous nous sommes changées, puis nous sommes allées vous rejoindre pour le dîner.

Al avait l'air soucieux.

— Vous êtes-vous longtemps attardée après le repas ?

— Pas vraiment.

Frances se mordit la lèvre inférieure.

— Mais quand je suis retournée à la tente, Julie était là... avec... enfin, elle n'était pas seule.

— Ah, fit Al, mine de rien, en comprenant l'allusion.

— Je… je ne suis pas restée.

— Oui, bien sûr ! dit-il en toussant discrètement.

Il garda le silence pendant quelques secondes.

— Le voleur n'a pas pu dérober l'objet pendant que Julie était là, constata-t-il, n'y comprenant plus rien.

Al était trop absorbé dans ses pensées pour remarquer l'embarras de Frances.

— Au fait, où est Julie ? demanda-t-il.

— Je ne le sais pas, dit-elle d'une voix hésitante.

Al fronça les sourcils. Elle aurait préféré garder pour elle son escapade nocturne, mais il ne pourrait pas se faire une juste idée de la situation si elle lui cachait des informations importantes.

— Écoutez, Al, commença Frances. Quand je suis revenue ici, l'endroit était désert.

— Combien de temps êtes-vous partie ?

— Plusieurs heures, dit-elle, gênée.

— Quand, exactement, vous êtes-vous aperçue que la Pierre angulaire avait disparu ?

— Dès que j'ai remis les pieds ici.

— Agvan a cru entendre un bruit de moteur vers la fin de la journée, hier. Nous avons patrouillé ensemble dans les environs et n'avons pourtant rien trouvé de suspect. Peut-être a-t-il vraiment entendu quelque chose, finalement… Il y a trop eu d'allées et venues durant la soirée. Je ne pense donc pas que l'intrus ait pris un tel risque pour s'introduire chez vous. Par contre, il aurait très bien pu profiter de votre absence pour commettre son méfait durant la nuit.

— Et s'il était arrivé quelque chose à Julie ? dit Frances, soudain inquiète.

— J'ai entendu mon prénom ?

Al et Frances se retournèrent en même temps.

— Qu'est-ce qui se passe encore ? dit la jeune femme, alertée par l'accueil glacial de ses collègues.

— Un voleur est venu nous rendre visite, dit l'archéologue.

— Ne me dis pas qu'on t'a pris la Pierre angulaire, quand même !

Frances ne pouvait pas en vouloir à Jean-Christophe d'avoir

révélé son secret. Un secret qui n'en était d'ailleurs plus un depuis l'instant où Damba avait fourré son nez dans ses affaires.

— J'ai une question à te poser, dit-elle en prenant Julie à l'écart.

La jeune femme regarda Frances et Al tour à tour. Comme celui-ci faisait semblant de s'intéresser de près au contenu de la malle, elle reporta son attention sur son amie.

— Je t'écoute.

— Quand, exactement, as-tu quitté la tente ? demanda Frances en baissant volontairement le ton de sa voix.

Devant l'air effaré de Julie, Frances dut préciser sa question.

— Hier soir, alors que j'allais rentrer pour dormir, je t'ai trouvée en compagnie de J-C ici même. Alors, je suis partie pour ne pas vous déranger. À mon retour, vous n'étiez plus là.

— Pauvre chérie, nous ne sommes pas restés là longtemps. Je ne faisais que prendre quelques affaires. Nous n'aurions pas osé te déranger, alors que nous avions à notre disposition un endroit tranquille que personne n'utilise pour l'instant.

— La tente de Damba, murmura Frances.

— Eh oui ! Même si Jim s'était montré compréhensif, nous n'allions tout de même pas l'obliger à déménager parce que cela nous arrangeait, gloussa Julie en jetant un coup d'œil vers Al. Mais où es-tu allée pendant tout ce temps ?

L'archéologue baissa les yeux.

— Ne t'inquiète pas pour moi.

Julie mit un certain temps à réaliser ce que cette réponse impliquait. Un sourire espiègle illumina son visage.

— Ah, tu as suivi mon conseil ! Super !

Elles se regardèrent franchement. Elles n'avaient pas besoin de dire tout haut ce qu'elles avaient très bien compris à demi-mot.

— Vous aviez raison, Al ! Le voleur a eu tout le loisir de faire ce qu'il avait à faire. Nous lui avons servi l'occasion sur un plateau d'argent, dit Frances.

— Il n'est peut-être pas trop tard pour lui mettre la main au collet, répondit-il en se dirigeant vers la sortie.

Dès que les deux femmes se retrouvèrent seules, Julie se tourna vers Frances.

— Je suis vraiment désolée, dit la jeune femme.

— Bof! Ce qui devait arriver est arrivé, soupira l'archéologue. Laissons cela de côté pour l'instant. Toi et J-C, vous avez l'air de bien vous entendre.

— Oh! Frances, je crois que je suis amoureuse.

— Tu n'es pas la seule.

— Tu l'es, toi aussi? demanda innocemment Julie.

— Je parle de J-C, là.

La béatitude illumina le visage de son amie.

— Il m'a avoué son amour. Il m'a dit m'aimer depuis le premier jour où il m'a vue. Il est doux et plein d'attentions. Un peu maladroit par moments, certes, mais tellement mignon. Savais-tu qu'il dessinait?

— Je crois me souvenir qu'il a suivi des cours de dessins avant son doctorat.

— Il est doué, je t'assure! Il m'a montré un portrait qu'il a fait de moi. Flatteur, mais remarquablement ressemblant!

Frances écouta Julie faire l'éloge de Jean-Christophe, tout en regardant le désordre qui régnait sous la tente.

— C'est le bordel, ici! s'interrompit la jeune femme.

— Je vais ranger un peu. Pourrais-tu aller informer J-C de ce qui arrive? Et pendant que tu y es, demande-lui si, par hasard, il n'aurait pas pris la Pierre angulaire, d'accord?

— Je peux tout de suite te répondre à ce sujet. Même s'il meurt de curiosité, il n'aurait jamais pris cette liberté. Mais je vais quand même lui en glisser un mot.

Dès que Julie eut franchi le pas de la porte, Frances saisit la première chose qui lui tomba sous la main et commença à ranger. Elle n'avait pas tout à fait fini lorsqu'elle entendit un bruit de pas approcher.

— Tu as fait vite, dit-elle sans lever les yeux.

— Profanatrice de lieux sacrés! accusa rageusement une voix qui lui donna des frissons dans le dos.

— Vous! s'exclama-t-elle en regardant la silhouette à contre-jour.

L'homme avança de deux pas en laissant la toile se rabattre

derrière lui. Quelque chose dans sa démarche fit penser à Frances qu'elle avait devant elle un félin prêt à l'attaque. Elle reçut de plein fouet une décharge d'adrénaline l'avertissant d'un danger imminent. Elle se leva tranquillement, en ne lâchant pas Damba des yeux.

— Vous l'avez exproprié ! Il est désormais perdu, condamné à errer !

— De qui parlez-vous ? dit-elle en reculant prudemment, pour se tenir le plus loin possible de lui.

— L'esprit des lieux, tiens ! J'ai été fou de vous suivre jusqu'ici et d'obéir à vos ordres ! dit-il en se rapprochant imperceptiblement.

— C'est de votre plein gré que vous nous avez accompagnés, je vous le rappelle. Vous sembliez même très enthousiaste. J'ai rarement vu quelqu'un travailler avec autant de zèle que vous.

Frances parlait pour gagner du temps. Elle jetait de rapides coups d'œil, afin de repérer le moindre objet qui pourrait lui venir en aide en cas d'agression. Elle eut une pensée pour Vince. Une fois acculée contre la toile de tente, elle vit ce que le fonctionnaire tenait dans sa main.

— Je vois que vous regardez ceci, susurra Damba en pointant la Pierre angulaire dans sa direction.

— Vous vous êtes passé d'intermédiaire cette fois-ci, hein, Damba ? dit-elle en remarquant la lampe de poche qui était sur son lit.

— Qui aurait cru que ce serait aussi facile ? s'esclaffa-t-il. Avoir su, je ne me serais pas donné tout ce mal.

— Il n'est pas trop tard, Damba, pour vous racheter, dit-elle en se méprenant sur le sens de ses paroles. Donnez-moi la Pierre angulaire et partez d'ici. Je vous donne ma parole que je ne dirai rien, à personne, de votre venue.

— Il est trop tard et vous le savez. Il est ici ! se lamenta-t-il. Vous lui avez enlevé son bien le plus précieux.

— Je vous ferai remarquer que le précieux objet n'est plus en ma possession. Vous vouliez la Pierre angulaire ? Eh bien, vous l'avez, maintenant. Où est le problème ?

Un rictus de haine vint tordre la bouche du fonctionnaire.

— Le Maître disait que la Pierre apportait de la puissance à l'initié, aboya Damba. Or, elle ne m'a apporté que souffrance et tourments. Je dois maintenant payer un lourd tribut.

Il tourna brusquement sur lui-même en proférant des paroles dans sa langue natale. Tous les pores de sa peau transpiraient la peur. Il semblait mener un combat intérieur inégal contre des démons imaginaires. Par deux fois, il fendit l'air avec la lame de la Pierre angulaire. Profitant de son relâchement d'attention, Frances saisit précipitamment la lampe de poche et visa la tête de Damba. Mais avant même qu'elle n'ait pu la lancer, elle lui fut arrachée des mains avec une force exceptionnelle. Tandis que Damba continuait de parler dans le vide, Frances cherchait des yeux où pouvait bien avoir atterri la lampe. Ne la voyant nulle part, elle croisa le regard de Damba, redevenu momentanément alerte.

— Cherchez mieux que ça, dit-il sur un ton sarcastique.

C'est à ce moment-là qu'elle la vit, flottant dans les airs, juste en face d'elle !

— Que dites-vous de ça ?!

Frances se pencha juste à temps pour éviter le projectile, qui fonçait droit sur elle.

— Bon réflexe ! s'exclama-t-il en faisant une moue. Je deviens très méchant quand on me veut du mal.

Forcée d'y croire, elle se sentit prise au piège. Damba souffrait moralement et physiquement des séquelles de son contact direct avec la Pierre. Il était encore plus dangereux depuis la manifestation de son pouvoir, d'un tout autre ordre que le sien.

— Quel effet a-t-elle sur vous ?

Lui aussi, il avait compris certaines choses.

— Vous n'êtes pas capable de faire ça, n'est-ce pas ? demanda-t-il en soulevant dans les airs une boîte de mouchoirs blancs. Je suis certain que non. Par contre, je ne sais pas, moi, ce qui se passe dans votre petite tête. Je n'ai pas accès à vos pensées les plus intimes… comme vous pouvez le faire. C'est cela, votre truc, n'est-ce pas ?

— Vous n'êtes pas dans votre état naturel.

— Elle est bien bonne, celle-là ! dit-il en pouffant d'un rire sans joie.

La boîte de mouchoirs tomba par terre.

— Ah ! Parce que vous, vous êtes dans votre état naturel ? fit-il remarquer ironiquement.

Damba se figea soudain d'horreur en la regardant avec une fixité gênante. Frances arrivait difficilement à le suivre, ses sautes d'humeur étant imprévisibles. Elle ne savait plus comment l'aborder.

— Vous ne le voyez donc pas ? dit-il dans un souffle.

Le Damba qu'elle connaissait, plein de superbe et aux critiques acérées, n'était plus. Il avait cédé sa place à un être d'une fragilité alarmante.

— Il vous tient l'épaule, dit-il en lui jetant des regards apeurés. Il a hanté mes rêves, et maintenant, il vient directement du fond du ciel pour me traquer jusqu'à ce qu'il y ait réparation. C'est vous, la responsable. Vous devez m'aider.

L'idée qu'un fantôme pût la toucher, aussi inoffensif fût-il, ne la réjouissait guère, mais le danger, lui, était bien réel. Et pour le moment, tout lui indiquait que ce dernier provenait de Damba lui-même.

— Calmez-vous, dit-elle doucement. Je vais vous aider, mais il faut absolument que vous restiez calme. Sentez-vous une pression sur votre front ?

— Le front ? Non... Pourquoi devrais-je sentir une pression sur le front ? bredouilla-t-il d'une voix plaintive.

— Je faisais seulement une supposition. Cela m'est arrivé quelques fois.

Pendant que la panique engourdissait l'esprit du fonctionnaire, Frances réfléchissait à toute allure.

— Il est toujours là. Pourquoi reste-t-il auprès de vous ? s'impatienta-t-il en reculant instinctivement.

Damba n'avait pas fait deux pas qu'il se boucha les oreilles pour ne plus entendre des sons qu'il était seul à percevoir.

— Il ne veut pas que je m'en aille ! cria-t-il.

— Je vous en prie, Damba, efforcez-vous de rester calme !

Inspirez profondément, puis expirez jusqu'au bout de votre souffle. Faites-le plusieurs fois les yeux fermés.

Il hésita, mais il n'entrevoyait pas d'autre alternative pour se débarrasser de cette vision cauchemardesque. À contrecœur, il ferma donc les yeux et se concentra sur sa respiration. Bien qu'encore saccadée, celle-ci se fit plus profonde.

Frances sentit qu'ils auraient de la visite sous peu. Elle voulut se déplacer vers l'entrée, mais fut brusquement aveuglée par la lumière crue du soleil; quelqu'un venait de rabattre d'un coup la toile d'entrée. Damba bondit vers Frances et l'agrippa par les cheveux, en menaçant sa gorge de l'objet pointu. Voilà qu'il se servait maintenant de la Pierre angulaire comme d'une arme blanche ! Si la situation n'avait pas été aussi dramatique, l'archéologue en aurait ri.

— Calmez-vous, exhorta Al en passant prudemment la tête dans la fente de la tente.

— Restez où vous êtes ! ordonna Damba en mongol.

— D'accord, répondit Al dans la même langue. Je n'avance plus. Que vous arrive-t-il, mon ami ?

— Vous n'êtes surtout pas mon ami ! Tout le monde sait de quel bord vous êtes.

Lorsque Frances se mit à gémir faiblement, son collègue remarqua des gouttes de sang perler sur son cou. D'une main ferme, il retint Vince, qui voulait entrer.

— Essayons de régler cette histoire entre nous comme des gens civilisés, dit Al en anglais pour être compris de tous. Laissez-moi entrer, et je vous promets de ne pas m'approcher de vous.

— Si vous faites un geste, je... je... commença Damba en anglais, avant de crier à tue-tête : Vous n'êtes pas seul !

— Damba, il est évident que je ne suis pas seul. Il y a plein de gens que vous connaissez sur le site. Ils vivent ici. Laissez-moi entrer, et je vous promets de ne pas m'approcher, expliqua patiemment Al en faisant signe à Vince de se tenir tranquille.

— Je ne veux pas voir l'acteur ! s'énerva le fonctionnaire en appuyant l'arme sur la gorge de Frances, ce qui l'empêchait de parler.

La peur viscérale qu'il lui tranchât la gorge la privait de tous ses moyens.

— Vous lui faites mal sans raison, dit Al. Je ne vous menace pas, que je sache.

— Ne vous inquiétez pas. Elle a de l'expérience en matière de mauvais traitements, répliqua Damba avec cynisme, en diminuant toutefois la pression de l'arme.

— Pourquoi êtes-vous revenu, au lieu de disparaître quand vous en aviez l'occasion ? demanda judicieusement Al, toujours dans l'entrée.

La question prit de court le fonctionnaire. Son esprit se remit ainsi tout doucement à fonctionner normalement. En regardant autour de lui, il prit soudainement conscience de l'absence du spectre.

— Entrez ! ordonna-t-il. Mais à une condition : si je vois l'ombre d'une seule personne traverser mon champ de vision, je ne réponds plus de moi.

Al chercha du regard l'approbation de Vince avant d'entrer. Celui-ci dut se contrôler pour laisser son ami agir sans son concours. Cet échange silencieux ne dura qu'une seconde.

— Voilà, je vous écoute, dit le géologue une fois entré.

— Je suis revenu parce que j'y étais obligé. Voyez-vous, nous avons dérangé les morts. L'esprit d'un ancien se manifeste, et je ne sais pas comment m'en débarrasser.

— Est-ce que vous le voyez, Frances ?

— Non, répondit-elle en déglutissant péniblement.

— Où est-il, en ce moment ? Vous le voyez toujours ? questionna Al en reportant son attention sur Damba.

— Je... je ne le vois plus, dit ce dernier en regardant craintivement autour de lui. Elle a pillé une sépulture d'un de nos ancêtres. C'est de sa faute, s'il est fâché.

— Le fait que nous en discutions raisonnablement l'a probablement apaisé, tenta d'expliquer Al. Ce ne serait donc pas une mauvaise idée de continuer à en parler. Je suggère de convier Luvsan à notre discussion. Il en connaît plus long que moi dans ce domaine.

Comme elle pouvait lire en lui comme dans un livre ouvert,

Frances sentit que Damba baissait sa garde. Al lui avait montré assez de compréhension et de coopération pour engourdir sa nature soupçonneuse.

— Je suis prêt à faire preuve de bonne volonté. Tout ce que je veux, c'est m'en aller sans faire d'histoire, dit le fonctionnaire.

— Je suis content de l'apprendre. Allons dans un endroit plus approprié pour discuter, voulez-vous ?

— J'ai faim, dit Damba.

— Dans ce cas-là, allons vers la cuisine.

— D'accord ! Mais, je ne veux voir personne d'autre que Frances, Luvsan, votre neveu et vous. Est-ce que je me suis bien fait comprendre ?

— Parfaitement ! convint Al. Je dois aller les avertir.

— Faites donc ! Nous ne bougerons pas d'ici avant d'avoir la garantie que tout sera sous votre contrôle.

Dès que le Mongol se trouva à l'extérieur, il s'éloigna en entraînant Vince avec lui.

— Vous aviez raison, dit Al à voix basse. Frances était en danger.

— Il faut faire quelque chose, dit l'acteur en laissant sous-entendre qu'il avait une petite idée derrière la tête.

— Vince ! interpella son ami sur un ton réprobateur. Cette fois-ci, vous allez me laisser faire ! Vous êtes la dernière personne qu'il veut voir en ce moment. N'oubliez pas que vous lui avez fait perdre la face devant Tsogt et les autres.

— Si ce fumier la touche..., commença Vince, les mâchoires contractées.

— Elle est forte, le coupa Al avec douceur, mais fermeté. Quoi qu'il en soit, elle sent la situation évoluer dans le bon sens. Vous le saviez ?

L'Américain baissa la tête en guise de réponse.

— Est-ce que je peux compter sur votre appui ?

— Je ne ferai rien qui ira à l'encontre de votre plan. Mais si je vois qu'une intervention s'impose, je vous promets de ne pas me lancer à l'aveuglette.

— Allez me chercher Jim, Agvan et Luvsan, j'ai besoin d'eux.

— Al... s'il lui arrive un malheur, je..., murmura Vince d'un air accablé, incapable de formuler sa phrase jusqu'au bout.

— Je sais...

Quand tout le monde eut pris connaissance du rôle qu'il aurait à jouer, Al retourna auprès de Damba et Frances. Le petit groupe ne croisa comme convenu personne sur son chemin vers la cuisine. Assis sagement devant un petit déjeuner déjà servi, Luvsan et Agvan les attendaient. Nerveux au début, Damba se calma rapidement lorsqu'il constata qu'Al avait tenu sa promesse. Il avait arrêté de menacer Frances, mais ne lâchait pas son bras pour autant. Le fonctionnaire avait demandé qu'Agvan soit présent, parce qu'il trouvait plus sage de l'avoir sous les yeux plutôt que de l'imaginer en train de comploter dans son dos. L'intrépidité des jeunes était en effet légendaire. Les autres membres du camp, il ne pouvait plus les sentir, alors aussi bien qu'ils restassent à l'écart. Il mangea avec appétit, tout en ne perdant pas une miette de ce que disait Luvsan.

— Donc, résuma-t-il au bout d'un moment, en ouvrant mon esprit à la Pierre angulaire, j'ai pu voir le lien entre le passé mystique et le présent. Mais je ne vous suis plus très bien quand vous dites que j'ai dérangé les morts parce que j'étais vivant, dit-il en réprimant un frisson.

— Il existe trois mondes distinctifs, reprit patiemment Luvsan. En rêvant, vous avez traversé *tögüncik* pour accéder, sans aucune préparation, au *cyn*. Le premier est un monde illusoire qui nourrit nos sentiments, tels que la joie et la douleur. Peu de gens fréquentent le deuxième monde, car il faut être en contact avec les esprits du passé pour y accéder. Or, c'est un monde éternel où l'authenticité est pure.

— Vous croyez que je suis allé dans le monde des esprits ? demanda Damba d'une toute petite voix.

— C'est ce que je pense.

— Quel est le troisième monde ? demanda Frances, intéressée malgré elle par les explications de Luvsan.

— *Baatyr*, le monde des héros, répondit calmement Luvsan.

— Il n'y a aucun danger que vous fréquentiez un jour ce monde,

Frances, commenta Damba avec mépris.

— Les esprits sont extrêmement sensibles à la force vitale, continua Luvsan en ignorant cette interruption. Lorsqu'un chaman passe d'un monde à l'autre, il passe incognito pour ne pas perturber l'équilibre des mondes. Comme vous ne maîtrisez cependant pas l'art des bardes, les morts vous ont vu et l'un d'eux vous a suivi.

— Pensez-vous qu'il est parti, maintenant ? Qu'il a compris que ce n'était pas moi, le responsable du sacrilège ? demanda craintivement le fonctionnaire.

— Je ne peux pas vous le dire. Cela dépend entièrement de vous.

— De moi ?

— Oui, vous seul avez le pouvoir de l'apaiser. Vous devrez ensuite l'enjoindre de quitter ce monde de la même façon que vous l'avez laissé y entrer.

— Mais, je... je ne sais pas comment j'ai fait... Pourquoi moi ? Pourquoi pas elle ? Ou vous ? Vous semblez le plus compétent en la matière, s'énerva Damba.

— Parce que vous êtes responsable de cette intrusion. Vous avez usé du privilège de fréquenter leur monde. Vous devez maintenant en assumer les conséquences.

— Mais puisque je vous dis que je ne sais pas ce que j'ai fait ! Ce n'est pas moi, mais la Pierre angulaire qui est responsable de tout ça ! De toute façon, je crois qu'il est parti, car je ne le vois plus, dit Damba en tournant la tête dans toutes les directions.

— Je n'en suis pas aussi sûr que vous, dit Luvsan. Quand il était près de vous, que cherchait-il à vous dire ?

— Il ne parlait pas, mais il me chahutait si fort que c'était insupportable. Pourquoi me torturait-il ainsi ?

— Il cherchait à entrer en contact avec vous.

— Je ne le veux pas... Il me fait peur...

— Votre moi inconscient se sent menacé. Alors, vous réagissez de la pire manière qui soit. Vous devez combattre les influences négatives que votre égo vous soumet, car elles sont destructrices. Avez-vous mal à la tête, par hasard ?

— Ma tête se porte bien ! rétorqua Damba, rendu soupçonneux par cette dernière question, qui semblait n'avoir aucun lien avec les propos précédents. Me croyez-vous fou ?

— Pas du tout ! répondit Luvsan avec sincérité.

Ils étaient tous assis autour de la table centrale, sous la grande tente. D'un côté, il y avait Damba et Frances, et de l'autre se tenaient Al, Agvan et Luvsan. Al, qui n'avait pas vraiment pris part à la conversation, choisit cet instant pour intervenir.

— À la lumière de toutes ces explications, je pense tout comme Damba que l'esprit est définitivement reparti dans son monde.

— Ah, vous voyez ! s'exclama le fonctionnaire en le prenant à témoin.

En dessous de la table, le Mongol donna un petit coup de pied à Luvsan pour qu'il s'abstienne de relancer le débat. Le fait que ce dernier ait raison ou non était le moindre de ses soucis. Il devait encore sortir Frances de cette impasse.

— Pouvons-nous maintenant parler de la façon de vous retirer en toute sécurité ? demanda Al en regardant directement Damba.

La discussion qui suivit se déroula sans heurt; tout le monde désirait en finir. Damba ne voulait rencontrer aucun homme armé sur son chemin. Il emmènerait Frances avec lui jusqu'à son véhicule. Ensuite, il la laisserait partir sans lui faire de mal si tout se passait comme il le voulait. Personne ne parla de la Pierre angulaire. Frances avait pourtant jeté à Al plusieurs regards lourds de sens, mais il les ignora intentionnellement. Elle avait donc pris son mal en patience.

Quand toute la petite procession se mit en route, il n'y avait personne en vue. En marchant derrière Al, Agvan et Luvsan, Frances se dit néanmoins que le reste des membres du campement n'étaient pas cachés très loin puisqu'elle les percevait autour d'eux. Pendant tout le trajet, Damba ne la quitta pas d'une semelle.

— C'est ici que nous nous quittons, dit enfin ce dernier, une main sur la poignée de la porte du véhicule et l'autre sur le bras de Frances.

— Laissez Frances nous rejoindre, dit Al de l'autre côté de la voiture.

— Pas si vite, je dois d'abord vérifier que tout est en ordre, riposta Damba en ouvrant la portière.

Ce faisant, il s'assit sur la banquette du conducteur et mit la clé dans le contact, en tenant toujours le bras de Frances. Le moteur se mit en marche.

— Vous êtes libre, maintenant. Au plaisir de ne plus vous revoir, dit Damba en ne la retenant plus.

Mais Frances restait immobile, empêchant le fonctionnaire de refermer sa portière.

— Vous ne voulez pas rejoindre vos amis ? constata Damba avec une pointe d'ironie.

— Qu'allez-vous faire avec la Pierre angulaire ? le défia-t-elle malgré elle.

— Éloignez-vous, Frances ! dit Al.

— Vous aimeriez la ravoir ? dit le fonctionnaire avec un sourire moqueur. Vous ne trouvez pas que vous avez eu assez d'ennuis comme ça ? Vous en redemandez ?

— Cet objet est dangereux. Vous en savez quelque chose, maintenant. Je dois donc le mettre à l'abri pour éviter d'autres événements tragiques.

— Pourquoi me priverais-je du plaisir de votre déconfiture ?

— Pour ne plus voir les spectres du passé, répondit-elle d'une voix neutre.

Frances le sentit hésiter.

— Vous savez quoi ? Moi, j'ai eu ma dose, dit-il en lançant en l'air la Pierre angulaire, qu'elle attrapa au vol.

Pétrifiée, Frances n'arrivait pas à détacher ses yeux de l'objet qu'elle tenait à mains nues. Comme dans un brouillard, elle entendit soudain Damba crier. Sans comprendre ce qui se passait, elle leva les yeux vers lui et vit l'expression de son visage changer. Grâce à ses facultés, elle fut alors le témoin impuissant d'un de ses brusques changements d'humeur : un mélange explosif de peur et de pouvoirs dont les autres n'avaient même pas idée. Cela déclencha en elle un signal d'alarme. Toutes les présences invisibles qu'elle avait senties se mirent à bouger en même temps. Quelques-unes prirent forme dans la paroi rocheuse, tandis que d'autres sortirent de derrière les rochers disséminés sur le terrain. Elle entendit derrière elle le pas de course de quelqu'un qui s'approchait. Elle eut même le temps de voir au ralenti Al et Agvan qui contournaient la voiture, puis elle se sentit partir vers l'arrière alors que Damba sortait du véhicule en tendant les mains vers elle.

— Ne bougez pas ! cria Vince en mettant le fonctionnaire en joue avec une carabine.

Jim empêchait de son côté Frances de se relever.

— Non ! Attendez ! cria-t-elle dans l'espoir de les avertir du danger.

Trop tard. Une quantité impressionnante de roches s'élevait déjà dans les airs.

— Jim, Frances, allez derrière moi ! ordonna Vince, la surprise passée.

À quelques pas derrière eux, l'acteur était à genoux et gardait toujours Damba en joue.

— Il est revenu ! se lamenta ce dernier en se tenant la tête à deux mains. Dites-lui de s'en aller !

— Faites ce que je vous dis ! insista Vince.

Les roches en lévitation devinrent alors des projectiles qui obligèrent tous les témoins de la scène à se protéger la tête, au lieu de porter secours à leurs amis. Seuls Damba, Vince et Frances ne se laissaient pas distraire par le phénomène. L'archéologue en profita pour se relever.

— Dites-lui de me laisser tranquille ! gémit Damba.

— Où est-il ? demanda Frances.

— Il est à côté de vous !

— S'il est avec moi, pourquoi ne partez-vous pas ?

— Parce qu'il me l'interdit !

— Éloigne-toi de lui, Frances ! s'écria Vince.

— Taisez-vous ! rugit Damba dans un éclair de soudaine lucidité.

En moins de temps qu'il n'en fallut pour le dire, la carabine que tenait l'acteur se retrouva entre les mains du fonctionnaire.

— C'est moi qui donne les ordres ! dit Damba. Reculez ou je la tue !

— Ça va, Vince ! Fais ce qu'il dit, intervint Frances.

L'Américain recula lentement.

— Nous allons régler ça une bonne fois pour toutes. Venez avec moi, Frances !

— Où allons-nous ?

— Dans la grotte où tout cela a commencé. Et que personne ne s'avise de nous suivre !

Tous les hommes avaient compris que le mal qui l'habitait pourrait se retourner sur quiconque se mettrait en travers de sa route. Frances suivit donc Damba sans discuter. Au pied de la grotte, ce dernier ordonna à Al et à Agvan de hisser l'archéologue à l'aide des poulies, tandis qu'il menaçait les autres de son arme.

— Si je ne vous vois pas en train de m'attendre sagement, je jure que je tire sur vos amis. M'entendez-vous ? dit Damba assez fort pour que Frances l'entende pendant son ascension.

— Ne faites pas ça ! répondit-elle. Je vous promets de rester tranquille.

En arrivant en haut, Frances voulut donner du ballant au monte-charge pour s'approcher du bord de la falaise. Elle avait presque réussi quand elle sursauta violemment en voyant une main saisir son pied. Jean-Christophe avait un doigt en travers de sa bouche. Il l'aida à poser pied à terre.

— Qu'est-ce que tu fais là, J-C ? murmura-t-elle.

— Damba est devenu fou, riposta Jean-Christophe en la tirant vers lui. Il faut faire quelque chose.

— Sauve-toi ! C'est la seule chose à faire. Tu as vu ce dont il est capable ? dit-elle en commençant à détacher les harnais qui la retenaient au monte-charge.

— Nous n'en croyions pas nos yeux.

— Nous ? Qui est avec toi ? dit-elle en scrutant l'entrée de la caverne.

Quand ses yeux se furent habitués à l'obscurité, elle vit Julie lui faire signe du fond de la grotte.

— J-C, je n'ai pas le temps de tout t'expliquer, mais il est très dangereux. Julie et toi, allez immédiatement vous cacher dans le diverticule opposé à la chambre funéraire, compris ? dit-elle d'un ton sans réplique, en achevant de se détacher.

— Qu'est-ce que vous faites, Frances ? Envoyez-moi immédiatement les cordes, s'impatienta Damba au bas de la falaise.

— Ça y est ! cria-t-elle en se penchant au bord de la corniche.

— Je vous veux bien en vue ! avertit Damba.

— Que vas-tu faire ? chuchota Jean-Christophe, en prenant bien soin de rester dans l'ombre.

— Je me débrouillerai, dit-elle avec un aplomb qu'elle était loin de ressentir. Allez-y, maintenant. Ne faites aucun bruit. Vite, il va bientôt être là ! Partez !

Jean-Christophe pressa ses mains sur les siennes, avant de partir au pas de course vers Julie. Avec soulagement, Frances les vit disparaître dans les profondeurs de la grotte.

## Gardien du kourgane

Frances palpa la poche intérieure de son parka. Sous ses doigts, elle sentit la Pierre angulaire, qu'elle avait mise là en toute hâte dans le feu de l'action. Nerveuse, elle se pencha au bord de la falaise. Damba était suspendu dans les airs, aux trois quarts de son parcours, le canon de son arme pointé vers le bas. Elle le savait capable de s'en servir. En regardant en bas, Frances vit d'abord Jim. Un peu plus sur sa gauche, il y avait Al qui se tenait proche d'Agvan, prêt à le protéger s'il le fallait. Quant à Luvsan, il se tenait légèrement en retrait, toujours aussi calme et détaché, comme si sa vie n'avait jamais été menacée. Le cœur de Frances s'accéléra en cherchant Vince des yeux. Il avait la tête levée et essayait de l'apercevoir.

— Qu'attendez-vous pour m'aider ? s'impatienta Damba lorsqu'il arriva à son niveau.

Frances l'agrippa et l'aida à mettre pied à terre. Quand il fut libéré des cordes, il les attacha ensemble, de manière à ce qu'elles ne soient pas accessibles aux autres.

— Avancez, maintenant ! lui ordonna-t-il.

Al tirait vainement sur les cordes pour les décoincer. Il n'était pas fier de lui. Il n'avait pas prévu de perdre l'avantage de façon si dramatique. Comment aurait-il toutefois pu se douter que Damba avait des pouvoirs extrasensoriels ? Les regards appuyés que lui avait lancés plus d'une fois Frances avaient-ils pour but de le mettre en garde ? Lui qui avait pensé que la Pierre angulaire était le centre de ses intérêts !

— Jim ! appela Al. Va me chercher J-C. Nous avons besoin de lui pour escalader la montagne.

— Il est déjà là-haut… avec Julie, intervint Vince.

— Oh, ciel ! s'exclama Al, le front plissé par l'anxiété. J'espère pour eux qu'ils vont se tenir à l'écart.

— Qu'est-ce qu'il attend pour nous balancer l'équipement ? s'impatienta l'acteur, qui ne tenait plus en place.

Al héla son neveu un peu en retrait.

— Agvan, va rassembler les hommes !

— Ceux qui restent, du moins, précisa Jim. J'ai vu la majorité d'entre eux détaler comme des lapins.

— Il y a de quoi ! répliqua Al.

Jim ne fit pas d'autre commentaire.

— Agvan, essaie de les rassurer, poursuivit le Mongol dans sa langue natale.

Son neveu acquiesça et s'éloigna à grands pas.

— Accompagnez-le, s'il vous plaît, pria Al en se tournant vers Jim.

— O.K., répondit celui-ci en courant derrière Agvan.

— Luvsan ! Selon vous, Damba est-il devenu fou ?

— La peur engendre la folie, mais je pense vraiment qu'il voit un esprit du royaume des morts, répondit ce dernier, qui s'était approché.

— Avions-nous tort de creuser ici ?

— Peut-être, répondit évasivement Luvsan.

— Précisez.

— Je crois que Damba voit le gardien du kourgane.

— Du kourgane ? Cela désigne une sépulture de la Préhistoire, n'est-ce pas ? demanda Vince.

— Vous êtes bien renseigné, c'est exact, confirma Al.

— Est-elle en danger ? s'enquit l'acteur, sur le qui-vive.

— Le danger ne vient pas du gardien, mais de Damba lui-même, précisa Luvsan, comme si cela changeait quelque chose à la situation.

— La belle affaire ! maugréa Vince.

— Mais encore ? renchérit Al, qui devinait que Luvsan n'avait pas encore dit le fond de sa pensée.

— Le gardien du kourgane a probablement mené Damba jusqu'à Frances.

— Dans quel but ?

— Je suppose que c'est pour l'aider à mieux développer son don…

— Je ne comprends pas votre jargon. Ça veut dire quoi, en langage clair ? dit Vince, perplexe.

— Damba avait déjà des prédispositions pour la télékinésie, pas Frances. Et la Pierre angulaire ne fait que révéler à l'initié son potentiel latent, répondit Luvsan.

— Si cela est vrai, si une personne arrive avec l'aide de la Pierre angulaire à connaître l'ensemble de ses dons ou aptitudes, pourquoi, dans ce cas, Damba va-t-il si mal ? ragea l'Américain, qui commençait à avoir de la difficulté à contenir la colère qui montait en lui.

— Vous avez beau avoir du potentiel, si vous n'ouvrez pas votre esprit ou ne vous êtes pas préparé à vivre cette nouvelle expérience, cela risque d'être très perturbant, expliqua Luvsan sans se départir de son calme.

Au même instant, le système de poulies se mit en marche. Les hommes levèrent tous la tête en même temps : J-C se penchait au-dessus du vide.

— Je passe devant, déclara Vince.

— À une seule condition, imposa Al en prenant d'emblée les harnais. Vous allez m'attendre avant de vous lancer à leur poursuite.

— Mais elle est en danger ! répondit Vince en pointant rageusement son doigt vers l'entrée de la grotte.

— Si vous vous faites tuer, cela ne l'avancera guère.

Ils s'affrontèrent du regard.

— Nous avons déjà perdu assez de temps. Il faut nous dépêcher, dit Vince en cédant sa place.

L'un après l'autre, ils se firent hisser vers l'entrée de la grotte, suivis de Luvsan. Jean-Christophe les aidait, tandis que Julie surveillait leurs arrières.

— Ils sont dans la chambre mortuaire, leur indiqua le chercheur.

— Allons-y, dit Al en se mettant en marche.

— Qu'allez-vous faire ? demanda Julie.

— Improviser, répondit Vince sans se retourner, emboîtant le pas d'Al, Luvsan sur ses talons.

— Julie, je vais t'aider à descendre, dit Jean-Christophe.

— Il n'en est pas question !

— Ne fais pas l'idiote.

— Je reste avec toi, répliqua-t-elle, butée.

— Je vais descendre, moi aussi. Tu vas m'aider.

— Tu… tu ne vas pas avec eux ?

— Ils sont déjà trois, quatre en tout avec Frances. Dans un si petit espace, je leur nuirais plus qu'autre chose. Je préfère donc être là quand ils reviendront. Maintenant, arrête de discuter et mets ça, dit-il en lui tendant les harnais.

— Bon, bon ! dit-elle en démêlant les cordes.

Quand elle fut prête, il lui vola un baiser, et avant même qu'elle n'ait pu protester, il la projeta dans le vide.

— Jean-Christophe ? dit-elle, incertaine.

— Je t'aime, lui répondit-il en tirant sur les cordes pour la faire descendre.

Lorsqu'elle mit ses pieds sur le sol, elle se détacha et tira sur la corde pour faire signe à Jean-Christophe de descendre. Les harnais pendaient, immobiles.

— Vas-y ! dit-elle en élevant soudain la voix, la main sur le front pour se protéger du soleil.

Il ne lui répondit pas. Il était parti !

— Merde ! s'exclama Julie en réalisant que Jean-Christophe lui avait menti.

Al et Vince avançaient droit devant dans l'obscurité, guidés seulement par la lumière qui sortait de la chambre mortuaire. Plus ils approchaient du cul-de-sac, plus ils marchaient avec précaution pour ne pas faire de bruit. Les bribes d'une conversation parvenaient jusqu'à leurs oreilles. Ils s'accroupirent dans l'ombre. Ils ne voyaient toujours pas Frances ni Damba.

— Ils sont dans le trou, murmura Al à l'oreille de Vince.

Un faible bruit derrière eux les fit se retourner. Jean-Christophe arrivait. Al lui fit signe de ne pas bouger.

— Je vais m'approcher lentement pour voir ce qu'ils font, suggéra le Mongol en se tournant vers l'acteur, qui avait déjà commencé à ramper vers le trou.

Frances désignait au même instant à Damba l'endroit où elle avait trouvé la Pierre angulaire.

— Je dirais que c'est ici.

— Il me semble que le texte était davantage de ce côté, dit le fonctionnaire d'une voix suspicieuse.

Tandis que Damba examinait attentivement le sol, Frances sentit diverses émotions l'envahir. Lorsqu'elle parvint à les identifier, elle comprit qu'ils n'étaient plus seuls. Pourvu que ses amis ne se montrent pas !

— Gardez-vous le souvenir de ce qui s'est passé lorsque vous avez pris la Pierre angulaire dans vos mains ? demanda Damba avec nervosité.

— J'ai perdu conscience pendant une dizaine de minutes, répondit-elle.

— Tant que ça ! dit-il sans être surpris outre mesure. Comment vous êtes-vous sentie ?

— Un peu sonnée…

— Comme moi ! souffla-t-il, rassuré. Quand avez-vous découvert que vous aviez changé ?

Frances se releva avec une nonchalance feinte.

— Le lendemain, répondit-elle en faisant deux pas. J'ai commencé à ce moment-là à me rendre compte que quelque chose clochait.

— Moi, un mauvais rêve m'a réveillé, puis je me suis rendu compte que le cauchemar me poursuivait, se souvint Damba, la voix tremblotante.

Frances se rapprochait subrepticement de l'échelle.

— Où pensez-vous aller comme ça ? siffla soudain le fonctionnaire dans son dos.

— Écoutez, Damba, j'aimerais vous aider…, commença Frances. Mais pas comme ça, pas ici…

— Vous n'irez nulle part ! hurla-t-il.

Les barreaux de l'échelle volèrent aussitôt en éclats. Frances se recroquevilla pour se protéger.

— Que voulez-vous, à la fin ?

— Je veux que vous le fassiez partir définitivement !

— Alors, dites-moi comment le chasser ! Après tout, ce n'est pas moi qui vois les fantômes, soupira-t-elle, découragée.

Au lieu de lui répondre, Damba regarda nerveusement autour de lui. Profitant de cet instant de distraction, une main se tendit vers l'archéologue.

— Donne-moi ta main, murmura Vince, couché par terre au bord du trou.

— Encore vous ? glapit le fonctionnaire en levant son arme vers lui.

Un ombre passa alors au-dessus de leur tête. Frances entendit un bruit de lutte derrière elle. En se retournant, elle vit avec horreur Al et Damba qui tiraient sur l'arme chacun de leur côté pour se l'approprier. Vince sauta dans le trou et s'interposa entre elle et les deux hommes qui se battaient.

— Allez, Frances ! la pressa-t-il en la poussant à grimper la paroi.

Comme un automate, elle leva la tête et vit Jean-Christophe penché au-dessus d'elle. Il avait le visage tordu par l'angoisse. Au même instant, des roches décollèrent du sol et ricochèrent sur les murs. L'une d'elles atteignit le chercheur au mollet. Surpris, il lâcha la main de Frances, qu'il venait juste de saisir. Vince couvrit aussitôt de son corps celui de Frances, tout en se protégeant la tête. Elle l'entendit crier de douleur, mais il tint bon jusqu'à ce que les projectiles arrêtent de pleuvoir dans tous les sens. Le souffle court, Vince desserra son étreinte.

— Es-tu blessé ? s'enquit-elle avec inquiétude.

— Rien de grave, et toi ?

— Je vais bien.

Ils entendirent un faible gémissement qui les fit réagir. Damba était à genoux, l'arme toujours dans les mains. Terrorisé, il regardait dans leur direction. À côté de lui, Al était étendu par terre à plat ventre. Il ne bougeait plus.

— Que me veut-il ? geignit le fonctionnaire en se balançant d'avant en arrière.

— Al ? appela Frances d'une voix incertaine.

— Arrêtez ça ! monologua Damba, en serrant ses poings contre ses tempes sans lâcher l'arme.

— Al ! répéta Frances, en se dégageant des bras de Vince.

— Faites quelque chose, m'entendez-vous ? cria le fonctionnaire en relevant le canon de son arme, une lueur de folie dans le regard.

Il allait s'en servir ! Alors, avant même que Vince ait prévu le coup, elle se plaça entre lui et Damba pour le protéger.

— Attendez ! dit-elle précipitamment. Je vais le faire partir.

Le doigt de Damba le démangeait. Il avait très envie d'appuyer sur la gâchette. C'était plus fort que lui.

— Si vous me tuez, il vous hantera jusqu'à la fin de vos jours, affirma Frances à tout hasard.

La peur des esprits de Damba eut raison de sa pulsion meurtrière.

— Qu'est-ce que vous attendez ? Faites-le partir ! aboya-t-il.

— D'accord, d'accord ! clama-t-elle nerveusement. Je vais essayer !

Comment devait-elle s'y prendre ? Paniquée, elle chercha des yeux une ombre quelconque.

— Respirez calmement.

Toutes les têtes se tournèrent dans la direction d'où provenait la voix.

— Fermez les yeux, suggéra doucement Luvsan, qui venait d'apparaître dans leur champ de vision.

Frances obéit immédiatement.

— Concentrez-vous sur le souffle… Inspirez… Expirez.

Elle se laissa guider par sa voix douce et apaisante.

— Quand vous aurez rétabli l'équilibre, vous ne prêterez plus autant d'attention à vos pensées.

Luvsan l'aidait à se calmer.

— Il est toujours là, avertit plaintivement Damba.

— Lorsque les pensées arriveront, ne les retenez pas… Inspirez… Expirez…

Tous les regards convergeaient maintenant vers Frances, même celui du fonctionnaire.

— Voilà ! lança Luvsan sur un ton satisfait dont personne ne comprit le sens, en dehors d'une personne.

— Pourquoi une lumière bleue l'entoure-t-elle ? s'inquiéta Damba.

— Vous êtes prête, poursuivit Luvsan en ignorant complètement son collègue. Observez bien ce qui vous entoure.

Au début, Frances confondit ses peurs avec celles des autres. Toutefois, en même temps qu'elle voyait la vulnérabilité de sa position au milieu des gens qui l'entouraient, elle s'en fit une idée plus juste. L'acuité de ses sens fit taire ses craintes, pour la laisser s'imprégner du soutien moral que lui apportait Luvsan. Ce baume au milieu de la tourmente dilata son cœur. L'impression de légèreté qu'elle ressentit la libéra de toutes ses chimères. Elle put enfin se tourner, sans aucune retenue, vers la seule autre personne qui pouvait lui fournir la force nécessaire pour affronter cette épreuve.

Une douce chaleur irradia aussitôt son corps, du nombril jusqu'aux extrémités de ses membres.

— C'est bien, enrichissez-vous de cette énergie positive, murmura Luvsan.

— Ne le sentez-vous pas ? Il vous touche le… le front, bégaya Damba.

Frances eut le vertige.

— Maintenant, laissez-vous emporter dans le vide.

— Mais… mais… que vient faire cette lumière blanche, maintenant ? bredouilla Damba en reculant.

— Vous n'avez plus besoin de moi, murmura respectueusement Luvsan.

Frances n'entendit plus rien. Une lumière que seuls Luvsan et Damba virent balaya son corps et le purifia simultanément jusqu'à sa cheville, celle-là même qui avait été mordue par un serpent. Au lieu d'extraire de son sang le venin contre lequel elle était déjà immunisée, la lumière enregistra plutôt chaque cellule modifiée par le corps étranger. Puis, lorsqu'elle eut assimilé l'information, elle appela l'hôte.

Le cri qui retentit dans la pièce exiguë fit revenir Frances à elle. Quand elle rouvrit les yeux, Damba était assis par terre et se tenait la cheville à deux mains. Vince en avait profité pour récupérer l'arme échappée.

— Il m'a mordu ! geignit Damba.

— Il est là… là, balbutia Jean-Christophe en montrant du doigt un petit reptile qui disparaissait dans le couloir.

Frances et Vince s'élancèrent vers Al dans un même élan.

— Son pouls est faible, dit l'acteur en appuyant deux doigts à la base du cou du Mongol.

— Retournons-le doucement, dit Frances avec émotion.

Alors qu'ils le retournaient sur le dos, ils l'entendirent pousser un faible gémissement.

— Mon Dieu ! s'exclama-t-elle en remarquant l'entaille qu'il avait à la tempe droite.

Tandis qu'elle déposait délicatement la tête du blessé sur ses genoux, Vince fouilla fébrilement dans ses poches à la recherche d'un quelconque pansement provisoire. Il y trouva un petit foulard qu'il tendit à Frances. Elle s'empressa de l'appliquer directement sur la plaie, qui saignait abondamment.

— Aidez-moi ! se plaignit Damba.

— J-C ! appella Luvsan. Allez me chercher la trousse de premiers soins. Vite !

Jean-Christophe allait s'élancer dans le couloir quand son collègue l'arrêta d'un geste.

— Prenez ça, dit-il en lui tendant sa lampe de poche. Et regardez où vous mettez les pieds.

Le chercheur hocha la tête avant de disparaître en boitant.

— Laissez-moi faire, Damba, dit Luvsan en sortant un couteau de l'étui qu'il portait à la cheville.

— Il approche ! cria Damba en se débattant. Je ne veux pas qu'il m'approche !

— Restez tranquille.

— Qu'il reste avec elle ! sanglota Damba, avant de pousser un cri de douleur.

— Je dois faire sortir le poison de la plaie, expliqua Luvsan, qui avait entaillé la cheville déjà enflée.

— Non ! se débattit Damba, l'air hagard. Ne me touchez pas !

— Par l'esprit maître de l'Altaï, arrêtez de bouger ! Vous allez répandre plus rapidement le venin dans votre sang.

Le fonctionnaire continuait cependant à s'agiter, tournant la tête d'un côté puis de l'autre, luttant contre des forces invisibles.

— NON ! hurla-t-il comme un dément, avant de sombrer dans l'inconscience.

Luvsan se pencha sur lui.

— Il s'est évanoui, dit-il.

— Frances ?

Vince et Frances se retournèrent vivement vers Al.

— Je suis là, s'empressa-t-elle de répondre.

— Vous... n'avez rien ? balbutia Al.

— Tout va bien, le rassura-t-elle.

— Et Vince ?

— Personne n'est blessé, sauf Damba et vous, répondit l'acteur.

Al fronça les sourcils. Puis, il cligna des yeux plusieurs fois. Vince croisa le regard de Frances et y lut de l'inquiétude. Il n'était pas rassuré non plus, car la blessure semblait profonde.

— Je tiens à vous dire que... sans vous... je me serais beaucoup ennuyé..., dit Al d'une voix éteinte.

— Restez avec nous ! le coupa Vince en prenant sa main.

— Ne vous en faites pas... Je trouverai le chemin qui me mènera jusqu'à elle, murmura Al en serrant la main de l'Américain.

Une larme roula le long de la joue de Frances.

— Tenez le coup, Al ! insista Vince. Nous allons bientôt vous soigner.

— Trop tard... *anda*... c'est ici que nos chemins se séparent..., prononça Al avec difficulté, les yeux vitreux.

— Taisez-vous, Al ! Gardez vos forces jusqu'à l'arrivée des secours ! dit Vince, la voix chargée d'émotion.

Même si Vince persistait à nier l'évidence, Frances sentit qu'Al partait doucement. Elle aurait voulu le secouer, lui interdire de la quitter. Elle se rebella cependant contre sa décision parce qu'au fond d'elle, sans qu'elle pût se l'expliquer, elle était convaincue qu'Al avait fait un choix.

— Ma chère enfant... je vous laisse entre de bonnes mains..., parvint-il encore à lui dire.

Alors que ses forces le quittaient, Frances ressentit paradoxalement toute la puissance de son affection pour elle et la fit sienne pour toujours. Cet échange d'amour inconditionnel lui permit de lui rendre sa liberté.

Les traits du visage d'Al se détendirent. Vince sentit la main du mourant se ramollir.

— Al ? souffla-t-il, sous le choc.

Frances ferma lentement les yeux, luttant farouchement contre l'émotion qui la gagnait. Avec des gestes doux, elle reposa la tête de son ami par terre. Des larmes silencieuses coulèrent le long de ses joues, tandis qu'elle replaçait distraitement quelques mèches rebelles de la chevelure blanche du sage Mongol.

Vince vint s'agenouiller près d'elle.

— Ça ira, murmura-t-il en posant une main sur son épaule.

La chaleur apaisante de cette main eut raison de sa résistance. Elle éclata en sanglots. Lorsqu'elle sentit Vince se rapprocher, elle se tourna vers son épaule réconfortante en essayant d'étouffer ses pleurs.

— Chut… chut, fit-il tout bas en la serrant contre lui.

Elle se laissa consoler ainsi jusqu'à ce que Jean-Christophe, Julie, Agvan et Jim débouchent en trombe du tunnel. En un instant, ils comprirent le drame qui venait de se passer. Pour la forme, Jim vérifia quand même le pouls d'Al. Résigné, il se releva pour laisser Agvan se recueillir sur le corps du défunt. Il se tourna ensuite vers Damba. Mais une autre surprise l'attendait.

— Il est mort, dit simplement Luvsan.

Un silence embarrassant accueillit la nouvelle.

— Il est décédé avant qu'Al ne pousse son dernier soupir, précisa Luvsan.

* * *

La perte d'un membre extrêmement important de leur équipe les avait cruellement atteints. Tout le monde aimait Altangerel Kitai. Ils l'avaient donc pleuré à leur façon. Quant à Damba, personne ne lui avait accordé la moindre pensée, puisqu'il était responsable de tous leurs malheurs.

Durant l'avant-midi, les deux corps avaient été descendus de la grotte. Les trois quarts des travailleurs du camp avaient déserté le site. Ils avaient emmené leurs biens et des vivres sur le dos de quelques chameaux, et ils avaient rapidement formé une petite caravane en direction de la ville. Ils furent très vite suivis par le reste des hommes, Agvan en tête de file. Ce dernier était bien décidé à ramener le corps de son oncle à sa famille.

Le corps de Damba avait temporairement été couvert d'une bâche, en attendant que la police constate son décès. Incapable de s'occuper des formalités légales et administratives, Frances avait confié cette tâche à Jim. Ce dernier avait communiqué par radio les mauvaises nouvelles, en s'en tenant aux faits explicables. Ils étaient partis après le déjeuner, une fois les autorités légales arrivées. Jim avait pris la tête du convoi avec Julie et Jean-Christophe à bord du premier véhicule, suivis de près par Luvsan, Vince et Frances dans le second.

Ils roulaient depuis plus d'une heure, et aucune parole n'avait été échangée. L'archéologue était encore très affectée. Elle ressassait inlassablement les instants qui avaient précédé la mort d'Al. La peine l'oppressait. Elle voulait comprendre pourquoi, et surtout comment tout cela était arrivé. Son cerveau, qui avait besoin de s'occuper, trouvait là matière à réflexion. Elle rompit soudain le silence :

— Luvsan, vous avez dit quelque chose qui m'a intriguée, commença-t-elle. Vous avez semblé accorder de l'importance au fait que Damba soit mort avant Al. Pourquoi ?

Vince se détourna de la vitre pour regarder le profil de Frances. Elle était à côté de lui, et pourtant, elle aurait pu être assise à mille lieues d'ici tellement elle s'était isolée dans sa douleur. Il était cependant rassuré qu'elle ouvre enfin la bouche.

— L'esprit des lieux, le gardien du kourgane, avait besoin d'être guidé pour retourner dans son monde. Si Al était mort avant Damba, le gardien aurait donc été tenté de le suivre, répondit Luvsan.

— Quelle différence cela faisait-il, qu'il suive un mort plutôt qu'un autre ?

— Il y a plusieurs chemins dans le royaume des morts. En suivant l'âme d'Al, le gardien aurait pu le détourner de son chemin.

— Qu'était-il venu faire ici, exactement ?

— Il était venu s'assurer que la Pierre angulaire vous reviendrait.

— Comment pouvez-vous affirmer cela ?

— Il vous a amené Damba. Il est intervenu chaque fois qu'il a jugé bon de le faire.

— Intervenu ? De quelle façon est-il intervenu ?

Frances n'avait pas encore fini de poser cette question, que déjà, une partie de la réponse lui vint à l'esprit. N'avait-elle pas rêvé d'un gardien juste avant de constater la disparition de la Pierre angulaire ?

— Peu importe, il est retourné là d'où il venait, affirma Luvsan avec sérénité.

Frances se tut quelques secondes.

— Aurait-il pu sauver Al ? demanda-t-elle avec une certaine rancune.

— Il n'avait pas ce pouvoir.

— Mais vous venez juste de dire...

— Il essayait de protéger l'initié, la coupa Luvsan.

— Pourquoi n'a-t-il pas protégé Damba, alors ? Il avait été, lui aussi, initié par la Pierre angulaire, poursuivit-elle.

— Damba s'immisçait dans votre plan de vie personnel et interférait probablement avec le sien. Vous avez vu comme moi qu'il n'était pas assez mûr pour recevoir le don, alors que vous, oui. Il aurait dû voir les signes et comprendre que les circonstances étaient contre lui. Il s'est obstiné jusqu'au bout, jusqu'à ce qu'il ne puisse plus faire marche arrière. Je ne dis pas qu'il n'a pas accompli ce qu'il devait faire dans cette vie ! Peu importe comment nous étudions le problème, Damba vous a quand même été utile.

— Je ne vous suis plus, là !

— Il vous a fait passer le test. Voilà ce que je veux dire.

— Cela ne m'explique toujours pas pourquoi le gardien tenait tant à me protéger, enchaîna Frances, qui avait décidé de laisser tomber le sujet de Damba.

— Parce que c'était votre destinée. Tous les chemins vous ont naturellement mené à lui. Si vous retourniez en arrière, vous remarqueriez les heureux hasards qui ont accompagné votre parcours de jeunesse, les choix que vous avez faits, votre volonté à poursuivre vos études précisément dans ce domaine, la force de caractère que vous vous êtes forgée sur le plan professionnel, ainsi que votre manque de disponibilité sur le plan personnel.

— Tout ce que je voulais, c'était trouver le chaînon manquant, c'est tout !

— Et vous l'avez trouvé.

— Il est beaucoup trop tôt pour affirmer que l'Homo erectus est le chaînon manquant. Vous savez très bien... euh... Ne me dites pas que l'Homo erectus est le gardien du kourgane ! s'exclama-t-elle en réalisant à moitié ce que cela impliquait.

Un sourire mystérieux flotta sur les lèvres de Luvsan.

— Je n'y avais pas pensé, mais c'est envisageable. Reste à savoir si le gardien du kourgane a été le premier initié de la Pierre angulaire ! Les probabilités de ce parfait exemple de lien de causalité seraient probablement fort élevées.

Elle mit instinctivement sa main sur son front.

— Il m'a touché le front.

— Il vous a aidée à recevoir la lumière, répondit Luvsan d'une voix respectueuse.

— J'ai en effet entendu Damba parler de lumière. Vous deux, vous l'avez vue ? demanda Frances en regardant tour à tour Vince et Luvsan.

Vince fit non de la tête. L'émotion que dégageait Luvsan indiquait le contraire, mais il ne voulait pas développer plus avant le sujet.

— Suis-je responsable de la venue du serpent ? demanda-t-elle à son collègue après une pause.

— Damba a fait ça tout seul, expliqua Luvsan. S'il n'avait pas autant bougé, s'il avait attendu sagement l'antidote, je suis certain qu'il aurait survécu. Serpent ou pas, il avait peur de la mort parce qu'il la savait imminente.

Frances jongla avec le point de vue de son collègue pendant quelques instants. Elle avait beau le retourner dans tous les sens, elle ne trouvait pas de failles dans le raisonnement de Luvsan.

Avant que le silence ne se réinstalle, Vince posa une dernière question.

— Que signifie *anda* ?

Luvsan jeta un rapide coup d'œil dans son rétroviseur.

— Ça veut dire « frère juré ».

## Renvoyer l'ascenseur

Vince relisait la note que la réception venait de lui remettre. Il se leva de son fauteuil avec exaspération et se mit à marcher de long en large dans sa chambre d'hôtel. Trop absorbé dans ses pensées, il ne prêtait pas attention aux bruits de la circulation, que la fenêtre n'étouffait pas complètement. Il s'immobilisa brusquement et chercha des yeux son téléphone cellulaire. Il l'avait laissé sur la table de l'entrée. S'il rappelait les producteurs tout de suite, il savait qu'il ne serait pas prêt à faire ce qu'on lui demanderait. D'un autre côté, s'il ne les rappelait pas rapidement, il courait le risque d'avoir un procès sur le dos pour non respect de ses engagements. Mais il ne voulait pas partir avant d'avoir eu un tête-à-tête avec Frances.

Depuis leur arrivée à Oulan-Bator, deux jours plus tôt, Frances n'avait pas eu un seul instant de libre. Les quelques informations que Vince avait obtenues, il les avait glanées en traînant dans les couloirs de l'Institut d'archéologie de l'Académie des sciences. Les nouvelles n'étaient pas bonnes. La mission risquait d'être annulée. Ce n'était pas tant la mort accidentelle de deux hommes qui primait, que les rumeurs qui circulaient. Cela importait peu, en somme, que l'enquête ait révélé qu'une morsure de serpent avait été responsable de la mort d'un membre de l'équipe, et qu'une malencontreuse blessure à la tête avait causé le deuxième décès. Mais que la main-d'œuvre locale témoigne d'événements inusités laissant supposer que le site était hanté, cela dérangeait beaucoup de monde, à commencer par la communauté religieuse. Les protecteurs du patrimoine historique prenaient cela très au sérieux. Un druide allait être envoyé sur le site, afin de déterminer si les lieux étaient sacrés ou non. Les travaux d'expertise sur l'Homo erectus avaient été temporairement suspendus, et la température peu clémente ne permettrait plus très bientôt de faire des travaux sur le terrain. Bref, beaucoup de membres de l'équipe commençaient à penser que leur séjour tirait à sa fin.

Vince s'approcha de la fenêtre. Les gens dehors étaient chaudement habillés; le vent soufflant maintenant de l'Arctique. Si le ciel n'avait pas été bleu, la neige aurait déjà commencé à tomber. On n'était qu'à la mi-octobre, mais déjà, le climat annonçait un hiver précoce. Vince poussa un soupir avant de se diriger vers l'entrée. Après un moment d'hésitation, il prit le téléphone cellulaire et commença à composer un numéro. Un coup frappé à la porte interrompit son geste. Il ferma l'appareil et alla ouvrir.

— Vince... euh... pourrais-je te parler ? demanda Frances en se raclant la gorge.

Il s'effaça pour la laisser entrer. Soudain intimidée, l'archéologue hésitait sur le palier. À la réception, on lui avait dit que l'acteur était dans sa chambre. Elle aurait pu lui téléphoner pour lui donner rendez-vous dans le salon, mais elle aurait pu paraître froide et distante au téléphone. On le lui avait souvent fait remarquer, d'ailleurs. Faisant appel à toute sa volonté, elle avait donc décidé de se présenter à sa porte.

Frances fit quelques pas, puis s'arrêta au milieu de la pièce.

— Assieds-toi, je t'en prie, dit Vince en lui désignant le seul fauteuil de la pièce.

Avec un naturel déroutant, il s'assit au bord du lit, directement en face d'elle. Elle baissa la tête.

— Je suis content de te voir, dit-il en l'observant.

— Ils me rappellent, dit-elle sans ambages.

— Qui ?

— Les gens du musée qui m'emploient. Ils m'attendent pour une nouvelle exposition qu'ils veulent préparer pour le début de l'année prochaine. Je dois rentrer à Paris.

— Quand ?

— Mon avion part demain matin à sept heures quinze.

— Tu as déjà réservé ta place ! dit-il, un brin de dérision dans la voix. Félicitations, tu es plus rapide que moi !

— Que dois-je comprendre ? riposta-t-elle, sur la défensive.

Il se leva et alla chercher la télécopie qu'il avait posée sur la table.

— Lis ça.

Incertaine, elle prit la missive des mains de Vince et prit connaissance de son contenu. Elle replia ensuite consciencieusement le papier pour se donner une contenance.

— Toi aussi, finalement, tu dois partir, dit-elle en se relevant.

— Je voulais te parler avant de faire quoi que ce soit. Mais je vois que de ton côté, tu ne t'es pas embarrassée outre mesure de savoir ce que j'en penserais, pas vrai ?

— Je suis venue dès que j'en ai été capable.

Frances cherchait ses mots. Elle ne savait pas quoi lui dire. Ils n'avaient pas vraiment eu le temps de se parler depuis le tragique événement. Avait-il seulement fait allusion, sans la moindre équivoque, aux sentiments qu'il éprouvait pour elle ? Son cœur se serrait douloureusement chaque fois qu'elle entrevoyait l'avenir sans lui. Et puis, il s'était passé tellement de choses depuis quelque temps. Comme chaque fois qu'elle y repensait, sa gorge se noua.

— Al, dit-elle d'une voix rauque... il me manque tellement.

La voir ainsi torturait Vince. Inconsciemment, il se rapprocha d'elle.

— Je ne peux pas croire qu'il soit mort, dit-il à voix basse. Je ne le réalise pas encore.

Ils penchèrent tous deux la tête.

— Il avait pourtant l'air heureux de partir.

— Je crois que..., murmura-t-elle en relevant doucement la tête.

— Que ? reprit-il pour l'encourager à poursuivre.

— Al a rejoint sa femme.

— Il avait presque l'air pressé de nous quitter pour aller la retrouver, d'ailleurs, souffla-t-il. Il t'a souvent parlé d'elle ?

— Un peu, dit-elle. Il m'a dit qu'il pensait souvent à elle... Il l'aimait tellement.

— Frances, dit-il en se passant la langue sur les lèvres. Tu sais ce que je pense ?

— Non, répondit-elle, légèrement oppressée.

— Je pense qu'assez de coïncidences se sont produites dernièrement pour les inscrire dans le *Livre des records Guinness*.

Interdite, elle s'abstint de commenter.

— La grotte, la Pierre angulaire et tout le reste... Je ne pense pas que le hasard ait eu quelque chose à voir là-dedans.

Ses grands yeux étaient rivés sur lui, et il commençait à trouver difficile de garder ses distances. Elle n'ouvrait toutefois pas la bouche.

— Durant toutes ces années, se lança-t-il enfin, je rêvais de rencontrer quelqu'un. Jamais je n'aurais cru que mes aspirations seraient ainsi comblées. J'entends par là, au sens propre du terme...

Le cœur de Frances cognait si fort contre sa poitrine, qu'elle pressa inconsciemment une main contre son sein.

— Il y a plus de cinq mois, Frances, j'ai fait un rêve qui a bouleversé ma vie.

Ses lèvres laissèrent entendre un petit cri de surprise qu'elle eut tôt fait d'étouffer.

— Cela se passait dans un ascenseur, précisa-t-il.

Morte de honte, elle lui tourna le dos.

— Tu as fait le même rêve, n'est-ce pas? demanda-t-il pour la forme.

Elle hocha la tête.

— Tu venais de trouver la Pierre angulaire, hein? énonça-t-il comme si c'était un fait et non une supposition.

Elle pensait donc à lui bien avant qu'ils ne se rencontrent. Quand il avait compris qu'elle avait été sensible à ses performances d'acteur, il avait découvert en même temps un autre aspect de sa personnalité: son fichu orgueil! Il n'en revenait pas. Depuis le début, elle l'avait tenu à distance, non pas parce qu'il lui était indifférent, mais bien parce qu'elle ne voulait pas s'abaisser au niveau de ses admiratrices féminines. Et lui, il s'était laissé prendre comme un débutant.

— Écoute-moi, Frances. C'est peut-être à cause de toi que je me suis retrouvé dans ton rêve, mais l'attrait que j'ai éprouvé pour toi n'avait rien à voir avec la Pierre angulaire ou avec un quelconque fantasme sexuel. Je t'assure que ce qui s'est passé ensuite, je l'ai autant voulu que toi.

Vince résista à l'envie de la prendre dans ses bras. Il n'avait pas terminé.

— Retourne-toi, la pria-t-il avec douceur.

Elle ne fit pas un geste.

— Te rappelles-tu ce que je t'ai dit à propos de la discontinuité des scènes d'un film en production ?

Frances restait de marbre, mais il savait qu'elle ne perdait pas une miette de ce qu'il disait.

— Je t'expliquais la difficulté qu'avaient les acteurs à jouer la scène finale en début de production. Tu ne comprends donc pas que c'est exactement ce qui nous est arrivé ? Je suis tombé amoureux de toi avant même de te connaître. Et même si ce premier contact ne s'est pas fait dans les règles, cela n'amoindrit pas pour autant les sentiments que j'ai pour toi.... S'il te plaît, Frances, retourne-toi, réitéra-t-il.

Lentement, elle se tourna vers lui. Ses yeux lui dévoraient le visage.

— Je t'aime, dit-il.

La bouche de Frances s'entrouvrit, et son regard vacilla. Quelques secondes passèrent. Puis, le miracle se produisit. Dans un élan, elle se précipita vers lui, et écrasa sa bouche passionnément. Le semblant de contrôle qu'il avait jusqu'à présent gardé put se relâcher. Il répondit à ses baisers en refermant enfin ses bras sur elle. À bout de souffle, il murmura contre ses lèvres entrouvertes les mots suivants :

— J'ai besoin de l'entendre.

Des larmes silencieuses coulaient le long des joues de Frances.

— Si tu savais...

Il effaça doucement ses traces de larmes avec ses pouces.

— Dis-le.

De simples mots, pourtant si difficiles à prononcer, franchirent enfin les frontières que le cœur de Frances avait érigées depuis fort longtemps :

— Je t'aime, Vince.

En lisant le soulagement mêlé d'un brin de triomphe dans le regard de Vince, elle sut qu'elle accomplissait une partie de sa destinée. Le message avait été entendu, et le messager avait enfin compris qu'il en faisait partie.

Entre deux baisers, elle releva prestement le chandail de son compagnon. Il l'aida en levant les bras. Elle le poussa sans ménagement vers le lit, sur lequel il tomba à la renverse. Il avait sur les lèvres un mystérieux sourire.

— Qu'as-tu derrière la tête ? lui demanda-t-elle, d'humeur taquine.

— Je me demande quelle surprise tu me réserves.

— Et s'il ne se passait rien ? dit-elle, soudain inquiète.

Il se redressa sur son séant et l'attira vers lui. Le visage contre sa poitrine, il lui répondit d'une voix étouffée :

— Tu ne sens donc pas ce qui se passe actuellement ?

Oui, elle le sentait. Les troublants baisers que Vince donnait à ses seins à travers le tissu de sa chemise étaient des plus convaincants. Elle ferma les yeux lorsqu'il en détacha stratégiquement un ou deux boutons.

* * *

Dans un petit café à Paris, Frances regarda sa montre pour la troisième fois. Il était en retard. Elle commençait à s'impatienter. Elle sentait son estomac la tirailler, aussi décida-t-elle de faire signe au serveur d'approcher. Elle avait pris deux bouchées de son croissant quand Jean-Christophe fit son entrée.

— Te voilà enfin ! s'exclama-t-elle, la bouche pleine. Tu es en retard.

Il lui fit la bise en affichant un air désolé.

— Il y a du pain sur la planche, depuis qu'une certaine personne qu'on connaît s'est désistée, la taquina-t-il en lui faisant un clin d'œil.

— Ne te plains pas, riposta-t-elle en lui donnant une petite tape sur l'épaule. Tu as une équipe formidable. Julie, les autres et toi allez très bien vous débrouiller sans moi.

— Ouais, ouais, dit-il en souriant.

Le serveur choisit ce moment-là pour venir s'entretenir avec Jean-Christophe du menu.

— Comment va Vince ? demanda le chercheur lorsque sa commande fut donnée.

— Il travaille beaucoup. Il vient de tourner quelques scènes dans le désert du Sahara, en Tunisie.

— Quand irez-vous en Mongolie ?

— Très bientôt.

— Tu diras bonjour à Luvsan de ma part et de la part de Julie, d'accord ?

— Je n'y manquerai pas, affirma-t-elle, le regard vague.

Jean-Christophe observa son amie. Elle semblait différente. Les épreuves qu'elle avait traversées l'avaient aguerrie, mais elle était aussi devenue plus sereine. Il repensa aux dangers qu'elle avait affrontés, aux découvertes qu'elle avait faites. Il se demandait ce qu'elle avait fait de la Pierre angulaire. Les pouvoirs de cet objet semblaient en effet dangereux et incontrôlables. C'était tout juste s'il ne frissonnait pas en pensant à ce qu'était devenu Damba avant de mourir de façon si insolite. L'effet que l'objet avait eu sur Frances était également étrange. De plus, ils avaient tous été ébranlés par la mort prématurée d'Al. Frances ne s'était jamais tout à fait remise de la perte du géologue mongol. Il soupira silencieusement en pensant qu'elle avait sûrement pris la décision de prendre un congé sans solde à cause de ce deuil. Pourtant, Jean-Christophe ne lui donnait pas un an avant de la voir reprendre sa vie professionnelle.

— Tu es au courant pour Jim ? s'informa-t-il.

— Julie m'a dit qu'il s'était engagé dans une autre expédition au nord de l'Afrique.

— Toujours prêt pour l'aventure, celui-là !

Un sourire nostalgique apparut sur les lèvres de Frances.

— Ça ne te manquera pas un peu ?

— Les décalages horaires, les longues journées de travail, la saleté et la poussière, l'absence d'ablutions dignes de ce nom, les petites bêtes venimeuses, l'inconfort des installations, et j'en passe ?

— Vu sous cet angle, cela rebuterait le plus motivé d'entre nous, dit-il en riant.

Un petit sourire s'étira au coin des lèvres de Frances.

— J'ai besoin d'une pause, J-C.

Elle avait changé. Il faut dire que Vince était dans sa vie, maintenant, comme Julie était dans celle du chercheur. Qu'on le voulût ou non, une telle expérience changeait n'importe qui. Jean-Christophe se mit à sourire béatement, le cœur soudain léger.

# Épilogue

Frances admirait la prairie verdoyante qui se déployait dans toute sa splendeur estivale. À l'ouest, elle apercevait les Rocheuses, cette fameuse chaîne de montagnes qu'elle se promettait d'aller voir de près.

Vince avait fait construire une annexe au ranch familial pour garder leur intimité. Quand Frances avait rencontré ses parents, elle les avait immédiatement adorés. Ils étaient doux, attentionnés et pas du tout envahissants. Ils respiraient la joie de vivre depuis que leur fils avait décidé d'installer un pied-à-terre près de chez eux.

Après le tournage du film de Scott Lange, Frances et Vince s'étaient mariés en toute intimité, avec pour seuls témoins leur famille respective, Julie et Jean-Christophe. Vince avait décidé de prendre une pause, aussi avait-il tout de suite refroidi l'ardeur de son agent en déclarant qu'il ne prendrait plus aucun engagement pendant une année entière. Ni Frances ni lui n'avaient une idée très précise de ce qu'ils feraient lorsque ce temps serait écoulé. Et pour l'instant, cela n'avait pas vraiment d'importance.

Frances déposa une couverture par terre à l'ombre de grands pins. Elle avait l'intention de mettre en pratique une technique de méditation que Luvsan lui avait enseignée lors de son second séjour en Mongolie. Elle avait appréhendé ce retour là-bas, car elle pensait que sa douleur se raviverait en foulant la terre mongole. Or, le contraire s'était produit. Pendant que Vince travaillait sur le plateau de tournage dans le désert de Gobi, elle avait passé beaucoup de temps avec Luvsan. Elle en avait profité pour consulter tous les nouveaux travaux accomplis sur l'Homo erectus. Mais elle avait surtout eu avec le scientifique des discussions d'ordre spirituel.

Cet homme n'arrêtait pas de la surprendre. Non seulement l'avait-il aidée à faire son deuil, mais il l'avait aussi renseignée sur les différents corps énergétiques qui recouvraient le corps physique. Elle avait ainsi appris que lors de sa méditation dans la grotte, elle avait fait appel à plusieurs de ses corps énergétiques pour aiguiser sa conscience. En établissant la relation entre la conscience, le corps et l'énergie qui circulait entre les chakras, elle avait obtenu une meilleure compréhension d'elle-même et de son entourage. Chemin faisant, elle avait su se mettre en relation avec la lumière. Quant à savoir d'où provenait cette lumière... Luvsan prétendait qu'elle était toujours à notre portée, il suffisait d'y prêter attention ! L'important n'était pas de chercher à comprendre, mais plutôt d'accepter son intervention. Un jour, tout s'éclairerait, et les pièces du puzzle de la vie seraient toutes en place.

Frances avait lu quelque part une citation d'Einstein qu'elle n'avait pas vraiment saisi à l'époque. Celle-ci disait: « En apparence, la vie n'a aucun sens, et pourtant, il est impossible qu'il n'y en ait pas un ! » Elle aurait aimé discuter avec cet homme qui avait exploré son univers comme peu de ses pairs. Ses connaissances dépassaient l'entendement, et elle en était à son tour rendue à cette étape.

Avant de quitter la Mongolie, elle avait été tentée de remettre la Pierre angulaire à Luvsan. Il semblait en savoir tellement plus qu'elle ! Il avait une fois de plus deviné son dilemme, puisqu'au moment approprié, il lui avait dit qu'il n'était pas mieux placé qu'elle pour savoir quoi faire de cet objet. En son âme et conscience, Frances savait qu'elle devait prendre la seule décision qui s'imposait: veiller jalousement sur la Pierre angulaire. Après tout, n'était-elle pas sa gardienne, maintenant ?

— Tu m'as l'air d'humeur joyeuse, dit soudain la voix aimée. J'aimerais bien que tu me dises ce qui te fait sourire ainsi.

— Je suis simplement heureuse, répondit-elle.

— Moi aussi, dit Vince en s'agenouillant derrière elle pour l'entourer de ses bras.

Frances tourna son visage vers lui. Son mari déposa un léger baiser sur sa tempe. Elle n'était plus seule, maintenant. Elle devait admettre qu'il faisait bon de jouir de la vie à deux. Elle regretta tout de même son incapacité à lire avec précision ce qu'il ressentait, d'autant plus qu'elle n'avait plus jamais vécu d'expérience singulière depuis le rêve. Ils se serrèrent l'un contre l'autre en regardant le paysage.

— Tu sais ce que Bob m'a dit l'autre jour ? demanda Vince après un moment de silence.

— Non, quoi ?

— Tu te souviens des roches à souhait ?

— Tu parles de l'*ovoo* ?

— C'est ça ! Bob m'a dit que son vœu avait été exaucé.

— Il te l'a dit ? lança-t-elle, surprise.

Vince hocha la tête.

— Et alors ? dit Frances qui commençait à s'impatienter.

— Il avait fait le vœu d'obtenir le poste de chef décorateur d'un autre grand projet de film qui lui tenait à cœur.

Ils se turent.

— Moi aussi, mon vœu a été exaucé, ajouta Vince après un moment.

— Et puis-je savoir ce que tu avais demandé ?

— De trouver la faille qui dégèlerait le glaçon que tu étais, dit-il en se retenant de rire.

Elle le poussa gentiment pour protester.

— Et toi, qu'est-ce que tu as souhaité, ce jour-là ? demanda-t-il, intrigué.

Elle ne lui répondit pas immédiatement. Le regard dans le vague, elle se remémora l'épisode.

— J'espérais n'avoir pas affaire à une autre Pierre angulaire lors de notre petite escapade dans le nord du pays. Une me suffisait amplement ! finit-elle par dire.

L'objet que le Français lui avait remis était en très mauvais état. Bien que ressemblant, il semblait ne pas avoir les propriétés de la Pierre angulaire. Al avait raison sur un point, de minuscules diamants composaient bel et bien la lame de cet objet.

Tout à coup, Frances et Vince entendirent un cri d'oiseau particulièrement aigu. Ils levèrent la tête en même temps pour l'apercevoir en train de déployer ses ailes et de tourner autour d'eux en faisant de larges cercles concentriques. Bouches bées, ils le regardèrent avec fascination.

— Penses-tu que…, commença Vince.

Ils avaient la même chose en tête.

— En tout cas, il n'est pas là pour chasser, fit-il intentionnellement remarquer.

Selon une croyance mongole, la personne qui trouvait la mort avait le choix, si elle le désirait, de prendre la forme d'un oiseau pour s'envoler vers le ciel. Al avait été touché par l'apparition de l'aigle après la formulation de sa prière. Cela concernait-il sa femme ? Lui avait-elle envoyé un signe lui prédisant qu'il allait mourir bientôt et qu'il pourrait s'envoler vers elle ?

Leurs vœux à tous n'avaient-ils pas été exaucés, finalement ?

— Cela se pourrait bien, souffla-t-elle en regardant l'aigle s'éloigner après avoir poussé un dernier cri.

FIN

FSC
www.fsc.org
RECYCLÉ
Papier fait à partir de matériaux recyclés
FSC® C103567

MARQUIS
Marquis imprimeur inc.

Québec, Canada
2012

Imprimé sur du papier Silva Enviro 100% postconsommation traité sans chlore, accrédité ÉcoLogo et fait à partir de biogaz.

100%
PERMANENT
BIO GAZ
ÉNERGIE